HEYNE <

Das Buch

Zwei Jahre nach einer schrecklichen Trennung verkriecht sich die hübsche Lektorin Chloë immer noch jeden Abend zu Hause mit ihrer Katze auf dem Sofa. Bis sie von ihrer ebenso charmanten wie aufdringlichen Tante Esther zum Ausgehen gezwungen wird. Als sich Chloë nun mutterseelenallein in einem Club wiederfindet, passiert das, woran sie selbst schon nicht mehr geglaubt hat: Sie begegnet Angela, einer wunderschönen, klugen jungen Frau, und Hals über Kopf verlieben sich die beiden ineinander. Allerdings hat Angela ein kleines Geheimnis: Sie ist ein Vampir. Und eine Beziehung mit einem blutsaugenden, unsterblichen Wesen will Chloë nun wirklich nicht! Doch dann merkt Chloë, dass es ihr völlig egal ist, wer oder was Angela ist. Mithilfe ihrer Tante Esther und ihres verrückten Mitbewohners Ari beginnt sie, um ihre Liebe zu kämpfen …

Der Autor

Ry Herman wurde in den USA geboren, lebt aber inzwischen in Schottland. Er arbeitete unter anderem als Lektor und als Bühnentechniker am Theater. Inzwischen führt er Regie und hat mehrere eigene Stücke verfasst. *Die Unmöglichkeit, bei Tag die Liebe zu finden* ist sein erster Roman.

Ry Herman

Die Unmöglichkeit, bei Tag die Liebe zu finden

Roman

WILHELM HEYNE VERLAG
MÜNCHEN

Titel der englischen Originalausgabe:
LOVE BITES
Deutsche Übersetzung von Yola Schmitz

FSC
www.fsc.org
MIX
Papier aus verantwortungsvollen Quellen
FSC® C014496

Penguin Random House Verlagsgruppe FSC® N001967

Deutsche Erstausgabe 10/2021
Redaktion: Lisa Scheiber

Printed in Germany
Umschlaggestaltung: Das Illustrat GbR, München
Satz: Leingärtner, Nabburg
Druck und Bindung: GGP Media GmbH, Pößneck

ISBN: 978-3-453-42481-4
www.heyne.de

Seit drei Tagen tot

Scottsdale, Arizona
26.–29. August 1998

In Angelas erster Nacht als Leiche regnet es. Ein monsunartiger Platzregen gemischt mit Hagel prasselt schnell und hart auf das Dach. Aber nur kurz. Als bei ihr die Leichenstarre einsetzt, ist der Himmel wieder klar. Das passiert gegen Mitternacht, als die kleinen Muskeln in ihren Augenlidern, ihrem Hals und ihrem Kiefer allmählich hart werden. Am Morgen verteilt sich die Starre über ihren ganzen Körper. Angela ist jetzt so steif wie ein alter Laib Brot.

Sie liegt auf der rechten Seite, und dort sammelt sich auch ihr Blut, verfärbt einen Arm und ein Bein sowie einen Teil ihres Gesichts und des Oberkörpers. Es sieht so aus, als hätte sie dort eine große Wunde, als ob sie jemand gegen eine Betonwand geschleudert hätte, aber nur einmal, nur auf der einen Seite. Der Rest ihres Körpers ist, bis auf ihre Finger und Zehen, die allmählich blau werden, wächsern und gräulich.

Als die Sonne aufgeht, nimmt die Stadt ihren üblichen Betrieb auf. Vor dem Haus, in dem Angelas Leiche liegt, singen die Vögel, bis es ihnen in der Mittagssonne zu heiß dafür werden wird. Autos stecken im Berufsverkehr fest, Fahrer trommeln ungeduldig auf Lenkrädern herum, die Radios laufen und die Klimaanlagen arbeiten auf Hochtouren. Die Morgennachrichten sind immer noch wie besessen von Monica Lewinskys Aussage. Wer keine Nachrichten hören will, kommt heute nicht an »The Boy is Mine« von Brandy und Monica vorbei, es läuft auf so gut wie jedem Sender. Angela hätte sich etwas anderes ausgesucht. Ihr aktuelles Lieblingslied ist »Venus« von Theatre of Tragedy. Norwegischer Goth Rock mit lateinischen Songtexten. Aber sie fragt ja niemand. Und hätte man sie gefragt, sie hätte auch nicht antworten können.

Die Temperaturen erreichen heute über vierzig Grad Celsius. In der Dunkelkammer, in der Angela liegt, ist es nicht ganz so heiß, aber es ist auch nicht gerade kühl. Am Ende des Tages fängt Angela an, nach Verwesung zu riechen.

In der zweiten Nacht, die Angela nicht mehr am Leben ist, kommt Tess ins Zimmer und bleibt zwei Stunden bei ihr. Dann dreht sie Angela auf den Rücken. Angelas Glieder fangen an sich zu entspannen, die Leichenstarre lässt nach, während ihr Körper weiter verwest.

Ein paar Stunden nach Sonnenuntergang führt eine Frau ihren Hund vor dem Haus spazieren. Sie ist keine direkte Nachbarin – sie wohnt um die Ecke –, aber sie hat Angela und Tess schon ein paarmal gesehen. Sie hat sich nie Gedanken über die beiden gemacht. Auch jetzt tut sie das nicht. Drei weitere Leute gehen in dieser Nacht vor dem Haus vorbei, aber keiner von ihnen bemerkt etwas.

Es wird Morgen, und ein weiterer Tag nimmt seinen gewohnten Lauf. Ein grünlicher Fleck zeichnet sich auf Angelas Bauch ab, wo sich ihre Darmbakterien durch die Eingeweide fressen. Am späten Nachmittag kriecht ein Palo-Verde-Käfer über Angelas Gesicht, auf ihrer Wange verweilt er kurz. Die Temperaturen steigen auf sengende 45 Grad.

Angelas dritte Nacht als Leiche fällt auf einen Freitag, und mehr als sechshunderttausend Menschen sehen Wesley Snipes dabei zu, wie er Vampire tötet. Eine Woche nach dem Kinostart ist *Blade* immer noch auf Platz eins, auch wenn sich inzwischen fünfhunderttausend Leute *Verrückt nach Mary* angesehen haben. Angela hat beide Filme nicht gesehen. Der letzte Film, den sie im Kino gesehen hat, war *Wild Things* im vergangenen Juni. Er hat ihr nicht wirklich gut gefallen, aber sie war dankbar für den klimatisierten Kinosaal gewesen.

Spät am Abend streift ein Rudel Coyoten jaulend und heulend durch die Hinterhöfe der Nachbarschaft. Eine Katze springt erschrocken über einen nahe gelegenen Graben und huscht davon. Von den Dächern aus macht ein Virginia-Uhu Jagd auf Kängururatten.

Tess bleibt dieses Mal die ganze Nacht, und wenn sie nicht gerade Fotos entwickelt, beobachtet sie Angelas Körper. Während Tess arbeitet, verschwindet der grünliche Fleck auf Angelas Bauch. Ihre Gesichtsfarbe wird ebenmäßiger und verwandelt sich in ein schneereines Weiß, aber, wenn man ehrlich ist, hat der Tod ihren Teint kaum verändert. Sie riecht nicht mehr nach verwesendem Fleisch, und sie fängt auch nicht an, sich aufzublähen.

Als sie ihre Bilder zum Trocknen aufhängt, bemerkt Tess

diese Veränderungen. Sie nimmt ein Messer aus der Schublade und hält es an Angelas Hals.

Sie beobachtet ganz genau, wie die Haut unter der Klinge zurückweicht. Als sie das Messer wegnimmt, ist nichts zu sehen. Tess verzieht ihren linken Mundwinkel zu einem schiefen Grinsen.

Am nächsten Morgen regnet es wieder, aber diesmal hagelt es nicht. Es kühlt ein wenig ab, und die Temperaturen erreichen nur gute 40 Grad Celsius. Der Betreuer von Angelas Doktorarbeit an der Universität schreibt ihr eine E-Mail, dann, als sie nicht antwortet, noch eine. Sonst versucht niemand, sie zu erreichen.

Es wird Nacht.

Zweiundsiebzig Stunden nach ihrem Tod wacht Angela wieder auf.

Als sie erwacht, ist sie durstig. Schrecklich, schrecklich durstig. Sie versucht, ihren Kopf zu bewegen. Aber es fühlt sich an, als ob er in einem Schraubstock sitzt.

Ihr Blick fällt auf ein paar Schuhe. Über ihr steht Tess und beobachtet sie aufmerksam.

»Was …« Angela bringt das Wort fast nicht heraus. Ihre Stimme ist nur ein ersticktes Krächzen. Sie versucht es noch einmal. »Was hast du mit mir gemacht?«

»Nun ja«, antwortet Tess, »ich schätze, jetzt wirst du mich wohl doch nicht verlassen.«

ERSTER TEIL

Das blutrünstige unmenschliche Flittchen

1

Brookline, Massachusetts
6. November 1999

Angela schminkt sich mit größter Sorgfalt. Das Make-up ist ein wichtiger Teil ihrer Vorbereitung und mit Abstand der komplizierteste.

Zuerst der Lipliner – nur nach Gefühl. Dafür braucht man eine ruhige Hand, daher bringt sie das gerne so schnell wie möglich hinter sich. Langsam hoch und rum, dann auf der anderen Seite runter und entlang der Unterlippe zurück. Mit präzisen Bewegungen zeichnet sie die Umrisse nach und hofft, einen perfekten Kussmund geformt zu haben. Wenn sie sich konzentriert, rutscht sie nicht ab, aber das fällt ihr schwer, wenn sie so hungrig ist. Nur, der Hunger ist eben auch der Grund, weshalb heute Nacht alles stimmen muss.

Jetzt der Lippenstift, fast genauso kompliziert. Sie benutzt am liebsten flüssigen Lippenstift und trägt ihn mit einem Pinsel ordentlich auf. Man sollte meinen, mit einem normalen

Lippenstift wäre es in Anbetracht der Ermangelung des eigenen Angesichts leichter, aber damit ist sie nie zurechtgekommen.

Alles wäre so viel einfacher, hätte sie ein Spiegelbild.

Natürlich kann sie Shelly fragen, ob alles passt. Aber es ist besser, wenn sie es auf Anhieb hinbekommt. Falls sie einen groben Patzer gemacht hat, würde sie den halben Abend damit verbringen, das Make-up abzunehmen, wieder aufzutragen, Shelly erneut zu fragen und sich wieder abzuschminken. Das ist ihr nur einmal kurz nach ihrem Einzug passiert, und sie hat nicht vor, das zu wiederholen. Shelly hat sie am Ende des Abends äußerst irritiert angesehen.

Die ersten paar Tage mit ihren Mitbewohnern waren die schwersten, ihr fehlte noch die Routine. Am allerschlimmsten jedoch war die erste Minute, als sie vor der offenen Haustüre gestanden und darauf gewartet hatte, hineingebeten zu werden. Sie hatte sich gefragt, wie lange sie wohl dort stehen müsste, unfähig, die Schwelle zu überschreiten. Was für ein Albtraum.

Als Nächstes der Lidschatten. Solange sie methodisch vorgeht, ist das etwas einfacher. Angela trägt nur wenig auf und verteilt ihn dann nach außen. Erst etwas Weiß als Basis, dann eine Schicht Dunkelblau über das Lid. Schwarz in die Lidfalte, und dann alles verteilen. Eyeliner kann heikel sein, aber das hatte sie schon immer drauf. Sie darf sich nur nicht hetzen. Muss die Abläufe schön präzise hinbekommen. Hochschauen, dann eine Linie unterm Auge ziehen. Augen zu, eine weitere Linie über den Wimpern. Falls doch etwas verwischt, fällt das bei so dunklem Lidschatten nicht auf. Noch einen Tupfer Highlighter in die Augenwinkel. Und Wimperntusche geht beinahe von allein.

Immerhin muss sie sich nicht mit einer Grundierung herumschlagen. Ohne jemanden um Hilfe zu bitten, besteht keine Chance, dass Angela es schafft, sie gleichmäßig aufzutragen. Und die Geduld ihrer Mitbewohner hat sicher auch Grenzen.

Zum Glück ist blasse Haut, dort wo sie hingeht, in Mode. Das ist einer der Hauptgründe, weshalb sie den Laden ausgesucht hat; sie fällt dort nicht auf, so wie sie eben ist. Oder besser gesagt, so wie sie ist, plus Lippenstift, Lidschatten, Eyeliner und einem haargenau gewählten Outfit, sowie dem richtigen Verhalten, nicht zu aufdringlich und nicht zu schüchtern. Aber keine Grundierung.

Rouge ist trotzdem eine gute Idee. Nach den Wangenknochen fühlen und ein wenig davon auf beide tupfen. Im Idealfall sieht sie nun anziehend alabasterhaft aus und nicht ganz so sehr wie eine aufrecht stehende Leiche.

Angela räumt ihre Sachen zurück in ihre Schminktasche und macht sie zu. Als Nächstes sind die Klamotten dran. Sie verlässt das Bad und geht rüber in ihr Schlafzimmer. Warum macht sie sich überhaupt die Mühe, ihre Schminktasche im Bad zu lassen, wo sie doch den Spiegel gar nicht benutzen kann? Angewohnheit vermutlich. Aber das ist eine gute Angewohnheit. Alles, was sie normal erscheinen lässt, ist gut.

Sie öffnet den Schrank, um ihre Auswahl zu begutachten, und wird von einer Flut aus Lack, Spitze, Federn und Leder begrüßt. Sie weiß nicht, ob sie überhaupt noch ein normales T-Shirt und ein Paar Jeans hat. Das hier hat zumindest kaum etwas mit ihrem Kinderzimmer zu tun, wo ihre Schuluniformen in einer ordentlichen Reihe im Schrank hingen und ein Kruzifix auffällig an der Wand angebracht war. Seitdem hat sich so viel geändert.

Kruzifixe lösen bei ihr jetzt Unbehagen aus.

Die weit größeren Veränderungen waren jedoch im letzten Jahr geschehen. Genauer gesagt, in dem einen Jahr, zwei Monaten und zehn Tagen seit ihrem Tod. Der Moment, als sie aufgehört hatte, das zu sein, was sie zuvor gewesen war. Sie ist sich ziemlich sicher, dass sie seither keinen normalen BH oder Turnschuhe getragen hat.

Sie fragt sich, ob sie das überhaupt noch kann. Ist es ein Zwang, sich wie ein Goth zu kleiden? Könnte das der Ursprung des Klischees sein, der Funken Wahrheit in all den Geschichten und Mythen?

Nein, das ist lächerlich. Sie weigert sich, das zu glauben. Sie trägt die Klamotten, um eine bestimmte Art der Aufmerksamkeit auf sich zu ziehen und weil sie ihr nun einmal gefallen. Warum sollte es einen solchen mysteriösen Instinkt geben? Zwänge er sie dann auch, in die passenden Nachtclubs zu gehen? Was wäre dafür die evolutionäre Grundlage – Überlebensstrategien in den Clubs der Savanne, damals zu prähistorischen Zeiten? Schwachsinn. So etwas wie einen Lackleder-Instinkt gibt es nicht.

Vielleicht sollte sie trotzdem einen Versuch wagen. Lauter unterschiedliche Klamotten kaufen: spießig, alternativ, punkig. Und dann sehen, ob sie damit rausgehen kann. Sie beschließt, das auf die Liste zu setzen. Aber heute Abend hat sie nicht vor, an ihrem Outfit herumzuexperimentieren.

Angela entscheidet sich für ein Korsett in Schwarz und Rot, und einen seidenen Rock mit Schwalbenschwanz. Dunkelrote Handschuhe, hohe Absätze. Verführerisch mit einem Hauch von Eleganz. So hofft sie. Wenn sie das doch nur überprüfen könnte.

Als sie fertig angezogen ist, macht sie ihr Haar auf und es fällt ihr in glatten blonden Strähnen über die Schultern. Sie würde noch weniger auffallen, wenn sie es sich schwarz oder vielleicht dunkelrot gefärbt hätte, das hat sie aber noch nie. Immerhin trotzt sie in diesem Punkt dem Klischee. Wie es mit individualistischen Akten nun einmal so ist, zählt das am Ende natürlich kaum, aber es ist wenigstens etwas. Sie mag ein schreckliches Monster sein, aber wenigstens ein schreckliches blondes Monster.

Sie kontrolliert, ob Ausweis, Telefon, Geld und ihr Antiallergikum in ihrer Tasche sind. Sie hat nicht mehr viele Tabletten, bald muss sie sich ein neues Rezept geben lassen. Ein letzter Blick durchs Zimmer, falls sie etwas vergessen hat. Hat sie aber nicht. Viel gibt es sowieso nicht zu vergessen.

Ist die Schranktür zu und verbirgt ihre extravagante Auswahl an Klamotten, scheint der Raum karg und spartanisch. Ihre Matratze, die direkt auf dem nackten Boden liegt, nimmt eine ganze Seite des Raums ein. Laken und Decken sind achtlos daraufgeworfen. Gegenüber, unter den schweren Vorhängen vor dem einzigen kleinen Fenster, ist gerade genug Platz für ihren Schreibtisch. Gelegentlich wirft der Code, den sie laufen lässt, eine Nummer auf den Bildschirm, jede einzelne eine Erinnerung daran, wie viel Arbeit noch vor ihr liegt; Arbeit, der sie heute nicht nachgehen kann. Ein schmales Bücherregal ist an den letzten freien Platz an der Wand gequetscht. Fast ausschließlich Nachschlagewerke und ein paar zerfledderte Lieblingsbücher von früher. *Der König von Narnia.* Eine alte Ausgabe von *Annie On My Mind*, die ihre Eltern zum Glück nie gefunden haben.

Die einzige Dekoration klebt an der Decke. Lauter Sterne, die schwach leuchten, wenn sie das Licht der Schreibtischlampe löscht. Es sind alles bekannte Konstellationen – Draco, Andromeda und Orion, der ihr zuwinkt wie ein alter Freund. Die Sternenkarte ist absolut korrekt, das Ergebnis stundenlanger Maßarbeit mit einem Lineal und einem Sternenatlas. Angela lächelt ihnen zu, als sie den Raum verlässt und die Türe hinter sich schließt.

Aus dem Untergeschoss steigt sie die Treppe hinauf. Shelly sitzt im Wohnzimmer auf dem Sofa und ist tief in ein Manuskript versunken. Ihr Haar hat sie zu einem losen Pferdeschwanz gebunden.

Gut. Angela weiß, sie kann jederzeit an Shellys Zimmertüre klopfen, wenn es sein muss, aber so ist es einfacher. Aus der Küche hört sie das Geklapper von Töpfen – Mike kocht wohl noch ein spätes Abendessen. Sie kann das brutzelnde Steak riechen. Zum Glück haben sie aufgehört, Angela zu fragen, ob sie mitessen möchte. Sie hat zu oft abgelehnt und ihre Arbeit vorgeschoben. Aber meistens war das nicht einmal gelogen.

Das Wohnzimmer hat keinerlei Ähnlichkeit mit ihrem Schlafzimmer. Alles hier spiegelt den Geschmack von Shelly und Mike wider. Schlicht und modern, ein Sofa aus schwarzem Leder und Chrom, der Beistelltisch aus Metall und Glas. All das wirkt unter einer Zimmerdecke mit Wasserschaden in einem Raum mit schäbigen graugelben Wänden und uralten Kleberesten früherer Tapeten jedoch reichlich fehl am Platz. Ein renovierungsbedürftiges Haus war alles, was sie sich in Brookline hatten leisten können, und eineinhalb Jahre später stecken sie nun immer noch mitten in den Umbauten. Das

Mobiliar dient sozusagen als Ansporn, genauso wie der riesige Hundekorb in einer Zimmerecke, für den riesigen Hund, den die beiden noch nicht besitzen.

Shelly hat nicht gemerkt, dass Angela ins Zimmer gekommen ist, deshalb steigt sie mit Absicht auf eine knarzende Diele. Shelly schaut auf und runzelt die Augenbrauen.

»Hey Angela. Gehst du aus?«

»Ja«, antwortet sie. »Wie sehe ich aus?«

Shelly grinst. Dabei kommt eine Reihe breiter weißer Zähne zum Vorschein, die in krassem Kontrast zu ihrem dunkelbraunen Teint steht. Sie sieht sich Angelas Outfit ganz genau an, von Kopf bis Fuß.

»Ich würde sagen hinreißend. Klingt das gut?«

»Schmeichlerin.«

»Du solltest aber eine Jacke mitnehmen.«

Angela zuckt mit den Schultern. »Ich nehme die Straßenbahn bis zum Kenmore Square, da bin ich nicht lange draußen.«

»Sicher, wie du meinst. Aber das ist keine Straßenbahn, sondern die Tram, und du nimmst die T. Wenn du weiter Straßenbahn sagst, wissen alle sofort, dass du nicht aus Boston kommst.«

»Entschuldige. Alte Gewohnheit, schwer abzulegen.« Angela lächelt schuldbewusst. »Immerhin habe ich nicht Metro oder SEPTA gesagt. Passt mein Make-up so?« Sie dreht den Kopf, sodass Shelly sie von allen Seiten begutachten kann. »Nichts verschmiert?«

»Du siehst großartig aus«, bestätigt ihr Shelly. »Im Ernst. Geh und hab Spaß.«

»Danke.«

Angela rechnet damit, dass Shelly sich wieder in ihr Manuskript vertieft, das macht sie aber nicht. Stattdessen betrachtet sie Angela weiter und schürzt nachdenklich die Lippen.

»Hey, ich habe mich gefragt, ob wir nicht vielleicht mal mitkommen sollten.«

Oh nein. Nein, nein, nein. Nein. Angela bemüht sich, ihre Gesichtszüge nicht entgleisen zu lassen.

»Das müsst ihr wirklich nicht«, sie versucht, gelassen zu klingen. »Ich weiß, dass das nicht so euer Ding ist.«

»Ach, man könnte es ja mal ausprobieren.«

»Laute Musik, rücksichtslose Besoffene?« Angela deutet auf sich, ihr Outfit. »Prätentiöse Dramaqueens? Das ist doch nichts für dich.«

Shelly legt den Kopf schräg und sieht sie mit zusammengekniffenen Augen an. »Möchtest du etwa nicht, dass wir mitkommen?«

»Natürlich möchte ich das«, sagt Angela. Sie lügt. »Ich will nur nicht, dass ihr euch verpflichtet fühlt, etwas zu machen, worauf ihr keine Lust habt. Nicht mir zuliebe.«

Shelly blickt kurz auf ihr Manuskript, um sich zu merken, wo sie ist, dann legt sie es auf den Sofatisch. Angela wird mulmig, als sich Shelly aufsetzt, um sich ihr ganz zuzuwenden.

Offensichtlich will sie reden.

»Ich versuche nur … Du wohnst seit fast einem Jahr hier, und es kommt mir so vor, als ob wir dich nie zu Gesicht bekommen. In der Uni haben wir viel mehr Zeit miteinander verbracht. Wir würden nur gerne mal wieder was mit dir zusammen unternehmen, verstehst du?«

»Ich kann nicht – ich muss meine Arbeit fertig schreiben. Es tut mir leid, aber das nimmt viel Zeit in Anspruch.« Angela merkt selbst, wie abweisend sich das anhört. Und da sie gerade dabei ist auszugehen, klingt es wie eine besonders fadenscheinige Ausrede.

»Das weiß ich.« Shelly hebt die Hand in einer Geste, die Angela beruhigen soll. »Ich möchte dich nicht zwingen, Zeit mit uns zu verbringen. Ich will dir auch nicht vorschreiben, was du machst, wenn du dir mal einen Abend freinimmst – es kommt ja weiß Gott nicht besonders häufig vor. Ich dachte nur, wenn du das nächste Mal ausgehst, könnten wir dich doch begleiten.«

Shellys Erklärung klingt logisch. Besorgniserregend logisch. Angela versucht verzweifelt, einen höflichen Grund zu finden, um abzulehnen.

»Du könntest mich einkleiden«, schlägt Shelly vor. »Das wäre doch lustig.«

»Meine Klamotten passen dir nicht«, sagt Angela schnell. »Ich bin ein Hungerhaken, du hast richtig Busen. Du müsstest dir neue Klamotten kaufen, um in den Club zu kommen; das ist doch Irrsinn, wenn du nicht mal wirklich hingehen möchtest. Ich sag dir was – den nächsten freien Abend verbringe ich hier mit euch.«

»Das musst du nicht ...«

»Das möchte ich aber. Wirklich, das ergibt doch viel mehr Sinn. Und hattet ihr nicht vor, die Treppe bald mal zu streichen?«

Shelly nickt langsam. »Ja, wenn wir es irgendwann mal hinbekommen, die Farbe zu besorgen.«

»Das ist doch perfekt. Gebt mir Bescheid, wenn ihr wisst, wann, dann helfe ich mit. Wir veranstalten eine kleine Hausparty und machen es uns lustig.«

»Wenn du das wirklich so meinst … Na gut, das klingt auf jeden Fall nach Spaß«, sagt Shelly und scheint sich langsam mit der Idee anzufreunden. »Wir können Oldies hören. Snacks besorgen.«

»Snacks«, echot Angela. »Großartig.«

Erleichtert zwingt sie sich zu einem Lächeln. Das bedeutet, sie muss sich einen weiteren Abend freinehmen, aber es hätte schlimmer kommen können.

Dann merkt sie, dass Shelly immer noch neugierig ihr Gesicht studiert.

»Was? Ist es der Lippenstift?«

»Geht's dir gut?«, fragt Shelly. »Ich meine, ist alles in Ordnung?«

Angela hört auf zu lächeln. »Es geht mir gut.«

»Du hast in letzter Zeit nicht so fit ausgesehen …«

»Hast du nicht gerade gesagt, ich sehe fantastisch aus?«

»Hör zu, Angela, ich will mich nicht einmischen, aber …« Shelly sucht nach den richtigen Worten. »Ich weiß, was auch immer zwischen dir und Tess gelaufen ist, war nicht einfach.«

»Es geht mir gut.«

»Du bist ans andere Ende des Landes gezogen. Mitten in deiner Promotion.«

»Das ist wirklich kein Ding. Ich habe das alles mit meinem Betreuer geklärt. Ich muss keine Kurse mehr besuchen, ich muss nicht vor Ort sein. Ich muss nur meine Arbeit fertig schreiben.«

»Das habe ich nicht gemeint«, sagt Shelly und klingt langsam etwas frustriert. »Ich will nur sagen, falls du mal mit jemandem reden möchtest, bin ich für dich da.«

»Ich weiß«, antwortet Angela ruhig. »Und danke dir, ich weiß das zu schätzen, wirklich. Aber das ist nicht notwendig.«

Sie deutet auf den Stapel Papier auf dem Sofatisch. »Was liest du da? Ist es gut?«

Shelly ist vom Themenwechsel nicht begeistert. Angela fragt sich, ob sie wohl weiter nachhakt.

Aber schließlich sagt Shelly nur: »Ja, ist nicht schlecht. Meistens lohnt es sich schon, sie zu lesen, wenn sie bei mir ankommen. Ich habe ja einen Handlanger, der durch den Stapel unverlangt eingesandter Manuskripte geht und das wirklich fürchterliche Zeug vorher aussortiert.«

»Das hört sich praktisch an.«

»Oh, glaub mir, das ist es auch.«

Aus der Küche kündigt Mike an, dass das Essen fertig ist. Shelly schaut zur Küchentür und hievt sich vom Sofa. »Ich hoffe, du hast heute einen schönen Abend.«

»Ich gebe mein Bestes.«

»Gut. Weißt du, ich glaube das Buch könnte dir gefallen«, sagt Shelly auf dem Weg in die Küche. »Es ist ein bisschen wie *Buffy – Im Bann der Dämonen*. Lauter Monsterzeug. Werwölfe, Vampire, Hexen und so. Sehr Goth. Vielleicht interessiert es dich ja.«

»Sicher, klingt super«, antwortet Angela ohne echte Begeisterung. »Genau mein Ding.« Aber Shelly ist schon in der Küche verschwunden.

Und Angela verdrückt sich schnell.

2

Somerville, Massachusetts
6. November 1999

In all den Jahren, in denen es nun schon Chloës Aufgabe ist, den Stapel unverlangt eingesandter Manuskripte zu lesen, ist sie schon so ziemlich jeder Art von Engel begegnet.

Frömmelnde Engel mag sie am wenigsten. Sie haben die lästige Tendenz, sie selbst und alle, die Chloë kennt, in die Hölle zu verdammen. Tugendhafte Engel liegen allerdings direkt auf Platz zwei, weil sie einfach nervig sind. Zornigen Engeln kann man erstaunlich viel abgewinnen, wenn man kein Problem damit hat, dass ein paar Dämonen mit flammenden Schwertern durchbohrt werden. Bei rebellischen Engeln ist beides möglich, sie können sowohl ergreifend, aber auch abstoßend sein, je nachdem, wie viel sie jammern. Weise Engel sind mit Abstand die besten, aber die kommen leider allzu selten vor.

Falls sie nie wieder einem sexy Engel begegnen sollte, wäre auch das noch zu früh. Diese arroganten Arschlöcher.

Seit der Verlag, für den sie arbeitet, »inspirative Literatur«

publiziert, tauchen in mindestens einem Viertel der Texte, die auf ihrem Schreibtisch landen, Engel auf. Manchmal kommt es ihr vor, als gäbe es einen Engel für quasi jede Gelegenheit. Abhängig vom Geschmack und der Gemütsverfassung des Autors können ihre Charaktere völlig unterschiedlich ausfallen. So ruhmreich und wunderlich ist es eben, unverlangt eingesandte Manuskripte anzunehmen. Ein paar Engelsromane hat sie an Shelly, für die Chloë die Manuskripte begutachtet, weitergeleitet, aber die meisten werden in braunen vorfrankierten und voradressierten Umschlägen zurückgeschickt oder wandern in den Papiermüll.

Trotz ihrer Erfahrung mit dieser Spezies hat sie allerdings jetzt Schwierigkeiten, den Engel in dem Buch, das sie gerade liest, einzuordnen. Er scheint nicht viel zu tun, außer im Himmel rumzuhängen und gelegentlich mit einem toten Heiligen zu quatschen. Vielleicht ist er ein ganz neuer Typus. Ein nutzloser Engel? Ein sinnloser Engel? Vielleicht soll das avantgardistisch sein. Wie dem auch sei, Chloë ist nicht sonderlich beeindruckt.

Es gab eine Zeit, da hatte sie diese Arbeit wenigstens dazu ermutigt, an ihren eigenen Texten zu arbeiten. Im Moment scheint allerding schon der Gedanke daran zu anstrengend. Das überrascht sie nicht sonderlich, weil sie in letzter Zeit eigentlich alles zu anstrengend findet. Schreiben, Lesen, das Haus verlassen. Morgens aufzustehen ist ein kleiner lächerlicher Sieg.

Ihr neuer Mitbewohner reißt sie aus ihren Gedanken, als er an den Türrahmen zwischen Wohnzimmer und Küche klopft. Sie zuckt bei dem Geräusch zusammen, was wiederum den Kater, der friedlich auf ihrem Schoß geschlafen hat, aufschreckt.

Und ein aufgeschreckter Entropie ist eine zerstörerische Naturgewalt.

Noch bevor Ari es schafft, die Frage »Hast du kurz Zeit?« auszusprechen, nutzt Entropie Chloës Schoß schon schmerzhaft als Sprungbrett und ist so schnell unterwegs, dass man nur einen schwarzgrauen Streif erkennen kann. Dann prallt er noch an einer Wand ab, bevor er im Schlafzimmer verschwindet. Die vorsichtig aufgetürmten Stapel unterschiedlichster Dinge, die Chloë beim letzten Versuch aufzuräumen gebildet hat, stürzen daraufhin wie eine langsame, aber unaufhaltsame Lawine in sich zusammen.

Ari und Chloë betrachten den Schaden.

Um ganz ehrlich zu sein, macht es keinen großen Unterschied. Unmengen an Büchern, alten Rechnungen, schmutzigem Geschirr und ungewaschenen Socken sind so gut wie überall in der Wohnung verteilt. Und sogar noch Schlimmeres. Chloë hat einmal ein halb gegessenes Sandwich unter einer Zeitung gefunden. Sie konnte sich beim besten Willen nicht daran erinnern, eines gemacht zu haben, und sie hatte seit Wochen kein Brot mehr im Haus gehabt.

Die Möbel sind auch nicht besser. Es sind zusammengesammelte Teile, die Studenten der Tufts University nach ihrem Auszug auf dem Gehsteig zurückgelassen hatten – schiefe Bücherregale, Stühle, die nur dank Klebeband zusammenhalten, eine plattgesessene Couch, auf der Chloë jetzt sitzt. Das Gebäude selbst ist so heruntergekommen, wie der Eigentümer damit gerade noch ungestraft davonkommt. Innen blättert braune Tapete von den Wänden, außen braune Farbe.

»Das«, sagt Ari, als ein weiterer Stapel kollabiert, »ist eine ganz schön lebhafte Katze.«

Nachdem sie sich ein kleines Lächeln erlaubt hat, wendet sich Chloë an die Gestalt in der Küchentüre. »Hi. Ich arbeite gerade, aber ich kann kurz Pause machen.«

»Großartig.«

Als Ari zu ihr ins Wohnzimmer kommt, wirft sie das Buch auf den »nicht weiterleiten«-Bereich des Fußbodens. Tschüssi, nutzloser Engel. Die abgelehnten Manuskripte liegen in einem weiten Bogen ums Sofa herum auf dem Boden verteilt. Chloë kann anhand der Distanz zur Couch beurteilen, wie wenig sie ein Buch mochte; je schlimmer, desto weiter fliegt es.

»Was gibt's?«, fragt sie.

»Nun ja«, antwortet Ari. »Ich hatte gehofft, wir könnten etwas besprechen. Was die Wohnung angeht.«

»Die Wohnung?«

»Ja.«

Chloë bekommt Beklemmungen. Schon seit er vor ein paar Tagen eingezogen ist, graut es ihr bei der Vorstellung, ein ernsthaftes Gespräch mit Ari führen zu müssen.

Sie kennt ihn kaum. Ihre verzweifelte finanzielle Lage ist der einzige Grund, weshalb sie überhaupt einen Mitbewohner gesucht hat. Seit der letzten Mieterhöhung kann Chloë sich die Wohnung nicht mehr alleine leisten. Daher hat sie die sargartige Kammer hinter der Küche untervermieten müssen. Das ist wahrscheinlich illegal, aber sie hat darauf spekuliert, dass andere Leute genauso verzweifelt sein mussten wie sie. Obwohl, nachdem ein paar mögliche Untermieter die Wohnung betreten, den Zustand des Wohnzimmers gesehen hatten und daraufhin fluchtartig wieder verschwunden waren, war sie sich da nicht mehr so sicher.

Dann ist Ari aufgetaucht, hat sich umgesehen, »Großartig!«

gesagt und den Mietvertrag, den Chloë ihm überreichte, ohne ihn zu lesen, unterschrieben. Sie weiß immer noch nicht, was sie von ihm halten soll. Irgendetwas stimmt mit ihm nicht, aber sie hat noch nicht herausgefunden, was genau. Hinzu kommt, dass er Ariel heißt, was aber auch einfach darauf hindeuten kann, dass seine Eltern jüdisch sind. Oder möglicherweise Fans von Shakespeare. Oder eben von *Arielle, die Meerjungfrau.* Er sieht tatsächlich ein bisschen wie ein Engel auf einem Renaissancegemälde aus – er hat das typisch androgyne Aussehen, das lange, wallende Haar und große, gefühlvolle Augen.

Falls er einer Arbeit nachgeht, muss er jedenfalls nicht zu vorgegebenen Zeiten dort erscheinen. Trotzdem hat er zwei Monatsmieten bar im Voraus gezahlt, einen einzigen Koffer mitgebracht und sich dann hauptsächlich zurückgezogen. Chloë tippt auf Kiffer mit reichen Eltern, aber wenn er irgendwas rauchen sollte, tut er es nicht zu Hause. Er wirkt nett, aber sie wartet noch auf das dicke Ende.

Sie vermutet, dass er vielleicht einer Sekte angehört und sie missionieren will. Oder fragen, ob er in der Küche mit Drogen dealen kann. Oder sein Zimmer in den kleinsten Swinger Club der Welt verwandeln darf. Oder, im schlimmsten Fall, will er, dass sie aufräumt.

Also will sie es lieber schnell hinter sich bringen. »Worüber wolltest du reden?«

»Dein Kater«, erklärt Ari, »fällt mir immer wieder auf den Kopf.«

»Oh.« Chloë ist überrascht. »Ja, das tut mir leid. Das macht er gerne. Allerdings nur bei Leuten, die er wirklich mag.«

»Faszinierend! Aber nicht warum – nein, ich frage mich: wie? Wie macht er das?«

»Er hockt sich oben auf den Türrahmen und wartet, bis jemand durchgeht.«

»Beeindruckend«, sagt Ari und betrachtet den schmalen Vorsprung über der Küchentür. »Der ist ja höchsten ein paar Zentimeter breit.«

»Er ist wirklich sehr geschickt.«

»Katzen sind wirklich fantastische Wesen, findest du nicht?« Er starrt weiter den Türrahmen an, als hoffte er darauf, dass dieser seine Geheimnisse preisgibt.

»Hat er dich gekratzt?«, fragt Chloë.

»Was? Oh nein. Nein, er prallt irgendwie von einem ab und lässt sich dann fallen. Aber deshalb mache ich mir Sorgen. Ich will nicht, dass er sich wehtut.«

»Wirklich? Ich bin mir sicher, er verkraftet das.«

Ari sieht nicht überzeugt aus. »Meinst du, man kann ihn irgendwie davon abhalten?«

»Glaub mir, ich habe alles versucht. Aber ›Nein!‹ brüllen bringt überhaupt nichts, tja, weil er nun mal eine Katze ist. Ich habe darüber nachgedacht, die Türrahmen zu entfernen, aber ich wohne hier nur zur Miete und ich glaube, der Vermieter wäre nicht begeistert.«

»Nein«, stimmt Ari ihr zu. »Vermutlich nicht.«

»Ist das ein Problem für dich?«, fragt sie wieder nervös. Sie weiß aus eigener Erfahrung, wie befremdlich es ist, wenn Entropie einem plötzlich den Krieg erklärt. Wenn Ari auszieht, muss sie wieder von vorne mit der Suche anfangen.

Sie wartet, während er angestrengt nachdenkt.

»Ne, das passt schon«, sagt er schließlich. »Wenn du meinst, er kriegt die Landung immer hin, dann vertraue ich dir da. Katzen, einfach faszinierend.«

Chloë atmet erleichtert auf. »Danke, dass du bereit bist, das zu ertragen. Ich weiß, tieffliegende Haustiere sind kein typisches Haushaltsrisiko.«

»Keine Sorge deswegen.« Versonnen winkt er ab und will wieder zurück in die Küche. »Ich lass dich jetzt weiterarbeiten.«

Er ist schon fast weg, da sagt Chloë: »Hey, Ari?«

»Ja?«

»Ich bin neugierig, was machst du eigentlich? Ich meine beruflich.«

Er dreht sich wieder zu ihr um, und ein Grinsen macht sich auf seinem Gesicht breit. »Ich predige.«

»Du machst was?«

Ari tritt einen Schritt vor und zuckt zusammen, als er auf etwas Hartes oder Spitzes tritt, das unter dem ganzen Zeug auf dem Boden verborgen liegt. »Ich predige. Ich bin Prediger.« Er steigt jetzt vorsichtiger über den Müll auf dem Boden und kommt rüber zur Couch.

»Wo predigst du?«, fragt sie ihn.

»Auf der Straße.«

»Oh.«

»Ich habe einen netten Platz im Public Garden gefunden. Wenn sie mich da nicht bald vertreiben. Ich werde auch heute Abend wieder dort sein.« Er setzt sich neben sie und klatscht sich auf die Knie.

»Heute noch? Aber es ist schon dunkel.«

»Ich habe festgestellt«, erwidert er ernst, »dass ich seltener verjagt werde, wenn ich nachts predige. Solange ich nicht zu laut werde. Ein bisschen Aufmerksamkeit erregen ist wichtig, aber die, sagen wir mal, falsche Aufmerksamkeit ist ein Problem.«

Chloë weiß nicht so recht, was sie sagen soll. »Verdient man da gut?«

»Keine Ahnung. Ich bin noch nicht lange dabei.«

»Und was predigst du?«, fragt sie weiter, obwohl ihr langsam mulmig wird. »Ich meine, welche Religion?«

»Eine, die ich selbst erfunden habe. Ich habe mich mit vielen religiösen Lehren beschäftigt, aber das hier ist meine eigene Interpretation des Ganzen.«

Da haben wir es, denkt sich Chloë und sieht das metaphorische dicke Ende jetzt klar vor sich.

Eine Sekte also.

»Möchtest du gerne mehr hören?«, fragt Ari aufgeregt. Seine Augen leuchten vor Eifer.

»Ich glaube, jetzt ist nicht der richtige ...«

»Es ist eine sehr freundliche Religion. Es werden ganz sicher keine Tiere geopfert.«

»Das ist ... gut?« Sie zögert.

»Ich dachte, das interessiert dich, weil du offensichtlich Tierliebhaberin bist. Es gibt bei mir keinen Anlass, irgendetwas umzubringen, keine Kühe, keine Ziegen, nichts. Auf gar keinen Fall Katzen. Ich habe ein ganzes Gleichnis dazu, falls du es hören möchtest.«

»Ich muss wirklich weiterarbeiten«, sagt Chloë und tätschelt den Stapel Manuskripte neben sich vielleicht ein bisschen zu enthusiastisch. »Also sicher, das klingt super, aber du verstehst ja, oder?«

Aris Lächeln fällt ein wenig zusammen. »Oh. Das verstehe ich natürlich.«

»Wird nicht weniger. Die Arbeit.«

»Vielleicht ein andermal, ja?«

Er sieht so niedergeschlagen aus, dass Chloë sich schlecht fühlt. »Vielleicht. Mal sehen.«

»Okay«, sagt er. »Dann lass ich dich mal allein. Bis du nicht mehr so viel zu tun hast.«

»Klar.«

Ari steht vom Sofa auf und bahnt sich wieder langsam einen Weg durchs Wohnzimmer. Obwohl er so vorsichtig ist, steigt er trotzdem auf etwas, das unter seinem Fuß knirscht. Er wirft ihr einen entschuldigenden Blick zu und verzieht sich in die Küche. Kurz darauf hört sie seine Zimmertür ins Schloss fallen.

Chloë reibt sich die Schläfen, versucht, die sich anbahnenden Kopfschmerzen zurückzudrängen, dann fährt sie sich mit den Händen durch die wirren Locken. Weil es nichts bringt, die Augen zu schließen und ruhig zu sitzen, sucht sie unter den Sofakissen nach der Packung Antidepressiva. Die sind natürlich eigentlich nicht gegen Kopfschmerzen, aber vielleicht helfen sie ihr, sich zu entspannen.

Auch wenn ihr Mitbewohner ein angehender Sektenführer ist, sagt sich Chloë, scheint er harmlos. Zumindest hofft sie das inständig. Illegale Vermieter haben keine große Auswahl.

Nachdem sie die Tabletten ohne Wasser heruntergeschluckt hat, schnappt sie sich ein neues Exemplar vom Stapel ungelesener Einsendungen und schlägt es auf. Es handelt sich um einen weiteren religiösen Text. Das Thema verfolgt sie wohl heute. Diesmal kommt ein frömmelnder Engel vor, und schon wird ihr versichert, dass sie zu endloser Folter verurteilt sei und eine Ewigkeit in Pech und Schwefel brennen werde.

Von da an wird es nicht besser.

3

Das Gleichnis vom Monster und dem Mädchen

Public Garden, Boston
6. November 1999

Ja, genau, versammelt euch. Es gibt keinen Grund, schüchtern zu sein, kommt ruhig näher. Willkommen im Public Garden. Die Predigt beginnt in zwei Minuten, gleich hier unter der Statue des barmherzigen Samariters. Sie soll im Übrigen an den ersten medizinischen Gebrauch von Äther erinnern, wusstet ihr das? Richtig, deshalb betäubt der barmherzige Samariter den anderen Typen da auch. Man lernt nie aus, stimmt's?

Na gut, danke euch allen, also euch beiden – halt, ich habe den Hund nicht gesehen. Euch dreien. Vielen Dank euch dreien, dass ihr mir an diesem kalten Novemberabend, nun ja, euer Gehör schenkt. Was für eine Freude, persönlich mit euch zu sprechen; man läuft sonst Gefahr, dass einem die Moral auf halber Strecke flöten geht. Entschuldigt die späte Stunde, aber die Polizei hier hat eine eher engstirnige Vorstellung davon, was »Erregung öffentlichen Ärgernisses« bedeutet.

Deshalb versuche ich unter dem Radar zu fliegen, bis sich die Sache wieder beruhigt hat.

Nun, wie wäre es mit einem Gleichnis? Alle lieben Gleichnisse, nicht?

Cool, das höre ich gerne, das ist super. Das heutige Gleichnis heißt »Das Monster und das Mädchen«.

Es war einmal ein Monster.

Das Monster war ziemlich unglücklich. Eines Tages hat es sich daher mit Pfefferminzschnaps volllaufen lassen und sich Disneys *Die Schöne und das Biest* siebzehnmal hintereinander angeschaut. Am nächsten Tag wacht es mit heftigen Kopfschmerzen und der Überzeugung auf, dass es nur glücklich werden kann, wenn es die wahre Liebe zu einem schönen Mädchen findet.

Dem Monster war jedoch klar, dass sich kein schönes Mädchen in ein Monster verlieben würde, also verkleidete es sich als Mensch, wahrscheinlich, indem es einen Hut aufsetzte oder so. Mit dieser Verkleidung ging es dann zum Tanzen in einen Nachtclub. Und in diesem Nachtclub – Verzeihung, was meintest du? Ja, vollkommen richtig! Da hat sich wohl einer den Titel gemerkt. In diesem Nachtclub sah das Monster ein schönes Mädchen.

Das Mädchen ließ sich von der Verkleidung des Monsters täuschen, und die beiden tanzten miteinander. Später gingen sie nach Hause und hatten eher mittelmäßigen Sex, denn das Monster war ein wenig egoistisch. Aber das schöne Mädchen hatte lange mit niemandem mehr geschlafen und freute sich, überhaupt etwas zu erleben.

Als sie am nächsten Morgen aufwachten, stellten sie fest, dass sie nun eine Beziehung miteinander führten.

Die ersten Wochen oder Monate lief alles ganz gut, aber dann merkte das Monster wieder, dass es unglücklich war. Also beschloss es, dass mit dem Mädchen etwas nicht stimmen konnte, und fing an, ihm das immer wieder zu sagen. Das Mädchen gab sein Bestes, aber das Monster war nie zufrieden.

Eines Tages biss es das Mädchen schließlich. Aber da hatte das Monster das Mädchen schon davon überzeugt, es nicht besser verdient zu haben, und so verließ es das Monster nicht. Es ist nicht leicht, den Überblick zu behalten, wenn man manipuliert wird, und das Monster warf dem Mädchen jeden Tag vor, dass alles seine Schuld war. Seine Gedanken drehten sich im Kreis. Und das Monster hörte nicht auf, es zu beißen.

Aber obwohl die Psychospielchen das Mädchen lange Zeit unter die Kontrolle des Monsters gebracht hatten, erkannte es eines Tages doch, dass es ein Monster vor sich hatte. Vielleicht ist dem Monster der Hut runtergefallen oder so. Tja, und da das Mädchen sowohl *Dracula* mit Bela Lugosi als auch das fürchterliche Remake mit Winona Ryder gesehen hatte, befürchtete es, auch zum Monster zu werden.

Es trennte sich kurze Zeit darauf von dem Monster, aber es wusste immer noch nicht, ob es sein Schicksal war, auch ein Monster zu werden. Das Monster rastete aus, denn es wusste, dass es nun für immer unglücklich bleiben würde. Ende.

Abgesehen davon, dass beide vollkommen unrecht hatten. Das Monster war einfach nur ein Arschloch, und nichts würde das jemals ändern. Und das Mädchen brauchte eigentlich nur eine volle Mütze Schlaf und einen guten Therapeuten.

Aber so läuft das nun mal, schätze ich.

Das ist jetzt wirklich das Ende. Alles gesagt.

Danke euch, das ist sehr freundlich, ich weiß das zu schätzen, danke. Habt eine gute Nacht, ihr beiden. Und der Hund auch. Darf ich ihn streicheln? Nein? Kein Ding.

Macht's gut!

4

Ascension, Boston
6. November 1999

Der Club liegt am Kenmore Square, nicht weit vom leuchtenden Neonschild der Citgo, das die Silhouette der ganzen Umgebung prägt. Auf der anderen Seite der Autobahn befinden sich die bekannteren Läden, auf der Lansdowne Street direkt am Fenway Park. Dieser hier ist gerade nahe genug am Ausgehviertel dran, aber weit genug davon entfernt, um sein eigenes kleines Reich zu bilden.

Das Gebäude hat drei Stockwerke, durch die sie langsam schlendert. Auf zwei Etagen geht es nur um die Musik, die Tanzflächen nehmen den ganzen Raum ein. Auf der mittleren dröhnt Industrial Rock. Gerade verklingt »Butterfly Wing« und wird von »Bad Blood« von Ministry abgelöst. Trance und Shoegaze laufen im Stock drüber.

Alles ist schwarz gestrichen: die Wände und Decken, die Rohre der Heizung und Lüftungsanlagen. Die Beleuchtung ist düster bis auf ein paar farbige Lichteffekte, die über den Boden huschen. Wäre der Raum leer, man hätte das Gefühl, in einen Schlund hinabzusteigen. Aber es ist Samstagnacht, daher ist die Hölle los, und die Musik ist voll aufgedreht.

Angela tanzt ein wenig, gerade genug, um nicht aufzufallen, aber auch nicht zu viel, um abgelenkt zu werden. Eigentlich hat sie nämlich vor, etwa alle zwanzig Minuten im unteren Stockwerk an der Bar vorbeizuschauen. Sie würde gerne mehr tanzen. Früher hat sie mehr getanzt. Sie hat es geliebt. Aber in letzter Zeit hat sie andere Sorgen.

Ein paar Stammgäste sind da, der ein oder andere begrüßt sie. Sie grüßt zurück, aber sie kennt sie alle eigentlich nur vom Sehen. Das macht sie mit Absicht. Sie wechselt zwischen so vielen Clubs hin und her wie möglich und geht nur aus, wenn es unbedingt sein muss. Nach ungefähr zwei Wochen wird der Hunger unangenehm. Aber wenn sie sich zusammenreißt, muss sie nur alle zwei Monate in den gleichen Club.

Und sie hat sich sehr zusammengerissen. Das bedeutet aber auch, dass sie nun sehr, sehr hungrig ist.

Sie muss sich konzentrieren, während sie sich durch die Menge schiebt. Die Lichteffekte leuchten und blinken und werfen seltsame Schatten auf die Körper und Gesichter der anderen. Um sie herum sind alle damit beschäftigt zu tanzen, zu trinken, sich über die laute Musik hinweg anzubrüllen. Angela bleibt am Rand. Dank der bunten Mischung aus Strapsen und Korsagen, Lackstiefeln und Lederjacken, Gewändern und Handschuhen ist sie getarnt wie ein Leopard im hohen Gras.

Manche Clubgänger stechen mehr hervor als andere. Immer wieder einmal gibt es einen Farbklecks zwischen all dem Schwarz – ein Pink oder Blau oder Gold. Manchmal trägt jemand einen Hut oder außergewöhnlichen Schmuck. Ein mutiges junges Ding trägt nichts außer streifenweise Klebeband. Nicht die Person, nach der Angela Ausschau hält. Sie sucht nach jemandem, der nicht zu viel Aufmerksamkeit auf sich zieht.

Die Stammgäste sind auch keine Option. Zu gefährlich, die Chance wiedererkannt zu werden ist zu groß. Das Gleiche gilt für Gruppen oder Paare. Und sie hält sich von denjenigen fern, die den ganzen Abend auf der Tanzfläche verbringen. Schon ganz am Anfang hat sie festgestellt, dass es viel zu umständlich ist, einen hingebungsvollen Tänzer vom Parkett zu bekommen.

Auf ihrer dritten Runde durch die Bar entdeckt sie eine mögliche Kandidatin, sie nippt an ihrem Drink und unterhält sich mit niemandem. Nach zwei weiteren Runden hat sich ihre potentielle Beute nicht vom Fleck bewegt. Perfekt. Angela geht zum Angriff über, und während sie sich der Frau nähert, begutachtet sie sie ein wenig genauer.

Sie ist etwa Anfang zwanzig und hat dunkles lockiges Haar, olivfarbene Haut und kleine dunkle Augen. Sie hat ihren Whiskey Cola schon fast ausgetrunken, und es war ganz offensichtlich nicht ihr erster. Sie bewegt sich ein wenig zu langsam, bemüht sich, mit wackeliger werdenden Händen nichts zu verschütten.

Sie hat ein Piercing an der Unterlippe und trägt Lederbänder mit Nieten am Hals und an den Handgelenken. Aber ihre Hose und ihr Top sind schlicht, einfach schwarz. Klamotten, wie sie vermutlich die meisten zu Hause haben. Angela schätzt, dass sie sich Halsband und Armbänder ausgeliehen hat und wohl zum ersten Mal hier ist. Und Angela ist gut im Schätzen.

Es dauert eine Weile, bis der Barhocker neben der Frau frei wird. Aber dann setzt Angela sich schnell neben sie und bestellt sich einen Gin Tonic. Sie wartet nur ein paar Sekunden ab, bevor sie sich zu der dunkelhaarigen Frau umdreht und sie mit lauter Stimme über den Lärm an der Bar hinweg anspricht.

»Hi.«

Ein verwirrter Blick, etwas abwesend. Der Gesichtsausdruck von jemandem, der nicht weiß, warum er angesprochen wird. »Hi.«

»Bist du auch alleine hier?« Angela klingt freundlich. Einladend. »Ich hasse es, alleine auszugehen.«

Eine Pause. Ein leichtes Nicken. »Ja.«

»Menschen beobachten wird schnell langweilig, stimmt's?«

»Mir gefallen die Outfits.«

Angela hört genau zu. Ihre Sitznachbarin ist nicht so betrunken, dass sie lallt, aber betrunken genug, um Wörter besonders deutlich zu artikulieren, um keines zu verschlucken. Angela lächelt, fröhlich und aufgeschlossen.

»Ich weiß, was du meinst«, sagt sie. »Hast du die junge Frau gesehen, die irgendwie nur drei Streifen Paketband trägt?«

Sie macht große Augen. »Ja.« Sie sieht beinahe bedächtig aus. »Nichts, was ich draußen tragen würde, aber holla.«

»Absolut.«

Angelas Drink kommt. Sie schiebt dem Barkeeper einen Fünfer über den Tresen und gibt vor, einen Schluck zu nehmen. Alkohol ist ein Vergnügen, an dem sie nicht mehr teilhaben kann. Obwohl sie es gerne täte, besonders jetzt gerade. Tanzen geht sie zwar nur noch selten, aber Alkohol kann sie überhaupt nicht mehr zu sich nehmen. Schon ein Schluck verursacht bei ihr Brechreiz.

Während sie das Glas wieder auf die Theke stellt, fragt sie: »Und, wie heißt du?«

»Hazel.«

»Freut mich, dich kennenzulernen, Hazel. Ich bin Angela.« Sie sieht zu Hazels fast leerem Glas. »Was trinkst du?«

»Whiskey Cola. Und du?«

»Gin Tonic. Mir gefällt, wie er leuchtet.«

»Wie, leuchtet?« Hazel kommt neugierig näher. Angela schiebt ihr Glas näher an den Lichtkegel einer der Schwarzlichtlampen über der Bar. Die beiden Frauen beobachten, wie die Flüssigkeit auf einmal hellblau aufleuchtet. »Cool.«

»Das liegt am Chinin. Es ist stark fluoreszierend.« Jetzt neigt sich Angela aufgeregt zu Hazel vor. »Weißt du, wie es das macht? Es absorbiert Ultraviolettstrahlung bei dreihundertfünfzig Nanometern und strahlt dann blaues Licht bei vierhundertfünfzig aus. Es muss am Ende weniger Energie haben, daher ist die Wellenlänge länger.«

»Äh, ich bleibe bei ›hübsche Farbe‹, wenn das okay ist?«

»Entschuldige.« Angela möchte sich am liebsten auf die Zunge beißen. Warum lässt sie sich heute Abend so leicht ablenken? Sie bemüht sich, ihre Aufmerksamkeit wieder auf die aktuelle Situation zu lenken. »Möchtest du einen? Ich lade dich ein.« Hazel zögert. »Du kannst die nächste Runde übernehmen«, versichert ihr Angela.

Hazel gibt achselzuckend nach, und Angela bestellt zwei Gin Tonic beim Barkeeper.

»Und, Hazel, was machst du so?«, fragt Angela. »Wenn du nicht gerade hier bist, meine ich.«

»Ich bin Buchhalterin.« Hazel verzieht das Gesicht, ihre Worte klingen kurz und abgehackt. »Arbeite an meiner Wirtschaftsprüferlizenz.«

»Du siehst aus, als rechnest du damit, dass ich gleich schreiend weglaufe.«

»Nein, ich rechne damit, dass du mich gleich fragst, ob es so langweilig ist, wie es klingt.«

»Machen das andere wirklich?«

»Üblicherweise sind sie zu höflich, um es auszusprechen. Aber ich weiß, das würden sie gern«, sagt Hazel missmutig. »Und ich habe sogar einen Job in einem ganz interessanten Unternehmen.«

»Tatsächlich?« Angela hebt herausfordernd die Augenbrauen. »Darfst du das Piercing auch in der Arbeit tragen?«

»Tja, nein. Aber abgesehen davon ist es echt spannend.«

»Na gut«, sagt Angela. »Dann frage ich nicht, ob es langweilig ist. Warum erzählst du mir nicht stattdessen, was daran spannend ist?«

Bald hat Angela Hazel dazu gebracht, angeregt von ihrer Arbeit zu erzählen. Als die Getränke kommen, bemerkt Hazel daher auch nicht, dass Angela die Pillen in die Hand nimmt und sie mit einer kräftigen Bewegung zerbröselt. Oder dass sie das Pulver in Hazels Glas rieseln lässt, bevor sie es zu ihr rüberschiebt.

Sie hört aufmerksam zu, während Hazel ihren Job in einer Softwarefirma beschreibt. Ihr Team ist auf internationales Steuerrecht spezialisiert, was anscheinend gemein kompliziert ist. Angela wirft die richtigen Worte ein, um das Gespräch am Laufen zu halten, macht den richtigen Gesichtsausdruck, um Interesse zu zeigen, und navigiert vorsichtig an der schmalen

Grenze zwischen unterhalten und flirten. Mittlerweile hat sie das sehr gut drauf. Eine Tatsache, die sie verabscheut.

Sie würde gerne mit jemandem flirten, aufrichtig und nicht so wie dieser groteske Betrug. Aber das würde die ganze Sache nur noch schlimmer machen. Viel, viel schlimmer. Sie kennt die andere Seite der Medaille und weiß, wohin das führt.

Angela kann mit niemandem zusammen sein, egal, wie sehr sie sich das wünscht. Es ist zu gefährlich. Das hier, diese entsetzliche Parodie einer Clubbekanntschaft, das ist alles, was sie sich erlauben darf.

Für immer.

Als der Gin Tonic halb getrunken ist, vergisst Hazel mitten in einer lustigen Geschichte über einen Kollegen, was sie eigentlich gerade erzählen wollte.

Als das Glas leer ist, versucht sie zum mindestens fünften Mal, irgendetwas über deutsches Importrecht zu erklären. Angela ist sich nicht ganz sicher, worum es bei dem Gesetz geht oder warum es so wichtig ist, denn Hazel lässt, ohne es zu bemerken, die Hälfte der Erklärung weg.

Angela atmet einmal tief durch, um sich für das, was jetzt kommt, zu wappnen. Und vielleicht auch, um sich an eine Zeit zu erinnern, als sie noch atmen musste.

Es ist so weit.

»Alles in Ordnung, Hazel?«, fragt sie sanft, nichts außer Fürsorge in ihrem Ton. »Du siehst nicht so gut aus.«

»Ich glaube …« Hazel runzelt verwirrt die Stirn. Schwach deutet sie auf ihr leeres Glas. »Ich weiß nicht … ich habe vielleicht, vielleicht zu viel gehabt …« Sie schwankt auf ihrem Barhocker.

»Musst du dich übergeben?« Hazel wird bei dem Vorschlag

leicht grünlich. »Alles klar, dann bringen wir dich doch besser auf die Toilette.«

»Na ja …«, murmelt Hazel. »Das klingt … ja.«

Angela steht auf, greift Hazel unter die Arme und hilft ihr vom Barhocker. Hazel erlaubt ihr, sie durch die Menge zur Damentoilette zu bugsieren, sie stolpert vor sich hin und stützt sich auf Angela.

Niemandem fällt irgendetwas auf. Niemand interessiert sich für die beiden.

Angela kann Hazels Puls spüren, das Blut, das unter ihrer Haut fließt. Und als unvermeidbare Antwort darauf verschiebt sich etwas hinter Angelas Oberlippe. Ihr Mund ist voller Speichel. Sie schluckt ihn hinunter. Wenn Angelas Herz immer noch selbstständig schlagen könnte, jetzt würde es rasen. Aber es bleibt still und leblos.

Sie hat viel zu lange gewartet, und sie muss sich konzentrieren, um nicht die Kontrolle zu verlieren. Verflucht. Aber sie verabscheut das hier sosehr.

Sie schiebt die Tür auf und Hazel und sich in die Toilette, an ein paar anderen Frauen vorbei, die vor dem Spiegel ihr Make-up checken. Sie versucht, Hazel nach Möglichkeit zwischen sich und den Spiegeln zu positionieren. Es könnte ein bisschen komisch rüberkommen, falls jemandem auffällt, dass nur eine von ihnen ein Spiegelbild hat.

Angela wuchtet Hazel in eine leere Kabine, macht die Tür zu und schließt ab. Sie setzt Hazel auf den Rand der Kloschüssel, greift ihr in den Nacken und öffnet das Lederband. Angela hat schon eine Ausrede parat, falls sie eine braucht – alles, damit Hazel besser Luft bekommt –, aber die ist schon nicht mehr nötig. Hazel schielt, ihre Lider sind halb geschlossen, und sie gibt nur noch unzusammenhängendes Gemurmel von sich. Sie bekommt nicht genug mit, um sich zu wehren.

Angela nimmt sich einen Moment Zeit, um sich das volle Ausmaß ihrer Handlung bewusst zu machen.

»Es tut mir so leid«, flüstert sie.

Dann beißt sie Hazel in den Hals.

5

Somerville
6. November 1999

Draußen regnet es so heftig, dass das Wasser an den Fensterscheiben entlangläuft und die Sicht trübt, als wäre es Vaseline. Eigentlich liebt Chloë Regen, das beruhigende Hintergrundgeräusch der fallenden Tropfen. Aber heute Nacht hellt es ihre Stimmung nicht auf. Nichts könnte das. Die Nachbarn über ihr veranstalten irgendetwas, das immer wiederkehrende dumpfe Schläge produziert. Chloë fragt sich, was das sein könnte. Basketball? Stepptanz? Viehtreiben?

Die weiße Seite auf ihrem Computerbildschirm fängt an, sie zu verhöhnen. Sie tippt einen Buchstaben und löscht ihn sofort wieder. Eine Weile später versucht sie es mit einem ganzen Wort, in der Hoffnung, es möge sie zu einem ganzen Satz motivieren. »Das« steht da jetzt, einsam und alleine, bis sie es nach einer gefühlten Ewigkeit wieder löscht.

Der Himmel ist schon von Grau zu Schwarz übergegangen, der frühe Sonnenuntergang Bostons im Winter verkürzt die

Tage, und dieses eine Wort ist das einzige, das sie zustande bringt. Um genau zu sein, ist es das einzige, was sie überhaupt zustande bringt.

Chloë kann es nicht auf die Nachbarn schieben, es lag nicht am Krach. Sie kann nicht einmal dem Kater die Schuld geben, jetzt wo sie ihn von der Tastatur verscheucht hat. Außerdem wäre es unfair, böse auf Entropie zu sein, schließlich ist er der Einzige, der ihr den ganzen Tag Gesellschaft geleistet hat. Ari ist seit Stunden unterwegs, und seit dem Gespräch über Tieropfer hat sie sowieso keine große Lust mehr, mit ihm zu reden. Sie hofft aber, dass er nicht zu nass wird, wo auch immer er sich rumtreibt.

Sie dreht sich um und krault Entropie hinterm Ohr, bis dieser im Halbschlaf zufrieden schnurrt. Wenigstens einer hat einen guten Tag.

Mit einer Pistole, der Gedanke drängt sich ihr ungefragt auf. *Du könntest dir in den Kopf schießen. Wäre doch schnell und einfach.*

Zur Hölle.

»Wo sollte ich überhaupt eine Pistole herbekommen?«, fragt sie laut, als ob sie einer vollkommen logischen Konversation folgen würde. »Dafür braucht man einen Waffenschein. Und Pistolen sind unzuverlässig. Mit einer Pistole kann man danebenschießen und am Ende hirngeschädigt im Krankenhaus aufwachen, an lauter Maschinen angeschlossen. Möchtest du das etwa?«

Sie weiß, in der Psychologie nennt man dieses Phänomen »Intrusionen«, aber es hilft ihr nichts, zu wissen, wie man das nennt. Manchmal hilft es ihr, sich vorzustellen, diese Gedanken wären Einbrecher, fremde Invasoren, die in ihren Kopf eindringen und ihr Hirn besetzen. Sie hat gehofft, sie würden mit dem Ende ihrer Ehe auch verschwinden – entfernt man die offensichtliche Ursache, sollte die Wirkung nachlassen, oder nicht? Aber sie hat sich schon vor über zwei Jahren getrennt, die Scheidung längst abgeschlossen, und nichts hat sich verändert.

Um fair zu sein – es ist schon einige Wochen her, dass es ihr zuletzt so gegangen ist. Die Antidepressiva helfen. Aber sie hat immer noch ab und zu schlechte Tage.

Sie hätte nicht so lange in ihrem Schlafzimmer bleiben sollen. Es kann nicht gesund sein, sich einzusperren und die ganze Zeit auf einen zugemüllten Schreibtisch und ein ungemachtes Bett zu glotzen. Ihre Wände sind kahl und hässlich, nur die regenverschmierten Fenster bilden einen Kontrast. Es hängen keine Bilder mehr an ihren Wänden. Die hat Alec alle mitgenommen, als er ausgezogen ist. Nur ein paar hellere Rechtecke sind geblieben, wo die Rahmen einst hingen. Sie ist sich nicht einmal sicher, ob ihm die Bilder überhaupt gefielen.

Um ehrlich zu sein, es hat ihm am Ende gar nichts mehr gefallen. Seine Abneigung gegenüber der Welt und ihr hatte täglich zugenommen. Eine Masse kalter Aggression, getarnt als Rationalität, so war Alec. Sie hatte Gefühle, während er Fakten hatte. Moderne Kunst ist Betrug – Fakt. Fernbedienungen verursachen Krebs – Fakt. Wenn Chloë anderer Meinung ist, liegt das an ihrer Dummheit – Fakt. Ihre Eltern hatten, als sie noch ein Kind war, dasselbe Spiel mit ihr gespielt, und ihre Tante Esther war die Einzige gewesen, die ihnen das je auf den Kopf zugesagt hatte. Sie hat sich schon überlegt, ob sie vielleicht deshalb auf den genau gleichen Bullshit von Alec so leicht reingefallen war.

Wie gerne würde sie einfach umziehen, die schlechten Erinnerungen, die sich hier wie totes Laub angehäuft haben, zurücklassen. Aber das ist zu teuer. Möglicherweise würde es ihr helfen, ein bisschen rauszugehen, doch heute ist es zu spät und zu nass.

Vielleicht sollte sie Abendessen kochen, falls sie irgendetwas findet, das man zubereiten kann. Der Kühlschrank ist so gut wie leer, und vor den Schachteln und Dosen im Regal graut es ihr. Manche stehen da schon seit Jahren. Kochen ist sowieso zu anstrengend. Sie ist einfach zu nichts zu gebrauchen.

Verdammt. Es geht ihr wirklich schlecht. Sie weiß nicht mehr, wann sie sich zuletzt so elend gefühlt hat. Es kann doch wohl nicht schlimmer werden, oder? Vielleicht ist es wieder einmal Zeit, die Dosis ihrer Medikamente zu erhöhen.

Entropie gähnt und streckt sich, dann fängt er an, sich hingebungsvoll zu putzen. Chloë beobachtet ihn bei der Körperhygiene. Es ist schon ein paar Tage her, dass sie geduscht hat, und sie fühlt sich langsam etwas eklig. Sie sollte duschen, bevor sie morgen zur Arbeit geht.

Sie könnte sich in der Badewanne die Pulsadern aufschlitzen, wenn sie eine Badewanne hätte, was nicht der Fall ist. Es gibt nur eine Duschkabine. Vom schäbigen Zustand der Wohnung gerettet. Sie kann sich nicht in der Garage mit Abgasen vergiften, weil sie keine Garage hat. Abgesehen davon hat sie auch kein Auto. Sie kann ihren Kopf nicht in den Herd stecken – besser gesagt, das könnte sie schon, aber der Herd ist ein altes Elektromonster aus den Siebzigern und wahrscheinlich würden ihr dann nur die Haare ein bisschen zu Berge stehen.

Chloë lacht laut auf, worauf Entropie seinen Waschvorgang unterbricht und sie irritiert ansieht.

Ihr Hirn versucht, sie in den Selbstmord zu treiben, und sie macht sich Sorgen um brüchiges Haar.

Sie braucht eine Ablenkung. Irgendwas, egal was, um sich zu beschäftigen. Sie könnte natürlich arbeiten. Sie müsste heute eigentlich dringend noch ein paar Manuskripte lesen. Wenn sie noch weiter in Verzug gerät, wird Shelly sie fragen, ob alles in Ordnung ist. Falls sie es gar nicht mehr schafft, weiterzulesen … Chloë will gar nicht daran denken. Sie muss schließlich Geld verdienen.

Sie quält sich vom Stuhl hoch, watet durch die Wäscheberge auf ihrem Schlafzimmerboden und kämpft sich durch bis ins Wohnzimmer. Dort wartet ein gigantischer Stapel ungelesener Arbeit auf sie. Ganz oben liegt ein Roman, der den nicht sonderlich vielversprechenden Titel *Dem Geschöpf der Nacht verfallen* trägt. Immerhin vermutlich kein religiöses Thema. Gut. Und wie viel kann man schon allein vom Titel sagen? Es könnte ja eine Komödie sein. Dummer Titel, lustige Charaktere, alberner Plot. Sie schlägt es auf, und ihr Blick fällt auf das Vorwort des Autors.

Dieses Buch, steht da, *entstand während einer der dunkelsten Phasen meines Lebens. Ich war überzeugt davon, dass mich niemand liebte und dass ich es nicht verdient hatte, geliebt zu werden. Ich habe alles Gute zerstört, um mir das Trauma zu ersparen, es später zu verlieren. Ich widme dieses Buch allen, die so gelitten haben wie ich.*

Okay. Keine Komödie. Sie blättert um. Dann bleibt sie auf einer Seite hängen.

Einige Formulierungen springen sie förmlich an. Darunter besonders, »das nackte, verschwitzte Sexspielzeug«, »das blutrünstige, unmenschliche Flittchen« und ein Absatz, der mit den unheilvollen Worten »bis die Ananas ganz eingeführt worden war« endet.

In was eingeführt?, fragt sie sich. Sie liest den Abschnitt genauer. Das stellt sich jedoch als Fehler heraus. Sie hat ernsthafte Zweifel daran, ob das, was dort geschildert wird, physisch überhaupt möglich ist.

Spontan entscheidet sie, dass sie dieses Buch nicht weiterlesen wird und ihr schon der Versuch schwere psychische Schäden zufügen könnte. Noch weitere psychische Schäden also. Sie schlägt das Manuskript zu und schleudert es mit Wucht von sich. Es flattert in hohem Bogen durch den Raum und landet mit einem dumpfen Schlag am hinteren Ende des Ablehnungsareals auf dem Teppich.

Immerhin hat es sie abgelenkt. Wenn auch nur kurz.

Jetzt fühlt sie sich schlecht, weil sie es so schnell weggeworfen hat. Und wird den Eindruck nicht los, dass sie ihrer Zunft damit Schande macht. So schlecht, dass sie aufsteht und es wieder aufhebt, fühlt sie sich nicht, aber genug, um sich vorzunehmen, die nächsten Bücher aufmerksamer zu begutachten. Leider sind die nächsten auch alle ziemlich mies. Keines davon hindert ihre Gedanken daran, wieder und wieder in unangenehme Erinnerungen abzuschweifen.

Stumm debattiert sie, was sie jetzt tun soll, als es an der Türe klingelt und sie aus ihren Gedanken gerissen wird.

Es ist schon eine Weile her, seit sie die Klingel zuletzt gehört hat. Außer Ari, der einen Schlüssel hat, kommt niemand vorbei. Als Erstes denkt sie, er hat ihn womöglich verloren, aber als sie zum Fenster geht, winkt ihr eine ältere Frau vom Treppenabsatz zu. Verblüfft winkt Chloë zurück.

Tante Esther ist zwar nicht die letzte Person, die sie erwartet hat, aber trotzdem eine ganz schöne Überraschung. Chloës Tante – oder ihre Großtante oder womöglich auch gar keine Tante, sondern eine Cousine zweiten Grades, so genau hat sich Chloë das nie merken können – sieht immer noch genauso aus wie früher. Weißes Haar, ein faltiges Gesicht und zierlich gebaut. Ihre Statur könnte einem gebrechlich erscheinen, wenn sie nicht bei jedem ihrer Schritte vor lauter Energie praktisch hüpfen würde.

Chloë öffnet die Wohnungstür, und kalte, nasse Luft kommt herein.

»Hallo, Liebes«, begrüßt Esther sie beschwingt. »Ich hoffe, es stört dich nicht, aber in Chicago ist wohl irgendein Schneesturm und mein Flugzeug musste auf einem winzigen Flugplatz in Connecticut landen und ich hatte nicht vor, stundenlang in irgendeiner Lagerhalle zu warten, also habe ich mich gefragt, wen kenne ich in der Nähe? Und dann ist mir eingefallen – Chloë! Sie wohnt nur zweihundertfünfzig Kilometer entfernt von hier. Natürlich bin ich dann in einen Bus gehüpft, und schon stehe ich vor deiner Tür. Ich hoffe, das kommt nicht ungelegen, aber könnte ich über Nacht bei dir bleiben?«

Esther trägt einen eleganten violetten Hosenanzug, der den Eindruck macht, als wäre er frisch gebügelt. Regen tropft von einem farblich passenden Regenschirm. Chloë sieht an sich hinunter, schwarze, ausgeleierte Jogginghosen und ein abgewetztes T-Shirt in der gleichen Farbe, beides Überreste aus der Zeit, als sie als Bühnentechnikerin gearbeitet hat. Sie fragt sich, wieso sie sich in ihrer eigenen Haustür underdressed fühlt. Immerhin hängt sie nicht mehr nur in Sweatshirt und Unterhose rum. Mit einem Mitbewohner gewöhnt man sich sowas schnell ab.

»Äh, hi«, antwortet Chloë, als sie ihre Sprache wiederfindet. »Du hättest wirklich vorher anrufen sollen.«

»Oh, ich dachte, du nimmst es nicht so genau mit der Etikette«, entgegnet Esther.

»Was, wenn ich nicht zu Hause gewesen wäre? Du hättest den ganzen Weg umsonst gemacht.«

Es ist schon Jahre her, dass Chloë Esther zuletzt gesehen hat, aber sie hatten immer versucht, in Kontakt zu bleiben. Früher hatte sie oft auf Chloë aufgepasst, und Chloë hatte sie angehimmelt. Das tut sie auch immer noch, selbst wenn ihr die Verschrobenheit ihrer Tante nun manchmal weniger charmant vorkommt.

»Du bist aber zu Hause«, stellt Esther fest. »Dann hat doch alles funktioniert.«

»Sieht so aus.« Chloë geht aus dem Weg, damit Esther eintreten kann. »Komm rein.«

Das ist jedenfalls mit Sicherheit eine Ablenkung.

6

Ascension, Boston
6. November 1999

Gierig trinkt Angela Hazels Blut. Nach den ersten vier Schlucken lässt der Stress nach. Sie macht langsamer. Hazel erschaudert in ihren Armen und stöhnt auf.

Gleich ist es vorbei. Angela lässt von ihr ab und leckt dann die Blutstropfen von ihrem Hals. Das kommt ihr sehr intim vor, aber es scheint bei der Heilung zu helfen. Vermutlich hat es etwas mit ihrem Speichel zu tun, schätzt Angela.

Und tatsächlich hören die Wunden sofort auf zu bluten. Schon schließen sie sich, sind nur noch zwei winzige Einstichstellen oberhalb ihres Schlüsselbeins. Bald wird man sie kaum noch sehen.

Als Erstes kontrolliert Angela Hazels Atmung. Ruhig und regelmäßig. Gut. Dann checkt sie ihren Puls. Immer noch kräftig. Dafür, dass man sie betäubt und gegen ihren Willen in eine Toilettenkabine gezerrt hat, scheint Hazel alles gut zu verkraften.

Angela schlägt mit dem Kopf gegen die Kabinenwand. Einmal, zweimal, dreimal.

»Alles okay da drüben?«, fragt jemand auf der anderen Seite.

»Alles in Ordnung. Sorry!«, ruft Angela zurück. Sie wartet und lauscht. Es kommt keine weitere Nachfrage.

Es bleibt eine Delle in der Metallwand, wo Angela ihre Stirn dagegen geschlagen hat. Das ist dumm gewesen.

Eines Tages wird noch mehr danebengehen. Sie wird zu lange warten, sodass sie vollkommen die Beherrschung verliert und in aller Öffentlichkeit jemanden anfällt. Oder sie trifft aus Versehen eine Hauptschlagader und ihr Opfer verblutet in ihren Armen, während sie verzweifelt versucht, die Wunden zuzulecken. Sie wird so hungrig sein, dass sie zu schnell zu viel trinkt. Oder jemand verträgt die Drogen nicht, wer weiß, was dann passiert.

Am meisten sorgt sie sich wegen dem, was zu ihrem eigenen Tod geführt hat. Selbst wenn sie keinen Menschen mehrmals beißt, bei Weitem nicht häufig genug, um diese eine Katastrophe auszulösen, irgendwann wird etwas schiefgehen, egal, wie vorsichtig sie ist. Irgendwie, irgendwann.

Sie hat sich ein Mobiltelefon besorgt, damit sie im Notfall einen Arzt rufen kann, aber was, wenn der zu spät kommt? Oder rechtzeitig da ist? Wie um alles in der Welt würde sie erklären, was passiert war?

Bis jetzt musste sie diesen Anruf noch nicht tätigen. Bis jetzt.

Es muss doch einen besseren Weg geben. Etwas anderes als das, was sie gerade getan hat. Oder als die Alternative, die man ihr gezeigt hat. Aber bisher ist ihr noch nichts Besseres eingefallen. Keine Lösung. Vielleicht wird sie die auch nie finden.

Bisher hat sie auch noch keinen Erfolg gehabt, die anderen Fragen zu klären. Sie hat keine Ahnung, warum sie kein Spiegelbild hat. Wie kann das sein? Das ergibt doch keinen Sinn.

Angela wird schwindelig – Alkohol und Drogen haben auch zweiter Hand einen Effekt. Sie lehnt sich gegen die Wand und wartet darauf, dass es vorbeigeht. Sie hat ohnehin noch Zeit. Sie muss bleiben, bis Hazel wieder so weit zu sich kommt, dass Angela sie nach ihrer Adresse fragen und ihr ein Taxi rufen kann, damit sie sicher nach Hause kommt.

Also, sicher vor all den anderen Raubtieren da draußen. Für Hazels Unversehrtheit ist es ja nun zu spät.

Plötzlich ist Angela froh, dass sie kein Spiegelbild hat.

Sie glaubt nicht, dass ihr der Anblick gefallen würde.

ZWEITER TEIL

Fern des Morgens
ist es stets am dunkelsten

7

Tempe, Arizona
19. September 1996

Drei Jahre zuvor. Ein anderer Ort, eine andere Zeit, ein anderes Leben.

»Halt still.«

Angela blickt verwirrt auf. Sie war so vertieft in ihr Buch, dass sie die andere Frau nicht bemerkt hat.

»Im Ernst, kannst du vielleicht für eine halbe Sekunde stillhalten?«

Angela hat keine Ahnung, wer mit ihr spricht. Das Gesicht der Fremden liegt hinter einer Kamera versteckt, daher sieht Angela nur einen Wuschelkopf, der zu kirschrot ist, um natürlichen Ursprungs zu sein. Eine zierliche Frau in einem schwarzen Kleid mit einer rechteckigen Tasche über der einen Schulter.

»Das hier wird eine lange Belichtungszeit brauchen«, erklärt sie. »Wenn du dich bewegst, verwackelt es.«

»... na gut«, sagt Angela.

»Großartig. Bereit? Los geht's.«

Angela versucht, absolut stillzusitzen. Die Kamera klickt und surrt.

»Perfekt«, sagt die Frau. Sie lässt die Kamera sinken, und es kommt ein Gesicht mit großen, honigbraunen Augen zum Vorschein und den feinen Zügen einer Porzellanpuppe. Wenn sie raten müsste, würde Angela sagen, dass sie Ende zwanzig oder Anfang dreißig ist. Sie ist klein, beinahe winzig – Angela ist selbst nicht groß, aber sie bezweifelt, dass die Kamerafrau über ein Meter fünfzig ist.

Die Frau streckt ihr die Hand entgegen. »Tess.«

Angela drückt ihre Hand. »Hi. Ich heiße Angela.«

»Freut mich, dich kennenzulernen, Angela. Was treibst du so? Liest du oft mitten in der Nacht draußen?«

Angela sieht auf den Papierstapel in ihren Händen, dann hoch zur Straßenlaterne, deren Glühbirne von einem Schwarm suizidaler Insekten umgeben ist. Sie steht nahe genug an der Parkbank, dass man gut darunter lesen kann, aber was sie hier tut, sieht sicher seltsam aus.

Sie möchte sich rechtfertigen, erklären, dass sie es nach einem ganzen Tag in ihrem Apartment keine Minute länger dort ausgehalten hat. Dass der Park mit seinen satten Wiesen sie an zu Hause erinnert. Es muss irgendeine Bewässerungsanlage geben, damit in diesem Klima Rasen überhaupt wachsen kann, also ist es eine schreckliche Wasserverschwendung. Angela ist jedoch dankbar, ein bisschen kräftiges Grün zwischen all dem sandigen, braunen Boden und den trockenen, stachligen Pflanzen zu finden.

Aber all das zu erzählen kommt ihr irgendwie zu viel vor, bei jemandem, den sie gerade erst kennengelernt hat. »Sonst mache ich das nicht«, sagt sie deshalb. »Und du? Machst du oft nachts Fotos von Leuten?«

»Aber ja«, antwortet Tess. »Immer, wenn ich ein Bild sehe, das sich lohnt. Du solltest dein Haar im Licht der Laterne sehen. Es leuchtet.«

Angela fasst sich verlegen an die Haare. »Bist du Fotografin? Ich meine, ganz offensichtlich ja ... aber, beruflich?«

Tess nickt und setzt sich neben Angela auf die Parkbank. Ihre Füße reichen nicht bis zum Boden, sie lässt sie baumeln. »Zigarette?« Sie bietet Angela eine an. Angela schüttelt den Kopf und lehnt ab. Tess kramt aus ihrer Tasche ein Feuerzeug hervor und zündet sich eine an. »Das ist mein Beruf«, fährt Tess fort. »Und deshalb bin ich nachts unterwegs. Und was hat dich hierher verschlagen?«

Angela zögert, weist sich augenblicklich selbst zurecht. Sie sollte zur Abwechslung einmal in der Lage sein, eine Unterhaltung zu führen, ohne sich hinter ihrer Schüchternheit zu verkriechen, vor allem wenn man es ihr so einfach macht. Und interessant, freundlich und gutaussehend ist. »Um ehrlich zu sein, bin ich erst jetzt hier, weil es tagsüber nicht ging«, gibt sie zu.

»Oh? Und warum nicht?«

»Es war einfach ... zu heiß.«

Tess betrachtet Angela von oben bis unten. »Oh ja. Eindeutig.«

Angela blinzelt und sieht dann zu Tess, aber die schaut sie vollkommen unschuldig an. »Ich ... ich wollte nicht vor die Tür gehen, solange die Sonne noch scheint, verstehst du?«

»Sicher. Ich bin auch erst nach Sonnenuntergang raus.«

Angela entspannt sich ein wenig. Das Wetter ist ein gutes Thema. Und es hat einiges zu bieten, denn das Wetter hier ist erbarmungslos. Der Betreuer ihrer Doktorarbeit hat ihr versichert, dass es immerhin trockene Hitze ist, aber die hat man auch in einem Backofen. In der Nacht ist es zwar immer noch heiß, aber in einem Tanktop und Shorts wenigstens erträglich. Der einzige Vorteil ist, dass man nicht so schwitzt. Die Luft ist so trocken hier, dass sie Schweiß so schnell abtransportiert, wie er sich bilden kann. Wenn es an der Ostküste so heiß wäre, würden ihre Oberschenkel an der Bank kleben bleiben und beim Aufstehen Teile der Farbe mitnehmen.

»Ist dir in dem Kleid nicht furchtbar warm?«, fragt Angela. Es hat lange Ärmel mit Spitze an den Handgelenken und lagenweise Stoff bis zu den Knöcheln. »Also mir wäre darin zu heiß.«

Tess zuckt mit der Achsel. »Mir wird nie zu warm. Was liest du da?«

»Oh, das ist ein Aufsatz«, sagt Angela und legt die Papiere zur Seite. »Hausaufgaben, könnte man sagen.«

»Studierst du?«

»Ich promoviere. Habe hier gerade erst angefangen.«

»Cool.« Tess lässt den Zigarettenrauch durch ihre Nase ausströmen und sagt sonst nichts mehr.

Die folgende Stille wird nur vom leisen Summen des Straßenverkehrs auf der Hauptstraße unterbrochen. Angela kann gerade so die Lichter der Autos ausmachen, die hinter ein paar dunklen Bäumen in der Ferne immer wieder auftauchen und verschwinden. Niemand sonst sitzt auf einer der Parkbänke oder auf der großen, leeren Wiese. Abwesend kratzt sie sich an einem Mückenstich am Bein und überlegt, wie sie die Unterhaltung am Laufen halten könnte.

»Warum hast du keinen Blitz benutzt?«, fragt sie. »Für das Foto?«

Tess' Mundwinkel verzieht sich zu einem spöttischen Grinsen. »Ich habe versucht, das Licht der Laterne auf deinem Haar einzufangen. Hätte ich einen Blitz verwendet, wäre nur das Licht vom Blitz zu sehen gewesen.«

»Musstest du deshalb so lange belichten? Um mehr Licht zu bekommen, ohne ...« Angela hält inne, am liebsten würde sie die Frage zurücknehmen. Niemand interessiert sich für streberhafte Fragen zum Thema Optik.

Aber Tess scheint es nicht zu stören. »Ja. Nicht ganz einfach. Sogar mit einer schnellen Linse und einem hochempfindlichen Film. Jede Bewegung hätte es ruiniert.«

Siehst du, sagt sich Angela. *Kein Grund zur Sorge. Du kannst mit Menschen reden.* »Das klingt logisch«, sagt sie. »Aber was ist mit deinen Händen?«

»Was meinst du?«, fragt Tess.

»Ich habe still dagesessen, aber du hast die ganze Zeit die Kamera gehalten. Ich meine, wackeln sie nicht? Wenigstens ein bisschen?«

»Ich habe sehr ruhige Hände«, sagt Tess. »Was macht Angela, die Doktorandin, denn so zum Vergnügen?«

Angela verspannt sich, nur leicht, kaum merklich. »Keine Ahnung.«

»Keine Ahnung?«, fragt Tess und grinst wieder mit nur einem Mundwinkel.

»Ich bin gerade erst ... Ich hatte noch keine Zeit, hier Leute kennenzulernen.« Das ist die erste Ausrede, die ihr einfällt, und sie ist sich recht sicher, dass Tess sie durchschaut. Sie wird wieder nervös. Um ihre Hände zu beschäftigen, greift Angela zu den Papieren auf ihrem Schoß und gibt vor, sie zu sortieren. Nicht zum ersten Mal fragt sie sich, ob sie womöglich langweilig ist. Aber heute fällt es ihr besonders auf, zumal sie neben einer Frau sitzt, die ganz offensichtlich nicht langweilig ist. Eine, die einfach Fotos von fremden Menschen macht. Mit einem kreativen Beruf. Eine, die raucht und flucht und elegante Kleidung trägt und all die anderen Dinge tut, die sich Angela selbst nie trauen würde.

Denn in Wahrheit tut sie eigentlich überhaupt nichts und hat auch früher nicht viel getan, außer zwischen Kirche und Uni zu pendeln. Mit beidem kann sie im Augenblick nichts anfangen. Sie geht nicht mehr in die Kirche, auch wenn eine lästige Stimme in ihrem Kopf sie dafür als Ketzerin beschimpft. Und was die Uni anbelangt, ihre wenigen Freunde – wie zum Beispiel Shelly, die sie im Grundstudium kennengelernt hat – sind Tausende von Kilometern entfernt.

»Jetzt hast du hier ja jemanden kennengelernt«, sagt Tess. »Sollen wir tanzen gehen?«

»Wie bitte?« Angela fragt sich für einen Moment, ob Tess Gedanken lesen kann, begreift dann aber, dass sie auf ihre letzte Antwort reagiert hat. »Tanzen? Du meinst, heute?«

Tess sieht sie wieder kritisch von oben bis unten an. »Nicht heute«, beschließt Tess. »Du bist definitiv nicht richtig gekleidet.«

»Ich glaube nicht, dass ich mit dir mithalten kann, wenn ich mir dein Kleid so anschaue. So etwas habe ich nicht.«

»Dann gehen wir wohl erst shoppen und dann tanzen.

Irgendwann mal. Aber wie wäre es, wenn ich dich heute auf einen Drink einlade?«

»Das musst du wirklich nicht ...«

»Als Dankeschön dafür, dass ich dich fotografieren durfte«, sagt Tess. »Komm schon, ein Drink, das kann doch nicht schaden. Wenn ich mich als Arschloch entpuppe, kannst du einfach gehen und musst mich nie wieder sehen.«

»Klingt vernünftig.« Angela stellt überrascht fest, dass auch sie lächelt.

Sie ist schließlich in einer neuen Stadt, oder nicht? Vielleicht kann sie hier ein neues Leben beginnen. Es ist an der Zeit, etwas auszuprobieren. Wie zum Beispiel eine interessante Frau in eine Bar zu begleiten und zu sehen, was passiert.

»Großartig.« Tess macht ihre Zigarette aus, springt von der Bank und streckt sich. »Los geht's.«

Hinter ihr leuchten die Sterne, die durch den Schimmer der Stadtbeleuchtung dringen, wie lauter weit entfernte, über den südlichen Himmel verteilte Katzenaugen. Der volle, gewölbte Mond hängt groß am Horizont. »Warst du schon mal in der Merc Bar?«

»Nein.«

»Dann gehen wir da hin. Und du kriegst einen Gin Tonic«, sagt Tess, als auch Angela aufsteht und sie gemeinsam den Park verlassen. »Es gibt einen hübschen, kleinen Trick, den ich dir zeigen möchte.«

»Oh? Und zwar?«

»Man kann ihn zum Leuchten bringen.«

»Ach.« Angela legt den Kopf schief und denkt nach. »Wie funktioniert das wohl?«

»Also«, antwortet Tess, »ich habe nicht die leiseste Ahnung.«

8

Somerville
15. November 1999

»Ich geh dann mal«, sagt Ari auf dem Weg zur Tür. »Vielen Dank für die Pancakes. Sie waren köstlich!«

»Jederzeit, mein Lieber«, ruft ihm Esther nach. »Zieh dich warm an. Und gib mir Bescheid, wenn du jemandem das Leben rettest.«

»Mach ich!«

Chloë verkneift es sich, die Augen zu verdrehen. Ungefähr zwanzig Minuten nachdem Esther Ari kennengelernt hat, hat sie ihm die Karten gelegt und festgestellt, dass er zu irgendeinem Zeitpunkt irgendjemandem das Leben retten wird. Immer wieder fängt sie jetzt damit an, als ob es sich um eine Tatsache handeln würde. Deshalb hat Chloë es auch abgelehnt, sich von ihr die Zukunft vorhersagen zu lassen. Ari wiederum behandelt die Sache mit beunruhigender Ernsthaftigkeit.

Sie fragt sich, wie viele Leute seine Predigt nach neun Uhr abends wohl noch anziehen wird. Für ihn der Beginn seines

Arbeitstags, gleich nach einem ausgewogenen Pfannkuchen-Frühstück. Aber Chloë richtet sich schließlich auch nicht nach herkömmlichen Arbeitszeiten. Sie versucht, ihre Aufmerksamkeit wieder auf das Manuskript zu lenken.

Sie schafft nur ein paar Worte, bevor Esther sie unterbricht. »Stört es dich, wenn ich mir einen Kaffee mache?«

»So spät am Abend? Kannst du denn dann noch schlafen?«, fragt Chloë und unterdrückt ihren aufkommenden Ärger.

Esther ist schon auf dem Weg in die Küche. »Ja, mir macht das nichts. Ich trinke gerne morgens einen Becher und abends einen Becher. Der erste macht die Welt frisch und neu, und der letzte, ich sag es dir, hilft mir beim Einschlafen. Möchtest du auch einen?«

»Nein, danke. Es würde mich außerdem überraschen, wenn im Schrank mehr als eine saubere Tasse steht.«

»Ich könnte doch für dich abspülen, wenn du zu tun hast. Kein Problem.«

»Wirklich nicht«, erwidert Chloë, »mach dir keine Umstände.«

Esthers »Übernachtung« dauert nun schon über eine Woche, und sie macht keine Anstalten, wieder abzureisen. Zu dritt wird es langsam ganz schön eng in dem Apartment.

Immerhin verbringt Esther viel Zeit außer Haus, beim Sightseeing. Sie ist den Freedom Trail entlanggegangen, hat die Parks von Emerald Necklace besucht und eine Hafenrundfahrt gemacht. All die Touristenattraktionen, die ein normaler Mensch niemals im November abklappern würde. Heute hat sie sich ein Auto gemietet, um nach Salem zu fahren, und konnte bei ihrer Rückkehr mit allerhand Hexennippes zum allgemeinen Chaos beitragen.

Wenn Esther aber hier ist, plappert sie ununterbrochen. Unnachgiebiges, fröhliches Geplapper, das Chloë jeden Tag mehr auf die Nerven fällt. Wenn das so weitergeht, rastet sie bald aus, egal, wie sehr sie ihre Tante liebt.

Chloë windet sich in ihrem dick gepolsterten Sessel. Das war er zumindest mal. Entropie hat ihn zum Kratzbaum erklärt, deshalb liegt auch ein Großteil der Füllung auf dem Boden verteilt. Eigentlich liest Chloë lieber auf dem Sofa, aber da schläft Esther momentan. Die Decken und Kissen markieren es als ihr Territorium.

Esther kommt zurück ins Wohnzimmer und trinkt mit Genuss ihren Kaffee. »Weißt du, ich glaube, Kaffee hat mich all die Jahre am Leben gehalten«, sagt sie, während sie ihren Platz auf dem Sofa einnimmt. »Natürlich hatte ich früher nie so eine schicke, elektrische Kaffeemaschine, wie du sie hast. Es gab sie schlicht nicht. Wir mussten die gemahlenen Bohnen noch in einem Leinentuch kochen. Hat ohne pfundweise Zucker grauenhaft geschmeckt.«

Chloë macht ein unbestimmtes Geräusch und blättert um. Sie hat eine sehr gute Ausrede, nicht zu antworten. Der gigantische Stapel Manuskripte, durch den sie sich durchackern muss, steht mitten im Raum, alles andere als subtil. Irgendwann muss Esther es doch begreifen.

Irgendwann. Sicherlich.

»Jap«, holt Esther weiter aus, »ich erinnere mich noch, als es keine Kaffeemaschinen gab, keine CD-Player, keine Computer … Ach, als ich noch klein war, hatten die Häuser noch keinen Strom. Es gab nicht einmal Radio. Kannst du dir das vorstellen?«

Falls es Esther stört, dass ihr keiner antwortet, lässt sie

es sich nicht anmerken. Vielleicht macht ihre Tante das mit Absicht, fragt sich Chloë. Aber warum sollte sie?

Jetzt, da sie aber darüber nachdenkt, hat Chloë eine Vermutung, worum es hier gehen könnte.

»Das liegt daran, dass ich alt bin, siehst du?«, fährt Esther fort. »Unvorstellbar alt. Aber ich bin noch genauso wach und aktiv wie eh und je. Habe ich dir erzählt, dass ich letztes Jahr zum Bergsteigen in Tibet war? So ein verrücktes Huhn bin ich nämlich.« Sie nimmt einen Schluck von ihrem Kaffee.

Chloë starrt auf die Wörter vor sich, liest sie aber schon nicht mehr. Da Esther bereits von ihrem »unvorstellbaren« Alter angefangen hat, weiß Chloë genau, was als Nächstes kommt.

Und sie muss nicht lange warten.

»Weißt du, damals, als wir einmal in der Klemme steckten, da hat Eleanor Roosevelt zu mir gesagt …«

Chloë hört auf so zu tun, als würde sie lesen, und legt das Buch auf den Boden.

»Warum zum Teufel«, fragt sie, »tust du das immer noch?«

Esther blickt leicht getroffen und vollkommen unschuldig drein. »Was tue ich immer noch?«

Zusätzlich zu all ihren nervigen Angewohnheiten behauptet Esther, schon seit Chloë sich erinnern kann, dass sie eine uralte Hexe sei. Als Kind hatte sie das lustig gefunden und als Teenager unterhaltsam, denn es hatte ihre Eltern geärgert.

Aber mittlerweile kann sie dem einfach nichts mehr abgewinnen. »Du denkst doch wohl nicht, dass ich dir das abkaufe«, sagt Chloë. »Eleanor Roosevelt? Willst du mir jetzt vielleicht erzählen, ihr zwei wart befreundet?«

Esther grinst breit, und jede Unschuld in ihrem Ausdruck ist verflogen. »Nun ja, man könnte sagen, wir … hatten was am Laufen.«

»Was am Laufen? Was für ein Verhältnis …« Chloë hält inne. »Nein, vergiss es, ich will es gar nicht wissen. Denn abgesehen von allem anderen – und ich sehe von sehr viel ab –, hast du eine normale menschliche Lebenserwartung. Also kann, was auch immer es war, nicht passiert sein, okay?«

»Eleanor hat bis 1962 gelebt«, stellt Esther förmlich fest. »Und ich wäre auch damals schon kein Kleinkind mehr gewesen, selbst wenn ich eine ›normale menschliche Lebenserwartung‹ hätte. Also faktisch wäre das absolut denkbar.«

Chloë steht vom Sessel auf und streckt sich, um ihren Rücken zu lockern. Sie hat heute viel zu lang gesessen, und jetzt spürt sie es überall.

»Zum einen verteidigt niemand eine tatsächliche Begebenheit mit ›absolut denkbar‹. Da könntest du genauso gut sagen, ›Übrigens denke ich mir das hier alles aus‹. Und zum anderen brauchst du nicht meinen, ich wüsste nicht, was du hier machst.«

»Oh? Und was ist das?«, fragt Esther.

»Ich weiß zu schätzen, dass du nicht einfach sagst: ›Hey Chloë, reiß dich zusammen, dein Leben ist ein Trümmerhaufen aus verschwendeter Zeit, leeren Hoffnungen und toten Träumen.‹ Aber ich kann es hören.« So, jetzt ist es draußen. Vielleicht hört ihre Tante jetzt auf, sie zu schikanieren. »Was soll ich denn anderes hören, wenn du mir erzählst, dass du mit neunundneunzig Fallschirmspringen oder trotz deiner ärmlichen Kindheit mit hundertdrei Jahren zum Bungee-Jumping gehst. Mir geht es gut, in Ordnung?«

»Leere Hoffnungen und tote Träume?« Esther hebt eine Augenbraue und nimmt noch einen Schluck Kaffee. »Nimmst du deine Medikamente?«

Chloë sieht auf. »Was meinst du damit? Wie kommst du auf die Idee, dass ich Medikamente nehme?«

Esther wühlt in dem unordentlichen Haufen auf dem Beistelltisch und holt ein Tablettenfläschchen hervor. »Das kann man ja nun nicht als verstecken bezeichnen. Außer du nimmst die, weil sie so gut schmecken.« Sie schüttelt das Fläschchen.

»Na gut«, gibt Chloë zu. »Du hast mich erwischt. Aber du musst dir keine Sorgen machen, okay? Ich habe alles im Griff.«

Esther sieht sich skeptisch um. Sie hebt einen Stapel Papier auf und lässt ihn wieder auf den Boden gleiten.

»Ja, das sehe ich«, sagt sie trocken. »Sieht so aus, als hättest du alles voll im Griff.«

»Ich habe eine äußerst aktive Katze. Es lohnt sich nicht aufzuräumen, er würde sowieso alles nachts wieder umwerfen.«

Esther sieht nicht überzeugt aus. »Ist das auch der Grund, weshalb du nicht abspülst? Oder wartest du darauf, dass es deine äußerst aktive Katze für dich übernimmt?«

Chloë wünscht sich, sie hätte nichts gesagt. Sie verlagert ihr Gewicht auf den einen Fuß, dann auf den anderen. Ein paar Tage in Anwesenheit ihrer Tante und sie benimmt sich wieder wie ein Kind. Typisch.

»Wen kümmert es, ob es hier aufgeräumt ist oder nicht? Mir ist es egal. Ari ist es egal. Du bist nur kurz zu Besuch. Es ist allen egal, warum sollte es mich kümmern?«

»Aha!«, ruft Esther triumphierend. »Da kommt die Wahrheit zum Vorschein!«

Chloë starrt Esther an, die wie eine Katze aussieht, die nicht nur einen Kanarienvogel gefressen hat, sondern einen ganzen Schwarm. »Wovon zum Teufel redest du da?«

»Einsamkeit. Eine schreckliche Sache.«

»Genauso wie vollkommen unlogische Folgerungen«, antwortet Chloë.

»Du denkst, es gibt niemanden, für den es sich lohnt, die Wohnung aufzuräumen, also ...« Esther macht eine Geste, die den Müll auf dem Boden, das gesamte Apartment und Chloës ganzes Leben umschreibt.

»Ich weiß wirklich nicht, wie du da drauf kommst.«

»Wann bist du das letzte Mal mit jemandem ausgegangen?«, fragt Esther.

Chloë tritt unwillkürlich einen Schritt zurück. Sie sehnt sich nach der Zeit, als Esther ihr nur die Karten legen wollte.

»Machst du Witze?«, sagt Chloë. »Ich bin noch nicht bereit, wieder mit jemandem auszugehen.«

»Warum nicht?«

»Es ist zu früh.«

»Es ist zwei Jahre her, oder nicht?«

»Hör zu, ich kann nicht ... ich bin nicht ...« Jetzt zeigt Chloë hilflos auf den Trümmerhaufen, der sie umgibt.

»Ach, Liebling, du solltest dich nicht von ein bisschen Unordnung aufhalten lassen. Ich bin mir sicher, es ist alles nicht so schlimm. Du bist doch auf einem guten Weg – du bist in Behandlung, nimmst Medikamente.« Esther schielt auf das Tablettenfläschchen. »Zweimal am Tag.«

Chloë weiß nicht, was sie dazu sagen soll. Also lässt sie es. »Ich ... also ich muss arbeiten«, erklärt sie. »Ich muss diesen ganzen großen Stapel bis Mittwoch gelesen haben. Ich habe keine Zeit, mein Liebesleben oder dessen Ausbleiben zu sezieren, oder was auch immer wir hier machen.« Sie schnappt sich das Manuskript vom Boden und wirft Esther, die nur mit den Schultern zuckt, einen herausfordernden Blick zu.

Chloë geht in ihr Schlafzimmer und macht die Tür zu.

Zehn Sekunden später öffnet sie sie wieder.

»Mit wem soll ich denn ausgehen?«, fragt Chloë. »Die Leute stehen schließlich nicht gerade Schlange. Was für eine Anzeige sollte ich bitte schalten? ›Verarmte, geschiedene Schriftstellerin sucht Beziehung zur Wiedereingliederung.‹ Darauf sind natürlich alle scharf.«

»Du bist ein bisschen zu hart zu dir selbst.«

»Der Punkt ist, ich würde meine Chancen nicht gerade überwältigend nennen.«

»Na gut, dann geh halt nicht mit jemandem aus«, sagt Esther. »Aber du könntest doch wenigsten rausgehen und dich ein wenig vergnügen. Wann hast du das zuletzt gemacht?«

»Ich ...« Chloë muss über die Frage nachdenken. Ihr fällt auf Anhieb nichts ein.

»Das dachte ich mir. Du musst mal wieder aus dem Haus.«

»Ich gehe einmal die Woche ins Büro«, verteidigt sich Chloë.

»Klingt aufregend.«

»Warte mal! Im September bin ich mit einer Arbeitskollegin und ein paar Freunden was trinken gewesen.«

»September war vor zwei Monaten.«

»Ich habe mich trotzdem amüsiert«, entgegnet Chloë etwas hilflos.

»Das ist immerhin ein Anfang«, sagt Esther. »Und, hat dir da jemand gefallen?«

»Und ich hatte gedacht, wir haben die Kuppelei hinter uns.«

»Ist das ein Ja oder ein Nein?«

»Das ist vollkommen egal!« Chloë wird lauter. »Hörst du nicht zu? Ich bin ein absoluter Trümmerhaufen. Kein Wunder, dass ich niemanden kennenlerne. Ich kann ja nicht einmal das Haus verlassen!«

Chloë steigen die Tränen in die Augen.

Esther stellt ihren Kaffeebecher ab und geht zu ihr. Zärtlich legt sie eine Hand auf Chloës Schulter.

»Weißt du«, sagt sie nach einer Weile, »damals im Krieg wurde es in Paris manchmal recht brenzlig. Aber einmal, als der Bombenhagel so heftig war, dass ich meine eigenen Gedanken nicht mehr hören konnte, hat Gertrude Stein mich zur Seite genommen und gesagt: ›Esther, vielleicht muss in jedem Leben ein bisschen Regen fallen, aber kurz vor dem Morgen ist es stets am dunkelsten und jeder Tunnel hat ein Licht am Ende. Also lass ein Lächeln dein Regenschirm sein und fürchte dich nicht vor dem Duft der Rosen, denn gut Ding will Weile haben, wer zuerst kommt, malt zuerst, *make love, not war* und der frühe Vogel fängt den Wurm!‹«

Chloë zieht die Nase hoch und versucht erfolglos, ein Lachen zu unterdrücken.

»Das war doch nett von ihr, oder nicht?«, fragt Esther.

»Gertrude Stein hat das gesagt?«

»Wortwörtlich.«

»Und in welchem Krieg war das?«, fragt Chloë. »Gertrude Stein, das muss also der Erste Weltkrieg gewesen sein, richtig? Also hat sich diese Unterhaltung vor über achtzig Jahren zugetragen?«

»Gertrude Stein ist 1946 gestorben. Sie hat mehr als einen Krieg mitgemacht, Liebes.«

»Na gut, in Ordnung«, sagt Chloë. »Abgesehen davon, dass nichts davon Sinn ergibt, ich mir ziemlich sicher bin, dass bis zu den Sechzigern keiner *make love, not war* gesagt hat, und dass das alles abgedroschene Weisheiten sind.«

»So? Was ist denn daran abgedroschen?«

»Alles. Zum Beispiel ist es kurz vor Sonnenaufgang überhaupt nicht am dunkelsten, es ist sogar ziemlich hell. Am dunkelsten ist es, wenn der Morgen noch fern ist.«

»Du hast sicher recht.« Esther macht nicht den Eindruck, als ob sie sich mit solchen Details aufhalten würde. »Jetzt geh endlich raus, bevor du hier vergammelst.«

»Du lässt nicht locker, bis ich rausgehe, oder?«

»Vollkommen richtig«, bestätigt ihr Esther.

Chloë sucht in Esthers Ausdruck nach einem Anzeichen, dass sie blufft, findet aber keins. Ehrlich gesagt, muss Chloë zugeben, dass Esther recht hat. Frische Luft zu schnappen, wäre eine schöne Abwechslung zu dem abgestandenen Mief in ihrem Apartment.

Überrascht stellt sie fest, dass sie sich dazu bereit fühlt. Zumindest im Augenblick. Sie weiß nicht genau warum, schließlich hat sie vor fünf Minuten noch geweint. Aber die abwegigen Geschichten ihrer Tante haben ihren drohenden Nervenzusammenbruch abwenden können.

Aber das würde sie nie zugeben. »Na gut. Weißt du was? Du hast gewonnen.« Chloë schnappt sich ihren Mantel von der Lampe, über die sie ihn geworfen hat, und schlüpft hinein. »Offensichtlich komme ich heute Abend sowieso nicht mehr zum Arbeiten. Gehst du mit?«

Esther schüttelt den Kopf und kann ein selbstzufriedenes Grinsen nicht verbergen. »Für meine alten Knochen ist es zu spät. Du geh nur, und mach Sachen, die junge Leute machen.«

»In Ordnung. Warte nicht auf mich. Ich ziehe los, um deinen tyrannischen Forderungen gerecht zu werden.« Chloë versucht, einen dramatischen Abgang hinzulegen, der wird aber von einer zehnminütigen Suche nach ihrer Handtasche verzögert. Esther findet sie schließlich hinter dem Sessel. »Danke«, sagt Chloë. »Jetzt bin ich aber weg. Okay? Bist du jetzt zufrieden?«

»Viel Vergnügen, Liebes«, hört Chloë Esther noch sagen, bevor die Tür mit einem dumpfen Schlag ins Schloss fällt.

9

Das Kartenlegen

Ich kann mich nicht an jedes Kartenlegen erinnern. Aber das eine für Chloë, als sie acht Jahre alt war, habe ich noch deutlich vor Augen.

Ihre Eltern hielten nichts von der Wahrsagerei. Immer wieder hatten sie lautstark klargestellt, dass ihre Erziehung auf rein rationalen Vorstellungen beruhte. Aber die beiden waren an diesem Abend ausgegangen, und außerdem schien ihre Vorstellung von Pädagogik bei Chloë auch nicht sonderlich zu fruchten. Denn die Geschichten, die sie schrieb, waren alle voller Magie und Monster und mutiger Amazonen.

Ich hatte mir Mühe gegeben, alles dem Anlass entsprechend herzurichten, hatte ein Seidentuch über den Tisch drapiert, ein paar Kerzen angezündet und die Lichter ausgemacht. Chloë goutierte die Dekoration, bemängelte jedoch die Abwesenheit einer Kristallkugel und damastener Wandbehänge. Damast war ein häufig wiederkehrendes Element in

Chloës Geschichten, und sie hatte wohl endlich herausfinden wollen, wie er aussah.

»Diese Sequenz zeigt die Vergangenheit, die Gegenwart und die Zukunft«, erklärte ich ihr, während ich die Karten auslegte. »Zumindest sonst. Heute sehen wir nur in die Zukunft.« Mit acht Jahren hatte Chloë noch keine nennenswerte Vergangenheit.

Ich sehe sie noch heute vor mir, wie sie nach vorne rutschte, um die Karten besser sehen zu können, sie sich mit einem kleinen Hopser an die Stuhlkante setzte und wie ihr dunkler Lockenschopf wippte und ihre hellgrünen Augen vor Aufregung funkelten. Aber als ich die erste Karte, *Le Roi de Trèfle* – den Kreuzkönig –, aufdeckte, verzog sie den Mund.

»Das ist ja eine ganz normale Karte«, schmollte sie. »Ich dachte, die sind alt.«

Tatsächlich sah die Karte ziemlich modern aus. Schließlich nutzen wir immer noch das französische Deck aus dem Mittelalter. »Sie sind alt«, erwiderte ich. »Sieh genau hin.«

Chloë betrachtete die Karte aufmerksam. »Oh. Er ist nicht gespiegelt, er hat Beine.«

Die verzierte Zeichnung zeigte den König im klassischen Pariser Muster mit erhobenem Zepter und dem Lilienemblem auf der Robe. Ich hatte noch nie Tarotkarten verwendet. Diese Karten stammten aus meinem Piquet-Deck, was ohnehin alle nutzten, bis Tarot zum letzten Schrei wurde, weil irgendein Scharlatan behauptete, es hätte seinen Ursprung im Alten Ägypten. Was natürlich lächerlich ist. Spielkarten kamen in Ägypten erst mit der Dynastie der Fatimiden auf. Und wenn das jemand wusste, dann ich.

»Diese Karten hat mir La Maupin höchstpersönlich

geschenkt, und sie hat mir auch beigebracht, wie man sie benutzt. Sie hätte dir gefallen, Liebes. Sie war mutig und stürmisch und schlau wie die Heldinnen in deinen Geschichten.« Außerdem konnte sie dir das letzte Hemd vom Leib spielen und dir später mit denselben Karten die Zukunft vorhersagen. Während du immer noch nackt warst. Ich beschloss, diesen Teil wegzulassen. »Wie auch immer, Julie, das war ihr echter Name, war damals sehr berühmt. Als Opernsängerin, Schwertkämpferin – das war Ende des siebzehnten Jahrhunderts …«

»Du denkst dir das doch aus«, warf Chloë mir vor.

»Kein bisschen. Ich lebe schon sehr, sehr lange. Ich bin nämlich eine Hexe.«

Ihre Augen wurden groß wie Untertassen. Und dann sprudelten die Fragen aus ihr heraus. »Wirklich? Bist du eine gute oder eine böse Hexe? Kannst du fliegen? Hast du einen Besen? Hast du einen Hexenhut? Kannst du Menschen in Kröten verwandeln? Kannst du jemanden für mich in eine Kröte verwandeln?« Und so fort.

Es dauerte eine Weile, bis ich ihr erklärt hatte, dass eine gute Hexe niemanden in eine Kröte verwandelt, nicht einmal Tiffany, auch wenn sie es womöglich verdient hätte. Nur mit dem Versprechen, dass ich beim nächsten Mal Besen und Hut mitbringen würde, konnte ich ihre Aufmerksamkeit wieder auf die Karten lenken.

»Der Kreuzkönig«, fuhr ich fort, »ist Alexander der Große. Mächtig und Furcht einflößend Daher liegt auch ein Löwe zu seinen Füßen.« Die Zeichnung war ziemlich stilisiert. Wenn man also nicht wusste, dass es ein Löwe war, konnte man ihn auch für einen Hund halten. Oder eine Handtasche. »Alle

Bildkarten haben Namen. Es gibt Lancelot, Julius Caesar und Ragnelle ...«

»Ragnelle?«

»Sie gehörte auch zum Hof von König Artus. Sie hat Sir Gawain geheiratet.«

»Was bedeutet der Kreuzkönig denn jetzt für meine Zukunft?«, wollte Chloë wissen. Als ich ihr sagte, sie würde einem großen, düsteren Fremden begegnen – und das las ich tatsächlich aus der Karte, auch wenn es nach einem Klischee klingt – war sie sichtlich unzufrieden. »Jungs sind eklig. Die Karte mag ich nicht.«

Ich drehte die nächste Karte um und sah, dass die Pikzehn den König kreuzte. »Zu Recht«, sagte ich. »Sieht aus, als würde es nicht so gut ausgehen.« Die Pikzehn kann eine eher grausame Bedeutung annehmen. Ich entschied mich jedoch, eine Achtjährige nicht mit den genauen Details zu belasten.

»Die nächste Karte soll vorhersagen, dass ich jemanden kennenlerne, der nicht groß ist, nicht düster und kein Junge. Als Wiedergutmachung«, forderte sie.

»Es ist nicht leicht vorherzusehen, was die Karten sagen werden.«

»Zeig sie mir«, sagte Chloë.

Und bevor ich mir dessen gewahr wurde, griff ich nach vorne und drehte die nächste Karte um.

Ich sah rasch zu Chloë, aber das Mädchen wartete nur aufgeregt auf seine Prophezeiung. Falls irgendetwas Ungewöhnliches passiert war, hatte Chloë es nicht bemerkt. Da wurde mir klar, dass ich wohl in Zukunft ein Auge auf sie haben sollte.

Die Karte war *La Dame de Carreau*, die Karodame. Eine gekrönte Frau mit einer Lilie in der Hand. »Oh, schau an«, sagte ich. »Das ist Ragnelle. Du hattest also wieder recht. Eine blasse Frau. Und sie wird auch nicht so groß sein wie du.« Der letzte Part war geraten, aber ich schätzte, ich würde richtigliegen. Schon jetzt sah man Chloës Körperbau an, dass sie wie ihre Mutter eine hochgewachsene Frau werden würde. »Sehen wir nach, was sie kreuzt?« Ich drehte die andere Karte um. »Die Herzsieben. Spannend. Sie kann sehr viel Verbundenheit bedeuten, aber mit ihr wird es nie einfach. Es könnte eine anstrengende Zeit mit ihr werden.«

Chloë wippte auf ihrem Stuhl herum und verlor zusehends das Interesse. Sie stieß mit ihrem Fuß an das Tischbein, wodurch die Kerzen wackelten und flackerten. Also beeilte ich mich, das Kartenlegen zu Ende zu bringen. Ein gelangweiltes Kind verträgt sich nicht gut mit offenem Feuer, und ihre Eltern hätten sicher kein Verständnis dafür gehabt, wenn nicht autorisiertes Kartenlegen dazu geführt hätte, dass ihr Haus abbrannte.

Die fünfte Karte in der Sequenz war die Herzneun. »Ah, die Wunschkarte. Du Glückliche. Das ist eine der vielversprechendsten Karten im Deck.«

»Versprechend?«

»*Viel*versprechend. Das ist gut. Dein Leben wird voller Magie sein.«

Das brachte mir Chloës volle Aufmerksamkeit zurück. »Cool«, sagte sie. »Ich mag Magie.«

»Das freut mich zu hören«, entgegnete ich ihr und drehte die letzte Karte um. Die Pikneun.

»Ist das vielversprechend?«

Ich zögerte. »Leider nicht«, sagte ich langsam. »Die Pikneun neigt zu, nun ja, zu Schattenseiten. Düsteren Zeiten.«

»Wie düster?«

»Manchmal sehr düster.«

Chloë runzelte die Stirn. »Was bedeutet es also, wenn die beiden Neuner gemeinsam auftreten?«

Ich hatte keine Antwort. Egal, wie lange ich auch auf die Karten sah, sie offenbarten mir ihre Bedeutung nicht.

10

ManRay, Cambridge, Massachusetts
15. November 1999

Angela tigert unruhig durch die Räume. Ihr gefällt nicht, wie wenig los und wie klein der Club ist. Er ist nicht annähernd so weitläufig wie der am Kenmore Square und auch nicht so schummerig. Es gibt nicht genug Ecken und Nischen. Sie kommt sich zu auffällig vor, zu exponiert.

Eigentlich ist das keine ihrer üblichen Jagdnächte, und das bringt sie durcheinander. Aber Shelly und Mike wollen am Wochenende das Treppenhaus streichen, und Angela will ganz sichergehen, dass sie dann nicht hungrig ist.

Das bedeutet, sie ist beinahe eine Woche früher unterwegs als sonst. Ihr fehlt das schmerzhafte Verlangen, das sie sonst bei der Jagd verspürt. Ohne fällt es ihr schwer, sich auf das zu konzentrieren, was sie vorhat. Die Musik lenkt sie ab, die Lichter und die Gespräche der anderen Gäste.

Trotzdem entdeckt sie schon recht früh eine mögliche Kandidatin und behält sie im Auge. Eine Frau in Minirock und einem Trägertop aus Spitze steht mit einem mürrischen Gesichtsausdruck neben einer großen Box. Aber als Angela gerade zu ihr gehen möchte, bekommt die Frau einen solchen Hustenanfall, dass sie erst nach einer halben Minute wieder Luft bekommt.

Angela zieht sich zurück. Wer weiß, was passiert, wenn sie virenverseuchtes Blut zu sich nimmt, sie will es nicht herausfinden. *Geh heim und werde gesund*, denkt sie in Richtung der Frau im Minirock. *Trink einen Kakao.* Angela fragt sich, warum manche Leute krank in den Club gehen. Sollen alle anderen etwa auch krank werden? Angela konzentriert sich wieder auf die Menge.

Sie ist schon einmal hier gewesen, aber nie unter der Woche. Der Club ist in Cambridge, im entlegensten Winkel ihrer Jagdgründe. Mit dem Auto wäre es nur eine kurze Strecke, einfach über die Boston University Bridge, aber das würde bedeuten, dass man einen Parkplatz suchen müsste. Letztendlich ging es schneller, mit der Green Line bis ins Zentrum zu fahren und dann mit der Red Line Richtung Norden, auch wenn der Verlauf der Bostoner öffentlichen Verkehrslinien die zurückzulegende Distanz teleskopartig ausdehnt.

Der Rhythmus des Songs, der gerade läuft, lenkt sie nachhaltig und lautstark ab. Es ist »Adrenaline« – eines ihrer Lieblingslieder. Sie möchte sich dem Lied auf der Tanzfläche ganz hingeben. Aber stattdessen geht sie weiter, weg von der Tanzfläche und hin zu den Grüppchen von trinkenden und lachenden Leuten.

So viel fehlt in ihrem Leben. Cocktails. Sonnenbaden. Der Geschmack von Pad Thai. Alles, was mit Pad Thai zu tun hat. Sie vermisst es, die Nudeln auf die Gabel zu rollen – mit

Stäbchen kann sie nicht umgehen. Und es aufgrund ihrer Allergie sorgsam ohne Erdnüsse zu bestellen. Danach zu urteilen, dass ihre Nase immer läuft, sobald sie in die Nähe von etwas Pelzigem kommt, hat sie zumindest noch alle ihre Allergien. Hätten die nicht bei ihrem Tod weggehen müssen? War das nicht schrecklich unfair?

Aber das ist egal. Es ist egal, dass der Tod sie nicht immunisiert hat, und es ist egal, dass sie heute nicht zum Tanzen hier ist. Sie ist nicht hier, um sich zu amüsieren. Wenn sie sich nicht um dieses eine Problem kümmern müsste, wäre sie überhaupt nicht hier. Sie wäre zu Hause und würde an ihrer Doktorarbeit schreiben. Damit sie ihren Abschluss machen kann. Das ist das Einzige, was ihr nicht genommen wurde, und sie wird einen Teufel tun, das aufs Spiel zu setzen.

Außerdem, je weniger Menschen sie begegnet, desto besser. Es ist für alle Beteiligten sicherer, wenn sie die meiste Zeit über einen Computer gebeugt verbringt. Sie hat ein schlechtes Gewissen, weil sie so schlecht über die Minirockfrau gedacht hat. Sie selbst ist diejenige, die zu Hause hätte bleiben sollen.

So in ihre Gedanken vertieft, fällt ihr die perfekte Kandidatin beinahe nicht auf. Schon bei den letzten vier Runden, die Angela gedreht hat, saß sie allein vor ihrem Drink.

Angela versucht, aus dem Augenwinkel so viel wie möglich über sie herauszufinden. Die Frau ist groß, mindestens fünf Zentimeter größer als sie selbst, vielleicht sogar mehr. Schwer zu sagen, solange sie sitzt. Ihr Haar ist ein Wust aus dunklen Locken, und ihre Haut hat die Farbe eines reifen Pfirsichs. Der rötliche Teint erinnert Angela daran, wie nah ihr Blut an der Oberfläche liegt. Sie trägt schwarze Klamotten ohne jeden Schnörkel, sehr schlicht für diese Art Club. Angela fragt sich, ob ihr potenzielles Opfer überhaupt vorgehabt hatte, in einen Club zu gehen, als sie das Haus verlassen hat.

Für einen Moment blickt die Frau von ihrem Drink auf, und Angela sieht, dass ihre Augen strahlend grün sind. Dann senkt sie wieder den Blick.

Was auch immer sie vorgehabt hat, jetzt ist sie hier. Und sie ist eindeutig alleine.

Angela pirscht sich an ihre Beute heran.

11

Auszug aus Angelas experimentellen Erhebungen

TEST #33C
GEGENSTAND: Wie schnell kann ich mein Herz schlagen lassen?
METHODE: Zeitmessen mit Stoppuhr, fünf Versuche
ERGEBNIS: Maximale Herzschlagfrequenz 306,6 ± 1,3 Schläge pro Minute.
KOMMENTAR: Ich hätte natürlich mehr Versuche machen sollen, aber mir wird schwindelig, wenn ich meinen Herzschlag so oft beschleunige. Es fühlt sich allerdings schon vorher komisch an. Mein Herz zum Schlagen zu bringen fühlt sich an, als würde ich in meiner Brust eine Faust ballen. Das ist zwar praktisch, weil ich so beim Arzt einen Blutdruck simulieren kann, wenn ich ein Rezept brauche. Aber es ist trotzdem seltsam. An die Tatsache, dass es ohne mein Zutun überhaupt nicht mehr schlägt, habe ich mich also schon seit einer Weile gewöhnt.

Was habe ich also herausgefunden? Nicht viel. Das kann man leider über fast alle meine Experimente sagen. Als ich damit angefangen habe, hatte ich gehofft, mehr über meinen Zustand zu erfahren, was mit mir passiert ist, wie das alles vor sich geht. Und ein paar Dinge habe ich auch entdeckt. Aber es ist frustrierend. Ich kann nur Selbstversuche durchführen, und es gibt niemanden, mit dem ich die Ergebnisse diskutieren kann. Ich werde meine Erkenntnisse wohl nie im *Fachjournal für Vampirwissenschaften* veröffentlichen, denn so etwas gibt es nicht. Keiner weiß, dass Vampire wirklich existieren, und es wäre zu gefährlich, jemandem davon zu erzählen. Das hier sind also Aufzeichnungen für eine imaginäre Doktorarbeit. Sie wird nie ans Licht kommen. Genau so wenig wie ich.

Eigentlich sollte ich heute an meiner tatsächlichen Arbeit schreiben, die, für die ich auch einen Titel erhalten werde. Ich muss mir die Streudiagramme noch einmal genauer ansehen und herausfinden, ob mir die Daten helfen. Aber wenn ich auch nur noch ein weiteres Diagramm analysieren muss, drehe ich vollkommen durch. Deshalb hier die Einleitung zu der Arbeit, die ich nie scheiben werde.

Verhalten und Gewohnheiten des Vampirs: Studie eines legendären Phänomens aus erster Hand

Vampire. Keiner glaubt an sie, aber jeder hält sich für einen Experten auf dem Gebiet. Immerhin findet man Blutsauger überall: in Büchern, in Filmen, im Fernsehen. Daher sind die meisten Menschen der Meinung, sie hätten eine gute Vorstellung davon, worum es sich bei Vampiren dreht. Aber es gibt eine Reihe von Falschinformationen und gravierende Wissenslücken.

Fiktiven Darstellungen darf man keinen Glauben schenken. Nehmen wir zum Beispiel das Fernsehen. Beinahe jeder Vampir, den man im Fernsehen sieht, entspricht dem klassischen, europäischen Typus Dracula. Wann ist man zuletzt einem chinesischen Jiang-Shi-Vampir oder einem afrikanischen Mumiani in einer Serie begegnet? Als ob es sie gar nicht gäbe. Gibt es sie überhaupt? Ich habe keine Ahnung. Aber es stört mich, dass alle davon ausgehen, dass es sie nicht gibt.

Wir können die einfachsten Grundfragen nicht beantworten. Wie viele Vampire gibt es insgesamt? Wie könnte man eine Zählung vornehmen? Schließlich hat der Zensus keine Kategorie für Vampire. Und ohne eine solche ist es unmöglich festzustellen, ob man es mit einer Stadt voller Vampire zu tun hat oder ob sich die Leute hier nur gerne und regelmäßig in den Hals beißen.

Ein Vorteil davon, dass ich das hier nicht veröffentlichen kann, ist, ich muss die Witze nicht vorher wieder rausnehmen. Akademia, du bist ein humorloses Scheusal.

Jedenfalls bedeutet das, die meisten Menschen wissen viel weniger über Vampire, als sie meinen. Und auch wenn ich bisher nur wenig mehr herausfinden konnte, muss ich ein paar Dinge richtigstellen. Daher möchte ich damit beginnen, mit ein paar typischen Vampir-Mythen aufzuräumen, von denen ich aus eigener Erfahrung sagen kann, dass sie mehr Trugbild als Tatsache sind.

ERSTER MYTHOS: Wer von einem Vampir gebissen wird, stirbt oder wird selbst zu einem.

Ich vermute, dieser Mythos schadet dem Ansehen der Vampire am meisten. Und so wie in vielen anderen Mythen auch, mag ein Fünkchen Wahrheit darin liegen. Wenn jemand oft genug gebissen wird, tritt meiner Meinung nach eines von beidem irgendwann unausweichlich ein. Aber der springende Punkt ist *irgendwann*.

Rein rechnerisch wäre das undenkbar. Nehmen wir einmal an, es gibt einen Vampir und der muss nur einmal im Monat jemanden beißen – und das ist eine wirklich niedrige Kalkulation, obwohl es, wie ich früh feststellen durfte, möglich ist. Gehen wir weiterhin davon aus, dass etwa die Hälfte zu Vampiren wird und die andere Hälfte stirbt. Dann hätte man nach zwei Monaten zwei Vampire und nach vier Monaten vier und in knapp drei Jahren wäre jeder Bewohner der Erde ein Vampir:

$2^{34} / 2 = 8,589,934,592$

Ganz recht, vierunddreißig Monate nach dem ersten Biss gäbe es mehr Vampire als Menschen auf der Welt. Menschen gäbe es dann gar keine mehr. Nichts würde bleiben, außer Rudeln hungriger Raubtiere, die niemanden mehr zum Beißen haben.

Um genau zu sein, scheint es ein langwieriger und komplizierter Prozess zu sein, Menschen in Vampire zu verwandeln. Sonst wären wir jetzt auch von Vampiren umgeben.

Vielleicht sind wir allerdings von Werwölfen umgeben, wer weiß das schon.

Man könnte sich fragen, was ist, wenn weit mehr als die Hälfte der Opfer sterben? So könnte die Rechnung aufgehen. Aber warum sind dann die Leichenhallen nicht voll von blutleeren Toten mit Knutschflecken am Hals?

Tod durch Beißen muss eine relativ seltene Todesart sein, oder jeder Vampir würde eine beträchtliche Ansammlung sehr auffälliger Leichen hinterlassen. So viele Todesfälle würden Schlagzeilen machen. Man würde ständig davon in der Zeitung lesen.

Es gibt nur eine logische Erklärung – man kann mindestens einmal von einem Vampir gebissen werden und es überleben.

Ich möchte nicht behaupten, dass es kein Problem ist, Menschen zu beißen und ihr Blut zu trinken. Ich möchte nicht einmal behaupten, dass es nicht böse ist. Aber es muss nicht immer gleich Mord sein. Nicht, wenn man sehr, sehr vorsichtig ist.

Das ist die Wahrheit. Es muss die Wahrheit sein. Denn in manchen Nächten ist das alles, was mir bleibt.

12

ManRay
15. November 1999

Chloë hat keinen Spaß.

Unter all den glänzenden Stoffen und der nackten Haut fühlt sie sich wie ein Mauerblümchen. Schon in Gegenwart von Esthers schicken Hosenanzügen fühlt sie sich underdressed, aber das ist nichts im Vergleich hierzu. Sie versteht nicht ganz, wie man sich vor Leuten in Spitzenunterwäsche und Lackleder unpassend gekleidet fühlen kann, aber so ist es.

Wenigstens trägt sie Schwarz. Das ist sicher auch der einzige Grund, weshalb man sie hier reingelassen hat.

Als sie in die Red Line eingestiegen ist, hat sie sich fest vorgenommen, sich zu amüsieren. Sie hatte vor, ganz weit zu fahren, tief in die Stadt, irgendwohin, wo sie noch nie war. Aber dann, als ihr klar geworden ist, dass sie keine Ahnung hat, wo man sich amüsiert, sind ihr Zweifel gekommen. Also ist sie nach nur ein paar Haltestellen am Central Square in Cambridge aus der Bahn gestiegen. Falls es sich als Katastrophe herausstellen sollte, kommt sie so immerhin schnell wieder nach Hause.

Am Central Square brummt das Nachtleben allerdings nicht gerade. Fast die ganze Gegend ist eine einzige Baustelle, irgendein riesiges Bauprojekt hat die Wohngebäude und die meisten Läden verdrängt. Die, die übrig geblieben sind, machen früh zu.

Chloë geht an leeren Geschäften und dunklen Ladenfronten entlang. Sie überlegt, ob sie noch woanders hinfahren oder einfach aufgeben soll, als sie auf einmal Musik hört. Sie folgt den Klängen zum scheinbar letzten Nachtclub des Viertels und verspürt den Drang, reinzugehen. Das passiert ihr manchmal, eine Art innere Stimme, und über die Jahre hat sie gelernt, darauf zu hören. Als diese Stimme sie davor gewarnt hat, Alec zu heiraten, hatte sie sie ignoriert, und man hat ja gesehen, was daraus geworden war.

Vor dem Club fragt sie sich, ob sie einen Fehler macht. Bevor der Türsteher sie reinlässt, betrachtet er skeptisch ihre Kleidung. Sobald sie drinnen ist, hat sie die Antwort.

Sie ist hier fehl am Platz und fühlt sich unwohl. Die Hälfte der Gäste trägt Nieten und tanzt, als ob sie jemanden verprügeln wollte. Der Rest wandelt in Outfits durch den Raum, die besser zu einer Sexparty in einem Spukschloss passen würden. Chloë hat nicht die leiseste Ahnung, wie sie hier mit jemandem ins Gespräch kommen soll.

Nachdem sie den Eintritt schon bezahlt hat, macht sie das Beste draus. Bisher bedeutet das, dass sie an der Bar sitzt und einen Fuzzy Navel trinkt. Sie macht sich nicht einmal die Mühe, die leicht bekleidete Menge zu beobachten. Die Musik ist nicht schlecht, aber heute bekommt sie davon Kopfschmerzen. Immerhin ist es in ihrer Ecke nicht so laut, die Boxen sind weit weg.

Als sich jemand neben sie setzt und einen Drink bestellt, merkt Chloë es nicht einmal.

Früher ist sie gerne tanzen gegangen. Als sie auf dem College war, hat sie oft Clubs besucht. Sie ist schon immer eher zurückhaltend gewesen, aber damals hatte sie noch ein Sozialleben. Sie hatte die Lichttechnik im East Quad Theater gemacht und sich nach den Vorstellungen mit den Schauspielern betrunken. Einmal die Woche hatten sie sich zu Rollenspielen getroffen und *Ars Magica* und *Magus: Die Erleuchtung* gespielt. Wenn sich die Gruppe nostalgisch fühlte auch *Dungeons & Dragons*. Als sie mit Alec nach Boston gezogen ist, hat sie sich abgewöhnt, Freundschaften zu schließen, und irgendwie hat sie nie wieder damit angefangen.

Chloë versucht sich zu erinnern, wann sie zuletzt in so einem Laden gewesen ist. Also nicht in genau so einem – sie ist nie mit Goths rumgehangen – aber grundsätzlich. Das müsste 1995 gewesen sein. Vor vier Jahren.

Sie beschließt, nach dem Drink nach Hause zu gehen. Sie schwenkt den Rest im Glas. Man soll sowieso keinen Alkohol trinken, wenn man Antidepressiva nimmt. Schlechte Kombination. Sie fragt sich, ob sie sich mit genug davon umbringen könnte. Das könnte klappen.

Gerade als sie den letzten Schluck runterkippt, spricht jemand sie an. »Hi.«

Erstaunt dreht Chloë sich um und sieht eine Frau in einem kurzen, glänzenden Lederkleid und Netzstrümpfen neben sich sitzen. Das schwarze Kleid hebt sich stark von ihrer blassen, fast leuchtenden Haut ab. Blondes Haar rahmt ihr herzförmiges Gesicht ein. Und ihre Augen sind aschfarben.

»Äh, hi?«

»Bist du auch alleine hier?«, fragt die Frau sie. »Ich hasse es, alleine auszugehen.«

»Ich … Ja. Ich habe nur, äh … Das habe ich mir auch gerade gedacht.« Chloë hat Schwierigkeiten zu sprechen. Ihr Mund will sich nicht bewegen.

»Menschen beobachten wird schnell langweilig, stimmt's?«

Chloë zuckt mit den Schultern. »Keine Ahnung. Ich habe niemanden beobachtet.«

»Vielleicht solltest du das. Hier läuft eine junge Frau rum, mit nichts außer zwei Pflastern und gestreiften Strümpfen.«

»Im Ernst?«

»Jap.«

»Hoffentlich hat sie einen Mantel dabei«, sagt Chloë, »sonst wird das ein kalter Heimweg.«

Die blonde Frau lacht hell und ansteckend. Chloë merkt überrascht, dass sie auch lächelt.

»Wie heißt du?«, fragt die Frau sie.

»Chloë.«

»Schön, dich kennenzulernen, Chloë. Ich heiße Angela.« Sie nimmt einen Schluck von ihrem Drink und deutet auf Chloës leeres Glas. »Was trinkst du?«

»Das war mal ein Fuzzy Navel.«

»Ich mag Gin Tonic. Mir gefällt, wie er leuchtet.«

»Ja, hier ist überall Schwarzlicht«, bestätigt Chloë. »Der muss leuchten wie ein Nordlicht.«

»Möchtest du einen?«

»Ach. Gin Tonic sieht hübsch aus, aber ich mag den Geschmack nicht.«

»Dann also lieber einen Fuzzy Navel?«, bietet Angela an.

Chloë zögert. »Ich sollte wirklich nicht …«

»Du kannst ja die nächste Runde übernehmen.«

Chloë beschließt, alle Vorsicht fallen zu lassen. »Na gut, warum nicht.« Einen hatte sie ja schon. Ein weiterer Drink kann sicherlich nicht schaden, oder? Mittlerweile hat sie immerhin ihre Zunge wieder unter Kontrolle.

Sie beobachtet Angela, die bestellt und sich nebenher heiter mit dem schwer tätowierten Barkeeper unterhält, bis dieser sich umdreht und zum Schnaps greift. Chloë fällt auf, wie schön Angela ist. Sie fragt sich, warum sie sie angesprochen hat. Vermutlich war sie einfach genau wie sie allein und gelangweilt.

»Kommst du sonst mit Freunden her?«, fragt Chloë.

Angela schüttelt den Kopf. »Nein, eigentlich nicht. Ich wohne erst seit Kurzem in Boston und habe noch nicht viele Leute kennengelernt. Und du?«

»Ich komme hier sonst überhaupt nicht her. Normalerweise bleibe ich abends zu Hause. Mit meiner Katze.« *Und meinem seltsamen, predigenden Untermieter und meiner alten Tante, die ich nicht loswerde*, dachte sich Chloë. Aber das ist mehr Information, als sie einer fremden Person zumuten möchte.

»Wie heißt deine Katze?«, fragt Angela.

»Entropie.«

»Fantastischer Name. Der gefällt mir. Ich mag Katzen, aber leider bin ich furchtbar allergisch auf sie.« Es klingt fast so, als ob Angela sich entschuldigt. »Meine Augen jucken, mir läuft die Nase, das ganze Programm.«

»Klingt schrecklich.«

»Ach, es gibt Schlimmeres.« Chloës Drink kommt, und Angela schiebt ihn zu ihr rüber. Sie hält das Glas oben, wie einen Schaltknüppel. »Erzähl mir, Chloë, was machst du so? Wenn du nicht hier rumhängst, meine ich.«

»Tja …« Darauf gibt es mehrere mögliche Antworten. Chloë entscheidet sich für ihre Standardvariante. »Ich bin Autorin.«

»Wirklich? Wow. Das ist ja cool. Ich wünschte, ich wäre kreativer.«

Angela klingt ernsthaft beeindruckt, was Chloë aus dem Konzept bringt. »Nicht, dass … Ich meine, es, … äh, ich schreibe eben gerne. Aber in letzter Zeit habe ich gar nicht … Ich kann jedenfalls nicht davon leben.«

»Ist das nicht gerade der Punkt?«, fragt Angela. »Wenn es dir ums Geld gehen würde, könntest du ja auch, keine Ahnung, als Versicherungsvertreter arbeiten, oder? Schreiben ist so eine Sache, für die man doch Leidenschaft braucht.«

»Übertreibst du da jetzt nicht?«

»Tue ich das?«

Angela sieht Chloë bei der Frage direkt in die Augen, und Chloë hat Schmetterlinge im Bauch. Allerdings weiß sie nicht, warum.

»Na gut«, gibt Chloë zu. »Ja. Ich schreibe aus Leidenschaft.«

»Das dachte ich mir.« Angela sieht Chloë immer noch aufmerksam an. »Man sieht es in deinen Augen.«

»Den Augen?«

»Du hast sehr tiefgründige Augen.«

»Da werde ich ja gleich rot.«

»Oh«, sagt Angela grinsend. »Das klingt verlockend.«

Und jetzt ist Chloë absolut sprachlos. Angela flirtet doch nicht etwa mit ihr. Oder?

Nach ein paar sehr langen Augenblicken wendet Angela ihren durchdringenden Blick endlich von Chloë ab. »Wovon lebst du dann, wenn das Schreiben nicht reicht?«

Das hier ist sichereres Terrain. Chloë beruhigt sich. Sie hat sich das sicher nur eingebildet. Unter Alkoholeinfluss sollte man seinem Urteil nicht trauen. Sie legt ihren Ellbogen auf die Bar und stützt den Kopf auf ihre Hand.

»Hauptsächlich«, sagt sie, »lese ich schlechte Bücher.«

»Du liest was?«

»Ich arbeite für einen Verlag und lese die unverlangt eingesandten Manuskripte. Bei mir landet alles Mögliche. Ich bin quasi die erste Verteidigungslinie gegen schlechte Literatur.«

Angela sieht sie irritiert an. »Wirklich? Das machen aber sicher nicht viele Leute, oder?«

»Vielleicht nicht viele. Aber einige schon. Das hier ist eine ziemliche Bücherstadt, viele Verlage sitzen hier.«

»Für welchen arbeitest du?«

»Compass Rose.«

Angela reißt die Augen auf. »Warte mal. Bist du Shellys Handlanger?«

»Ja. Also ich arbeite mit Shelly Butler. Kennst du … Hey!«

Chloë weiß nicht genau, was passiert ist, aber ihr Fuzzy Navel landet plötzlich krachend auf dem Boden. Zwischen den beiden bildet sich eine Alkoholpfütze, und darin schwimmen Eiswürfel und Glasscherben, wie ein kleiner Gletscher in einem orange getönten Meer.

»Oh je, das tut mir leid!« Angela entschuldigt sich überschwänglich und laut. »Habe ich dich auch erwischt? Normalerweise bin ich nicht so ungeschickt, ich bin wohl schon etwas angetrunken. Bist du okay?«

»Alles gut, keine Sorge«, versichert ihr Chloë. »Macht doch nichts, du hast mich ja schließlich auch eingeladen. Kein Problem.«

Die beiden rutschen von ihren Barhockern und verlassen das angerichtete Chaos, damit der Barkeeper aufwischen kann. Immer noch breitet sich die Pfütze aus. Chloë hat noch nichts davon getrunken, als Angela ihn umgeworfen hat, aber das ist vielleicht gar nicht schlecht. Ihre Schuhe kleben jetzt am Boden fest und machen bei jedem Schritt ein Geräusch wie Klettverschluss.

Der Barkeeper sieht ihnen übellaunig nach, und sein Gesicht wirkt durch die vielen Piercings nur noch bedrohlicher. Er lässt sie nicht aus den Augen, bis die beiden ein Stück weiter weg sind. Angela lässt ihren Gin Tonic an der Bar stehen. Die wenigen Stühle im Raum sind alle besetzt, und als hätten sie sich wortlos darauf geeinigt, gehen sie immer weiter, bis sie an ein paar Billardtischen ankommen. Chloë fragt sich, ob Goths wohl oft Billard spielen. Es macht nicht den Eindruck bei dem ganzen Staub, der sich darauf angesammelt hat. Zumindest nicht heute Abend.

Da sie nun außer Sichtweite sind, lehnt sich Angela an einen der Tische und legt eine Hand auf den grünen Filz. »Das ist mir echt unangenehm.«

»Das kommt doch andauernd vor. Alkohol, Glas, das passiert.«

»Kann sein.«

»Der Barkeeper hat das bestimmt schon wieder vergessen.« Chloë wirft einen Blick über ihre Schulter und stellt fest, dass er sie nach wie vor unverändert böse anstarrt. Sie dreht sich wieder zu Angela und räuspert sich. »Oder auch nicht. Äh, woher kennst du denn nun Shelly?«

»Wir haben uns an der Uni in Haverford kennengelernt. Sie war ein paar Jahre über mir, aber wir sind nach ihrem Abschluss in Kontakt geblieben. Mittlerweile wohne ich bei ihr.«

»Wirklich? Was für eine kleine Welt.« Chloë hat eine Eingebung. »Du musst die mysteriöse Frau in Shellys Keller sein!«

Angela neigt den Kopf und zieht die Augenbrauen zusammen. »Sie redet von mir? Und sie hat gesagt, ich bin mysteriös?«

»Nein, ich meine, ja, also sie hat dich ein paarmal erwähnt. Aber sie hat dich nicht mysteriös genannt. So habe ich mir dich nur vorgestellt.«

»Hast du das also.«

»Nur, weil sie gesagt hat, dass du immer da unten sitzt und arbeitest, nie rausgehst, was ja offensichtlich nicht stimmt, weil du ja hier bist und, äh, und …« Chloë sucht nach einem eleganten Ausweg, gibt dann aber auf. »Nennt mich Shelly wirklich ihren Handlanger?«

»Tja. Ja.« Angela lächelt angespannt. »Stört dich das?«

Chloë zuckt mit den Schultern. »Nein. Sie ist zwar nicht meine Vorgesetzte, deshalb sollte ich eigentlich beleidigt sein, aber was die Jobbeschreibung angeht, ist es absolut zutreffend.«

»Du leitest die guten Bücher an sie weiter, richtig?«, fragt Angela.

»Ja, und das ist eigentlich eine Schande. Das heißt, sie muss nie durch das wirklich schlimme Zeug durch.«

»Was zum Beispiel?«

»Wie das Kinderbuch zur großen Hungersnot in Irland«, sagt Chloë sofort. »Unter anderem hat es Kindern die Vorteile der Ehe mit vierzehn ans Herz gelegt, damit es, und ich zitiere wörtlich, ›keine Bastarde in Irland‹ gibt.«

Angela schaut gleichzeitig vergnügt und angeekelt aus. »Was hat das denn mit der Hungersnot zu tun?«

»Ich habe keine Ahnung. Es war außerdem mit verhungernden Menschen bebildert.«

»Du machst Witze.«

»Absolut nicht. Es trug den schönen Titel *Ich sterbe gleich vor Hunger.*«

»Wow.« Jetzt scheint Angela sprachlos zu sein. »Einfach nur … wow.«

»Das war schon sehr beeindruckend. Ich werde es sicherlich nie vergessen.«

Angela lacht wieder. Chloë stellt fest, dass es ihr gefällt, Angela zum Lachen zu bringen. Als Angela aufhört, sieht sie Chloë jedoch irritiert an.

»Ich habe den Eindruck, er mag es auch nicht, dass ich mit dem Hintern auf dem Billardtisch sitze«, sagt Angela und deutet mit dem Kopf auf die Bar. »Zumindest starrt er immer noch. Macht es dir was aus, woanders hinzugehen? Ich meine weg von der Bar? Ich möchte wirklich nicht wieder zurück.«

»Kein Problem.«

Mit Chloë dicht auf den Fersen bahnt sich Angela einen Weg durch den Club bis zu einer kleinen Bank an einer der Tanzflächen. Sie hockt sich auf die Armlehne und bietet Chloë den Platz auf dem Sitz an. Chloë macht es sich bequem. Aus den Boxen dringt ein Lied, das Chloë nicht kennt. Vor ihnen dreht sich eine Frau in einem Samtkleid mit geschlossenen Augen elegant im Kreis. Ein dünner Mann in einem engen Netzhemd gleitet an ihr vorbei. Rechts von ihnen hustet jemand.

»Ich habe das Gefühl, dass die ganze Zeit nur ich geredet habe«, sagt Chloë nach einer Weile. Sie muss hier lauter sprechen und nah an Angelas Ohr heran, damit sie sie über die Musik hören kann. »Was ist mit dir? Was machst du?«

Angela sieht für einen kurzen Moment verwirrt aus, als ob sie die Frage nicht erwartet hätte. »Ich promoviere.«

»Ach so? Und in was?«

»Astrophysik.«

Chloë blinzelt. »Wow. Jetzt bin ich dran, wow. Darauf wäre ich nie gekommen.«

»Warum nicht?«, fragt Angela und runzelt leicht die Stirn. »Komm ich irgendwie dämlich rüber?«

»Nein!«, sagt Chloë schnell. »Nein, überhaupt nicht. Es ist eher …« Chloë deutet auf das Kleid und die Netzstrümpfe.

Angelas Blick wird sanfter. »Ich sehe nicht so aus?«

»Du entsprichst nicht dem Klischee.«

»Ach, komm«, schnurrt Angela und lehnt sich näher zu Chloë. »Hast du nicht das Gefühl, dass ich gerne die ganze Nacht wach bleibe?«

Chloë muss schlucken. »Da hast du recht.« *Angela ist nur ein sehr freundlicher Mensch*, sagt sie sich. *Das muss nichts bedeuten. Gar nichts.* »Also ich bin beeindruckt«, bekommt Chloë gerade so heraus. »Ich bin mir sicher, Astrophysik ist nicht gerade einfach.«

»Ich wünschte, das wäre es. Dann könnte ich vielleicht endlich meine Arbeit abgeben.«

»Worüber schreibst du?«

»Ich versuche herauszufinden, wie man ein Bild von einem Planeten in einem anderen Sonnensystem machen kann«, erklärt ihr Angela. Chloë konzentriert sich auf ihre Worte, damit nichts im Hintergrundlärm verloren geht. »Wir wissen, dass es sie gibt, weil sie ihre Sterne zum Wackeln bringen, wenn sie um sie herumkreisen. Aber es hat noch niemand einen gesehen. Das heißt, wir wissen kaum etwas über sie. Wie heiß ist es dort? Wie ist das Wetter? Gibt es dort Leben?«

»Ich schätze mal, das ist nicht einfach herauszufinden?«

»Stell dir vor, du möchtest ein Foto von einem Glühwürmchen machen. Aber das Glühwürmchen ist neben einem Leuchtturm. Und du bist hier, aber der Leuchtturm ist in San Francisco. So ungefähr.«

»Und das ist deine Leidenschaft?«, fragt Chloë. »Also, Astrophysik.«

»Ja«, sagt Angela. »Ja, das ist es.« Sie sieht Chloë gedankenversunken an. »Du musst dich aber auch ein bisschen für Naturwissenschaften interessieren, wenn deine Katze Entropie heißt.«

»Es hat einfach gepasst. Er ist der Inbegriff von Chaos und Zerstörung. Ich könnte dir Dinge erzählen …«

»Ich bitte darum.«

»Irgendwann komme ich nach Hause, und meine Schrankschublade steht offen, und alle meine Socken und Unterhosen sind weg. Er hat sie überall in der Wohnung versteckt. Das war übrigens im Januar, und ich finde immer noch Unterhosen an unmöglichen Stellen.«

Angela zieht die Augenbrauen hoch. »Wie bekommt eine

Katze eine Schrankschublade auf? Ich meine, mechanisch gesehen, wie zieht er sie auf?«

»Ich habe keine Ahnung«, gibt Chloë zu. »Ich habe ihn nie dabei erwischt. Am Ende habe ich eine Kindersicherung eingebaut. Bisher hat das funktioniert.«

»Du bist echt … verblüffend.« Erneut sieht Angela sie mit diesem seltsamen Gesichtsausdruck an.

»Nun ja, ich habe zumindest eine verblüffende Katze.«

»Möchtest du tanzen?«, fragt Angela.

»Ich … Was?«

Chloë kommt es vor, als habe man ihr den Boden unter den Füßen weggezogen.

»Ich würde gerne auf die Tanzfläche«, sagt Angela. »Kommst du mit?«

Sie streckt Chloë die Hand entgegen. Chloë sieht sie erstaunt an.

»Komm schon.« Angela hält ihr die Hand immer noch entgegengestreckt. »Komm schon.«

Chloë nimmt sie und lässt sich von Angela mitziehen. Der Raum kommt ihr sehr warm vor. Angelas Berührung ist kühl. Als sie in der Mitte der Tanzfläche ankommen, merkt Chloë beinahe schmerzhaft, wie nah ihr Angelas Körper ist.

Was auch immer gerade läuft, der Song ist sehr rhythmisch, mit ordentlichen Bässen, und im Text geht es um Sadomasochismus.

Aber Chloë achtet nicht wirklich auf die Musik.

DRITTER TEIL

Das Monster und das Mädchen

13

Scottsdale, Arizona
5. Oktober 1996

Kurz nach Mitternacht spritzt sich Angela Wasser ins Gesicht, um keine Panikattacke zu bekommen.

»Das ist eine Todsünde, weißt du?«, sagt der Engel im Badezimmerspiegel zu ihr. »Das wird deine unsterbliche Seele zerstören. Und wann hast du eigentlich das letzte Mal gebeichtet?«

»Sei still«, faucht sie ihn an. »Sei still, sei still, sei still!«

Sie kennt Tess erst seit zwei Wochen, aber es kommt ihr wie Jahre vor. Zwei Wochen, in denen sie trinkt und tanzt und Dinge tut, die sie zuvor noch nie getan hat. Sie trägt Kleider, die sie sonst nie tragen würde. Kleider, die Tess für sie aussucht, die schwarz und glänzend, enganliegend und weich sind. Kleider aus einem Laden, den sie ohne Tess an der Hand nie betreten hätte.

Und nun ist sie bei Tess zu Hause.

Sie sind Tanzen gewesen, aber nicht lange geblieben. Angela

hat schon mehr als genug getrunken. Tess' Haus ist für Scottsdale alt, denn es stammt aus den 1950ern. Statt mit Ziegeln und Putz ist hier alles mit dunklem Holz verkleidet. Ein schmiedeeiserner Zaun umgibt das Haus, und Gitterstäbe sichern jedes Fenster. Tess führt sie durch Zimmer, die nicht benutzt zu werden scheinen, vorbei an staubigen Möbeln, leeren Schränken und einer Küche mit ungefüllten Regalen. An den Wänden hängen keine Bilder oder andere Dekorationen, nicht einmal Tess' eigene Fotografien.

Aber dann gelangen sie zur Dunkelkammer im Zentrum des Hauses. Dort hat alles seinen Platz. Werkzeuge, Wannen, Chemikalien, Dinge, von denen Angela weder die Namen kennt noch ihren Gebrauch. Eine Lichtbühne, erklärt ihr Tess. Ein Vergrößerer. Masken für die Negative. Eine Fokussierhilfe. Angela versteht genug von Teleskopen, dass sie den Grundlagen von Linsen und Optik folgen kann, aber das hier ist eine andere Welt, beinahe eine Art mysteriöse Alchemie. Und hier stehen auch die Schränke, die Tess' Arbeiten beherbergen. Ordentliche Ordner und Alben, voll mit Hunderten von Fotografien und Abertausenden von Negativen.

Die Dunkelkammer ist vermutlich mal ein überdimensionierter, begehbarer Kleiderschrank gewesen, bevor Tess ihn in das verwandelt hat, was er jetzt ist. Das hier ist auf jeden Fall das Herz des Hauses, der Ort, an dem Tess arbeitet und Pläne schmiedet und sogar schläft. Ihr einfaches Metallbett steht hier drinnen, und wie alles andere im Raum ist es spartanisch und pragmatisch.

Genau dort befindet sich Tess im Augenblick. Sie sitzt auf ihrem Bett. Und wartet, dass Angela zurückkommt.

Angela ist sich sicher, dass sie die Zeichen richtig gedeutet hat. Ganz sicher. Oder doch nicht? Was, wenn sie falschliegt?

»Vergiss außerdem Römer Kapitel eins, Vers sechsundzwanzig nicht«, sagt der Engel. »Und Kolosser Kapitel drei, Vers fünf. Oder den Galaterbrief Kapitel fünf, Vers neunzehn. Und nicht zu vergessen der Erste Korintherbrief Kapitel sechs, Vers neun. Aber vor allem Römer Kapitel eins, Vers sechsundzwanzig.«

Darum hat sie Gott dahingegeben in schändliche Leidenschaften, Angela rezitiert den Vers in Gedanken. *Denn bei ihnen haben Frauen den natürlichen Verkehr vertauscht mit dem widernatürlichen.*

Sie kennt all diese Verse auswendig, nicht nur Römer eins. All die Warnungen vor Unzucht, Unreinheit, Wollust. Vor übermäßiger Hingabe und teuflischer Begierde. Vor allem, was sie gerne tun würde.

Natürlich kennt sie die Verse auswendig, schließlich kann der Engel ihr nichts eingeben, was sie nicht schon vorher wusste.

»Nichts davon hat Jesus gesagt, das ist alles Paulus«, entgegnet ihm Angela. »Und wenn wir schon mit der Bibel argumentieren, was ist dann mit dem Ersten Buch Samuel? Jonathan und David entledigen sich ihrer Kleider und küssen sich. Denn sie liebten einander. Nicht gerade schwer zu verstehen, oder?«

Ich streite mich mit einem Hirngespinst, sagt sie sich selbst. *Ich sollte mich wirklich zusammenreißen.*

Sie weiß, dass jahrelange Gehirnwäsche aus ihr spricht. All die düsteren Verkündungen, die ihr in der Kirche, in ihrer katholischen Schule und von ihren Eltern eingebläut wurden. Nicht zum ersten Mal führt sie dieses Zwiegespräch mit sich.

Sie weiß genau, warum sie das tut und wie es ausgeht. Aber das macht es nicht leichter.

Es ist nicht einmal das erste Mal, dass sie von einem Badezimmerspiegel aus gerügt wird. Das ist ihr in der zehnten Klasse, als sie in der Mädchenumkleide heimlich Irene Gallagher geküsst hatte, zum ersten Mal passiert. Ihre Nasen waren aneinandergestoßen, und sie hatten sich ein bisschen befummelt, ohne dass viel passiert war, aber der Kuss hatte sie trotzdem getroffen wie ein Schwertransporter bei voller Fahrt. Ein wirklich wundervoller Schwertransporter, der ihr klarmachte: ja, genau das, oh mein Gott, ja.

Und als Irene gegangen war, tauchte der Engel in seiner leuchtenden Robe auf, genau so, wie sie ihn sich immer vorgestellt hatte, wenn sie ihr Lieblingsgebet sprach. *Engel Gottes, der du mein Beschützer bist, erleuchte, beschirme, leite und regiere mich* … Während sie noch versuchte zu begreifen, was vor sich ging, starrte er sie mit strengen Augen an. Er verurteilte sie schon, als Angela noch dabei war, das Mädchen, das gerade Irene geküsst hatte, und das Mädchen, das einmal in der Kirche heiraten und eine Familie gründen würde, zusammenzubringen. Sein Blick war unbarmherzig. Vielleicht war sie bereits verdammt.

Aus dem Kuss mit Irene ist nie mehr geworden. Angela hatte zu viel Angst gehabt und war zu verwirrt gewesen. Sie hat nie jemandem davon erzählt. Sie hat sich nie geoutet. Nicht vor ihren Freunden, sicher nicht vor ihren Eltern oder ihren Schwestern. Sie war nicht einmal der Gay-Straight-Alliance in Haverford beigetreten.

»Vielleicht solltest du nach Hause gehen«, sagt der Engel jetzt.

Sie atmet tief durch. Wenn sie ihre Feigheit heute nicht

überwinden kann, wann dann. Es ist höchste Zeit, das missbilligende Gesicht im Spiegel und die nagende Stimme in ihrem Kopf loszuwerden.

»*Und Jonathan schloss mit David einen Bund, denn er hatte ihn lieb wie sein eigenes Leben*«, kontert Angela. »*Und Jonathan zog seinen Rock aus, den er anhatte, und gab ihn David, dazu seine Kleider und sein Schwert, seinen Bogen und seinen Gürtel.* Soll ich weitermachen?«

»Ich kenne den Rest.«

Sie macht trotzdem weiter. »*Und sie küssten einander und weinten miteinander, David aber am allermeisten.* Du weißt aber schon, was da im Original steht, oder? Schau nach.«

»Auf Hebräisch steht dort«, antwortet der Engel, »*higdil. Er wurde groß.*«

»Richtig.«

»Das kann vieles bedeuten.«

»Natürlich.«

»Und du hast einiges ausgelassen.«

»Was habe ich ausgelassen?«, fragt sie. »Den Teil, wo David sagt: *Ich habe Gnade vor deinen Augen gefunden*? All das Gerede davon, dass ihre Seelen miteinander verbunden sind? Meinst du das?«

»Das tut hier nichts zur Sache.« Der Engel sieht frustriert aus.

»Weißt du was? Du hast recht. Das hier ergibt keinen Sinn, es ist idiotisch und bedeutungslos. Du bist nicht real. Ich rede mit mir selbst.«

»Ich weiß«, sagt er. »Ich wünschte, wir könnten uns persönlich begegnen. Vielleicht würden unsere Gespräche besser laufen, wenn du mich wirklich hören könntest.«

»Was soll das denn heißen?«, fragt sie. Er antwortet nicht. »Vergiss es, es ist mir egal. Ich mach das nicht mehr mit. Leb wohl.«

Sie schließt die Augen und zwingt ihn fort.

Als sie die Augen wieder aufmacht, ist er immer noch da.

»Scheiß drauf«, sagt sie und geht.

Den kurzen Flur entlang und durch das Wohnzimmer. Sie geht über einen dicken dunkelroten Teppich, unter dem die Bodendielen knarzen. Vorbei an ein paar filigranen Stühlen und einem altmodischen Sofa. Keines der Möbel würde sich in einem Antiquitätenladen unwohl fühlen.

In der Dunkelkammer herrscht eine Atmosphäre wie im Labor eines irren Wissenschaftlers. Blubbernde Kolben und ein Tesla-Transformator würden gut mit reinpassen. Angela legt die Hand auf die Türklinke und hält kurz inne. »Ich werde Gnade vor deinen Augen finden«, flüstert sie, »wenn ich Glück habe.«

Sie öffnet die Tür zur fensterlosen Kammer.

Tess sitzt immer noch auf dem Bett, wo Angela sie zurückgelassen hat, nur vom roten Sicherheitslicht erleuchtet. Jetzt lässt sie allerdings die Schultern hängen und hat das Gesicht in den Händen vergraben. Sie hat sich nicht umgezogen und trägt immer noch ein hoch geschlossenes Spitzenkleid.

»Tess?« Angela tritt in den Raum. »Geht es dir gut?«

Tess sieht auf, und beim Anblick ihrer feinen Gesichtszüge wird Angela fast schwindelig. Aber Tess' Wimperntusche ist verwischt und ihre sind Augen feucht. Ihre Tränen schimmern leicht rötlich, das kann aber auch am Sicherheitslicht liegen.

»Du warst ganz schön lange weg«, sagt Tess.

»Tut mir leid … Ich habe nur einen Moment gebraucht.«

»Ich dachte schon, du bist vielleicht gegangen.«

Angela setzt sich zu Tess aufs Bett. Nah, aber nicht zu nah. Nicht nah genug, dass sie einander berühren. »Warum sollte ich das?«, fragt sie.

Tess antwortet nicht und bewegt sich auch nicht.

»Hör zu.« Tess rutscht ein wenig näher zu Angela, ein kurzer Ruck, wie eine Sprungfeder, die sich löst. »Ich habe das Gefühl, wir sind uns in den letzten Wochen sehr nah gekommen.«

Angelas Herz schlägt so laut, dass Tess es auch hören muss. Ihr ist schwindelig, beinahe übel, als ob sie in Ohnmacht fallen könnte. Sie hält sich mit einer Hand am Bettgestell fest. »Mir geht es genauso.«

»Ich habe noch nie jemanden wie dich kennengelernt.«

»Das kann ich mir nicht vorstellen.« Angela wird rot. Sie kann sich nicht daran erinnern, wann sie sich ihres Körpers zuletzt so bewusst gewesen ist. Sie nimmt jede Reaktion wahr, jedes Zucken. Genauso bewusst wird ihr Tess, die neben ihr sitzt, mit ihrem Körper eine Mulde in die Matratze drückt und dadurch einen sanften Abhang erzeugt, den Angela einfach hinabgleiten und damit die letzten Zentimeter zwischen ihnen überwinden könnte.

»Ich meine das aber ernst.« Tess' Stimme ist tief und eindringlich. »Ich …« Sie macht ein seltsames Geräusch, vielleicht ein Lachen. »Ich bin es gewohnt, mit Idioten rumzuhängen, Angela. Lauter Leute, die sich für Künstler halten, verstehst du? Alle so, ›Oh nein, Merkur steht im fünften Haus, ohne meine Globuli kommt mein Biorhythmus ganz durcheinander.‹ Du bist anders. Ganz anders.«

»Na gut, so bin ich wirklich nicht«, gibt Angela zu. »Und ich bin auch noch niemandem wie dir begegnet.«

Tess lehnt sich zurück. »So ein Blödsinn.«

»Wirklich, Tess.«

»Nachmacher«, sagt Tess, ohne eine Miene zu verziehen. »Ich kann nicht glauben, dass du mir das nachmachst.«

»Das habe ich nicht! Ich …«

»Nachahmung ist ein Kompliment, weißt du. Wenn du so weitermachst, bekomme ich noch den Eindruck, dass du mich anbaggerst.«

Angela ist sprachlos und ringt nach Luft. Sie umklammert das Bettgestell noch fester.

Die Stille zwischen den beiden weitet sich aus.

Neben ihr ist ein Körper, der eine Mulde in der Matratze hinterlässt.

»Angela«, sagt Tess endlich. »Wenn du, wenn wir … Es gibt einiges, was du nicht über mich weißt. Dinge, die dir einen Heidenschrecken einjagen würden.«

Angela schüttelt den Kopf. »Das glaube ich dir nicht.«

»Ich meine das ernst. Du würdest schreiend davonlaufen. Wahrscheinlich *solltest* du schreiend davonlaufen. Ich bin kein guter Mensch.«

»Ich würde nicht davonlaufen, egal, was du mir erzählst. Ich würde genau hier bleiben.«

»Es ist ja auch nicht nur eine Sache. Es ist ein ganz großes Chaos.«

»Das ist mir egal.«

Es waren nur zwei Wochen, aber Angela hat das Gefühl, sie kennt Tess besser als irgendjemanden sonst. Sie kann sich kein Geständnis vorstellen, das sie davonjagt. Nicht mehr.

Tess beobachtet Angela, als ob sie ihre Antworten abwägt. Ihr Mund ist eine strenge, dünne Linie.

»Versprichst du mir das?«, fragt sie.

»Was?«

Tess legt ihre Hand auf Angelas. Tess' Berührung ist eiskalt, viel kälter, als die warme Sommernacht, sodass Angela sich fragt, ob sie krank ist.

»Wenn ich dir von mir erzähle«, sagt Tess, »versprichst du mir dann, nicht wegzulaufen?«

»In Ordnung.« Angela sieht Tess fest in die Augen. »Ich verspreche es.«

Was auch immer Tess getan hat, wird nicht ändern, wer sie ist. Wird sie nicht zu einer anderen Person machen, als der, die Angela mit jedem Tag mehr begehrt. »Ja. Ich bin mir sicher.«

Tess nickt. »Gut. Merk dir das. In einer Sekunde wird es schwer sein, sich daran zu erinnern.«

»Tess, ganz egal was, es wird keinen Unterschied machen, wie ich …«

Tess wendet ihr das Gesicht wieder zu. Ihr Mund ist offen, und sie hat Fänge.

Angela reißt die Augen auf, aber es gelingt ihr, nicht zu zucken. Ihr Herz hat zwar zuvor schon wild geschlagen, aber nun donnert es gegen ihre Rippen, es fühlt sich an wie ein Trommelwirbel auf einer Pauke.

Ich habe es versprochen, sagt sie sich. *Ich habe es versprochen.* Es ist der einzig klare Gedanke, den sie fassen kann.

»Tja, und außerdem«, sagt Tess, »müsstest du mir einen großen Gefallen tun.«

14

Red Line bis Quincy Center
17. November 1999

Als der Zug aus dem Tunnel und in das Licht rauscht, fühlt sich Chloë aufgekratzt. Der Morgen ist ungewöhnlich klar und hell für einen Novembertag in Boston. Es ist zwar kalt, aber beim Überqueren der Salt and Pepper Bridge sieht sie, wie der Charles River in der Sonne funkelt. Bisher hat es noch nicht geschneit, und das Ufer an der Esplanade ist immer noch grün. Ein paar vereinzelte Jogger trotzen der morgendlichen Kälte.

Es ist Mittwoch, daher macht Chloë ihre wöchentliche Pilgerfahrt in die Arbeit. Normalerweise verbringt sie die meiste Zeit davon in ein Manuskript vertieft, aber auf der Brücke schaut sie immer hinaus. Das ist der schönste Teil der Strecke, sowohl am Morgen als auch am Abend, wenn die dunkle Stadt von der Wetteranzeige auf dem Hancock-Turm und dem Citgo-Schild über dem Kenmore Square erleuchtet wird.

Als der Zug wieder in den Untergrund fährt, widmet sie

sich erneut ihrer Lektüre. Sie hat noch eine weite Strecke vor sich. In ihrer Anfangszeit bei Compass Rose war der Verlag noch in Chinatown. Aber wegen der stetig steigenden Mieten musste er vor einem Jahr nach Quincy ans südlichste Ende der Stadt ziehen.

Chloë hat es geschafft, einen Großteil der Einsendungen am Tag zuvor trotz aller Ablenkungen in einem vierzehnstündigen Marathon durchzulesen. Sie ist zwar noch nicht fertig, aber das wird sie auch nie sein. Seit Compass Rose unverlangt eingesandte Manuskripte annimmt, erhalten sie raue Mengen davon, sogar für die Bereiche, die Chloë und Shelly betreuen. So viele Menschen wünschen es sich, ein Buch zu schreiben und es veröffentlichen zu können. Chloë ist da keine Ausnahme.

Die letzte halbe Stunde ihrer Fahrt verbringt sie damit, durch eine Sammlung von Kurzgeschichten zu blättern. Als der Zug aus dem Bahnhof Wollaston ausfährt, schiebt sie das Manuskript in die Tasche. An der nächsten Haltestelle steigt sie aus.

Um sich vor dem schneidenden Wind, der ihr auf dem Bahnsteig von Quincy Center entgegenschlägt, zu schützen, zieht sie den Mantel fester zu. Von hier sind es nur ein paar Straßen bis zum Verlagsgebäude und dann eine Fahrt mit dem altersschwachen Aufzug in den sechsten Stock. Sie nickt Mike zu, als sie an ihm vorbeigeht, und er winkt ihr, ohne von seinem Computer aufzusehen. Er ist vollkommen versunken in was auch immer er tut, um die Webseite am Laufen zu halten und die Buchbestellungen abzuhandeln. Sie wird nachher mit ihm reden, außer heute ist einer seiner Spielabende, an denen er früher geht. Sie hat nie herausfinden können, was er eigentlich spielt. Er ist groß, also vielleicht Basketball. Aber vielleicht auch *EverQuest* oder *Ultima Online*. Womöglich auch Turnierkämpfe mit dem Einrad, was weiß sie schon. Sie sollte ihn einfach mal fragen.

Das kleine Büro, das sie sich mit Shelly teilt, ist ein paar Türen weiter. Es ist lang und schmal, war früher einmal Teil eines größeren Raums, weshalb es nun unproportional und unpraktisch ist. Abgesehen von den beiden Schreibtischen ist es vollgestopft mit Kisten voller Büromaterial sowie Aktenschränken mit Verträgen, Formularen und Unterlagen der letzten Jahre. Der Raum verstößt ganz sicher gegen die Brandschutzverordnung.

Chloë fühlt sich hier wie zu Hause.

Shelly ist schon da, sie trägt ein hellorangenes Kleid, in dem Chloë fahl aussehen würde. Erdfarben und dezente Muster sind mehr ihr Fall. Aber irgendwie steht Shelly die Farbe, sie unterstreicht ihre dunklen Augen und bringt das Rotbraun ihrer Haare zur Geltung.

Als Chloë ihre Tasche abstellt, fährt Shelly auf ihrem Bürostuhl zurück, um sie, an dem Regal zwischen ihren Schreibtischen vorbei, sehen zu können.

»Hey du.«

»Hi.« Chloë setzt sich auf ihren eigenen gebrechlichen Bürostuhl und fängt an, Bücher zu sortieren. »Wie war deine Woche?«

»Großartig. Ich habe es geschafft, Mike zur Abwechslung vor die Tür zu bekommen. Wir haben einen Tagesausflug nach Sturbridge gemacht und uns das Freilichtmuseum angeschaut. Ich habe gelernt, wie man ein *Firkin* macht.« Sie sieht auf Chloës Tasche. »Diesmal irgendwas Gutes dabei?«

»Nicht wirklich«, sagt Cloe. »Vor allem sentimentaler Mist. Was ist ein *Firkin*?«

»Das ist ein kleines Fass. Also nur schmalziger Schrott? Nichts Inspirierendes in der Kategorie ›inspirative Literatur‹?«

»Warum veröffentlichen wir das überhaupt?«

Shelly zuckt mit den Schultern. »Es verkauft sich gut. Und ein paar Titel sind auch ganz okay. Aufheiternd.«

»Ja, na ja, du musst ja auch nur die aufheiternden lesen. Ich lese auch die, die mir sagen, dass ich das Werkzeug Satans bin.«

»Chloë, das Werkzeug Satans«, wiederholt Shelly rhythmisch. »Das klingt gut. Wie *Hamlet, der Prinz von Dänemark.*«

Chloë schnaubt. »Netter Vergleich. Soll das heißen, ich bin tragisch und verdammt? Und habe einen Ödipuskomplex?«

»Na gut. Dann eben wie *Rudolph, das Rentier mit der roten Nase.* Du rettest Weihnachten.«

»Viel besser.«

Shelly widmet sich wieder ihrer Arbeit, und Chloë schaltet den uralten Computer auf ihrem Schreibtisch ein. Als er endlich hochgefahren ist, fängt sie an, den Status der Einsendungen anzupassen. *Dem Geschöpf der Nacht verfallen* kriegt auf jeden Fall den Vermerk »Abgelehnt«. Sie macht sich eine Notiz für den Absagebrief.

»Ich habe vor ein paar Tagen deine Mitbewohnerin kennengelernt«, sagt Chloë beiläufig. »Angela.«

»Ich weiß.« Shelly ist weiterhin in ihre Arbeit vertieft. »Hat sie erzählt.«

»Wirklich? Hat sie, äh, hat sie sonst irgendwas gesagt?«

Ein leises Quietschen der Rollen ist zu hören, als Shelly

den Stuhl noch einmal nach hinten schiebt. Sie sieht Chloë neugierig an. »Warum?«

Es entsteht eine lange Pause, bevor Chloë antwortet.

»Ist sie liiert?«

Shelly blinzelt und bricht dann in schallendes Gelächter aus.

»Danke«, sagt Chloë, »dass du diese unangenehme Situation nicht unnötig peinlich machst. Wirklich, danke dir.«

»Nein, es tut mir leid.« Shelly lacht immer noch und hat Schwierigkeiten, Luft zu bekommen. »Es ist nur, jetzt weiß ich, was ich ihr hätte sagen sollen.«

»Ihr hättest sagen sollen?«

»Sie hat mich gefragt, ob du auf Frauen stehst.«

Chloës Körper erstarrt für den Bruchteil einer Sekunde. *So fühlt sich das also an, wenn das Herz einen Satz macht*, denkt sie sich seltsam distanziert.

»Alles in Ordnung?«, fragt Shelly. »Ich hatte nicht vor, dir einen Schlaganfall zu verpassen.«

Chloë versucht, etwas zu sagen. »Was … Was hast du ihr gesagt?«

»Ich habe gesagt, dass ich es nicht weiß.« Shelly beobachtet Chloë aufmerksam. »Du warst doch mal mit einem Typen verheiratet, oder?«

»Bisexualität liegt gerade im Trend.«

»Wirklich?«, fragt Shelly. »Bei dir auch?«

»Ja. Zumindest glaube ich das.«

»Du glaubst das. Was soll das heißen?«

»Ich habe noch nie …«, setzt Chloë an. »Ich habe noch nie etwas mit einer Frau gehabt. Ich glaube, dass ich mich schon immer zu Frauen hingezogen fühle, aber es hat sich nie ergeben. Männer zu finden war irgendwie einfacher.«

»Klingt logisch. Aber was, wenn sich mal etwas ergibt?«

»Mit einer Frau? Das könnte ich mir gut vorstellen, ja.« Chloë denkt wieder an den Abend im Club. Und lächelt. Ja, sie kann sich das sogar sehr gut vorstellen …

»Ha«, sagt Shelly. »Was genau habt ihr zwei denn am Montag gemacht?« Chloë läuft rot an. »Oh, mein Gott, du wirst ja rot wie eine Tomate. Chloë mag Angela!« Sie singt und grinst schelmisch.

»Lass das!« Chloë schmeißt einen wattierten Absagebrief nach Shelly und verfehlt sie. Shelly kichert, aber als Chloë ihr einen Hundeblick zuwirft, schließt sie den imaginären Reißverschluss über ihren Lippen.

Chloë denkt darüber nach, ob ihr Liebesleben anders verlaufen wäre, wenn sie sich je auf ihre romantischen Gefühle gegenüber einer Frau eingelassen hätte. Vermutlich nicht. Sie hätte trotzdem weiter die Spinner angezogen.

»Wie ist sie so?«, fragt Chloë. »Angela, meine ich.«

»Ja, ich habe mir schon gedacht, dass du sie meinst.« Shelly denkt kurz nach. »Sie hat einen wirklich süßen Hintern.«

»Das ist mir gar nicht aufgefallen, danke.«

»Eben. Ich bin mir sicher, sie kann damit Nüsse knacken.«

»Aber mal im Ernst jetzt«, hakt Chloë nach.

»Im Ernst?« Shelly lehnt sich zurück und überlegt. »Sie ist wirklich lieb. Aber ich habe das Gefühl, sie ist einsam. Sie verbringt die ganze Zeit mit ihrer Arbeit. Normalerweise ist sie die ganze Nacht wach und schreibt an ihrer Doktorarbeit. Wir leben zwar im selben Haus, aber ich sehe sie so gut wie nie.«

»Also hat sie vermutlich nicht viel Freizeit.«

»So könnte man das natürlich auch sehen. Aber andererseits könnte man auch sagen, sie muss dringend öfter mal raus. Es tut ihr bestimmt gut, von einer brillanten Schriftstellerin verführt zu werden.«

»Du kannst mich nicht brillant nennen«, widerspricht Chloë, »du hast ja noch nie etwas von mir gelesen.«

»Und warum ist das so?«

Chloë rutscht nervös hin und her. »Nichts ist schon weit genug, um es dir zu zeigen.«

»Dann gib mir das, was am nächsten dran ist. Ich bin mir sicher, es ist gut. Du bist schließlich eine preisgekrönte Autorin.«

»Das ist Jahre her, und das war auch nur ein kleiner Preis für eine Kurzgeschichte«, sagt Chloë. »Nicht der Pulitzer oder dergleichen.«

»Egal.«

»Ich werde dir irgendwann irgendwas abgeben, okay? Nur nicht jetzt.«

»Versprochen?«

»Versprochen.«

Chloë wendet sich wieder der betrüblichen Aufgabe zu, die Träume anderer zu zerstören. Absagen schreiben ist der Teil ihrer Arbeit, den sie am wenigsten schätzt, aber sie müssen nun einmal geschrieben werden. Oder zumindest teilweise. Sie benutzt eine Vorlage für den Hauptteil, aber sie fügt gerne ein oder zwei persönliche Sätze hinzu, damit der Autor weiß, dass jemand den Text wirklich gelesen hat.

Nicht, dass die persönliche Note einen Unterschied machen würde, zumindest nicht nach den erbosten Reaktionen zu urteilen. Drohanrufe von abgelehnten Autoren entgegenzunehmen ist ein weiterer Aspekt ihrer Arbeit, den sie nicht sonderlich schätzt.

Zum Glück erhält sie heute Morgen nur einen solchen Anruf. Aber anhand der vor Wut bebenden Stimme des Anrufers ist von Anfang an klar, wie das Gespräch verlaufen wird. Sie zwingt sich, dem Mann, der sie als verblödet, vorurteilsbehaftet und böswillig beschimpft, gegenüber höflich zu bleiben. Eigentlich beschimpft er nur ihr Pseudonym. Sie unterzeichnet die Briefe nicht mit ihrem echten Namen. So kann sie sich besser davon distanzieren.

»Als ich klein war, dachte ich mir, ich möchte einmal in einem Verlag arbeiten«, seufzt sie, als er aufgelegt hat. »Umgeben von Büchern und Geschichten. Literatur, Belletristik, den schönen Künsten.«

»Beschwer dich nicht«, sagt Shelly von hinter den Regalen hervor. »Du musst das nur einen Tag die Woche machen. Ich kriege viermal so viel ab.«

Chloë schnaubt und versucht, noch mehr Einsendungen in einen schon überfüllten Aktenschrank zu stopfen. Erfolglos probiert sie ein paar geometrische Variationen, als sie merkt, dass Shelly neben ihr steht und sie aufmerksam ansieht.

»Äh, ist etwas?«, fragt Chloë.

»Soll ich ihr sagen, dass du Interesse hast.«

»Was? Nein!« Chloë dreht sich zu Shelly um und haut sich dabei den Ellbogen am offenen Schrank an.

»Ich biete nur meine Hilfe an.«

»Ja, danke. Aber bitte tu das nicht.«

»Warum nicht?«

»Zum einen, weil wir nicht in der siebten Klasse sind. Und zum anderen, weil sie das vermutlich nicht besonders interessieren wird. Da war ja nichts. Wir haben einmal miteinander getanzt und vage vereinbart, dass wir uns anrufen. Sie war nur höflich.«

»Genau. Deshalb hat sie mich auch gefragt, ob bei dir was geht. Aus Höflichkeit.«

»Vielleicht war sie nur neugierig. Ich habe beinahe gesabbert. Da hätte ich mich auch gewundert.«

Shelly zieht die Augenbrauen zusammen. »Wieso versuchst du so sehr, dich davon zu überzeugen, dass sie kein Interesse hat?«

Weil ich vollkommen durchgedreht bin und sie sich unbedingt von mir fernhalten sollte, aber das spricht Chloë nicht aus.

Stattdessen sagt sie: »Ich weiß es nicht.«

»Na gut. Ich sag ihr nichts, wenn du das nicht willst. Das ist deine Entscheidung.«

»Danke.«

Shelly sieht sie noch einen Augenblick lang an, sagt aber nichts mehr. Dann zieht sie sich wieder hinter ihren Schreibtisch zurück.

Chloë schnappt sich irgendeine Einsendung vom Stapel der noch nicht gelesenen Manuskripte, die im Laufe der Woche auf ihrem Schreibtisch gelandet sind. Sie reißt den Umschlag auf, zieht das Anschreiben raus und beginnt einen neuen Eintrag in ihrer Liste.

Aber ihre Gedanken wandern immer wieder zu Angelas Haaren, ihren Lippen und ihrem Lachen.

15

Brookline
17. November 1999

Das erste, was Angela nach dem Aufstehen macht, ist, ihren Code zu checken. Das hat höchste Priorität und kommt noch vor ihren Selbstversuchen. Heute Abend hat sie ein Experiment mit einem Spiegel und einer Taschenlampe geplant. Bricht sich das Licht an ihr oder leuchtet es direkt durch sie durch? Hat es irgendwas mit der Lichtbrechung zu tun, dass sie kein Spiegelbild hat? Vermutlich nicht, aber einen Versuch ist es wert. Dabei kann man immer irgendetwas lernen.

Der Code kommt aber zuerst. Die Daten für ihre wirkliche Arbeit haben immer Priorität. Sie hat den Prozess in den frühen Morgenstunden auf ihrem Rechner gestartet und der hat die ganze Zeit, während sie schlief, vor sich hin gerattert und Zahlen gewälzt. Wenn es diesmal klappt, kann sie endlich zum nächsten Schritt übergehen.

Als der Bildschirmschoner verschwindet, kommt aber nur eine lange Reihe von Fehlermeldungen zum Vorschein.

Verdammt.

Angela steht auf und läuft in ihrem kleinen Zimmer auf und ab. Sie weiß, dass sie gute Ausgangsdaten hat. Vielleicht ist sogar etwas so Bedeutungsvolles dabei, dass sie es irgendwann in einem der wirklich angesehenen Journale wie *Nature* oder *Science* veröffentlichen kann. Sie muss es nur irgendwie schaffen, endlich so weit zu kommen, dass sie ihre Ergebnisse einreichen kann.

Die Bilder, mit denen sie arbeitet, stammen vom Hubble Space Teleskop. Alleine die Möglichkeit, dort Recherchezeit bewilligt zu bekommen, ist ein schwer errungener Sieg gewesen. Denn für jeden Antrag, den das Gremium annimmt, werden sieben andere abgelehnt. Ihrer wurde angenommen. Jetzt muss sie beweisen, dass sie es auch verdient hat.

Aber bevor sie einen Artikel schreiben kann – ganz gleich, was für einen Artikel, ganz zu schweigen von einem, der es in ein angesehenes Journal schafft –, muss sie das Problem mit ihrem Code lösen. Und ihre Promotion hängt von diesem Artikel ab. Und ihre Karriere hängt von ihrer Promotion ab.

»Gar kein Stress also«, murmelt sie vor sich hin.

Eines der Bilder zeigt einen Nebel um einen Stern, eine Staubwolke Abermillionen Kilometer entfernt. In diesem Nebel glaubt Angela eine Lücke ausmachen zu können. Wenn es dort eine Lücke gibt, könnte das bedeuten, dass es dort irgendwo einen Planeten gibt, der den Staub in seiner Umlaufbahn aufwirbelt. Aber zuerst muss sie beweisen, dass es die Lücke wirklich gibt. Und dafür muss sie ein Programm schreiben, das ein Profil der Oberflächenhelligkeit ihrer Bilder – eine präzise mathematische Karte von Hell und Dunkel – ausspuckt.

Das sollte sie eigentlich nicht so viel Zeit kosten. Es sollte ein kleiner Teil des Großen und Ganzen sein. Aber sie sitzt nun schon seit Tagen daran. Jedes Mal, wenn sie den Code durchlaufen lässt, kommt Unsinn heraus. Sie muss sich den Code noch einmal ganz genau ansehen und den Fehler – vermutlich mehr als einen – ausfindig machen. Bisher ist nach jedem Problem, das sie gelöst hat, ein neues aufgetaucht, wie bei einer Hydra.

Sie will gerade weitermachen, da bemerkt sie das Datum und die Uhrzeit am Bildschirmrand, und ihr fällt auf, welcher Tag heute ist. Sie zögert, ihre Finger schweben über der Tastatur.

Angela hat nicht vorgehabt, heute rauszugehen, ganz egal, wie spektakulär es sein soll. Trotzdem … Das sieht man schließlich nicht jede Nacht. Und keiner aus ihrem Arbeitsumfeld würde es ihr übelnehmen, wenn sie sich dafür freinimmt. Es ist beinahe ein Feiertag für Sternengucker.

Vielleicht ist das auch die Gelegenheit, diese unglaublich grünen Augen wiederzusehen.

Angela fährt ihren Computer runter und sucht in ihrer Handtasche nach der Serviette mit Chloës Nummer. Sie hat sie sich extra noch geben lassen, bevor sie sich im Club voneinander verabschiedet haben. Sie könnte Chloë anrufen und fragen, ob sie an so etwas Interesse hätte. Möglich wäre es.

Angela zögert wieder, bevor sie zum Telefon greift.

Das ganze letzte Jahr hat sie sich fest vorgenommen, genau das nie zu tun.

Sie weiß, was passiert, wenn sie sich auf jemanden einlässt. Wohin es führen wird. Erst teilt man Geheimnisse, dann Zähne und Blut. Und es kann zu noch Schlimmerem kommen. So viel Schlimmerem. Ganz egal, wie es anfängt, es endet immer im Desaster.

Sie sieht zu ihrem dunklen Bildschirm. Ein Knopfdruck und sie könnte weiterarbeiten. Eine weitere Nacht alleine mit ihrem Code verbringen.

Soll das nun ihr Leben sein? Über Daten gebeugt im Keller verbarrikadiert zu bleiben und nur aus Hunger das Haus zu verlassen? So hat sich ihr Leben in Boston bisher abgespielt – muss das jetzt wirklich für immer so bleiben? Ist das alles?

Vielleicht kann sie doch mehr haben, wenn sie vorsichtig ist. Nur ein klein bisschen mehr als jetzt, ohne auf eine Katastrophe zuzusteuern. So ein Anruf ist schließlich kein Heiratsantrag. Und Chloë muss ja nicht einmal zusagen. Und falls sie es doch tut, wer weiß, wozu es führt? Zu einer Verabredung, ein paar Tagen, ein paar Wochen?

Schon sucht sie nach Ausreden, weil sie einsam und armselig ist. Weil die Nacht im Club etwas war, was sie unbedingt wiederholen möchte.

Sie möchte über Chloës Witze lachen. Versuchen, sie zum Erröten zu bringen. In ihre unglaublich grünen Augen sehen. Mit ihr flirten, reden, mit jemandem interagieren, ohne nur an sein Blut zu denken.

Angela fragt sich nicht zum ersten Mal, wie es wohl wäre, Chloë zu küssen.

Es muss ja nicht zu mehr kommen, denkt sie. *Nicht mehr, als das, was alle anderen auch machen.*

Ich muss ihr nicht antun, was Tess mir angetan hat. Ich muss nicht wie Tess enden.

Bevor sie es sich anders überlegen kann, greift sie zum Telefon und wählt.

16

Somerville
17. November 1999

Das Telefon klingelt, und Ari weiß nicht recht, wie er sich verhalten soll.

Er ist zur Abwechslung mal alleine zu Hause. Um ehrlich zu sein, genießt er es. Die Stimmung war in letzter Zeit etwas seltsam. So gerne er mit Menschen redet, manchmal hat er den Eindruck, dass er noch nicht ganz begriffen hat, wie es funktioniert. Ihm ist aufgefallen, dass sich Chloë seit dem Gespräch über seine Berufung in seiner Gegenwart unwohl fühlt. Und ihre Tante ist nett, eine wundervolle Frau, wirklich, aber sie kann einem, ohne mit der Wimper zu zucken, ein Ohr abkauen.

Die Sonne ist vor wenigen Minuten hinter dem Horizont verschwunden, und die Dämmerung lässt auf einen gemütlichen Abend hoffen. Er hat sich einen Apfel aus der Tüte geschnappt, die Esther mit nach Hause gebracht hat, und kaut vergnügt daran herum, während er die Bücherregale seiner Mitbewohnerin nach einem spannenden Krimi durchsucht. Dann klingelt plötzlich das Telefon. Und klingelt und klingelt.

Er überlegt, ob er abheben soll. Es ist sicher nicht für ihn. Es ist ja nicht sein Telefon. Er kennt nicht einmal die Nummer, unter der man hier anrufen kann. Aber es ist außer ihm keiner da. Was, wenn es ein Notfall ist? Es scheint keinen Anrufbeantworter zu geben. Soll er eine Nachricht entgegennehmen? Wenn er sich aber eine Notiz macht, wo soll er sie hinterlassen? Schließlich geht ein weiterer Zettel im allgemeinen Chaos wohl unter.

Das Telefon klingelt immer noch. Es will einfach nicht aufhören.

Vielleicht kann er dem Anrufer ja irgendwie helfen. Immerhin ist es sein Job, Leuten zu helfen. Soweit er weiß, könnte dieser Anruf genau der Grund für seine Anwesenheit hier sein, warum er sich überhaupt zu diesem Apartment hingezogen gefühlt hat. Genau, Problem gelöst, Frage beantwortet – er hat sogar die Pflicht. Und wenn er eine Nachricht entgegennehmen soll, wird er sich dieser Aufgabe stellen.

Er hebt ab.

»Hallo?«, sagt eine Frauenstimme am anderen Ende der Leitung.

»Hey, du!«, ruft er fröhlich aus. »Wie kann ich dir dienlich sein?«

Es entsteht eine Pause.

»Ich glaube, ich habe mich verwählt«, sagt sie schließlich. »Ich habe versucht, jemand anderen zu erreichen. Entschuldigung für die Störung. Ich versuche es noch einmal …«

»Warte, leg nicht auf!« Einen Versuch ist es wert, bevor sie weg ist. Es kann ja nicht schaden. »Ich würde dich gerne etwas fragen.«

»Äh, na gut.«

»Kann es vielleicht sein«, sagt er, »dass du Beistand brauchst?«

»Entschuldigung, wie bitte?«

»Oder Zuspruch oder Anleitung? Ich meine ja nur, wenn du dich verwählt hast, dann gibt es vielleicht einen Grund dafür, weißt du? Einen Grund, weshalb du stattdessen mich erreicht hast. Eine weise Frau hat mir einmal gesagt, es gibt keine Zufälle.« Die weise Frau ist Esther, und sie hat das gestern Abend gesagt, aber es kommt ihm passend vor. »Du solltest wissen, dass es meine Mission ist, den Hilflosen zu helfen, den Hoffnungslosen Hoffnung zu geben und Erlösung den äh, Erlösungslosen. Moment, das stimmt so nicht, oder?«

»Meinst du das ernst? Wer ist da?«

»Unerlöst!«, ruft er triumphierend aus. »Das passt viel besser als erlösungslos.«

»Mit wem spreche ich denn da?« Die Stimme der Frau ist eiskalt geworden.

»Verzeihung, das hätte ich sagen sollen. Ich bin nämlich ein Engel. Daher kann ich dir vielleicht helfen. Ich bin zur Erde gekommen, um meine Botschaft der persönlichen Seelenrettung durch radikale Selbstverwirklichung und Akzeptanz zu verbreiten.« Am anderen Ende der Leitung bleibt es still. »Ein Engel ist so etwas wie … ein himmlischer Gesandter.«

»Sei still.« Ihre Stimme hat nun Minusgrade. »Mit dir spreche ich nicht. Nie wieder.«

»Kennen wir uns?« Als er jetzt darüber nachdenkt, kommt ihm ihre Stimme irgendwie bekannt vor.

»Ich weiß, was du vorhast, aber das funktioniert nicht mehr. Du kannst mich von nichts mehr abhalten. Weil ich dir nicht mehr gehorchen muss. Hast du verstanden?«

»Wieso beruhigst du dich nicht und erzählst mir, was genau das Problem ist?« Ari wird langsam nervös.

»Hast du mich nicht verstanden?«, wiederholt die Frau am Telefon.

»Äh, hey, nur damit ich Bescheid weiß, wer ist denn dran?«

Es klickt in der Leitung. Sie hat aufgelegt.

Als Chloë nach Hause kommt, starrt er immer noch auf den Telefonhörer und fragt sich, was gerade passiert ist. Für einen Moment blickt sie Ari, der mit dem Telefon in der einen und einem Apfel in der anderen Hand dasteht, ebenso irritiert an. Er hat einen furchtbar schuldbewussten Gesichtsausdruck.

»Alles gut, du kannst das Telefon ruhig benutzen«, sagt sie. »Aber gib mir Bescheid, wenn du Ferngespräche führst. Oder hast du etwa eine … Hotline angerufen?«

»Nein!«

»Es ist nur, wenn die Rechnung dann sehr hoch ist …«

»Ich bin nur rangegangen. Jemand … Es hat geklingelt.« Schnell versucht er, sich zu rechtfertigen. »Esther war nicht da, und du hast keinen Anrufbeantworter und … und sie hat sich vermutlich verwählt.« Er legt den Hörer endlich auf.

»Oh. Alles klar. Macht ja nichts.« Chloë lässt ihre Tasche zu Boden fallen und wirft die Schlüssel auf den Tisch.

Sie ist also nicht sauer auf ihn, zumindest nicht deshalb. Gut, das erleichtert ihn. Und in diesem Fall, denkt er sich, kann er sein Glück auch noch ein bisschen strapazieren.

»Hey«, sagt er, während sie ihren Mantel aufknöpft und

über die Lampe hängt. »Hör mal. Ich habe den Eindruck, wir hatten einen schlechten Start.«

»Was meinst du?«

»Du wirkst in meiner Anwesenheit so angespannt.«

Sie sieht ihn misstrauisch an. »Na ja, ich befürchte immer, du fängst gleich an zu predigen oder so.«

»Hey, wenn das ein Problem ist, kann ich ab sofort zu Hause außer Dienst sein.« Er hält, wie er hofft, beschwichtigend eine Hand hoch. »Kein Predigen, kein Problem. Sonst noch etwas?«

»Ich glaube nicht. Außer ... Gibt es in deiner Religion etwas, dass mich unerwartet treffen könnte? Irgendwelche komischen Riten? Gesänge? Teufelsaustreibungen? Ritueller Selbstmord?«

»Nun ja«, sagt Ari und sieht sich um, »nicht in dieser Wohnung.«

»Da hast du recht.«

»Ich will dir nicht zu nahe treten, aber es ist ganz schön unordentlich hier. Man braucht ein bisschen Platz für einen Exor...«

»Alles in Ordnung!«, sagt sie schnell. »Wirklich. Ich brauche keine Erklärungen.«

Ari strahlt sie an. »Ich bin so froh, dass wir darüber geredet haben. Ich will nicht, dass meine Berufung ein Problem für dich darstellt.«

»Sicher. Da bin ich auch froh.« Sie nickt und geht auf ihr Zimmer zu, aber vor der Tür, mit der Hand über der Klinke, hält sie inne. »Weißt du was? Wo wir beim Thema sind ...«, fängt Chloë an.

»Ja?«

Sie dreht sich wieder um und macht ein paar zögerliche Schritte auf ihn zu. »Bist du nicht so etwas wie ein Rabbi oder Pfarrer?«

»Nicht wirklich.«

»Aber du gibst Ratschläge, oder? Ich meine, gehört Leuten helfen auch dazu?«

»Natürlich!«, sagt er erfreut. »Was hast du für ein Problem?«

Chloë lässt sich in den Sessel fallen. »Nun ja. Wenn jemand ein bisschen gestört ist …« Sie macht eine Pause. »Oder sagen wir, wenn jemand sehr, sehr gestört ist. Ist es dann in Ordnung, sich jemand anderem zuzumuten? Obwohl man verrückt ist?«

Ari sitzt ihr gegenüber auf dem Sofa und streicht sich gedankenversunken über das Kinn. Er sieht sie durchdringend an.

»Verrückt ist doch übertrieben, oder?«

»Ich denke, wenn man schon einmal eingewiesen wurde, hat man das Recht, sich verrückt zu nennen«, sagt sie.

»Guter Punkt. Dann würde ich sagen, es hängt davon ab.«

»Wovon?«

»Von der Art deiner Verrücktheit.«

»Das klingt plausibel«, gibt Chloë vorsichtig zu. »Was wäre also eine schlechte Art von Verrücktheit?«

Ari runzelt die Stirn, während er über ein Beispiel nachdenkt. »Nun ja, also in dieser neuen Beziehung, soll das ablaufen wie in *Eine verhängnisvolle Affäre*? Hast du vor, Kaninchen zu schlachten, oder so?«

Sie starrt ihn an. »Wie bitte?«

»Das wäre doch auf jeden Fall eine schlechte Form der

Verrücktheit, oder? Und nur damit das klar ist, Tieropfer sind nie die Lösung!«

»Weißt du was? Vergiss es.« Chloë steht auf. »Danke für den Versuch, aber ich denke, damit muss ich alleine klarkommen.«

»Bist du sicher?«

»Voll und ganz. Mach dir keine Gedanken.« Sie geht in Richtung Küche. »Ich mach mir mal was zu essen.«

Und wieder einmal eine eher missglückte Intervention. Nun ja. Manchmal läuft das eben so. Er versucht, so etwas immer relativ zu sehen. Schließlich macht er das mit dem Menschsein erst seit ein paar Wochen, er braucht vermutlich nur mehr Übung. Außer Chloë gehört nicht zu den Menschen, denen diese Art der Hilfe dienlich ist. Aber er kann schließlich nur seine Unterstützung anbieten und auf das Beste hoffen.

Er sollte bei Gelegenheit Esther nach einer detaillierteren Prophezeiung fragen. Irgendjemandem hier wird er nützlich sein, so viel ist klar, aber herauszufinden, wem, ist gar nicht so einfach. Ein paar Hintergrundinformationen wären praktisch.

Als Chloë weg ist, isst er erst einmal seinen Apfel auf. Aber kurz nachdem sie in der Küche verschwunden ist, klingelt das Telefon wieder.

Chloë steckt irritiert den Kopf aus der Küche. Sie sieht zu Ari, aber der schüttelt den Kopf. Es wird auch diesmal nicht für ihn sein, so viel, denkt er, ist klar. Einen Augenblick später hebt Chloë den Telefonhörer ab.

»Hallo? Oh, hi!«, sagt sie. »Nein, natürlich nicht. Was gibt es?«

Sie gibt Ari ein Zeichen, sich zurückzuziehen, damit sie in

Ruhe telefonieren kann. Er versucht, ihr zu bedeuten, dass er nicht zurück in sein Zimmer kann, bevor er den Apfel aufgegessen hat, weil dort kein Mülleimer ist, wo er das Gehäuse entsorgen kann. Aber ihr verwirrter Gesichtsausdruck lässt ihn vermuten, dass er sich nicht gut mitteilen konnte.

Er kaut schneller.

»Heute Abend?«, fragt sie und wendet sich wieder ihrem Telefonat zu. »Ich habe noch nichts vor. Warum?« Sie hört zu. »Sicher, sehr gerne. Ach, das macht nichts, ich bin gerne lang wach. Ich wohne in der Warwick Street 10, in der Wohnung im Erdgeschoss. Aber, äh …« Sie sieht zu Ari und blickt sich dann im Zimmer um. »Hup einfach, und ich komm raus. Okay, großartig. Dann bis später.«

Sie legt auf und grinst das Telefon albern an.

Endlich schluckt Ari den letzten Bissen hinunter. »Gehst du heute Abend aus?«

»Ja. Sieht so aus. Nun ja …«, fügt sie hinzu. »Um genau zu sein, gehe ich morgen sehr, sehr früh aus.«

17

Die Appalachen, West-Massachusetts
18. November 1999

Chloë stellt sofort fest, dass Angela für eine Nachtwanderung nicht passend gekleidet ist. Genauer gesagt, ist Angela überhaupt nicht fürs Wandern gekleidet. Aber Chloë ist diejenige, die den holprigen Weg den Hang hinauf entlangstolpert. Als sie schon wieder beinahe fällt, muss sie sich mit ihrer freien Hand an einem Ast festhalten und schafft es gerade so, die Taschenlampe nicht fallen zu lassen.

Angela wiederrum ist so trittsicher, als ob sie einen hell erleuchteten Gang entlangwandelt. Sogar mit der Taschenlampe in der einen Hand und einem zusammengerollten Schlafsack in der anderen. Obwohl sie ein schwarzes Cheongsam-Kleid aus Seide über weißen Kniestrümpfen trägt.

Chloë musste nachfragen, was das für ein Kleid ist.

»Alles in Ordnung bei dir?«, fragt Angela, als Chloë wieder festen Boden unter den Füßen hat.

»Ja, alles gut. Danke.«

»Wir sind gleich da.«

»Wie weit ist gleich?« Chloë bemüht sich, entspannt zu klingen. Ihr angeschlagener Zeh hilft ihr dabei nicht.

»Es ist wirklich ganz nah.«

Chloë hat sich für Jeans, ein Flanellhemd und einen Anorak entschieden. Zugegebenermaßen die besten Jeans, die sie gefunden hat. Aber Angela steht das Kleid ausgezeichnet, muss Chloë zugeben. Und immerhin hat sie schwere schwarze Stiefel an und keine Stöckelschuhe. Alles passt zu ihr, als ob sie in diesem Outfit auf die Welt gekommen wäre.

Chloë fragt sich auf einmal, ob Angela Piercings hat und wenn ja, wo.

»Vor uns liegt noch ungefähr ein halber Kilometer«, sagt Angela. »Du wirst es sofort erkennen, wenn wir da sind.«

Es ist spät. Kurz vor Mitternacht hat Angela Chloë mit ihrem alten Corolla abgeholt. Bevor sie losgewandert sind, mussten sie noch eine ganze Weile fahren – allerdings hat es trotz des geringen Verkehrs die meiste Zeit gekostet, aus der Stadt herauszukommen. Der große Graben, Bostons enormes, endloses Straßenbauprojekt, hat eine Stadt, die schon zuvor eine irreführende Verkehrsführung hatte, in ein minotaurisches Labyrinth verwandelt.

Als sie die Stadt endlich hinter sich lassen, fährt Angela Richtung Westen, in die Hügellandschaft im Landesinneren von Massachusetts. Die Bäume am Straßenrand sind kahl und düster. Einen Großteil der Zeit ist der Corolla das einzige Auto auf der Straße, und die dunkle Einsamkeit des Highways lässt die Welt verlassen scheinen.

Nach einer leicht zu übersehenden Abfahrt folgen sie kurvigen Landstraßen, die alle steil bergauf führen. Irgendwann hat Angela dann das Auto auf eine beinahe unsichtbare Ausweichstelle manövriert, und von dort sind sie losgelaufen.

»Vielen Dank übrigens für die Einladung«, sagt Chloë.

»Angeblich kommt das nur einmal alle hundert Jahre vor. Das sollte man also nicht verpassen.«

»Das braucht es also, um dich von deiner Doktorarbeit wegzulocken?«

Angela streicht sich eine blonde Strähne aus dem Gesicht, und der Strahl ihrer Taschenlampe tanzt kurz in den Baumwipfeln. »Jeder muss mal blaumachen.«

Das beruhigt Chloë, Angela ist also doch nicht perfekt. Es hat sie etwas eingeschüchtert, hinter jemandem herzulaufen, der sogar noch während er durch den dunklen Wald stapft, makellos gekleidet ist. Gut zu wissen, dass Angela auch nur ein Mensch ist.

»Und«, fragt Chloë, »was ist jetzt der Unterschied zwischen einem Meteoritensturm und einem ordinären Sternschnuppenschauer?«

»Viel mehr Meteoriten.«

»Da hätte ich vermutlich alleine draufkommen können.«

Angela lächelt. »Die meisten Sternschnuppenschauer sind gar nicht so eindrucksvoll. In einem normalen Jahr sieht man während der Leoniden etwa eine Sternschnuppe alle paar Minuten. Heute Nacht werden es circa zwanzigmal so viele sein, bis zu sechshundert die Stunde. Wie ein Feuerwerk.«

»Das klingt jedenfalls spannender als Abendessen und Kino.« Abgesehen davon, was sie vom Wandern durchs Dickicht hält, langweilt Chloë sich zumindest nicht.

»Das freut mich sehr.«

»Äh«, Chloë zögert. »Nicht, dass ich damit sagen möchte, dass das hier …«

»Das was?«

Angela hat am Telefon nur gesagt: »Vielleicht hast du ja Lust mitzukommen.« Chloë hat nicht gefragt, ob das bedeutet, was sie sich erhofft. Jetzt denkt sie, dass sie das mal besser hätte machen sollen.

Besser jetzt als nie, denkt sie sich, auch wenn sie sich dabei anstellt. »Ich versuche herauszufinden, ob wir, ob das hier …«

»Ein Date ist?«, fragt Angela.

»Ja. Genau das. Es kam mir so vor, aber ich wollte nichts unterstellen …«

»Nun ja, ich hoffe, es ist ein Date. Ich habe nämlich extra Pfefferminzbonbons mitgenommen.«

»Oh«, sagt Chloë ein wenig verwirrt. Sie reißt die Augen auf, als sie die Anspielung versteht.

Angela sieht sie auf einmal schüchtern von der Seite an. »Aber wenn du damit nicht gerechnet hast …«

»Nein! Ich meine, das habe ich. Tue ich. Ich hoffe, es ist ein Date.«

»Cool«, sagt Angela. »Ich meine, gut. Großartig.«

Darauf folgt eine etwas aufgeladene Gesprächspause.

»Wir sind da«, sagt Angela kurze Zeit später, als sie aus dem Wald treten.

Die Lichtung ist auf drei Seiten von alten Eichen umgeben, die so dicht beisammenstehen, dass ihre Äste sich berühren. Der Mond, der langsam hinter dem Horizont verschwindet, lässt den Tau auf der Wiese in seinem Schein glitzern. Die offene Seite der Lichtung endet an einer steilen Klippe mit einem tiefen Tal darunter.

Chloë tritt an den Rand der Klippe und sieht hinunter. Der Fels bildet eine beinahe vertikale Wand mit nur wenigen bewachsenen Stellen. Weit entfernt sieht sie die glänzende Oberfläche eines Flusses.

Dann sieht sie nach oben.

»Kommt mir das nur so vor«, fragt sie, »oder sind da an die fünfhundert Sterne mehr am Himmel als sonst?«

»Deshalb sind wir ja den ganzen Weg hier rausgefahren«, sagt Angela und stellt sich neben sie. »Hier gibt es keine Lichtverschmutzung.«

Der Schnee lässt immer noch auf sich warten, und so ist die Nacht kalt und klar. Eine Weile genießen die beiden einfach die Aussicht.

»Ich habe die Lichtung, kurz nachdem ich von Phoenix nach Boston gezogen bin, gefunden«, fährt Angela dann fort. »Eines Nachts bin ich Richtung Westen losgefahren, ich weiß nicht einmal genau, warum. Ich musste einfach mal raus. Egal. Jetzt ist es mein Lieblingsort, um den Himmel zu sehen. Manchmal wird die Wissenschaft ein bisschen, nun ja, abstrakt. Keiner sieht mehr durch ein Teleskop, man lässt Computerprogramme laufen, während die Geräte alles aufzeichnen. Man kann sein ganzes Leben lang die Sterne erforschen, ohne sie je gesehen zu haben. Ich komme gerne hierher, um mich daran zu erinnern, wofür ich arbeite.«

»Bist du oft hier?«

Angela schüttelt den Kopf. »Seltener, als mir lieb ist. Ein paarmal, gleich nachdem ich die Lichtung entdeckt habe, aber in letzter Zeit kaum. Ich hatte einfach keine Zeit.«

Ein heller Lichtstrahl schießt über den Himmel.

»Hey, da geht es los«, sagt Angela. Beinahe unbemerkt

rückt sie näher an Chloë heran, ihr Arm berührt den Ärmel von Chloës Anorak.

Chloë ringt innerlich mit sich, bis sie zu einem unangenehmen Entschluss kommt, dann holt sie tief Luft.

»Hör zu … du solltest wissen, dass ich geschieden bin. Es ist nicht wirklich wichtig, aber ich habe mir gedacht, so was erzählt man sich üblicherweise beim ersten Date, oder?«

»Okay«, sagt Angela.

»Nicht, dass es in ein paar Wochen rauskommt und dann – Überraschung! Das ist alles.«

»Darf ich dich fragen, was passiert ist?«

»Äh …« Chloë hat nicht weiter gedacht, als Angela davon zu erzählen. »Ja, ich denke schon.«

Sie hat nichts zu verbergen. Zumindest nicht, was die Scheidung angeht.

»Ich bin nur neugierig«, sagt Angela. »Aber wenn du nicht darüber reden willst …«

»Ist schon in Ordnung. Wirklich.« Chloë überlegt genau, was sie sagt. »Es war eine ziemlich furchtbare Ehe. Wir waren beide zu jung, um zu wissen, worauf wir uns eingelassen haben, und er war ein sehr wütender Mensch. Mit der Zeit wurde es unerträglich.«

»Das tut mir leid.«

»Tja, das ist ja zum Glück alles vorbei. Ich bin mittlerweile … Was ich damit sagen will, ist, irgendwann hört jede Wunde auf zu bluten.«

Angela grinst. »Schön gesagt.«

»Danke.«

Angela sieht nachdenklich auf den Boden, dann wieder auf. Ihr Gesichtsausdruck ist ernst. »Meine letzte längere

Beziehung war mit jemandem, der auch sehr unglücklich war«, sagt sie. »Und irgendwann hat sie mir die Schuld dafür gegeben.«

Chloë ist überrascht, dass Angela ihr etwas erzählt, das ihr so vertraut vorkommt. »Ja. Ich weiß, wie schnell so etwas passieren kann.«

»Das habe ich mir schon gedacht.«

»Man wird so lange beschuldigt, bis man selbst daran glaubt.«

»Ganz genau.«

»Das klingt jetzt sicher komisch«, sagt Chloë. »Aber irgendwie ist es schön. Nicht, dass du so was durchgemacht hast, aber dass du weißt, wie es sich anfühlt.«

»Ja. Ich weiß, was du meinst.«

Angela schiebt ihre Hand in Chloës. Sie ist kalt wie die Nachtluft und fühlt sich weich und frisch an. Sie lächeln einander schüchtern an.

»Ich habe früher immer gedacht, meine Schuldgefühle kommen daher, dass ich aus der katholischen Kirche ausgetreten bin«, sagt Angela. »Da kriegt man all die Schuldgefühle ab, aber ohne den Spaß.«

»Das kenn ich. Ist bei nicht praktizierenden Juden ganz ähnlich.«

»Ach ja? War das schon immer so, oder hast du mal daran geglaubt?«

»Ersteres, denke ich. Meine Familie war da sehr entspannt. Wir haben nie in die Synagoge besucht, und ich habe Pausenbrote mit Speck bekommen. Und bei dir?«

Angela blickt betrübt drein. »Als ich jünger war, habe ich es sehr ernst genommen. Meine Familie war … nicht entspannt. Das hat es nicht gerade leicht gemacht, mich zu outen.«

»Das kann ich mir vorstellen.«

»Jetzt bin ich Atheistin.« Sie zögert und murmelt dann: »Daher muss ich auch mein Sexleben nicht mehr mit meinem persönlichen Schutzengel besprechen.«

Chloë muss lachen. »Wie bitte? Meinst du das ernst?«

»Absolut. Aber mach dir keine Sorgen, ich weiß, wie sich das anhört.« Angela sieht auf einmal verlegen aus. »Du kannst mir glauben, diese Phase ist definitiv vorbei.«

Angela sieht so aus, als ob sie es bereut, überhaupt damit angefangen zu haben. Also tut Chloë ihr einen Gefallen und wechselt das Thema. »Na ja, dann hoffen wir mal, dass es in Zukunft in der Liebe besser für uns beide läuft.«

Angela sieht Chloë dankbar an. »Immerhin habe ich dabei etwas gelernt. Ich habe mir nämlich vorgenommen, nie wieder mit jemandem zusammen zu sein, der eine ernsthafte psychische Störung hat.«

»Oh«, sagt Chloë kleinlaut. Sie tritt einen Schritt zurück, und Angelas Hand gleitet aus ihrer.

»Ist alles in Ordnung?«, fragt Angela verwirrt. »Habe ich etwas Falsches gesagt?«

»Nein, nein. Gar nicht.«

Ich könnte einfach von der Klippe springen, denkt sich Chloë auf einmal, ohne es zu wollen. *Fünf Schritte, ein Satz und ich bin weg.*

Mit aller Kraft versucht sie, die Angstgefühle, die drohen über sie hereinzubrechen, wegzuschieben.

»Also ich muss da auch nicht groß reden«, sagt Angela. »Ich sollte mit einem großen Warnschild um den Hals herumlaufen, auf dem ›Nicht näherkommen‹ steht.«

Über den Rand und den ganzen Weg nach unten, denkt sich Chloë.

Einfach wie eine Wassermelone am Boden zerplatzen. Was mache ich bei einem Date? Ich bin wahnsinnig. Irgendwann wird es ihr auffallen.

Hör auf, hör auf, hör auf.

»Hör zu«, sagt Chloë schnell, »lass uns über etwas anderes sprechen.«

»Ja, natürlich. Tut mir leid. Ich wollte die Stimmung gar nicht so runterziehen.«

»Alles gut. Ich habe ja mit den anstrengenden Themen angefangen. Ich will nur nicht den ganzen Abend darüber reden …«

»Sicher. Wir sollten uns ohnehin langsam bereitmachen. Es wird nicht mehr lange so ruhig bleiben da oben.«

Chloë versucht, ihre Gedanken in den Griff zu bekommen, und Angela rollt den Schlafsack aus. Chloë sucht verzweifelt nach einem anderen Gesprächsthema.

»Wann geht der Meteoritensturm denn los?«

»Er hat schon angefangen«, antwortet Angela. »Aber die Sicht verändert sich im Laufe der Nacht, und es gibt Phasen mit mehr oder weniger Aktivität. Gerade durchlaufen wir eine, in der weniger los ist.«

Sehr gut. Darauf kann sie sich konzentrieren. »Was heißt durchlaufen?«

»Auf ihrem Lauf passiert die Erde die Meteoriten. Unser Planet trifft gerade auf einen Strom von Kometenresten. Ein großes Feld fliegender Felsen und Eisbrocken.«

»Die dann als glühende Felsbrocken runterfallen?«

»Ganz genau«, sagt Angela und macht den Schlafsack auf. »Hier, den hab ich dir mitgebracht. Wenn man steht, geht es noch, weil die Luft nicht so kalt ist wie der Boden, aber wenn du dich hinsetzen willst, solltest du besser da reinschlüpfen. Es sei denn, du willst dir den Hintern abfrieren.«

»Na gut.«

Chloë hat sich wieder einigermaßen unter Kontrolle. Ihr Atem kondensiert in der kalten Nachtluft, als sie in den Schlafsack klettert. Dann widmet sie sich wieder dem Himmel. Jetzt sieht sie noch ein paar Sternschnuppen mehr.

Als ihr langsam wieder warm ist, sieht sie auf Angelas nackte Unterarme unterhalb der Ärmel ihres Seidenkleids. »Ist dir nicht kalt?«, will Chloë wissen. Die Frage beschäftigt sie schon den ganzen Abend. »Ich habe einen dicken Anorak an, und du, ähm, nicht.«

»Mach dir keine Sorgen. Ich friere nie.«

»Wirklich nicht?«

»Nein. Also, am meisten wird man da drüben sehen.« Angela deutet auf einen bestimmten Bereich am Himmel. »Du solltest am besten da hinschauen und dich nach Leo ausrichten.«

»Weil das die Leoniden sind?«, rät Chloë.

»Ganz genau. Und dort werden sie die höchste Quergeschwindigkeit erreichen.«

»Ich tippe mal, das ist gut.«

»Am besten«, verspricht Angela.

Chloë rutscht herum und versucht, die richtige Position einzunehmen. In der chaotischen Ansammlung von Sternen kann sie absolut kein Muster erkennen.

»Ich habe keine Ahnung, wie Leo aussieht«, gibt sie zu. »Und ich weiß wirklich nicht, wo man in dem Chaos einen Löwen ausmachen soll.«

»Heute Nacht ist Leo nicht zu sehen. Du schaust in die richtige Richtung, aber er liegt noch darunter. Vielleicht kommt er nächsten Monat in Sicht.«

»Siehst du, ich habe keine Ahnung. Ich kenne nur die Legenden.«

»Bei mir ist es genau andersherum«, gibt Angela zu. »Ich erkenne die Konstellationen, weiß ihre Namen und was sie bedeuten, aber ich kenne kaum eine der Legenden. Zum Beispiel kann ich dir sagen, dass Andromeda neben den Fischen liegt, aber ich weiß nur, wer sie ist, weil sie in *Kampf der Titanen* mitspielt.«

»Wirklich?« Chloë sieht Angela erstaunt an. »Ich dachte, so etwas lernt man in Astrophysik.«

Angela schüttelt den Kopf. »Wir studieren Sternenentwicklung und statistische Mechanik. Aber keine Legenden. Was für eine Geschichte hat der Löwe?«

»Das war der Nemeische Löwe.« Nachdenklich beißt sich Chloë auf die Unterlippe. »Lass mich überlegen … Er konnte von keiner menschengemachten Waffe verletzt werden. Aber dann hat Herkules ihn mit bloßen Händen erwürgt. Das war das Ende des Nemeischen Löwen. Ach ja, und Herkules hat sich gedacht, so ein undurchdringlicher Pelz könnte praktisch sein, aber er hat ihn nicht vom Löwen abbekommen, weil der ja unverwundbar war. Aber dann hat Herkules die Krallen des Löwen als Messer verwendet. Und deshalb trägt Herkules auch in allen Darstellungen einen Löwenpelz.«

»Der arme Löwe«, sagt Angela.

»Ja, man hört nie seine Seite der Geschichte. Immerhin hat er eine Sternenkonstellation gekriegt.«

Ein kurzer Schauer heller Lichtblitze lenkt Angela ab. »Hey, da, jetzt geht es los.«

Chloë legt sich zurück und beobachtet die Sterne. Innerhalb der nächsten Minuten schießen Dutzende von Sternschnuppen durch die dunkle Nacht und ziehen einen strahlenden Streif über den Himmel, der, so hell er leuchtet, so schnell auch wieder erlischt.

»Sie verglühen so schnell«, sagt sie. »Wenn man nur einmal blinzelt, verpasst man sie schon.«

Unerwartet legt sich Angela neben sie außen an den Schlafsack. Sie ist ganz nah und kuschelt sich an Chloë. Chloë dreht sich so, dass sie Angela in den Arm nehmen kann. Die Seide ihres Kleids fühlt sich weich und rutschig an.

»Warum hast du mich eigentlich eingeladen?«, fragt Chloë leise.

»Was?«

»Ich habe mich nur gefragt.«

»Na ja, als wir uns im Club begegnet sind, war mir sofort klar, dass du die spannendste Person bist, der ich seit langer Zeit begegnet bin. Und dann habe ich mich gefragt, ob es wohl genauso spannend sein würde, dich zu küssen. Also habe ich beschlossen, das vielleicht auch auszuprobieren.«

Angela dreht sich zu Chloë. Mit einander zugewandten Gesichtern, dicht beieinander, fordern ihre Augen sie wortlos heraus. Chloë beugt sich vor und küsst Angela.

Ihre Lippen sind kühl und weich und trocken. Als der Kuss andauert, öffnen sie sich leicht.

Nach einer Weile hören die beiden auf, bleiben sich aber ganz nah. Chloë ist außer Atem. Sie neigt sich wieder vor und küsst die Stelle an Angelas Hals direkt unter ihrem Ohr. Angela schließt die Augen und stöhnt leise.

»Auf jeden Fall«, flüstert Angela, »äußerst spannend.«

Angela schmiegt sich wieder an Chloë, und die beiden

beobachten weiter den Himmel. Es dauert eine Weile, bis Chloë ihre Atmung wieder im Griff hat.

Manchmal fallen so viele Meteoriten gleichzeitig, dass ihre Wege sich kreuzen und sie für einen kurzen Augenblick filigrane Spinnweben am Himmel bilden. Plötzlich explodiert einer von ihnen wie eine Feuerwerksrakete.

»Wow! Was war das denn?«, fragt Chloë.

»Das war ein Bolide. Sie zerbrechen, wenn sie in die Atmosphäre eindringen.«

Angela hat noch nicht ganz ausgesprochen, als ein lodernder Feuerschweif, beinahe so hell wie ein Blitz, über den Himmel schießt. Vor Chloës Augen tanzen helle Lichtpunkte, und sie muss blinzeln.

»Und das«, sagt Angela, »war ein Feuerball.«

»Werden wir davon noch mehr sehen?«

»Das hoffe ich.« Angela lehnt ihren Kopf an Chloës Schulter. »Es sieht so wunderschön aus da oben. Wie soll man das nur beschreiben? Die Vergleiche, die gerne benutzt werden, wie Diamanten auf schwarzem Samt oder Kerzen, die auf dem Meer treiben, nichts trifft es wirklich. Verstehst du, was ich meine?«

»Ja, ich glaube schon«, antwortet Chloë.

»Vielleicht passen Augen noch am besten. Helle, strahlende Augen. Vielleicht gibt es dort oben ja etwas, was auf uns herabsieht.«

»Ich glaube, das könnte nicht nur einer sein, es ist viel zu groß. Das ist das ganze Universum da oben.«

»Das ganze Universum. Ja, genau das ist es.« Angela kuschelt sich näher ran. »Während eines Meteoritenschauers habe ich übrigens beschlossen, Astronomie zu studieren. Es war allerdings ein anderer, die Perseiden. Ich war im Sommer in Nantucket und bin nachts schwimmen gegangen. Es gibt dort einen Strand, da leuchtet das Meer, wenn man sich darin bewegt – es gibt dort fluoreszierende Algen –, und es ist einfach traumhaft. Ich bin also auf dem Rücken im Meer getrieben, über mir der Himmel voller Sternschnuppen und dann die Sterne und die Milchstraße, so klar hatte ich das alles noch nie gesehen. Sogar Jupiter konnte man sehen. Und auf einmal habe ich mich mit allem sehr verbunden gefühlt. Ich, auf der Erde im Meer treibend, einen Meteoritenschauer und die Galaxie und das ganze Universum durchquerend. Und plötzlich hat alles einen Sinn ergeben.«

Angela hebt den Kopf und sieht in den Sternschnuppenschauer.

Chloë jedoch dreht sich zu Angela und betrachtet sie, wie sie in den Himmel blickt.

VIERTER TEIL

Dem Geschöpf der Nacht verfallen

18

Scottsdale, Arizona
5. Oktober 1996

Müde und entspannt räkelt sich Angela auf dem schmalen Bett. Dort, wo Tess sie in den Hals gebissen hat, sticht es ein wenig, aber der lustvolle Schmerz zwischen ihren Beinen überwiegt. Wie eine entzückende Erinnerung an das, was sie die ganze lange Nacht getrieben haben.

Mein Herr und Retter Jesus Christus kann mich mal am Arsch lecken, denkt sie sich kühn, bereut es aber sofort. Immerhin hat sie es nicht laut gesagt. Obwohl das vermutlich bei jemandem, der ihre intimsten Gedanken kennt, keinen Unterschied macht.

Alles nur Legenden und Mythen, sagt sie sich. Märchen. Nichts als erdichtete Geschichten.

Sie ringt immer noch mit ihren blasphemischen Gedanken, als sie von einem Blitz geblendet wird.

»Beweg dich nicht«, sagt Tess. »Bleib genauso, wie du bist.« Noch ein Blitz.

Angela versucht, die bunten Lichtpunkte aus ihrer Optik

zu blinzeln. Verschwommen sieht sie die nackte Tess mit einer Kamera vor dem Gesicht. Rosa Nippel auf festen Brüsten. Weiter unten ein hellbraunes Dreieck, ihre natürliche Haarfarbe.

Blitz.

»Was …?« Überrumpelt versucht Angela, sich mit dem Laken zu bedecken. »Was tust du da?«

»Ich verewige den Moment.« Tess lässt die Kamera sinken und sieht Angela streng an. »Ich hatte dich doch gebeten, still zu halten.«

»Tess, ich bin vollkommen nackt!«

»Das habe ich gemerkt.« Tess' Mund umspielt wieder dieses schelmische Halbgrinsen. »Und das schon seit Stunden. Sag mir nicht, dass dir das jetzt peinlich ist.«

»Dabei hast du keine Fotos gemacht!«

Tess setzt sich auf die Bettkante, und die Federn unter ihr quietschen. Sie nimmt Angelas Hand in ihre. »Mach dir keine Sorgen. Die sind nur für mich, mein Engel. Damit ich mich immer ganz genau an diesen Moment erinnern kann.«

Angela ist es immer noch unangenehm, aber sie kann nicht genau sagen, warum. Tess hat schließlich schon alles an ihr gesehen.

»Solange sie nicht irgendwann in irgendeinem Magazin oder so auftauchen?«

Tess lacht. »Natürlich nicht. Die sind nur für den Privatgebrauch.« Sie lässt Angelas Hand los und hebt die Kamera wieder vors Gesicht. »Kann ich ein paar Fotos so machen? Irgendwie mag ich es, wenn du schüchtern wirst.«

»Äh … na gut.« Angela zwingt sich dazu, sich wieder zu entspannen, und hat ein schlechtes Gewissen, weil sie überreagiert hat. Nur ein paar Bilder. Private Fotos. Keine große Sache.

Blitz. Blitz. Blitz.

Tess legt die Kamera weg und sich auf den Bauch neben Angela, das Kinn auf die Hände gestützt. »Also mir hat das Spaß gemacht. Lass uns das wiederholen.«

»Ich … Na ja. Mir auch.«

»›Na ja‹? Nur ›na ja‹?« Tess piekt ihr mit dem Zeigefinger in den Bauch. »Komm schon, das geht besser. Mehr Details, bitte. Wie fühlt es sich an, frisch gefickt zu sein?«

»Tja, also ich glaube, dafür komme ich in die Hölle«, sagt Angela grinsend. »Aber abgesehen davon, war es fantastisch.«

Plötzlich verändert sich Tess' Haltung neben ihr. Sie zieht die Augenbrauen zusammen und runzelt die Stirn. »Was soll das denn heißen?«

»Das war nur ein Scherz.«

Tess springt vom Bett auf und sammelt ihre Klamotten vom Boden auf. Sie steigt in ihren Slip und zieht ihren BH wieder an. »Es war nur ein Scherz? Du denkst, du kommst in die Hölle, weil du mit mir geschlafen hast, und ich soll das witzig finden? Hahaha.«

Angela setzt sich im Bett auf und versucht, das Laken fester um sich zu wickeln. Sie fühlt sich jetzt noch nackter als zuvor. »So habe ich das nicht gemeint.«

»Wie hast du es dann gemeint? Das ist, ich weiß auch nicht. Es war … rassistisch? Fremdenfeindlich? Vampirfeindlich? Es war vampirfeindlich, Angela.«

»Was? Nein!« Angela steht auf und geht auf Tess zu, die sich gerade ihr glitzerndes Partyoutfit wieder überwirft. Sie schlüpft durch den Kragen und funkelt Angela böse an. Sie bebt vor Zorn. Angela will sie zur Beruhigung berühren, besinnt sich dann aber eines Besseren.

»So einen Scheiß kannst du nicht einfach sagen«, faucht Tess sie an.

»Das hat nichts damit zu tun, was du bist. Das habe ich so nicht gemeint.«

»Wie zum Teufel hast du es dann gemeint?«

»Weil du eine Frau bist!«

Tess hält inne und sieht Angela argwöhnisch an. »Meinst du das ernst?«

»Na ja, also in der Bibel gibt es einiges zu dem Thema, dass wir zwei Frauen sind und nicht verheiratet – nicht, dass wir heiraten könnten, zumindest nicht in der Kirche –, aber ich bin mir sehr sicher, dass nichts zu diesem anderen Thema drinsteht.« Angela ist sich in gewisser Weise bewusst, dass sie sich um Kopf und Kragen redet, kann aber nicht aufhören. »Die … die Zähne und all das, ich glaube, das kommt nicht ein einziges Mal in der Bibel vor, soweit ich weiß.«

Tess wirkt ruhiger, als sie Angela nun betrachtet. »Weil wir Frauen sind also. Das ist ja so was von abgefuckt. Ich bin auch nicht gerade begeistert, dass du mir jetzt noch einen homophoben Kommentar an den Kopf wirfst.«

»Oh mein Gott.« Angela wird schlecht. »Es tut mir so leid. Ich habe das nicht so gemeint … Ich habe nicht nachgedacht.«

»Mach dir keine Sorgen.« Ihr halbes Grinsen ist wieder zurück. Tess greift über den Tisch nach einem Päckchen Zigaretten und schüttelt eine heraus. Mit Erleichterung stellt Angela fest, dass sie amüsiert wirkt. »Sag so einen Scheiß einfach nicht noch einmal zu mir, okay?« Tess zündet sich die Zigarette an.

»Das mache ich nicht. Es tut mir wirklich, wirklich sehr leid. Wenn es irgendetwas gibt, was ich tun kann, um es wiedergutzumachen …«

»Wie wäre es, wenn du erst mal herkommst?«

Angela geht auf sie zu, und Tess legt ihr einen Arm um die Schultern. Dankbar lehnt sie sich an. Sie schmiegt ihr Kinn an Tess' Schulter.

Für ein paar Minuten bleiben die beiden einfach so stehen. Immer mal wieder zieht Tess an ihrer Zigarette und atmet dann blauen Rauch aus, der schnell den kleinen Raum vernebelt.

»Hey«, sagt Tess schließlich und lässt die Hand an Angelas Hüfte gleiten. »In einer Stunde geht die Sonne auf, das heißt, ich muss ins Bett. Du solltest nach Hause gehen.«

»Oh, na gut.«

Angela fängt an, ihre Sachen zusammenzuräumen. Dabei gibt sie sich Mühe, ihre Enttäuschung über den Rauswurf nicht zu zeigen. Peinlich berührt stellt sie fest, dass ihre Sachen überall im Zimmer verteilt sind. Ihr Slip hängt über dem Vergrößerer, und ihre Strümpfe sind irgendwie unter dem Bett gelandet.

Sie hatte sich darauf gefreut, neben Tess zu schlafen, in ihren Armen zu liegen. Nicht, dass sie ihr das in Aussicht gestellt hatte. Sie sollte froh sein, sagt sie sich. Beinahe hätte die Nacht ein deutlich schlimmeres Ende genommen.

»Du siehst immer noch aus, als ob dein Lieblingswelpe gerade gestorben wäre.« Tess beobachtet Angela beim Anziehen. »Im Ernst, entspann sich.«

»Es tut …«

»Hör zu«, Tess fällt ihr ins Wort, »sicher hast du schon

mitbekommen, dass ich ganz schön launisch sein kann. Daran wirst du dich gewöhnen müssen.«

»Mich daran gewöhnen?« Angela, die gerade dabei ist, sich einen ihrer Strümpfe anzuziehen, hält inne. »Soll das heißen, ich darf wiederkommen?«

Tess lacht herzlich auf. »Was? Hast du gedacht, ich mache mit dir Schluss? Das war doch gar nichts. Mach dir keinen Kopf.«

»Mit mir Schluss machen?« Angela starrt Tess an, ihren Strumpf halb hinaufgezogen. »Sind wir denn zusammen?«

Tess legt den Kopf schief und lächelt. »Sind wir das denn nicht?«

Zögerlich lächelt auch Angela und lässt sich den Gedanken durch den Kopf gehen. »Ich glaube schon.«

19

Brookline
21. November 1999

»Du hast nicht ernsthaft vor, das anzuziehen?«, fragt Shelly Angela.

»Was stimmt damit nicht?«

»Es ist bestickt. Und ich bin mir ziemlich sicher, dass man in bestickten Gewändern nicht streichen darf.«

»Das könnte sogar im Gesetz stehen«, bestätigt Chloë.

»Dann bin ich eben eine Gesetzlose«, erwidert Angela. »Eine Modegesetzlose.«

Shelly und Mike haben alles besorgt, was man braucht: Farbe, Farbwannen, Pinsel und Rollen. Sie haben sich für Blau an den Wänden, Weiß für das Geländer und Braun für den Handlauf entschieden. Oder um korrekt zu sein, »Hauch von Horizont«, »Zart wie Porzellan« und »Blockhaus am See«. Ein Meer von Plastik bedeckt den Teppich, der erst vor ein paar Monaten verlegt worden und bisher noch makellos ist. Shelly hat zugeben müssen, dass es andersherum vermutlich geschickter gewesen wäre. Aber auch das nur nach lautstarkem und beharrlichem Protest.

Angela steigt die restlichen Stufen hinauf und stellt sich zu den anderen auf den Treppenabsatz. Die Folie knistert unter ihren nackten Füßen. Das Seidenkleid, das sie trägt, ist über und über mit mystischen Kreaturen verziert – Drachen, Greifen, Elfen und Dämonen. Angela hat ihren Schrank wirklich nach etwas Passendem abgesucht, aber das ist das Beste, was sie gefunden hat. Eine weitere Bestätigung also, dass sie tatsächlich keine Jeans, T-Shirts oder Turnschuhe mehr besitzt. Dafür gibt es allerdings gute Gründe. Tess hatte darauf bestanden, dass sie die meisten ihrer alten Sachen wegwarf.

Trotzdem weist Angela eine leise Stimme im Hinterkopf darauf hin, dass sie vollkommen absurd aussieht. Sie sollte sich doch einen Schwung normalerer Klamotten besorgen.

»Ist doch egal«, sagt Angela. »Es ist alt und abgetragen, und ich schlafe sonst darin. Genau das Richtige zum Streichen.«

»Ich beschwere mich nicht, wenn du hier in Schlafklamotten rumhängst«, sagt Chloë.

»Aber die Stickerei!«, protestiert Shelly.

»Also weißt du, ich habe weitere helfende Hände mitgebracht.« Angela stößt Chloë mit der Hüfte liebevoll an. »Du solltest mir dankbar sein, anstatt dich zu beschweren.«

»Das ist noch so eine Sache. Chloë ist mein Handlanger, nicht deiner. Ich sollte diejenige sein, die sie zu unbezahlter Arbeit bei mir zu Hause zwingt.« Dann wendet sich Shelly an Mike. »Angela klaut mir meinen Handlanger.«

Mike sieht sie gelassen an, sein Blick mild hinter den dicken Brillengläsern. Er richtet sich vom Geländer auf, an dem er gelehnt hat, und ragt nun in voller Größe über ihnen auf. Mike ist groß und dünn, sogar größer als Chloë. Da sein Haupthaar sich langsam lichtet, sorgen seine Größe und die hohe Stirn dafür, dass es aussieht, als ob sein Kopf versucht, durch den verbleibenden Haarkranz hinauszuwachsen und zu entkommen. Sein Kopf ist allerdings der einzige Ort mit wenig Haaren. Der Rest seines Körpers ist so dicht behaart, dass man auf den ersten Blick meinen könnte, er würde einen Wollpulli statt eines T-Shirts tragen. Shelly hat Angela einmal gestanden, dass sie ihn gerne bürstet.

»Was hat Angela deinem Handlanger zu bieten?«, fragt er.

»Angela macht mit dem Handlanger rum«, antwortet Angela selbst, bevor Shelly den Mund aufmacht.

»Dann glaube ich«, sagt Mike, »geht die Runde an Angela.«

»Der Handlanger sieht das genauso«, fügt Chloë hinzu.

»Na gut.« Shelly gibt sich geschlagen. »Sollen wir dann jetzt diese Wand streichen?«

Gehorsam greift Angela zu einem Pinsel und taucht ihn in Farbe. Sie fängt beim Treppenabsatz an, und Chloë hockt sich neben sie. Bald sind alle damit beschäftigt, die Wände vom grässlichen Beige zu befreien und blau zu streichen.

Mit Chloë so nah an ihrer Seite, fällt Angela auf, wie hungrig sie ist. Es ist lange genug her, dass ihr jetzt Chloës Körperwärme auffällt, das Blut dicht unter ihrer Haut.

Aber der Hunger ist nicht schmerzhaft, noch nicht. Es sind ein paar Wochen vergangen, und Angela muss bald wieder auf die Jagd gehen, aber sie verhungert nicht. Ihre Körpertemperatur ist noch nicht unter dreißig Grad gefallen, sie hat heute Morgen mit einem Thermometer nachgemessen. Immer noch über Raumtemperatur. Angela kann sich zusammenreißen. Zumindest fürs Erste. Das kann sie ganz sicher.

»Aber im Ernst«, sagt Chloë leise zu Angela, »wenn du willst, kann ich dir mein Hemd geben, ich habe noch ein T-Shirt drunter.«

Angela weiß, das wäre sicher sinnvoll, aber sie schüttelt den Kopf. »Das macht nichts. Außerdem sehe ich sicher komisch aus, wenn ich ein Hemd über das Kleid ziehe.«

»Ich dachte, du ziehst das Kleid darunter aus.«

Angela lässt den Pinsel über die Wand gleiten. »Chloë möchte, dass ich mit nichts außer ihrem Hemd und meinem Slip weiterstreiche.«

»Wir waren nie so ekelhaft niedlich, oder?«, fragt Shelly Mike.

»Niemals«, erwidert er feierlich und malert weiter die Decke.

»Sicher wart ihr das nicht«, sagt Angela. »Und keiner, absolut niemand, den ich kenne, hat mich je nachts angerufen und geschluchzt: ›Buhu, dieser heiße Typ in der Arbeit wird sich nie und nimmer für mich interessieren!‹« Sie legt den Handrücken an die Stirn und atmet dramatisch aus.

»Das hast du gemacht?« Mike sieht mit einem schiefen Grinsen auf Shelly hinab.

»Falls das so war, dann nur, weil ein gewisser Jemand so dermaßen nichtsahnend war, dass ich mich dir …«

»… wie eine läufige Hündin in der Abstellkammer an den Hals werfen musste?«

»Wirklich?«, fragt Chloë begeistert.

»Na ja, schon«, gibt Shelly zu. »Aber es war überhaupt nicht so, wie das jetzt klingt.«

Angela schnaubt ungläubig. »Du hast dich ihm also ganz züchtig in der Abstellkammer an den Hals geworfen?«

»Hey, ich war eben in der Abstellkammer. Mike kam rein, weil er einen Stift oder so etwas gebraucht hat …«

»Es waren Post-it-Zettel«, präzisiert er. »Grüne Post-its. Daran erinnere ich mich, weil ich sie nie bekommen habe und sie eigentlich wirklich gebraucht hätte.«

»Egal«, fährt Shelly fort. »Ich war schon seit dem Tag, an dem er im Büro angefangen hat, scharf auf ihn. Damals, als die Webseite gerade in Betrieb genommen wurde, kurz bevor Chloë angefangen hat, und er hat die ganze Zeit mit irgendwelchen komischen Internetnotfällen zu tun gehabt. Daher wusste ich nicht, ob er komplett desinteressiert ist oder einfach nur zu beschäftigt, um all meine offensichtlichen Signale zu bemerken.«

Während sie der Geschichte zuhört, streicht Angela die Wand vor ihr in gleichmäßigen und ebenen Zügen. Sie stellt erfreut fest, dass sie Spaß hat. Irgendwie hat sich das hier von einer sozialen Verpflichtung, der sie nicht auskommen konnte, zu genau dem entwickelt, wozu es gedacht war – einem netten Abend mit Freunden. Vielleicht sogar zu einem romantischen Pärchenabend, wenn man Streichen als romantische Beschäftigung betrachtet. Es ist lange her, dass sie so etwas zuletzt gemacht hat. Dass sie irgendwas auch nur annähernd dieser Art gemacht hat. Sie lässt sich von der Unterhaltung der anderen wie von einem warmen Bad umhüllen.

Vielleicht bin ich doch bereit, wieder unter Menschen zu gehen.

»Ich hatte damals nicht den blassesten Schimmer«, sagt Mike. »Ich dachte, Shelly ist eben einfach gesprächig.«

»Shelly redet die ganze Zeit mit mir«, stellt Chloë fest. »Hat sie mich die ganze Zeit angebaggert, und ich habe es nicht bemerkt?«

»Halt die Klappe«, sagt Shelly und redet weiter. »Wir waren also alleine in der Kammer, und irgendwie hat es bei mir einen Schalter umgelegt. Ich habe beschlossen, ich finde es heraus, jetzt oder nie.«

Mike nickt zustimmend. »Und das hat sie auch getan. Ich war wirklich überrascht.«

»Weil sie einfach an Ort und Stelle über ihn hergefallen ist und ihn genommen hat«, sagt Angela und taucht ihren Pinsel wieder in die Farbe.

»Das habe ich nicht! Ich habe gefragt, ob er mit mir ausgehen will! Und wir haben uns einmal geküsst!«

»Ehrfürchtig starrte sie auf seine pulsierende, von Adern durchzogene Fleischpeitsche …«

»Das ist eine zutreffende Beschreibung«, stimmt Mike zu.

»Bitte wiederhole nichts von diesem Gespräch vor irgendjemandem aus der Arbeit«, sagt Shelly zu Chloë. »Ich flehe dich an.«

»Dann hat sie sich auf ihn gestürzt«, sagt Angela. »Das ist wirklich wahr. Glaub ihr nicht, wenn sie dir etwas anderes erzählen will.« Mit einem zufriedenen Grinsen macht sie den letzten Pinselstrich.

»Sei du besser still, sonst streich ich dich ›Hauch von Horizont‹.« Shelly droht ihr mit dem Pinsel.

»Trau dich nur.« Angela grinst immer noch. »Wenn du meinst, du kannst es mit mir aufnehmen.«

Chloë steht mit ihrem Pinsel in der Hand nur Zentimeter von Angela entfernt. »Ach, wirklich?«

»Mach schon«, fordert Angela sie auf. »Trau dich nur.«

Chloës Hand schießt vor. Angela dreht sich schnell wie ein Ninja zur Seite, und der Pinsel verfehlt sie.

»Jetzt bin ich dran«, sagt Angela, und ihre Augen funkeln. Chloë greift wieder an, aber Angela packt ihren Arm. Es gibt ein kurzes Gerangel, das damit endet, dass Chloë rückwärts auf dem Treppenabsatz landet und Angela mit dem Pinsel direkt über Chloës Gesicht auf ihr.

»Äh …« Chloë blinzelt den Pinsel über sich verwirrt an. »Also Angela ist anscheinend unfassbar stark.«

Shelly verdreht die Augen. »Nehmt euch ein Zimmer, ihr zwei.«

Angela schmunzelt. »Was für ein schöner Zufall, dass ich so ein Zimmer habe, gleich ein Stockwerk tiefer.«

20

Brookline
21. November 1999

Sobald sie mit den Malerarbeiten fertig sind, schlüpfen Angela und Chloë kichernd und händchenhaltend in Angelas Zimmer. Angela schließt die Tür hinter ihnen.

Chloë hat nur kurz Zeit, um sich einen Eindruck von dem Raum zu verschaffen: ein ratternder Computer, ein Schrank voller unpraktischer Klamotten, eine Matratze am Boden. Schon schmiegt sich Angela an sie und küsst sie sehnsüchtig. Chloë lässt ihre Hände an Angelas Rücken hinabgleiten und küsst sie mit demselben Verlangen.

Sie spürt, wie Angela am Saum ihres T-Shirts zerrt und muss wieder daran denken, wie überraschend kräftig diese Arme sind. Sie fragt sich, ob ihr die Kleider gleich vom Leib gerissen werden. Sie hätte nichts dagegen. Auch nicht, wenn Angela sie auf die Matratze werfen würde.

Dann macht Angela plötzlich einen Schritt zurück und sieht sie mit ihren großen grauen Augen nervös an.

»Stimmt etwas nicht?« Chloë senkt irritiert die Arme. Besorgt beobachtet sie Angela und versucht herauszufinden, warum sie zurückgewichen ist.

»Nein.« Angela sieht sie nicht an. Sie flüstert fast. »Nein, alles gut. Es ist nur – könntest du vielleicht, wärst du bereit, die Führung zu übernehmen?«

Chloë ist erstaunt über Angelas plötzliche Schüchternheit. Verwundert und ein wenig vor den Kopf gestoßen. Seit dem Abend, an dem sie sich kennengelernt haben, war die Initiative immer von Angela ausgegangen. So auch heute Abend. Chloë merkt, wie sehr sie sich auf die Erfahrung der anderen Frau verlassen hat.

Das ist doch lächerlich, denkt sich Chloë. *Wie schwer kann das schon sein? Es ist ja nicht das erste Mal. Es ist immer noch Sex, nur mit anderen Körperteilen.*

Natürlich ist es schon lange her, dass sie mit jemandem geschlafen hat. Aber so was vergisst man nicht, oder? Wie Fahrradfahren. Und es sollte mit einer anderen Frau eigentlich leichter sein, nicht? Schließlich weiß man ja schon, wo alles ist und wie es funktioniert.

Chloë nickt und versucht, sich all diese Überlegungen nicht ansehen zu lassen. »Sicher«, sagt sie. »Das krieg ich hin.«

Angela sieht sie dankbar an. Sie sagt aber nichts, sondern wartet ab.

Okay, ich muss mich zusammenreißen, sagt sich Chloë. *Fang damit an, was dir gefällt. Und dann schau, was passiert.* Also vielleicht nicht damit, ihr die Kleider vom Leib zu reißen und sie auf die Matratze zu werfen. Dafür sieht Angelas Kleid viel zu teuer aus, ganz egal, was sie behauptet.

Also nimmt Chloë wortlos Angelas Hand und führt sie zum Bett. Angela lässt es zu.

Als sie auf der Matratze sitzen, küsst Chloë Angela. Erst zögerlicher als an der Tür, dann aber leidenschaftlicher, als Angela den Kuss erwidert. Sie geht einen Schritt weiter und küsst Angelas Stirn, ihre Wange, ihren Hals. Ermutigt löst sie die Schleife, die das Kleid zusammenhält. Sie streift es von Angelas Schultern und leckt ihr vorsichtig über das Schlüsselbein. Angela schließt die Augen und zittert vor Lust.

Chloë muss lächeln, und ihre Sorgen werden von brennender Begierde verdrängt. Sie greift um Angela herum, öffnet ihren BH, und es kommt ein kleiner perfekter Busen zum Vorschein.

Langsam arbeitet sie sich an Angelas Körper entlang, streichelt und küsst ihre blasse Haut, verweilt einen Moment an ihrem Busen, neckt ihre Nippel, bis sie rot werden. Sie wandert wieder nach oben, will Angelas Mund küssen, aber eine sanfte Hand hält sie auf.

»Mach weiter. Weiter unten«, sagt Angela schwer atmend. »Bitte.«

Chloë ist dankbar für die Ansage. Sie hinterlässt eine Spur sanfter Küsse auf Angelas Bauch. Als sie am Bauchnabel ankommen, berühren ihre Lippen einen glatten Metallknopf. Angela hat also Piercings.

Chloë lässt ihre Hand zwischen Angelas Oberschenkel gleiten. Der Atem der anderen Frau wird schneller. Chloë fährt mit der Hand unter ihren Slip und lässt sie dort ruhen. Angela zuckt bei der Berührung, ist unfähig stillzuhalten.

Dann zieht Chloë ihr den Slip aus. Angela hebt ihre Hüften, um es Chloë leichter zu machen. Sie wiederum zögert kurz, hat das Gefühl, bekanntes und unbekanntes Terrain gleichzeitig zu betreten. Als Angela stöhnt und die Beine spreizt, legt sie ihre Lippen auf den Fleck frisch entblößter blonder Haare.

Chloë lehnt sich auf die Seite, damit sie mit ihrem Mittelfinger über die Öffnung zwischen Angelas Beinen streicheln kann. Sie ist feucht und warm. Sie beobachtet Angelas Gesicht, und jede Reaktion, jeder scharfe Atemzug löst Stromstöße in ihrem eigenen Körper aus. Eine Weile bleibt ihr Finger außen, streichelt Angela zärtlich, bis sie zuckt und leise stöhnt.

Als der richtige Moment gekommen scheint, lässt Chloë ihren Finger in Angela gleiten. Sie bewegt ihre Finger rein und raus, streicht mit ihrem Daumen sanft über Angelas Klitoris.

»Langsamer«, verlangt Angela. »Ein kleines bisschen … Ah. Da. Genau da.«

Chloë folgt gerne.

Dann wird Angelas Stöhnen heftiger. Chloë lauscht den Geräuschen, die sie macht, lernt ihren Körper kennen und erhöht langsam den Druck.

Angela schreit auf, ihr ganzer Körper ist angespannt, als Chloë sie zum Höhepunkt bringt. Allein von diesem Anblick und dem Gefühl von Angelas inneren Muskeln, die sich um ihre Finger schließen, steht Chloë selbst kurz vor dem Orgasmus. Sie lässt ihre Finger dort, bis das Zucken langsam nachlässt.

Angela ist wunderschön, wenn sie kommt.

»Du bist ja noch nicht mal ausgezogen«, sagt Angela, als sie wieder sprechen kann. »Das ist ungerecht.« Sie lächelt Chloë lüstern an.

»Dagegen kann ich was unternehmen.« Chloë zieht sich ihr Hemd und ihr T-Shirt aus, greift dann nach hinten und öffnet ihren BH. Als sie ihn abgelegt hat, zieht Angela sie zu sich und fährt ihr mit den Fingernägeln über den Rücken. Chloë legt sich auf sie, ihre Körper eng aufeinander.

»Du hast immer noch deine Jeans an«, bemerkt Angela.

Chloë fängt an sie aufzuknöpfen, hält dann aber inne. So gerne sie Angelas Hände und ihren Mund auf sich spüren möchte, lieber will sie sehen, wie Angela noch einmal kommt.

Und außerdem sollte sie schließlich die Führung übernehmen.

»Die bleiben noch an«, sagt sie deshalb. »Du bist immer noch dran.«

»Wirklich sehr ungerecht«, entgegnet Angela, ohne sich zu wehren.

Chloë senkt den Kopf zwischen Angelas Beine und beginnt, sie langsam zu lecken.

Angela ist schon fast wieder so weit. Chloë ändert den Rhythmus. Ein paar schnelle, forderndere Bewegungen, dann wieder langsame Züge, gefolgt von kleinen Kreisbewegungen. Angela macht unbestimmte lustvolle Geräusche. Chloë dringt mit der Zunge in sie ein, und Angela heult beinahe auf. Dann macht sie dieses Geräusch immer und immer wieder, während Chloë ihre Zunge tief in sie gleiten lässt und langsam zurückzieht, bis an den Punkt, der Angela zu unkontrolliertem Zittern treibt, dann wieder rein und wieder raus, immer weiter. Angela presst sich an Chloës Mund. Sie greift in Chloës Haare und dreht und wendet sich, sie stößt einen leiseren Schrei aus, als sie nun zum zweiten Mal kommt.

»Okay«, sagt Angela eine Weile später immer noch zitternd. »Jetzt bist aber auf jeden Fall du an der Reihe.«

Diesmal wehrt Chloë sich nicht. Sie knöpft ihre Jeans auf und streift sie ab.

»Leg dich hin«, flüstert Angela.

Chloë lässt sich auf die Matratze sinken. Angela setzt sich auf und streichelt Chloës Körper zärtlich. Sie lässt ihre Finger über Chloës Brüste gleiten. Chloë will Angelas Hüften berühren, aber Angela schüttelt den Kopf und schiebt ihre Hände zurück aufs Bett.

»Wenn du dran bist, tust du auch nichts«, tadelt Angela sie.

Mühsam versucht Chloë stillzuliegen, während Angela sich Zeit nimmt, ihren Körper zu erkunden.

Kurz bevor Chloë zu flehen begonnen hätte, schiebt Angela ihre Hand in Chloës Slip. Ihr Blick ist fest auf Chloës Augen gerichtet. Angelas lange und feingliedrige Finger beginnen sich für Chloës Dienste zu revanchieren.

Chloë steht jetzt schon kurz vor dem Höhepunkt, ist so erregt, dass es ihr schwerfällt zu atmen. Sie hat jedes Zeitgefühl verloren. Jede Berührung Angelas scheint direkt in Chloës Körpermitte einzuschlagen, sendet Stromstöße ihre Wirbelsäule entlang. Angela sieht ihr weiter aufmerksam ins Gesicht, während Chloë anfängt, mit den Hüften zu zucken und sich ans Bettlaken zu klammern. Sie spürt, wie die Wärme zwischen ihren Beinen aufflammt und sich überall ausbreitet.

Chloë zuckt und kommt heftig. Angela beobachtet sie immer noch. Sie spürt den Orgasmus im ganzen Körper. Von ihrem Becken, zu ihren Brüsten, ihren Fingern, die Beine entlang bis in die Zehenspitzen. Es hört nicht auf. Sie hat keine Ahnung, wie lange es andauert.

Als Chloë endlich zur Ruhe kommt, legt sich Angela neben sie.

»Du hast ja immer noch was an«, sagt sie.

»Tja«, antwortet Chloë. »Vielleicht sollte ich das ändern.«

Angela grinst. »Keine Eile. Schließlich fangen wir gerade erst an.«

21

Somerville
21. November 1999

Sie haben das ganze dreckige Geschirr auf dem Küchentisch beiseitegeschoben, um sich Platz zum Spielen zu verschaffen. Es ist eng, aber besser, als im Wohnzimmer zu spielen. Immerhin ist der wellige, braune Linoleumboden in der Küche freigeräumt, jedenfalls halbwegs. Ari muss sich zumindest nicht bei jeder Bewegung auf seinem Stuhl Sorgen machen, irgendetwas umzuwerfen.

Er sieht auf sein Blatt und entscheidet sich für das Kreuzass. Er schiebt die Karte vor und legt sie mit der Stirnseite nach oben aus.

»Das ist dann ein Punkt für mich, oder?«, fragt er. »Weil ich den Stich eröffne.«

»Ganz genau«, bestätigt Esther. »So, dann sehen wir mal – ich habe eine Point of Five, eine Quinte und eine Quarte und eine Quatorze von Königen, dazu eine Repique natürlich, das macht … achtundneunzig Punkte.«

»Es steht achtundneunzig zu eins?«

»Ja.«

»Bevor die erste Runde vorbei ist?«

Sie sieht von ihrem Blatt auf. »Nun ja, du hättest wirklich beim Wechsel alle Karten tauschen sollen.«

»Wo ich herkomme, spielen wir nicht Piquet«, verteidigt sich Ari. Da, wo er herkommt, sind endlose Chorproben so ziemlich die einzige Unterhaltung. Eine Weile nicht daran teilnehmen zu müssen, ist ehrlich gesagt einer der größten Vorteile, hier zu sein. Lobeshymnen können irgendwann schrecklich langweilig werden.

Esther kichert. »Man sieht, dass du bisher nicht viel Gelegenheit hattest zu spielen. Aber deshalb spielen wir ja heute auch nur um Pennys, mein Lieber. Ich bin mir sicher, du hast es schnell raus.«

Nach ein paar weiteren Stichen, in denen der Abstand nur zunimmt, fängt Ari an, das zu bezweifeln.

Aber es macht Spaß, den Abend so zu verbringen. Ein bisschen Karten spielen, sich unterhalten und, da Esther mitspielt, eine ganze Menge Kaffee trinken. Eine schöne Abwechslung nach den Torturen, die er als Straßenprediger durchmacht. Das soll nicht heißen, dass er seine Tätigkeit nicht gerne ausübt, aber manchmal kann sie sehr frustrierend sein. Oft weiß er nicht, ob seine Botschaft überhaupt ankommt. Er macht das schließlich persönlich, damit seine Worte deutlich gehört werden. Aber er kann sich trotzdem nicht zu hundert Prozent sicher sein, dass irgendjemand wirklich versteht, was er predigt.

Heute Abend hat er allerdings frei, und er will die Arbeit nicht mit nach Hause nehmen. Zeit, für einfachere Freuden, wie beim Kartenspielen zu verlieren. Und die Tante seiner Mitbewohnerin besser kennenzulernen.

In einer der seltenen Pausen, wenn Esther überlegt, mit welcher Karte sie ihn am besten schlägt, fragt Ari beiläufig: »Soll ich uns ein paar Snacks organisieren?«

»Sicher, mein Lieber, mach nur«, antwortet Esther, immer noch auf ihr Blatt konzentriert.

»Muss ich auf etwas achten? Nicht kosher, nicht halal?«

Sie sieht mit einem amüsierten Grinsen auf. »Ich habe keinen Hunger, danke.«

Ari nickt ihr zu und legt seine Karten ab. So viel dazu. Die alte Frau bleibt ihm ein Rätsel. Er hat schon vorher unauffällig versucht, etwas über ihre Glaubenszugehörigkeit herauszufinden. Zu ergründen, ob sie an seiner Theologie Interesse haben könnte. Bisher ist sie ihm immer geschickt ausgewichen. Es kann natürlich sein, dass sie wie ihre Nichte jüdisch ist. Aber wenn er raten müsste, würde er sie eher in die pagane Ecke stecken. Besonders, wenn er das ganze Hexenzeug bedenkt, das sie aus Salem mitgebracht hat.

Auf der Suche nach etwas zum Knabbern durchstöbert er die Küchenschränke. Es gibt nicht viel Auswahl, besonders wenn man sich nach dem Haltbarkeitsdatum richten will. Kurzzeitig waren im Kühlschrank Äpfel aufgetaucht, aber die sind längst weg. Was zum Kuckuck isst Chloë? Sie kann nicht immer aushäusig essen, wie er das macht. Sie geht schließlich nie raus. Zumindest bisher nicht. Das hat sich in letzter Zeit allerdings geändert.

Mit einer Packung Knäckebrot, dessen Haltbarkeitsdatum zumindest im laufenden Kalenderjahr liegt, setzt er sich wieder an den Tisch. »Chloë ist ganz schön lange aus heute«, sagt er, als er es sich gemütlich macht. »Schon wieder.«

»Mhm«, erwidert die alte Frau möglicherweise zustimmend.

»Das ist ziemlich unüblich für sie, oder?«

»Vielleicht hat sie ein neues Hobby. Ich freue mich, dass sie das Haus öfter verlässt. Sie war hier ja schon fast angewachsen.«

Ari hebt die Augenbrauen. »Gibt es denn irgendwelche nächtlichen Hobbys?«

»Selbstverständlich. Ins Autokino gehen. Sterne beobachten. Schwarzbarsche angeln.«

»Schwarzbarsche angeln?«

»Barsche beißen nachts besser an.« Esther wählt eine Karte aus und wirft sie mit Überzeugung auf den Tisch. Natürlich gewinnt sie auch diesen Stich.

So viel zum Klatsch. Ari hat den Verdacht, dass Esther mehr weiß, als sie vorgibt. Falls sie brisante Details kennt, kann Ari ihr undurchdringliches Gesicht allerdings nicht lesen. Kein Wunder, dass sie alle Stiche gewinnt.

Andere Dinge, die sie mit den Karten anstellt, lassen sich jedoch nicht mit ihrem ausgezeichneten Pokerface erklären. Obwohl er es wohl, um präzise zu sein, ein Piquetface nennen sollte.

»Ich habe noch niemandem das Leben gerettet«, sagt er plötzlich.

»Es kann manchmal etwas dauern, bis eine Prophezeiung sich erfüllt.«

»Kann ich vielleicht ein zweites Mal die Karten gelegt bekommen? Um die Sache vielleicht besser zu verstehen?«

»Warum nicht?«, erwidert Ester. »Ich gehe davon aus, deine Religion verurteilt Wahrsagerei nicht.«

Ari zuckt mit den Schultern. »Ich mag die meisten Regeln, die Menschen verurteilen, nicht besonders. Man sollte sich nur das Positive rausnehmen. Das ist mein Motto.«

»Na gut. Wie wäre es dann jetzt gleich? Ich habe die Karten ja schon in der Hand. Was möchtest du wissen?«

Ari denkt nach. Er hat nicht damit gerechnet, gleich eine neue Lesung zu bekommen, daher hat er keine Frage vorbereitet. »Hm, lass mich überlegen. Wie wäre es mit: Wann werde ich hier jemandem nützlich sein?«

»Na, dann lass uns sehen, was die Karten zu sagen haben.«

Als sie ihm zuletzt geweissagt hat, ist nichts Außergewöhnliches passiert. Sie hat eine Weile ihre Karten angesehen, als ob sie ein Buch liest, und ihm dann erklärt, was sie bedeuten.

Diesmal läuft es ganz anders. Ihre Augen drehen sich in ihren Kopf, bis nur noch das Weiß zu sehen ist. Ihr Haar stellt sich plötzlich auf. Das Licht in der Küche fängt an zu flackern und zu summen. Ari bemerkt den scharfen Geruch von Elektrizität wie kurz vor einem Gewitter.

»*Wenn Dezembers Iden fliehen*«, beginnt Esther zu singen,
»*Dann musst du nach Westen ziehen.*
Auf des Gipfels höchsten Spitzen
Siehst du dann ein Mädchen sitzen.
In den Bildern dunkler Nächte
sucht sie die Weisung höh'rer Mächte.
Treib sie zur Wut und folg dem Flug,
am Tiefpunkt hat sie dann genug.«

Sie blinzelt, und dann sehen ihre Augen wieder normal aus. Auch das Licht beruhigt sich. »Diesmal hast du eine reimende

Prophezeiung bekommen. Herzlichen Glückwunsch. Die sind eher selten, allerdings auch ziemlich nervig.«

»Was hat das zu bedeuten?«

»Ich habe keine Ahnung.«

Seine Zukunft bleibt also weiter undurchsichtig. Aber, überlegt er, es hätte schlimmer kommen können. Immerhin hat er nun eine bessere Vorstellung davon, wann irgendetwas passiert. Sicher wird er sich den Rest auch noch zusammenreimen können.

Und diese hier kommt ihm auch wie eine professionellere Weissagung vor. Das ist sicher besser. Die erste hat ihn zwar schon ermutigt. Aber es ist gut zu wissen, dass seine Mission, auf Erden zu wandeln, nicht fruchtlos bleiben wird. Er vertraut den Instinkten, die ihn hierhergebracht haben, aber ein himmlischer Bote sollte auch mit einer vielsagenden Prophezeiung ausgestattet sein. Das ist nur angebracht.

Esther legt die Karodame und sticht damit seine Karte. Dann gewinnt sie mit beinahe besorgniserregender Geschwindigkeit die restlichen Stiche.

»So«, sagt sie, »nach der ersten Runde hast du drei Punkte und ich einhundertneunzehn.«

Ari pfeift leise. »Wenn das so geht, wie viel bin ich dir dann am Ende schuldig?«

Esther sieht kurz zur Decke, während sie rechnet. »Nun ja, nach sechs Zügen wären das achtzehn für dich und … siebenhundertvierzehn für mich. Alles zusammen plus hundert und alles in Pennys macht acht Dollar und zweiunddreißig Cent.«

Das hätte schlimmer kommen können. Andererseits … »Worum spielst du sonst so, Dollars?«

Esther grinst. »Ein Dollar pro Punkt ist, um ehrlich zu sein, ein bisschen wenig. Diesmal gibst du.«

Ari nimmt die Karten und fängt an, sie zu mischen. »So, was muss ich über das Geben wissen?«

»Das macht es schwieriger zu gewinnen.« Esther schaut ihn mitleidig an. »Um einiges, muss ich gestehen.«

Ari greift zu seiner Kaffeetasse. Das wird wohl eine lange Nacht.

22

Der Boxkampf

Das hier ist eine wahre Geschichte. Oder zumindest ist sie nah genug an der Wahrheit, um absolut plausibel zu klingen. Marlene Dietrich hat mich einmal geküsst.

Sie hat mir auch einmal eine reingehauen. Beide Erinnerungen schätze ich sehr.

Ich muss dazu sagen, beides passierte, bevor sie berühmt wurde. Zwar hatte sie schon in ein paar kleineren Filmen mitgespielt, aber sie wurde mir als Marlene von Schöneberg vorgestellt, nicht als die legendäre Marlene Dietrich.

Mit dem Film *Der Blaue Engel* wurde sie zum Star. Als Lola Lola, die sphärische Verführerin. Mit dieser Rolle verzauberte sie die ganze Welt. Danach ging sie nach Hollywood, und wir begegneten uns nie wieder.

Als ich sie zum ersten Mal sah, schlug sie gerade auf einen Sandsack ein. Ich sehe die Szene noch immer vor mir, als wäre sie aus einem ihrer Filme. Ihre träumerischen blauen Augen mit den geschwungenen Brauen, die langen Beine und diese Arme mit Muskeln wie Stahlseile. Ich war sofort verzaubert. Wer wäre das nicht gewesen? Ihr Trainer stand dicht neben ihr und brüllte ihr Anweisungen zu. Schlag schneller! Schlag fester! Beweg die Hüften! Erstaunlich, dass sie nicht auf ihn, sondern weiterhin auf den Sandsack eingeschlagen hat.

Sabri Mahir, so hieß er. Ein türkischer Tyrann, dessen Lehrmethode darin bestand zu fluchen, zu brüllen und ununterbrochen von seinem Traum des perfekten Körpers zu schwadronieren. Vielleicht behauptete er auch nur, Türke zu sein, wir waren uns da nie sicher. Er war der Inhaber von »Boxen und Leibeszucht«, dem einzigen Club, der damals Frauen zuließ. Und eines muss man ihm zugutehalten – sein Training machte keinen Unterschied zwischen Männern und Frauen. Ich hatte den Eindruck, er sah Menschen weniger als Individuen und eher als wandelnde Muskelansammlungen.

Wenn man sich aber auf seine Methode einließ, machte sie einen stärker. Marlene ließ sich voll und ganz darauf ein. Sie gierte danach. Man muss nur ihre Filme sehen. Auf den ersten Blick scheint sie kühl wie herbstliche Abenddämmerung. Aber auf den zweiten Blick erkennt man den Hunger dicht unter der Oberfläche lauern. Ohne wäre sie wohl nie zu dem geworden, was sie war.

Marlene und ich haben nur einmal gegeneinander geboxt, und dabei fand ich heraus, dass sie eine gerade Linke hatte wie eine Dampframme. In weniger als zwanzig Sekunden lag ich flach auf dem Rücken.

Danach lud sie mich zur Wiedergutmachung auf einen Drink ein.

Auf der Bülowstraße gingen wir an einem imposanten, aber humorlosen Türsteher vorbei in ein überheiztes Hinterzimmer. Der ganze Raum war mit Lampions, Palmwedeln und Seidentüchern dekoriert. Perlenvorhänge und Schleier wohin man sah. In einer Ecke spielte ein Trio Tangos und nach dem dritten Glas Wein klangen sie sogar ganz passabel.

Wir haben an diesem Abend sicherlich über alle möglichen Dinge geredet, aber ich kann mich nur noch an wenig erinnern. Ich war von Anfang an recht betrunken und außerdem ziemlich davon abgelenkt, dass ich neben meinem Schwarm saß. Ihre Anwesenheit ließ keine anderen Gedanken zu.

Abgesehen davon war der Abend, an dem sie mich k.o. schlug, auch der Abend, an dem sie mich küsste, was für mich weit größere Bedeutung hatte. Sie schmeckte nach Lippenstift, Kognak und Zigaretten. Sie muss gewusst haben, dass ich ein wenig in sie verschossen war, denn sie hatte mich in einen Laden gebracht, wo man mit so etwas durchkam. Damals gab es einige dieser Läden in Berlin, wenn man wusste, wo man nach ihnen suchen musste. Allerdings kam es nie zu mehr als diesem Kuss.

Eine Sache, an die ich mich jedoch erinnern kann, ist, sie danach gefragt zu haben, warum sie das Boxen lernte. Es hat mich neugierig gemacht. Damals haben schließlich nicht viele Frauen geboxt. Ich selbst war von der physischen Anstrengung, dem schieren Gefühl von Kraft und Bewegung, fasziniert. Aber ich wollte wissen, was sie antrieb. Was ihren Hunger entfachte.

»Ich möchte kämpfen lernen«, erläuterte sie, »um auf alles vorbereitet zu sein, Esther. Die Welt ist voller Raubtiere, und egal, wie sehr wir uns bemühen, unser Schicksal zu bestimmen, niemand kann je wissen, was die Zukunft bringt.«

Am besten erinnere ich mich aber an den Kuss.

Und die gerade Linke.

23

Brookline
21. November 1999

Schließlich ist Angela diejenige, die sagt: »Okay … ich kann nicht mehr.«

»Bist du sicher?«, fragt Chloë.

»Ziemlich. Noch mehr und ich löse mich vermutlich einfach auf.«

Angela kostet das langsame Abebben des Rauschs voll aus. Die beiden liegen nah beieinander, und Chloë malt mit dem Finger abstrakte Muster auf Angelas Haut.

Angela schließt die Augen. Wäre sie eine Katze, dann würde sie jetzt schnurren. Sie genießt das Kuscheln beinahe so sehr wie den Sex. Es ist so lange her, dass sie zuletzt Körperkontakt hatte, zumindest ohne jemanden zu beißen.

Sie fährt sich mit der Zunge über die Zähne, um sich zu versichern, dass alles wieder in Ordnung ist. Sie hat es geschafft, hat sich zusammengerissen. Nicht ein Biss, obwohl

Erregung und Hunger eine beinahe unerträgliche Kombination sind.

Sie kriegt das hin.

Im Verlauf des Abends sind ihre Fänge ein paarmal zum Vorschein gekommen, aber Chloë hat es nicht bemerkt. Am Anfang ist es einmal kurz heikel geworden, als eine neugierige Zunge ihre Zähne beinahe entdeckt hätte, aber danach hatte sie wieder alles im Griff. Nur ein kurzer Ausrutscher. Nichts, was ihr Treiben ruiniert hat.

In ihr steckt aber auch ein kleiner Rebell, der sich gewünscht hätte, dass Chloë es bemerkt. Dass sie doch alles hätte erklären müssen. Vielleicht ist der Rebell auch gar nicht so klein. Schließlich hat sie Chloë immer mal wieder geradezu herausgefordert. Zum Beispiel, als sie ohne Mantel auf einen Berg gestiegen ist. Oder auf der Treppe mit ihrer Stärke angegeben hat. Aber wenn die Wahrheit heute Abend ans Licht gekommen wäre, hätte das mit Sicherheit all das hier verhindert. Vielleicht hätte sie sonst diese perfekte Nacht nicht erlebt.

Sie überlegt, ob jetzt der richtige Moment gekommen ist, um es Chloë zu sagen. Aber als sie die Wärme spürt, die von Chloës nacktem Körper neben ihr ausgeht, kann sie sich nicht dazu überwinden. Alles läuft gerade so gut. Das will sie nicht aufs Spiel setzen.

Vielleicht muss sie das auch gar nicht. Sie haben sich ja schließlich nicht geschworen, für immer zusammenzubleiben. Vielleicht hält das alles gar nicht so lang, dass sie dieses Geständnis machen muss oder etwas Unverzeihliches tut. Wer weiß schon, was passieren wird? Vielleicht kommt es einfach nie heraus.

Und wenn sie es doch irgendwann ansprechen muss, wird

sie einen besseren Zeitpunkt finden. Den richtigen Zeitpunkt. Darauf wartet sie lieber.

»Und wie war es jetzt? Für dich, meine ich?«, fragt Chloë und reißt sie aus ihren Gedanken.

Angela öffnet die Augen und grinst. »Was denkst du denn?«

»Ich denke, gut?«

»Da denkst du richtig.«

»Ich wollte nur … Ich frage, weil …« Chloë räuspert sich. »Das war mein erstes Mal mit einer Frau.«

Angela dreht sich auf die Seite und stützt ihren Kopf auf die Hand, um Chloë ansehen zu können. »Du machst Witze.«

»Nein.«

»Darauf wäre ich nie gekommen. Dann hast du aber schnell herausgefunden, wie es geht.«

»Nun ja, du warst sehr, äh, empfänglich.« Chloë wird rot. Es ist genauso entzückend, wie Angela vermutet hat.

»Ich bin sehr laut, möchtest du sagen«, hilft ihr Angela. »Zum Glück wohne ich im Keller, sonst würde mich Shelly für immer damit aufziehen.« Sie lässt sich wieder in die Kissen sinken.

»Gibt es irgendeine Auszeichnung oder so, jetzt, da ich meine lesbische Jungfräulichkeit verloren habe?«, will Chloë wissen. »Kriege ich eine Urkunde?«

»Selbstverständlich«, erwidert Angela. »Und die Einladung zur geheimen lesbischen Silvesterparty solltest du per Post bekommen.«

Chloë räkelt sich auf der Matratze. »Sehr gut. Gibt es dieses Jahr eine große Party?«

»Natürlich! Silvester 2000. Alle werden überall völlig durchdrehen.«

»Ja. Dann leben wir in der Zukunft.«

»Was denkst du, wird passieren?«, fragt Angela. »Ist es der Anbruch einer neuen, friedlichen und verständnisvollen Ära?«

»Nein, ich glaube, dass der Millennium-Fehler das Ende der Welt auslöst. Um Mitternacht geht einfach alles in Flammen auf.«

Angela lacht. »Schicht im Schacht für die Zivilisation. Bis hierher ist es ja ganz gut gelaufen.«

»Immerhin wird dann dieses Lied von Prince nicht mehr ununterbrochen im Radio gespielt.«

»Du hast recht«, stimmt ihr Angela zu. »Selbst beim Weltuntergang gibt es einen Lichtblick.«

Chloë kuschelt sich noch ein bisschen näher an Angela, aber Angela richtet sich noch einmal auf und schaltet das Licht aus. Sofort umgibt die beiden völlige Dunkelheit. Das einzige Licht kommt von den im Dunkeln leuchtenden Sternen an der Decke. Ohne sich weiter sehen zu können, schmiegen sich die beiden aneinander.

Angela glaubt nicht, dass ihre Fänge heute Nacht noch einmal zum Vorschein kommen, aber wenn sie sich so wohlfühlt, warum dann ein unnötiges Risiko eingehen. Wenn man sie nicht sehen kann, dann kann sie sich auch nicht verraten.

»Dein Zimmer ist wie eine Höhle«, flüstert Chloë. »Abgesehen von der Decke natürlich. Wie kriegst du es mitten in der Stadt so dunkel? Bei mir scheint immer irgendwo eine Straßenlaterne rein.«

»Alufolie an den Fenstern. Und dann Vorhänge davor. Ich habe dir doch erzählt, dass ich nachts arbeite. Und wenn ich tagsüber schlafen will, dann muss es hier drinnen dunkel sein.«

Chloë dreht sich in Angelas Arm auf den Rücken. »Sind das richtige Konstellationen? Das da ist Orion, oder?«

»Ja.«

»Das ist das einzige Sternenbild, das ich immer erkenne.«

»Kennst du seine Geschichte?«, fragt Angela.

»Einen Teil davon. Er war ein großer Jäger«, erklärt Chloë. »Ich weiß, dass er von einem Skorpion gestochen wurde, weil er vorhatte, alle Tiere der Welt zu töten. Oder Artemis hat ihn getötet, weil er ein unsympathischer Mistkerl war, kommt darauf an, welche Version man liest. Welche Sternbilder gibt es da oben noch?«

»Oben rechts von Orion ist Taurus, der Stier.« Angela deutet mit dem Finger darauf, aber dann fällt ihr auf, dass das im Dunkeln nichts bringt. Sie versucht, es Chloë zu beschreiben. »Der große helle Stern über Orions linkem Arm. Siehst du?« Sie spürt, wie Chloë nickt. »Das ist Aldebaran. Er ist, wenn man so will, das rechte Auge des Stiers. Aldebaran heißt ›der Folgende‹, weil er immer den Plejaden nachfolgt – das ist die Reihe von Sternen da an seiner Seite.«

»Erzähl weiter.«

»Die Sterne über Orions Hüfte heißen Mintaka, Alnilam und Alnitak – der Gürtel, die Perlenschnur und der Gurt. Seine linke Schulter ist Bellatrix, die Kriegerin. Auf der anderen Seite ist Betelgeuse, das heißt Achselhöhle.«

»Achselhöhle?«

»Ja.«

»Es gibt einen Stern, der Achselhöhle heißt?«

»Immerhin ist es Orions Achselhöhle.«

Chloë lacht und wirft sich auf sie. Angela kichert beinahe hysterisch, als Chloë anfängt, sie zu kitzeln. Sie kitzelt zurück, und die beiden toben im Bett hin und her, bis Chloë außer Atem ist.

»So«, sagt Angela, als sie wieder zur Ruhe gekommen sind. Sie liegt jetzt oben. Gemütlich auf dem Körper der größeren Frau ausgestreckt. Sie lässt ihr Herz schlagen, solange sie dort ist, falls Chloë es spüren kann. »Ich habe ganz vergessen zu fragen, wie hat dir dein erstes Mal mit einer Frau gefallen?«

»Sehr gut. Sehr, sehr gut.«

»Gut. Weil ich überlege mir ernsthaft, dich mal anzurufen und vielleicht mit dir auszugehen.«

Chloë legt die Arme um Angela. »Ich muss natürlich erst sehen, ob das mein unglaublich voller Terminkalender zulässt. Ich muss nämlich mindestens einmal die Woche in die Arbeit.«

»Du Arme. Meinst du, du kannst mich da noch irgendwie unterbringen?«

»Da lässt sich was machen«, sagt Chloë.

»Das freut mich.« Sie gleitet von Chloë herunter, lässt aber einen Arm und ein Bein um sie gelegt. Sie will ihr ganz nah bleiben. »Erzähl mir was von dir. Irgendwas, dass ich nicht weiß.«

Sie spürt, wie Chloës Körper sich ein ganz kleines bisschen anspannt. »Da gibt es nicht viel zu erzählen.«

War sie zu weit gegangen? Angela fragt sich, ob das etwas damit zu tun hat, was Shelly ihr vor ein paar Tagen erzählt hat. Die Folgen von Chloës Scheidung. Vielleicht doch lieber etwas vorsichtiger treten. »Es muss kein großes Bekenntnis sein«, sagt sie sanft. »Du meintest, es gibt viele Geschichten über deine Katze. Erzähl mir doch eine davon.«

»Ah.« Die Anspannung weicht langsam wieder aus Chloës Körper. »Er ist ein seltsames kleines Vieh. Verflucht flink. Er ist schon einmal einfach an einer geraden Wand hochgeflitzt. Und er lässt sich gerne auf Köpfe fallen.« Sie denkt kurz nach. »An dem Tag, als ich ihn vom Tierheim abgeholt habe, ist mein Auto in Flammen aufgegangen. Daher hat er auch seinen Namen. Und daher habe ich auch kein Auto mehr – ich konnte mir danach kein neues mehr leisten.«

»Moment mal, aber das kann ja nicht seine Schuld gewesen sein, oder? Also deine Katze ist doch kein Brandstifter.«

»Nein, aber in seinem Umfeld geht viel kaputt«, sagt Chloë. »Nur so grundsätzlich. Ich habe mal gelesen, dass alle Katzen kleine Buddhisten sind. Sie versuchen, die Abhängigkeit ihrer Menschen von materiellen Dingen zu lösen, indem sie sie zerstören.«

Angela lacht. Sie lacht viel heute Abend. Das gefällt ihr. »Ich freue mich schon, deine wundersame Katze kennenzulernen.«

»Aber du bist doch allergisch.«

»Um ein so legendäres Tier kennenzulernen, nehme ich das bisschen Schniefen gerne in Kauf.«

»Aber du solltest warten, bis ich zu Hause aufgeräumt habe. Den ganzen Kram weggeräumt habe und … na ja, man müsste auch mal wieder putzen. Ein bisschen zumindest.«

»Na gut. Jetzt erzähl mir mehr. Ich mag deine Geschichten.« Angela kontrolliert noch einmal mit der Zunge ihre Zähne. Nichts Spitzes sticht sie, also küsst sie Chloë zärtlich auf den Mund. »Und ich mag dich.«

»Ich mag dich auch.«

Chloë erwidert den Kuss, und beinahe gelingt es Angela, sich fallen zu lassen und alles andere zu vergessen.

24

Brookline
22. November 1999

Als Chloë kurz vor Sonnenaufgang aus dem Bett schlüpft, sind ihre Lippen rau. Ihr Mund ist nicht mehr daran gewöhnt, in einer Nacht so viel zu küssen. Aber sie will sich wirklich nicht beschweren.

Sie schaltet das Licht an und zieht sich an. Angela schaut dabei zu, wie sie ihren Slip überstreift und ihren BH zumacht. Angela ist immer noch nackt und nur halb vom Bettlaken bedeckt. Abgesehen von ihren mysteriösen grauen Augen, die Chloës Bewegungen verfolgen, könnte ihr Körper aus Marmor sein.

»Rufst du mich heute Abend an?«, fragt Angela.

»Das mache ich«, verspricht ihr Chloë. »Bist du dir sicher, dass du nicht vielleicht was essen möchtest?«

Angela schüttelt den Kopf. »Ich würde ja gerne, aber ich falle gleich in Ohnmacht. Aus irgendeinem Grund«, sagt sie neckisch, »bin ich ganz schön fertig.«

Chloë grinst und zieht ihre Jeans hoch. Angela sieht wirklich so aus, als würde sie gleich einschlafen. Wenn sie blinzelt, dauert es einen Moment, bis sie die Augen wieder aufmacht. Chloë wiederrum hat ihre Erschöpfung überwunden und fühlt sich jetzt aufgeputscht und elektrisiert. Das ist auch bestimmt ganz gut, sie hat nämlich noch einen langen Heimweg vor sich.

»Dann sehen wir uns bald, oder?«

»Ja.« Angela sinkt noch tiefer in die Kissen. »Bald.«

Sie haben nicht darüber gesprochen, wie sie jetzt zueinander stehen. Ganz offensichtlich sind sie mehr als nur Freunde. Sind sie jetzt zusammen? Chloë hofft es, fragt aber nicht nach. Nicht jetzt, noch nicht. Wenn es etwas Festeres ist, dann wird die Gelegenheit schon kommen.

Aber jetzt hat sie ihr Flanellhemd zugeknöpft und ihre Schnürsenkel gebunden, und damit keinen Grund, noch länger hierzubleiben.

»Also … Gute Nacht. Oder eher guten Morgen. Träum süß.«

Angela hebt den Kopf, um ihr einen letzten Kuss zuzuwerfen, und legt sich dann wieder hin, als Chloë, die bis zuletzt den Blick nicht von ihr wenden kann, den Raum verlässt und geräuschlos die Türe schließt. Leise schleicht sie die Treppe hinauf und wappnet sich für den kalten Heimweg.

Sie hat nicht damit gerechnet, dass Shelly und Mike wach sind und im Wohnzimmer sitzen. Sie sehen zur gleichen Zeit auf, als Chloë am Treppenabsatz erscheint.

Ja, richtig, fällt ihr ein bisschen zu spät ein. *Es ist Montag. Manche Menschen müssen montags in die Arbeit.* Das Licht im Flur hätte ihr eine Warnung sein können.

Die beiden sind gerade beim Frühstücken. Kalte Pizza von gestern für Shelly und Bratwürste für Mike. Das Paar sitzt eng zusammen auf dem Sofa, Teller und Wasserflaschen und Pizzakartons haben sie vor sich auf dem Couchtisch ausgebreitet. Shelly trägt einen hellrosa Schlafanzug, und Mike ist nur in Boxershorts. So unbekleidet sieht er noch haariger aus als sonst.

Die drei starren sich verwirrt an. Shelly hält mitten in der Bewegung inne, ein Stück Pizza auf halbem Weg zum Mund.

»Du bist über Nacht geblieben«, stellt sie fest.

»Äh, ja.«

»Hast du … Hunger?«, fragt Shelly. »Es ist noch genug da.«

Chloë überlegt, ob sie eine Ausrede suchen soll, aber um ehrlich zu sein, ist sie ziemlich hungrig. Außerdem würde eine spontane Flucht die Sache nicht weniger unangenehm machen.

»Gerne. Danke.«

Wortlos bietet Mike ihr ein Stück Pizza an, und Chloë nimmt es dankbar entgegen. Sie setzt sich in einen der Ledersessel den beiden gegenüber und versucht, möglichst ungezwungen rüberzukommen.

»Und? Wie weit seid ihr gegangen?«, will Shelly wissen. »Wir haben eine Wette am Laufen.«

Chloë verschluckt sich an ihrem Bissen und muss husten. »Was?«

»Shelly, du bringst Chloë in Verlegenheit«, warnt Mike sie.

Shelly ignoriert ihn und beobachtet, wie Chloë knallrot wird. »Oh mein Gott! Ihr habt es miteinander getrieben!«

»Sag mal, bist du noch in der Highschool?« Mike verdreht die Augen.

»Du sei still, das ist doch schon eine deutliche Verbesserung. Letzte Woche war mein Kommentar noch aus der Grundschule.«

Mike kaut seine Bratwurst und versucht, unbeteiligt zu wirken. Shelly haut ihm auf die Schulter und wendet sich wieder an Chloë.

»Also?« Sie lässt nicht locker. »Das volle Programm?«

»Nun ja …« Chloë lächelt schüchtern. »Ja. Wir … Ja.«

Shelly klatscht sich vor Freude in die Hände. »Oh, wie wunderbar! Ich freue mich so sehr für euch!«

»Weißt du, in Anbetracht der Tatsache, dass du nichts damit zu tun hast, bist du ganz schön aufgeregt«, sagt Mike zu ihr.

»Machst du Witze? Das ist einfach großartig. Das ist, wie wenn man herausfindet, dass deine Schwester Sex mit, äh …«

»Deiner heißen Cousine hat?«, schlägt Mike vor.

Chloë hebt eine Hand. »Können wir mich bitte nicht des Inzests beschuldigen?«

»Mit deiner besten Freundin also«, beendet Shelly den Satz. Dann haut sie Mike noch einmal auf die Schulter. »Du Spinner. Aber Angela ist noch unten, oder? Nicht mehr unter den Lebenden?«

»Genau«, bestätigt Chloë zwischen zwei Bissen Pizza. »Sie musste ins Bett, und ich muss nach Hause, die Katze füttern. Und dann ins Bett.«

Shelly legt den Kopf schief und sieht Chloë für ein paar Augenblicke seltsam ernsthaft an. Dann nickt sie. »Das ist üblich für Angela. Du wirst sie nie wirklich bei Tag zu Gesicht bekommen.« Plötzlich ist das Grinsen wieder zurück. »Moment, wenn du jetzt nach Hause und ins Bett gehst, heißt das, dass sie dich die ganze Nacht wach gehalten hat?«

»Nun ja, ja, aber wir haben nicht die ganze Zeit … Wir haben auch geredet.«

»Ja, sicher, geredet«, schnaubt Shelly. »Und, wie ist Angela so im Bett?«

Mike legt verzweifelt das Gesicht in die Hände. »Shelly! Ich bitte dich.«

»Hey, seit gestern Abend hat Chloë kompromittierende Informationen über mich. Es ist nur fair, dass ich auch etwas über sie in der Hand habe. Und wo wir dabei sind, du bist heute Morgen aber prüde, Mr. Fleischpeitsche.«

»Ein Gentleman mag möglicherweise über seine eigene Fleischpeitsche sprechen«, sagt Mike in ehrwürdigem Ton, »aber das bedeutet nicht, dass er über die, äh … einer Lady reden muss.«

»Du musst nicht nach einer passenden Metapher suchen«, sagt Chloë, »weil ich egal, was Shelly fragt, nicht näher darauf eingehen werde.«

Shelly wirft den Rand ihrer Pizza zurück in den leeren Karton. »Na gut. Du siehst zu gut gelaunt aus, das beantwortet mir ohnehin alle Fragen.«

Chloë seufzt zufrieden. »Ja. Wäre ich eine Glocke, ich würde läuten, wäre ich eine Flagge, ich würde wehen, all die schönen Dinge.« Stattdessen schenkt sie sich ein Glas Wasser ein.

»Ha!« Shelly beobachtet sie aufmerksam. »Du kommst mir richtig verknallt vor.«

»Es ist alles noch sehr frisch, aber sie ist schlau, sie ist hinreißend und noch einige andere Dinge, die ich hier nicht weiter ausführen werde, aber ja. Warum sollte ich nicht verknallt sein?«

»Gut«, sagt Shelly. »Dann kann ich ja jetzt vielleicht aufhören, mir Sorgen um dich zu machen. Und um Angela auch.«

»Sorgen?«

»Ja, Sorgen. Seit du mir von deiner Scheidung erzählt hast und von, du weißt schon.« Shelly sieht kurz zu Mike.

»Du darfst vor Mike sagen, dass ich Depressionen habe«, erlaubt ihr Chloë. »Es ist in Ordnung.« Mike neigt leicht den Kopf.

»Okay, gut. Ich wollte keine große Sache daraus machen oder so. Nur …« Shelly zuckt mit den Schultern. »Ich freue mich, dass du Sex hast.«

Chloë stellt ihr Glas auf dem überraschend stabilen Hundekorb neben dem Sofa ab. »Ich bezweifle, dass das die empfohlene Behandlung ist. Aber vielen Dank. Und mit diesem schrecklich peinlichen Gedanken mache ich mich jetzt auf den Weg, um meine Katze vor dem Hungertod zu bewahren.«

Sie steht auf, streckt sich und kann ein Gähnen nicht unterdrücken. Nachdem sie etwas gegessen hat, kriecht ihr die lange Nacht doch in die Knochen. Die beiden stehen auf, um sie an die Tür zu begleiten.

»Werden wir dich in Zukunft jetzt also öfter zu Gesicht bekommen?«, fragt Mike.

»Das hoffe ich.«

»Großartig«, sagt Shelly. »Komm aus dem Keller und sag Hallo, wenn du da bist. Falls ihr zwischendurch mal Luft holt.«

»Ich entschuldige mich aufrichtig dafür, dass Shelly Shelly ist«, sagt Mike.

»Ach, komm schon«, erwidert sie, ihre Stimme entfernt

sich mit jedem Schritt, den Chloë die Straße runtergeht. »Sei nicht unfair. Das war doch eine völlig harmlose Anspielung.«

Die Sonne ist gerade so über den Horizont gekrochen, als Chloë sich auf den Weg zur nächstgelegenen Haltestelle der Green Line macht. Brookline schlummert noch, wartet auf den Koffeinrausch des Berufsverkehrs. Die Bäume werfen lange Schatten über die schmiedeeisernen Zäune der viktorianischen Häuser, und unter ihren Füßen knirschen vertrocknete, braune Blätter.

Sie weiß, dass Sex kein Allheilmittel ist, auch wenn Shelly das anders sieht. Aber dass es überhaupt zu dieser Nacht gekommen ist, muss ein gutes Zeichen sein. Vielleicht fügt sich ihr Leben endlich wieder zusammen, mehr als zwei Jahre nachdem sie sich von der Katastrophe befreit hat, die ihr Leben ruiniert hatte. Sie fragt sich, wie lange es noch dauert, bis sie die Medikamente absetzen kann. Noch zwei Jahre? Vielleicht nie? Früh genug, dass sie es Angela gegenüber nie erwähnen muss?

Als sie die Beacon Street überquert und auf den Bahnsteig tritt, wandern ihre Gedanken unvermittelt zu Alec. Groß, sonnengebräunt und voller Wut. Mittlerweile kann sie sich nur noch daran erinnern. Wie er das Auto anbrüllte, wenn das Wartungslicht anging, wie er die Kellnerin anblaffte, wenn sie ihm einen Cappuccino statt einem Latte Macchiato brachte. Wie er einen Grund gefunden hatte, sich von jedem einzelnen seiner Freunde angegriffen zu fühlen, bis er keine Freunde mehr hatte. War es am Ende nur deshalb so schlimm geworden, weil sie als Einzige übrig blieb, das alleinige Ziel seines Zorns geworden war? Die beiden waren einander ausgeliefert, und er schrie sie immer wieder an, wie nutzlos und lächerlich sie sei. Wertlos.

Andere Erinnerungen dringen an die Oberfläche. Der sandige, unangenehme Geschmack von Aktivkohle im Krankenhaus. Dann die langen Wochen, in denen sie unter Beobachtung gestanden hatte.

Als der Zug in den Bahnhof einfährt, schüttelt Chloë sich den Kopf frei. Er ist nicht mehr da. Sie darf wieder Freunde haben. Langsam kehren Menschen zurück in ihr Leben. Shelly, Mike, Esther, sogar Ari. Und Angela.

Als sie einen Sitzplatz findet, gehen ihr Bilder von Angela durch den Kopf. Angela, wie sie lacht. Angela nackt. Angela in der Dunkelheit an sie geschmiegt. Angela, wie sie kommt, bei jeder Berührung nach Luft schnappt, ihre Muskeln sich anspannen, der Mund geöffnet, die Augen geschlossen.

Die Türen gehen zu, und die Bahn setzt sich mit einem Ruck in Bewegung. Die Erinnerungen der letzten Nacht halten Chloë warm und wach, während die Sonne langsam höher in den Morgenhimmel steigt und sie ihren langen Heimweg antritt.

FÜNFTER TEIL

Ich sterbe gleich vor Hunger

25

The Underworld, Phoenix, Arizona
31. Oktober 1996

Angela tanzt mit den Armen über dem Kopf zu Concrete Blonde. Ihr Rock rauscht um ihre Knie. Sie liebt dieses Outfit. Tess hat es ihr vor einer Woche geschenkt, und sie kommt sich darin schlank und elegant vor. Sie dreht sich wieder, nur um den Rock noch einmal um sich herumwirbeln zu lassen.

Es ist Halloween, und die gesamte Gothszene von Phoenix ist in ihrem besten Monster-Make-up unterwegs. Zombies und Dämonen und blutende Ballerinas. Angela hat sich einen Totenkopf aufs Gesicht gemalt. Alle sind so wunderschön. Aber eine Person ist noch schöner als alle anderen.

Tess tanzt nicht weit von ihr entfernt. Sie trägt ein rot gefüttertes Cape, ist als kleiner Insiderwitz als Vampir verkleidet. Zwei rote Linien aus Kunstblut laufen ihr übers Kinn. Als die beiden sich angezogen haben, hat sie erklärt, das sei die einzige Nacht im Jahr, in der sie ihre Fänge in aller Öffentlichkeit zeigen könne, ohne dass jemandem etwas auffalle.

Ich bin mit meiner Freundin in einem Club, stellt Angela fest und genießt den Gedanken. Es kommt ihr vor, als könnte sie alles, wirklich alles schaffen. Es ist, als ob sie ein vollkommen neuer Mensch geworden wäre. Tess hat sogar davon gesprochen, ihr ein Piercing zu schenken. Das hätte sie sich vorher nicht einmal vorstellen können.

Und vor einer halben Stunde, auf der Clubtoilette, hat sie sich von ihrem alten Selbst, dem Teil, der sie von all dem hier so lange ferngehalten hat, verabschiedet.

»Ich bin mit dir fertig«, hatte sie dem Gesicht im Spiegel gesagt. »Du hast keine Macht mehr über mich.«

»Und dennoch bin ich hier«, hatte der Engel erwidert. »Wie geht es dir? Alles in Ordnung?«

»Es geht mir gut, großartig sogar. Aber nicht dank dir.« Dann hat sie ihn sich genauer angesehen. »Warum siehst du so anders aus?« Sie konnte nicht genau sagen, was sich an seinem Gesicht verändert hatte – war sein Gesichtsausdruck milder als sonst? Seine strahlende Robe war auch verschwunden und von einem makellosen weißen Anzug mit Krawatte abgelöst worden. Elegant genug für ein himmlisches Wesen, aber nicht so pompös. Auf jeden Fall nicht, was sie erwartet hatte.

»Vielleicht«, sagte er, »fängst du an, mich klarer zu sehen.«

»Weißt du was? Es ist mir egal, wie du aussiehst. Auf Wiedersehen.«

Sie hatte ihm die Zunge rausgestreckt und war gegangen. Hatte ihn endgültig hinter sich gelassen. Ihn zu sehen war der einzige Wermutstropfen des Abends, und sie hatte nicht vor, sich davon die Laune verderben zu lassen.

Ihre Gedanken kehren zurück in die Gegenwart, als Tess zu ihr kommt und ihr eine Hand auf die Wange legt, vorsichtig, damit sie ihr Make-up nicht verwischt. Bei der Berührung schmilzt in Angelas Brust etwas wie warme Butter.

Sie kann sich nicht helfen und sieht sich immer wieder um, ob sie beobachtet werden.

Aber niemand interessiert sich für die beiden, keinen kümmert es. Die Menschen, die hierherkommen, haben Freundinnen oder Freunde und manchmal beides gleichzeitig. Hier muss sie sich nicht unsicher fühlen. Sie entspannt sich und zieht Tess in ihre Arme.

Daran könnte sie sich gewöhnen.

An all das hier könnte sie sich gewöhnen, ihr neues Leben. Selbst das Wetter ist endlich besser geworden, warm genug für kurze Ärmel, aber nicht mehr so brütend heiß. Mit dem heranrückenden Winter fängt sie langsam an, sich in Phoenix wohlzufühlen. In Pennsylvania würde sie zu dieser Jahreszeit gerade den Herbstmantel gegen einen Winteranorak tauschen. Dort musste man sich jedes Mal, wenn man das Haus verließ, gegen den kalten Wind schützen. Sie vermisst die Kälte nicht.

Auf dem Weg zum Club war die Aussicht zwar nicht besonders reizvoll, eine Shoppingmall an der anderen, aber außerhalb der Stadt erstreckt sich die Sonorawüste mit ihrer eigentümlichen, prächtigen Schönheit, deren Reiz Angela mit jedem Tag mehr erliegt. Es ist eine trockene Landschaft voller riesiger Saguaro-Kakteen und Parkinsonien, Cholla-Kakteen und Ocotillos, Encelia und Kaktusfeigen. Das Leben hier hat seine Reize.

»Halloween macht mich immer ganz romantisch«, flüstert Tess ihr ins Ohr. »Willst du ein Halloweengeschenk haben? Fändest du das komisch? Vielleicht ein Teleskop. Brauchst du ein Teleskop?«

Angela lächelt. Die Teleskope, mit denen sie arbeitet, haben Millionen, manchmal sogar Milliarden gekostet. So eines kann man nicht einfach im Laden kaufen. Aber es ist nett, dass Tess sich solche Gedanken macht. »Du musst mir nichts schenken.«

»Das will ich aber.«

»Wie wäre es dann mit was Süßem? Das würde doch gut zu Halloween passen?«

Tess verzieht zum Spaß angewidert das Gesicht. »Menschenfutter. Würg. Aber gut, Süßes sollst du haben.« Sie hebt Angela hoch und wirbelt sie herum. »Ich kaufe dir kiloweise Süßes. Was auch immer du dir wünscht.«

»Vielleicht nicht kiloweise«, sagt Angela atemlos. »Wie wäre es mit einem Pfund.«

»Besonders gute Süßigkeiten also«, erwidert Tess. »Trüffel und so Zeug.«

»Klingt großartig.«

»Gut. Schön, dass wir das geklärt haben.« Tess drückt Angela und setzt sie dann wieder ab. »Ich liebe dich.«

Angela spürt, wie ihr Herz heftig schlägt, dort, wo Tess sie im Arm hält. Sie schließt die Augen und lässt sich von Tess zur Musik wiegen.

Sie ist jung und verliebt, und sie tanzt.

Alles ist so wunderschön.

26

South End, Boston
11. Dezember 1999

Angela ist so ausgehungert, dass es ihr schwerfällt, an irgendetwas anderes zu denken. Über allem liegt ein feiner roter Nebel, der jeden in eine wandelnde Safttüte verwandelt.

»Ich weiß nicht, ob das wirklich was für mich ist«, sagt Chloë nervös.

Angela zwingt sich zu einem Lächeln. »Bitte lass mich dir etwas schenken. Es kann auch was sein, dass nur ich zu sehen bekomme.«

In den letzten Wochen hat Angela sich an einen entspannten Rhythmus gewöhnt. Sie verbringt den ersten Teil der meisten Nächte mit Chloë, und nachdem sie sich verabschieden, arbeitet sie bis zum Morgengrauen an ihrer Doktorarbeit. Sie hat Chloë, die keinen Fernseher besitzt, *Buffy – Im Bann der Dämonen* gezeigt – eine Serie, die Angela trotz all der Unstimmigkeiten liebt –, und sie schauen sie jeden Dienstag zusammen mit Shelly und Mike. Chloë wiederum hat Angela

Der Zauberturm von Barbara Hambly geliehen. In den wenigen Stunden, die Angela Zeit hat zu lesen, ist sie in die Abenteuer von Joanna und Antryg versunken. Und auch in Chloës eigene Texte, die sie ihr nervös auf losen Seiten mit doppeltem Zeilenabstand in die Hand gedrückt hatte. Chloë hat keinen Grund zur Sorge. Angela liebt ihre skurrilen Geschichten über unkonventionelle Heldinnen und mysteriöse Katzen.

Ihre eigene Arbeit geht allerdings langsamer voran als zuvor, als sie noch jede freie Minute damit verbracht hat. Aber nicht so langsam, wie sie erwartet hatte. Immer wenn sie sich daransetzt, geht ihr alles schneller und leichter von der Hand. Sie ist glücklich. Sie kann sich nicht erinnern, wann sie zuletzt so glücklich gewesen ist. Aber es gibt ein großes Problem. Ihre Zeit zwischen Chloë und ihrer Arbeit aufzuteilen hat ihr keine Gelegenheit mehr gelassen, jagen zu gehen.

Das stimmt natürlich nicht. Und es wird immer schwieriger, sich das selbst einzureden. Sie hätte in einer der wenigen Nächte, die sie nicht mit Chloë verbrachte, auf die Jagd gehen können. Sogar in einer Nacht, die sie nicht alleine verbrachte – sie hätte nur warten müssen, bis Chloë heimging. Die Clubs haben lange genug geöffnet. Es hätte sie nicht umgebracht, eine Nacht nicht an ihrer Arbeit zu schreiben oder das nächste Kapitel vom *Zauberturm* am nächsten Tag zu lesen. Aber das hat sie nicht gemacht. Sie hat, seitdem sie Chloë in jener Nacht kennengelernt hat, keinen Fuß mehr in einen Club gesetzt.

In Wahrheit hat sie keine Lust, jagen zu gehen. Aber mittlerweile ist es über einen Monat her. Bald muss sie irgendetwas tun.

Aber nicht jetzt. Nicht heute Nacht. Sie kann sich noch ein bisschen länger zusammenreißen. Nur noch ein paar Tage. Das wird sie schon aushalten. Sie zögert es hinaus, bis ihr etwas einfällt.

»Ein Geschenk?« Chloë sieht sich unsicher um. »Woran hast du gedacht?«

Heute sind sie auf Angelas Wunsch auf den Fetisch-Markt gegangen. Er findet nur zweimal im Jahr statt. Als sie im Sommer da war, hat sie mehr Dinge gefunden, die ihr gefielen, als irgendwo in den Läden Bostons – und das, obwohl das meiste schon verkauft worden war, als sie nach Sonnenuntergang endlich hingehen konnte.

Auch diesmal sind sie erst kurz bevor die Stände schließen angekommen. Es werden immer weniger Leute, bis von der dichten Menge nur noch vereinzelte Grüppchen übrig bleiben. Seltsamerweise wird der Markt zwischen den Sandsteinhäusern des South End in Bostons Center for the Arts veranstaltet. Die ganze Veranstaltung findet im Cyclorama statt, einem riesigen runden Raum mit einer kupfernen Kuppel, der im achtzehnten Jahrhundert gebaut worden war, nur um ein einziges gigantisches Gemälde der Schlacht von Gettysburg unterzubringen.

Nun befindet sich darin ein Labyrinth an Ständen. Manche verkaufen Korsagen und hochgeknöpfte Stiefel, die den Viktorianern, die diesen Ort gebaut haben, sicher vertraut gewesen wären. An anderen Ständen werden Dinge verkauft, auf die sie vermutlich nie gekommen wären. Obwohl, denkt sich Angela, wenn sie von Latex und Silikon gewusst hätten … Sie hat gehört, im neunzehnten Jahrhundert ist es ziemlich wild zugegangen.

Soweit Angela das beurteilen kann, macht es Chloë Spaß, an den Ständen mit Bondage-Utensilien und Sexspielzeugen vorbeizuschlendern. Und auch bei den dubioseren Exponaten hat sie nicht einmal mit der Wimper gezuckt. Aber es macht den Eindruck, als wäre es ihr unangenehm, etwas geschenkt zu bekommen. Angela beobachtet, wie Chloës Augen von einem Stand, der stolz Sanitätsartikel anpreist, zu einem anderen flitzen, der Zaumzeug, Reitpeitschen und einführbare Pferdeschwänze verkauft.

»Ich hatte eher an Lingerie gedacht«, versichert ihr Angela. »Keine Sorgen, ich hatte nicht vor, dich mit einem BDSM-Workshop zu überraschen.«

»Oh, okay, gut«, Chloë klingt erleichtert. »Ich kann aber nicht garantieren, dass mir sexy Unterwäsche steht.«

»Mir wirst du darin gefallen, versprochen. Mit oder ohne, egal wie.«

Angela wird mit sofortiger Schamesröte auf Chloës Wangen belohnt. Es gefällt ihr immer noch, Chloë erröten zu lassen.

Sie hatte allerdings nicht damit gerechnet, dass ihre Fänge beim Anblick des angeregten Blutstroms in Chloës Gesicht herausschießen. Sie presst die Lippen zusammen und versucht verzweifelt, sie zurückzuzwingen.

Chloë macht es ihr nicht leichter, als sie näher kommt.

»Schenk mir einfach, was dir gefällt«, flüstert sie Angela mit rauchiger Stimme ins Ohr. »Hättest du dann gerne heute Abend eine Privatvorführung?«

Angela wendet sich von Chloë ab und gibt vor, eine Auslage mit lila Zauberstäben zu begutachten. »Heute Abend eher nicht«, murmelt sie. »Ich habe einiges an Arbeit zu erledigen.«

»Bist du sicher?« Chloë fährt ihr mit der Hand vielsagend über den Arm. Das macht es auch nicht besser. »Wirklich. Würde ja gerne. Kann aber nicht. Muss ein Geschenk für wann anders sein. Wir packen es gemeinsam aus. Bald.«

»Na gut.« Chloë klingt ein wenig enttäuscht. »Ich weiß, dass ich dich nicht von deiner Arbeit abhalten sollte. Vielleicht morgen?«

»Vielleicht morgen.«

Angela macht Chloë keinen Vorwurf. Es ist fast eine Woche her, dass sie zuletzt miteinander im Bett waren. Aber es war schon bei den ersten paar Malen schwer genug gewesen, nicht bissig zu werden. Aber je länger sie nicht jagen war, umso schwerer fällt es ihr. So wie sie sich im Moment fühlt, traut sie sich selbst nicht. Sie hofft, dass sie sich morgen wieder im Griff hat.

Ich muss ihr irre widersprüchliche Botschaften senden, denkt sich Angela. *Hi, darf ich dir sexy Unterwäsche kaufen? Aber jetzt will ich dich nicht darin sehen. Obwohl ich dich wirklich unbedingt darin sehen will. Was tue ich da bloß?*

»Ich gehe mich mal nach etwas umsehen«, sagt Angela. »Warte du hier. Nicht, dass du dir die Überraschung verdirbst.« Bevor Chloë etwas einwenden kann, ist Angela verschwunden.

Sie nimmt sich Zeit, sich die Reizwäsche anzusehen. Als eine Verkäuferin sie fragt, ob sie Hilfe braucht, schüttelt sie den Kopf und tut so, als sei sie mit den Strumpfhaltern beschäftigt. Sie will mit niemandem reden, der einen Puls hat.

Sie wartet, bis sie sich beruhigt hat und ihre Zähne wieder normal werden.

Jetzt entstellen keine Fänge mehr ihr Lächeln.

Alles ist gut.

Schließlich entscheidet sie sich für ein Set aus dunkelroter Spitze, das wunderbar mit Chloës Augen kontrastieren wird. Rot und grün. Wie Weihnachten. Leider kann man es ihr nicht als Geschenk verpacken, aber sie bekommt eine schicke Tüte.

Auf dem Weg zurück zu Chloë sieht sie aus dem Augenwinkel einen Hinterkopf am Ausgang, mit Haaren genauso rot wie die Spitzenwäsche. Sie bleibt erstaunt stehen, aber als sie versucht, mehr zu sehen, ist die Person aus der Tür verschwunden.

Das muss ohnehin nichts zu bedeuten haben. Viele Leute haben rot gefärbte Haare, besonders hier. Tess ist in Arizona.

Tess hatte Angela auch Klamotten gekauft.

Das hier ist absolut nicht dasselbe, beruhigt sie sich. Nur ein Slip und ein BH. Nicht mehr, nicht weniger. Jemandem ein Geschenk zu machen muss nichts Zwielichtiges bedeuten.

Als sie zurück ist, zeigt ein Verkäufer Chloë gerade die korrekte Anwendung des lila Zauberstabs.

»Da bist du ja«, sagt sie, als Angela auf sie zukommt. »Ich habe mich schon gefragt, wo du abgeblieben bist.«

»Tut mir leid. Es gab eine zu große Auswahl, und ich wollte etwas Besonderes für dich finden.« Sie sieht von Chloë zum Verkäufer und wieder zurück. »Weißt du, was du da tust?«

»Ich bin mutig und draufgängerisch. Und er ist auf die niedrigste Stufe eingestellt. Angeblich verursacht er so ein nettes Kitzeln.«

»So ist es!« Der Verkäufer schaltet das Gerät ein und bedeutet Chloë, den Arm auszustrecken. »Alles ist betriebsbereit.

Nur noch ein paar Fragen: Hast du einen Herzschrittmacher oder sonst eine Herzkrankheit? Bist du vielleicht schwanger?«

Chloë hält mitten in der Bewegung inne. »Wie bitte?«

»Ich muss diese Fragen stellen, das ist alles«, versichert er Chloë. »Das Gerät ist absolut sicher.«

»Wirklich?«

»Ich habe noch keine ernsthafte Verletzung durch so ein Ding gesehen«, sagt Angela. »Solange er es dir nicht in die Augen oder an die Brust hält, sollte nichts passieren.«

»Und auch an Metall oder Schmuck sollte man es nicht anwenden«, fügt der Verkäufer hinzu. »Oh, und alkoholbasiertes Haargel ist auch nicht gut, das kann sich entzünden.«

Chloë blinzelt und verarbeitet die Informationen. »In Ordnung. Also, ich habe keinen Herzschrittmacher und keine Herzkrankheiten, benutze kein Haargel, und eine Schwangerschaft wäre ein medizinisches Wunder.« Sie grinst Angela an, die versucht, nicht zu kichern. »Sonst noch was?«

»Epilepsie oder andere Anfallsleiden?«

»Nein. Werden von den Dingern viele verkauft?«

»Sie sind sehr gefragt. Okay, jetzt geht es los.«

Er schaltet den Zauberstab ein und hält ihn Chloë an den Arm.

»Au!«, schreit die und zieht sofort ihren Arm zurück. Sie reibt sich die Stelle und funkelt den Verkäufer böse an.

Er sieht unzufrieden aus. »Du hättest ein Kitzeln spüren sollen.«

»Das war kein Kitzeln!«

Angela hakt sich bei Chloë ein. Und stellt zufrieden fest, dass ihre Zähne nichts Ungewöhnliches machen. Keine Zwischenfälle mehr, auch wenn die beiden sich berühren. Gut.

»Komm, mein mutiges und draufgängerisches Mädchen. Ich glaube, ich sollte dich jetzt vor dem Gekitzel retten. Hier ist übrigens dein Geschenk.« Angela reicht ihr die Tüte.

»Danke. Das war absolut kein Kitzeln.«

Angela versucht, sie vom Verkäufer wegzulotsen. Der macht aber noch mal einen Schritt auf sie zu, bereit, die Frage, wenn es sein muss, noch die ganze Nacht zu diskutieren, um sie zu überzeugen.

Chloë dreht sich halb um und fährt ihn über die Schulter an: »*Zisch ab!*« Diesen Ton hat Angela bei Chloë noch nie gehört. Ihre Stimme klingt irgendwie klar und von weit her zugleich, wie ein Ruf aus weiter Ferne. Beinahe möchte selbst Angela von ihr abrücken. Der Verkäufer reagiert sofort, stolpert nach hinten und lässt fast den lila Zauberstab fallen.

»Okay, du wilde Löwin«, sagt Angela zu ihr und muss angesichts der unerwarteten Heftigkeit grinsen. »Jetzt ist es wirklich Zeit zu gehen.«

Arm in Arm verlassen die beiden Frauen den Markt. Es hat angefangen zu regnen, ein leichter Nieselregen, der einen nicht gleich einweicht, sondern langsam klamm werden lässt. Es ist gerade feucht genug, dass um die Straßenlaternen ein nebliger Lichthof entsteht und die Farbe der Gehsteige von hellgrau zu dunkelgrau wechselt. Der Schein der hellen Schaufenster fällt auf die Straße.

Chloë schiebt ihr Geschenk unter ihren Mantel, damit es nicht nass wird. »Hey«, sagt sie dann. »Ich weiß, du musst heute noch arbeiten, aber hast du nicht Lust, noch irgendwo einen Bissen zu essen?«

Und wieder schießen Angelas Fänge heraus. Macht Chloë es ihr mit Absicht schwer?

Mit reiner Willenskraft schiebt Angela sie wieder zurück. »Ich kann wirklich nicht.«

»Bist du sicher? *Addis Red Sea* ist nicht weit von hier. Das ist eines meiner Lieblingsrestaurants. Magst du äthiopisches Essen?«

»Ich habe es noch nie probiert.« Sie hat nie Gelegenheit dazu gehabt, und jetzt wird sie die auch nie mehr haben. »Aber du kennst mich doch. Ich habe nach dem Aufstehen nie Hunger.« Sie lacht. Sie fragt sich, ob Chloë hören kann, wie falsch es klingt. »Ich muss Stunden warten, sonst wird mir übel.«

»Du musst den langsamsten Stoffwechsel der Welt haben. Isst du denn gar nichts?«

»Mach dir keine Sorgen. Ich lasse ja eigentlich nur das Frühstück aus.«

»Irgendwann werde ich mich an deinen seltsamen Tagesablauf gewöhnen. Meine mysteriöse Frau, die nur bei Nacht wandelt.«

»Ich soll die mysteriöse Frau sein?«, erwidert Angela. »Ich habe noch nicht einmal das Innere deiner Wohnung gesehen. Ich habe dich nur ein einziges Mal davor abgeholt.«

»Das ist aber kein Mysterium. Das liegt an deinen Allergien.«

»Und wann darf ich das lesen, woran du gerade arbeitest? Deine älteren Sachen sind toll, aber ich möchte mehr sehen.«

»Nichts ist so weit, dass ich es schon jemandem zeigen könnte«, sagt Chloë unsicher.

»Siehst du? Du bist das geheimnisvolle Wesen von uns beiden.«

Sie gehen die Tremont Street ein paar Blocks weit gemeinsam hinunter, Richtung Boston Common, und laufen an spärlich beleuchteten Weinbars vorbei und an Cafés, die hauchdünne Pizza mit Endivien und Gruyère anbieten. Auf beiden Seiten der Straße stehen alte Häuser aus Backstein, Sandstein oder Granit. Heutzutage sind das begehrte Immobilien, werden geschmackvoll und aufwändig in Stand gehalten. Das Viertel ist seit den Vierzigerjahren eine Enklave für Schwule und Lesben. Im Laufe der Jahrzehnte hat es sich von einer Ansammlung schräger Mietshäuser zu einem noblen Künstlerquartier gewandelt. Mittlerweile ist es eines der wohlhabendsten Viertel der Stadt und macht dem alten Geld aus Beacon Hill auf der Nordseite des Common Konkurrenz. Die Zeiten ändern sich, denkt Angela.

»Es ist doch in Ordnung, dass ich dir was gekauft habe, oder?«, fragt sie plötzlich und deutet auf die Tüte unter Chloës Mantel. »Ich habe dich nicht zu etwas gezwungen.«

»Was? Nein, überhaupt nicht. Ich hatte nur Angst, dass du mir sowas wie diesen elektrischen Viehtreiber schenkst.«

»Okay, gut.«

»Wie kommst du auf den Gedanken?«

Angela kickt ein Stück Pappe beiseite. Der Wind wirbelt es auf und trägt es in den Rinnstein.

»Es ist albern. Aber Tess, meine Ex, hat mir alle meine Kleider ausgesucht.«

»Soll das heißen, sie hat dir vorgeschrieben, was du anziehen darfst?«

»So ziemlich«, gibt Angela zu. »Also es war komplizierter, die Klamotten haben mir ja auch gefallen. Sie hatte Geschmack. Aber, ja. Sie hat alles ausgesucht.«

»Sie klingt furchtbar.«

»Das war sie auch, meistens. Aber ab und zu war sie auch großartig. Ich war dumm genug zu glauben, ab und zu könnte den Rest wiedergutmachen.«

»Das hat nichts mit Dummheit zu tun«, sagt Chloë. »Das hoffe ich zumindest. Ich darf jedenfalls nicht mit dem Finger auf andere zeigen.«

»Wie war dein Ex?«

»Alec?« Chloë überlegt sorgfältig, bevor sie antwortet. »Er war einer dieser Menschen, die nichts und niemanden leiden können. Kennst du so jemanden? Ich dachte, ich wäre etwas Besonderes, weil er so tat, als wäre ich die Einzige, die er ertrug.« Sie zuckt mit den Schultern. »Das hat aber nicht lange gehalten. Im letzten Jahr hat er mich eigentlich nur noch angeschrien. Für eine Weile hatte er sich immer mal wieder im Griff, aber früher oder später hat ihn irgendwas aufgeregt. Und dann ist er explodiert.«

»Das tut mir leid. Das muss furchtbar gewesen sein.«

»Ich hätte nicht so lange bei ihm bleiben sollen. Dann gab es einen Streit, da hat er angefangen, immer wieder ›Ich liebe dich nicht!‹ zu schreien, und da ist zwischen uns etwas zerbrochen. Physisch gerissen, als ob das der letzte Faden war, an dem unsere Beziehung hing, und er hat ihn gekappt. Am nächsten Tag habe ich gesagt: ›Du ziehst aus.‹ Ich hatte nicht erwartet, dass er es tatsächlich macht. Ich dachte, er würde mich stattdessen rauswerfen, aber er ist gegangen. An Ort und Stelle zur Tür raus. Einmal ist er noch wiedergekommen, um sein Zeug abzuholen. Danach habe ich ihn nur noch einmal bei unserer Scheidung gesehen. Ich glaube, er lebt jetzt in Connecticut.«

»Hasst du ihn?«, will Angela wissen.

»Manchmal. Klingt seltsam, das zu sagen. Es fällt mir schwer zuzugeben, dass ich jemanden hasse, verstehst du? Aber er hat mich eine Weile ganz schön fertiggemacht. Das kann ich ihm nur schwer verzeihen.«

Sie haben das South End hinter sich gelassen und sind durch den Theatre District geschlendert. Unter den bunten, leuchtenden Reklameschildern für Musicals und Theaterstücke hindurch, entlang der Grenze zu Chinatown auf der anderen Straßenseite. Kurz darauf erreichen sie den Boston Common und nähern sich der Haltestelle Park Street. An so einem Winterabend ist der Park mitten in der Stadt beinahe leer. Die Straßenlaternen leuchten wie Irrlichter unter den Bäumen und verleihen dem feuchten Gras einen silbernen Schein.

»Ich weiß auch nicht, ob ich Tess dafür hasse, was sie mir angetan hat«, sagt Angela vorsichtig. »Ich glaube, sie hat anderen Menschen Dinge angetan, für die ich sie hassen kann, und das tue ich auch. Aber ich habe auch das Gefühl, dass ich, ich weiß auch nicht, zu sehr selbst dran beteiligt war, um ihr allein die Schuld zu geben. Ich hatte mich ja dafür entschieden, alles einfach geschehen zu lassen, weil das einfacher war, als Nein zu sagen.«

»Macht es dir was aus, wenn ich deine Ex hasse, weil sie dir wehgetan hat, auch wenn du es nicht tust?«, fragt Chloë. »Das würde ich nämlich wirklich furchtbar gerne.«

Angela lächelt. »Tu dir keinen Zwang an.«

Die beiden bleiben an den Treppen zur Park Street stehen. Am Ende der Stufen hat ihr gemeinsamer Abend ein Ende. Angela nimmt die Green Line nach Westen und Chloë die Red

Line nach Norden. Die eine auf dem Weg ins Bett, die andere nach Hause zum Arbeiten.

»Soll ich morgen wieder zu dir kommen? Die übliche Zeit?«, fragt Chloë.

»Warum komme ich nicht diesmal zu dir? Ich möchte wirklich gerne sehen, wo du wohnst.«

»Aber was ist mit der Katze?«

»Ich bin mir sicher, dass ich es verkrafte, einen Abend lang zu schniefen.«

Chloë scheint nicht begeistert. »Es herrscht ganz schönes Chaos.«

»Ich werde mich nicht von dir trennen, weil ein bisschen schmutzige Wäsche bei dir auf dem Boden liegt. Komm schon, was sagst du?«

»Äh … na gut«, gibt Chloë nach. »Warum gehen wir nicht erst ins Kino und dann zu mir?«

»Das klingt großartig.«

Sie umarmen sich auf dem Treppenabsatz und halten einander fest. Aussteigende Fahrgäste fluten den Bahnsteig, die Menschenmenge fließt um die beiden herum. Ein Schwung warme Luft folgt aus den geöffneten Türen der Bahn.

Angela steht auf Zehenspitzen, damit sie ihr Kinn auf Chloës Schulter legen und ihren warmen Atem am Ohr spüren kann. Chloës Locken, die vom Regen nass geworden sind, fallen auf ihre Wange. Angela ist dankbar für die winterliche Kälte heute Nacht, so fällt es weniger auf, wie kalt ihr eigener Körper ist. Jeder fühlt sich kalt an, wenn er im Dezember lange draußen war.

Wenn sie nicht darüber nachdenkt, ist der Hunger nur ein dumpfes Dröhnen im Hintergrund. Sie kann die Menschenmenge verdrängen, das Blut, das jedem einzelnen durch die Adern fließt. Sie kriegt das hin. Sie kann Chloë im Arm halten, ohne Gefahr zu laufen, sie zu beißen.

Angela ist sich sicher, eine Nacht hält sie noch durch. Nur noch eine Nacht, dann lässt sie sich etwas einfallen.

27

Somerville
11. Dezember 1999

Als Chloë durch die Eingangstür stürmt, hat sie sich in eine nicht unbeachtliche Panik geschaukelt. Sie nimmt im Wohnzimmer kurz Bestand auf.

»Oh, Gott.«

In der Küche sehen Ari und Esther von ihrem Kartenspiel auf.

»Ist etwas passiert, Liebes?«, fragt Esther sie.

»Ja. Ich muss aufräumen. Ich muss sofort aufräumen. Dieser Ort hier ist für Menschen nicht mehr bewohnbar.«

»Gut, dass es erst ein oder zwei Jahre her ist, dass hier zuletzt aufgeräumt wurde«, kommentiert Esther trocken. »Sonst hättest du jetzt ganz schön was zu tun.«

Chloë findet das nicht lustig. »In Anbetracht der Tatsache, dass du hier mietfrei wohnst, finde ich die ganze Nummer – hier rumzusitzen und mich auf den Arm zu nehmen – nicht besonders unterhaltsam.«

»Oh, ich helfe gerne.« Esther steht auf. »Ich habe nur darauf gewartet, dass du fragst. Keine Gnade vor den Alten und Schwachen, warum auch.«

Ari legt ebenfalls die Karten beiseite und steht auf. »Ich kann auch mithelfen, wenn du willst.«

»Ja, danke ihr beiden. Das wäre großartig.«

Chloë weiß nicht, wo sie anfangen soll. Alles ist überall verteilt, auf Tischen, auf dem Boden, den Stühlen. Manuskripte liegen wie Laub herum. Katzenspielzeug ist unter jedes einzelne Möbel geschossen worden. Es gibt stapelweise CDs. Leere Kisten. Stifte. Schuhe. Sie verzweifelt, als sie feststellt, dass sogar gebrauchte Taschentücher zu einer eigenen Kategorie erklärt werden müssen.

Wenn Angela das hier sieht, wird sie merken, dass etwas nicht stimmt. Ganz und gar nicht stimmt.

Auf einem Stuhl findet sie einen Mixer. Seit wann besitzt sie einen Mixer? Und was hat er auf dem Stuhl verloren? Sie schiebt ihn hinters Sofa.

Ari und Esther kramen im Wohnzimmer herum, betrachten hier und da die diversen Stapel. Sie beschließt, die beiden dort zu lassen und sich der Küche zu widmen. Sie kann mit dem Geschirr anfangen. Die anderen beiden wissen vielleicht mehr gegen das Chaos auszurichten als sie, allerdings macht sie sich keine großen Hoffnungen. Und es besteht außerdem die Möglichkeit, dass sie, wenn sie tief genug graben, die ganze Unterwäsche finden, die Entropie versteckt hat. Sie hat bis jetzt nicht alle Teile wiedergefunden. Aber nun ist es auch zu spät, um sich dafür zu schämen.

Das schmutzige Geschirr in der Spüle ist zu luftigen Höhen aufgetürmt. Chloë weiß nicht einmal, ob sie Spülmittel hat.

Also macht sie den Spülschrank auf und fängt an, die schmutzigen Teller hineinzuschichten.

Auf einmal wird ihr eine Sammlung kaputter Handtaschen ins Gesicht geschoben. Sie sieht nur gerissene Träger, kaputte Reißverschlüsse und offene Nähte.

»Wo sollen die hin?«, will Ari wissen.

»Wirf sie weg. Oder halt, warte!« In einigen scheint noch etwas drin zu sein. Make-up? Geld? Süßigkeiten? Sie hat keine Ahnung. »Leg sie einfach ordentlich irgendwo hin. Ich muss sie alle noch einmal durchsehen.«

Er legt den Stapel vorsichtig und mutmaßlich ordentlich neben die kaputte Nähmaschine auf den Küchentisch, dann schlendert er zurück ins Wohnzimmer. Ein Stapel erfolgreich von einem Ort an den andern geräumt. Sie bezweifelt, dass man das als Fortschritt bezeichnen kann.

Sie widmet sich wieder dem Geschirr.

»Hältst du das wirklich für die beste Lösung?« Esther lehnt im Türrahmen und sieht Chloë bei der Arbeit zu.

»So spare ich viel Zeit.« Chloë räumt eine Reihe schmutzverkrusteter Gläser neben den Ofenreiniger.

»Hm. Und was ist der Anlass? Erwartest du Gesellschaft?«

»Um genau zu sein, ja. Morgen Abend kommt jemand zu Besuch. Und wäre es in Ordnung, dich und Ari zu bitten, euch eine Weile woanders rumzutreiben?«

Esther hebt eine Augenbraue an. »Jemand Besonderes, also?«

»Ja, tatsächlich.«

Esthers Gesicht hellt sich auf. Sofort rutschen all die tiefen Furchen an den richtigen Platz. Es sind Lachfalten, jede einzelne.

»Ich habe dir doch gesagt, dass du mal wieder rausmusst.«

»Schmück dich nicht mit fremden Federn«, erwidert Chloë. »Du hast mich nur aus dem Haus getrieben. Den Rest musste ich schon alleine hinkriegen.«

»Und wie lange läuft das nun schon?«

»Wir gehen seit ein paar Wochen miteinander aus.«

»Ach was?«, entfährt es Esther. »Warum habe ich diesen besonderen Jemand dann noch nicht kennengelernt?«

Weil, denkt sich Chloë, *Angela eine normale, zurechnungsfähige Person ist und ich verzweifelt versuche, sie von meinem gestörten Leben fernzuhalten, damit sie nicht schreiend wegläuft. Weil eine zurechnungsfähige Person es sich vielleicht zweimal überlegen würde, wenn sie von meiner wahrsagenden Tante erführe, die bei mir wohnt und außerdem gerne andeutet, dass sie eine Affäre mit Eleanor Roosevelt gehabt hat. Oder von meinem Mitbewohner, dem Exorzisten und Sektenführer. Oder von dem unglaublichen Chaos hier. Oder ganz einfach mehr von mir.*

Chloë betrachtet die Schüssel, die sie gerade zwischen den Siphon und einen Stapel Teller schieben wollte. »Ich drehe gerade etwas durch, oder?«

»Sagen wir, das hier ist nicht der ideale Lösungsansatz«, stimmt Esther ihr zu.

Seufzend räumt Chloë das Geschirr wieder in die Spüle.

Esther wartet immer noch auf eine Antwort.

»Ich wollte sicherstellen, dass es irgendwo hinführt, bevor ich euch vorstelle.«

Das ist nahe genug an der Wahrheit. Auf jeden Fall scheint Esther diese Erklärung zu akzeptieren. »Dann scheint die Sache ja irgendwo hinzuführen, oder?«

»Äh. Vielleicht? Darüber reden wir nicht viel.«

»Warum nicht?«

Chloë verdreht die Augen. »Weil es erst seit ein paar Wochen läuft. Und jetzt bist du nur neugierig.«

»Stimmt«, sagt Esther ohne jede Spur von Scham. »Das bin ich. Betrachte es als meine Rache dafür, dass du es mir verheimlicht hast.«

»Ich bin nicht verpflichtet, dir die Einzelheiten meines Liebeslebens mitzuteilen.« Chloë stapft an Esther vorbei zurück ins Wohnzimmer. Das Geschirr wird warten müssen, bis sie Spülmittel besorgt hat.

»Ich hatte mir so etwas ohnehin schon gedacht«, sagt Esther, als sie an ihr vorbeigeht. »Du kommst strahlend nach Hause.«

»Sie bringt mich auch sehr zum Strahlen.« Das Wohnzimmer sieht noch genauso aus wie zuvor, was keine Überraschung ist. Ari sitzt in einer Ecke und hebt einzelne Gegenstände auf, betrachtet sie eindringlich und legt sie dann auf eine Art, von der Chloë nur annehmen kann, dass sie organisierter ist, wieder zurück. »Aber«, fährt sie fort, »heute hat sie mich gefragt, warum wir nie zu mir gehen, und mir ist kein vernünftiger Grund eingefallen. Weil ›es könnte für lebende Organismen gefährlich sein‹ nun mal kein vernünftiger Grund ist. Daher muss aufgeräumt werden.«

Ari unterbricht sein Schaffen und lässt das gefiederte Katzenspielzeug, das er gerade noch studiert hat, langsam sinken. »Hast du gerade … mir ist aufgefallen … ich habe nicht gelauscht, aber ihr steht ja gleich hier, also konnte ich es nicht überhören. Hast du grade ›sie‹ gesagt?«

»Äh, ja. Sie. Sie heißt Angela.« Plötzlich hat Chloë einen furchtbaren Einfall. »Verbietet deine Religion so etwas etwa?«

Er neigt den Kopf leicht zur Seite und denkt nach. »Um ehrlich zu sein, gibt es zu dem Thema noch überhaupt nichts in meiner Religion, so oder so.« Er zuckt mit den Achseln. »Mit dieser Frage habe ich mich wirklich noch nicht befasst. Ich war nur überrascht, das ist alles.«

»Oh, gut.« Oder zumindest nicht schlecht und das ist besser als nichts. »Dann ist deine Religion da eine der wenigen.«

»Ehrlich gesagt, bei vielen Religionen kommt es darauf an, wie man es auslegt«, sagt Ari. »Es gibt einiges dazu im Neuen Testament, aber nicht in den Evangelien. Das steht alles in den Paulusbriefen. Der Typ hat eine ganze Menge Briefe geschrieben und hat da Jahre später seine eigenen Ansichten miteingebracht. Das ist alles nur eine Interpretation, und Interpretationen können sich ändern.«

»Aha.« Chloë denkt kurz darüber nach. »Also ich bin froh, dass du da so flexibel bist.«

Ari nickt und widmet sich wieder dem Katzenspielzeug.

»Wir werden uns jedenfalls rarmachen, wenn Angela vorbeikommt«, versichert ihr Esther. »Mach dir da mal keine Sorgen.«

»Sicher«, stimmt Ari ihr zu. »Wie lange sollen wir wegbleiben?«

»Ihr müsst nicht die ganze Nacht unterwegs sein. Ich wollte nur ein bisschen Zeit ohne … Äh, was ist denn das hier?«

Unter dem Sessel hat Chloë einen Friedhof zerfetzter Baumwollbälle gefunden. Es ist eine ganze Landschaft. Sie zieht einen hervor und stellt fest, dass er an einem Faden hängt. Ist das etwa …

»Entropie hat die Furcht einflößenden Tampons angefallen«, erklärt ihr Esther. »Er hat eine Box aufgekriegt. Die meisten sind zwar da unten gelandet, aber er hat sie in der ganzen Wohnung verteilt.«

Verzweifelt legt Chloë das Gesicht in die Hände. »Dass ich nichts Schönes haben kann, okay. Aber ich kann offensichtlich überhaupt nichts haben!«

Esther hebt einen Tampon auf und lässt den Faden baumeln, der wie der Schwanz eines seltsamen Tiers aussieht. »Man muss zugeben, sie haben eine gewisse Ähnlichkeit mit Mäusen. Das Tier ist nur seinem Instinkt gefolgt.«

»Ich weigere mich zu glauben, dass Katzen evolutionär darauf geprägt sind, Hygieneartikel anzufallen«, entgegnet Chloë. »Meine Katze ist verrückt. Und was soll ich überhaupt mit Entropie machen? Angela ist auf Katzen allergisch. Ich werde ihn im Bad einsperren müssen.« In dem Moment, in dem sie das sagt, wird ihr der Denkfehler bewusst. »Verflucht, das klappt nicht. Was, wenn sie auf die Toilette muss?«

»Wie wäre es mit dem Schlafzimmer?«, schlägt Ari vor.

»Es wäre mir deutlich lieber, wenn wir das Schlafzimmer nicht zur Sperrzone erklären müssten«, erwidert Chloë trocken.

Esther klopft ihr auf die Schulter. »Ich bin mir sicher, dir wird etwas einfallen.«

Chloë stopft die ausgeweideten Tampons in eine Plastiktüte. »Ich will nur, dass für sie alles perfekt ist.«

»Natürlich willst du das.«

Chloë sucht nach einem guten Versteck für die Tüte voller toter Tampons, findet aber keines, das nicht schon voll ist. Bisher haben ihre Mühen in Anbetracht des Chaos kaum einen Effekt erzielt. Auf der Couch ist allerdings noch Platz, also wirft sie die Tüte darauf und macht mit verschiedenen Stapeln vom Boden so weiter.

Esther unterbricht sie, indem sie ihr sanft eine Hand auf

den Arm legt. »Ich kann auch auf dem Boden schlafen, wenn es sein muss. Aber du möchtest Angela doch vielleicht auch einen Sitzplatz anbieten können.«

Chloë zögert. »Du hast recht. Ich glaube, ich kann gerade nicht klar denken. Vielleicht übertreibe ich es.«

»Immerhin ist es schön, dich mal wieder so begeistert zu sehen.«

Ari sieht auf. »Weißt du was? Das ist eigentlich absolut verblüffend.«

»Äh, was genau?«, fragt Chloë.

»Zwei Frauen, die sich ineinander verlieben. Jetzt, nachdem ich wirklich über die spirituelle Bedeutung des Konzepts nachdenke … Es gibt Anlass, sich über das enorme, prachtvolle Spektrum menschlicher Existenz Gedanken zu machen, oder nicht?«

»Vermutlich?«

Er strahlt sie an. »Eure Liebe ist eine wunderschöne Sache.«

»Oh, nun ja, äh …« Chloë weiß überhaupt nicht, was sie sagen soll. »Danke?«

»Das Leben auf der Erde ist ein so vielfältiges Mosaik. Die Liebe, in all ihren Formen und …«

Schnell greift Esther ein. »Ari, warum räumst du nicht dein eigenes Zimmer ein bisschen auf? Für den Fall, dass Chloë eine Wohnungsführung geben will.«

»Oh ja, sicher. Das mache ich gerne.« Er erhebt sich und schreitet aus dem Zimmer durch die Küche in seine Kammer. Dort fängt er sofort damit an, seine wenigen Habseligkeiten ordentlicher anzuordnen.

»Er meint es nur gut«, flüstert Esther, sie klingt, als ob sie sich für ihn entschuldigen müsste.

Chloë räumt das ganze Zeug wieder vom Sofa auf den Boden. »Ach, er ist in Ordnung. Sicher, manchmal sind seine Kommentare etwas fragwürdig, aber ich hatte schon schlimmere Mitbewohner.«

»Das glaube ich gleich. So«, Esther fährt in rigoroserem Ton fort und klatscht in die Hände, »sollen wir den Rest aufräumen?«

»Ergibt das denn Sinn?« Chloë lässt sich frustriert auf den schmalen freigeräumten Streifen auf der Couch fallen. »Schau dich doch um. Wir sind noch keinen Schritt weiter. Das ist in einem Tag nicht zu schaffen. Angela wird herkommen und an Katzenhaaren und giftigem Schimmel beinahe ersticken. Dann will sie mich nie wiedersehen, und ich werde alleine alt werden und alleine sterben, ungeliebt, unbeweint und mit dreckigem Geschirr unter der Spüle.«

»Jetzt übertreibst du aber wirklich. Irgendwas zu schaffen ist besser als gar nichts.«

»Da hast du wohl recht.« Chloë hievt sich von der Couch. »Wahrscheinlich sollte ich als erstes Entropie aussperren, bevor er alles wieder zunichtemacht, was wir bewerkstelligen.«

Esther macht sich daran, ein paar Bücher zu stapeln, und Chloë will gerade die Schlafzimmertüre schließen. Aber kurz bevor sie sie zumachen kann, schießt Entropie hinaus und saust einmal quer durch den Raum. Er hinterlässt eine Spur aus diversen Kleinteilen auf dem Boden.

»Jep«, seufzt Chloë. »Genau so.«

Sie sucht nach dem Kater und überlegt, wie sie verhindern kann, dass er ihre Aufgabe noch unüberwindlicher macht.

28

Der Westfälische Friede

Ich möchte diesen Moment nutzen, um zu sagen, dass ich durchaus Verständnis dafür habe, dass die Dinge manchmal chaotisch enden können.

Es gab eine Zeit in meinem Leben – damals, während des Dreißigjährigen Krieges, als ich noch eine junge Frau war –, die aus nichts außer Aufruhr und Tumult bestand. Alles lief schief, besonders kurz nach dem Prager Fenstersturz.

Aber einmal in diesen düsteren Jahren, als Königin Christina von Schweden und ich nach einer leidenschaftlichen Liebesnacht nackt nebeneinander im Bett lagen, sagte sie zu mir: »Esther, obwohl bereits Abertausende in diesem sinnlosen Krieg ihren Tod gefunden haben, glaube ich fest daran, dass der Westfälische Friede unterzeichnet wird und die sich bekriegenden Mächte Europas zusammenkommen werden. Denn letztendlich wird die Liebe immer auch über die größten Widrigkeiten siegen.«

Und natürlich sagte sie das mit diesem entzückenden schwedischen Akzent.

29

Harvard Yard, Cambridge
12. Dezember 1999

Der Himmel ist bewölkt, kein einziger Stern ist zu sehen und ein schneidender Wind zieht über den Harvard Yard. Als Angela über das Universitätsgelände läuft, ist alles leise, die Gebäude sind verlassen und niemand sitzt auf den Grünflächen davor. Das Einzige, was sie hören kann, ist das Knarzen der nackten Bäume im Wind und das Rascheln ihres Kleids. Der Hunger ist ein dumpfes Dröhnen im Hintergrund. Jeden Tag wird es spürbar heftiger. Als sie heute Nacht aufgewacht ist, hat sie sich wie ein tollwütiges Tier gefühlt.

Sie ist mit dem Auto statt mit der Bahn nach Cambridge gefahren, auch wenn das bedeutet hat, dass sie in einer Seitenstraße auf dem Weg nach Porter Square hat parken und einen halben Kilometer laufen müssen. Jetzt verschwendet sie noch mehr Zeit, weil sie einen Umweg über das Campusgelände geht. Aber wenn sie das Auto nimmt und Umwege geht, vermeidet sie es, in überfüllten Bahnwaggons zu stehen oder durch bevölkerte Straßen zu gehen. Es fällt ihr leichter, sich zusammenzureißen, wenn keine Menschen um sie herum sind.

Sie muss sich ablenken. Egal, womit. Sie konzentriert sich auf die Backsteingebäude. Harvard. Der Ort hat große Bedeutung für sie, obwohl sie hier nie studiert hat. Schon vor über hundert Jahren haben Frauen hier Astronomie betrieben, haben Tausende von Fotoplatten analysiert und die Spektren der Sterne klassifiziert. Williamina Fleming, Annie Jump Cannon, Henrietta Swan Leavitt, Antonia Maury. Und später Cecilia Payne, die mit ihren Daten herausfand, woraus Sterne bestehen, und damit die elementaren Bestandteile unseres Universums aufdecken konnte.

Natürlich wurden sie schäbig behandelt. Wurden schlecht bezahlt und kaum gewürdigt. Andere schmückten sich mit ihren Errungenschaften. Aber dennoch. Es bedeutet ihr etwas, dass sie hier gewesen sind. Vielleicht bewirbt sich Angela auf eine Stelle im Center for Astrophysics, wenn sie ihre Promotion abgeschlossen hat. Es wäre schön, wenn sie in Boston bleiben könnte. Sie könnte ihren eigenen kleinen Beitrag zur Wissenschaft beisteuern. Falls es eine Stelle gibt. Falls sie ihre Promotion abschließt.

Falls sie vorher nicht verhungert.

Sobald sie durch die schweren Türen nach draußen tritt, fällt ihr Hunger mit voller Wucht über sie her. Ein Auto hupt irgendwo im Verkehrschaos, als sie gerade auf die Straße tritt und die dunklen Gänge und Höfe hinter ihr von grellem Licht und Lärm abgelöst werden. Die Universität schlummert vielleicht bereits, aber auf dem Harvard Square ist die Hölle los.

Das ganze Viertel ist so geschäftig wie ein Bienenstock. Die Gehwege sind voller Menschen, die auf dem Weg in Buchläden und Boutiquen, Restaurants und Bars sind. Lauter Läden, die wie geschaffen sind für junge Menschen, wohlsituierte und überdurchschnittlich gebildete. Es ist ein Treffpunkt für diejenigen, die schon Weihnachtsgeschenke kaufen, und Studenten, die sich vom Lernen auf die Prüfungen erholen.

Üblicherweise gefällt es Angela hier. Sie ist schließlich auch jung und überdurchschnittlich gebildet, und weil sie keine Lebensmittel kaufen muss, ist sie beinahe wohlsituiert, sogar bei ihrem lausigen Gehalt. Sie fällt hier nicht auf. Jede Subkultur, die es je in den Mainstream der Modewelt geschafft hat, ist irgendwo hier auf dem Platz vertreten. Sie könnte in kompletter Latexmontur unterwegs sein, ohne Aufsehen zu erregen. In einem Viertel, in dem lebende Statuen um den besten Platz konkurrieren, stört sich daran niemand.

Aber heute Nacht ist nicht wie sonst. Als sie die Mass Avenue hinuntergeht, hält sie den Kopf gesenkt und die Augen starr auf ihre Füße gerichtet, damit sie keine Hälse sieht. Sie will gerade in die Brattle Street einbiegen, als sie jemanden hinter sich rufen hört.

»Angela? Angela, bist du das etwa?«

Die Stimme kommt ihr bekannt vor, aber sie kann sie erst zuordnen, als sie sich umdreht. Sie sieht jemanden den Leuten auf dem Gehweg ausweichen und mit schnellen Schritten auf sie zukommen. Lockiges, schwarzes Haar, olivfarbene Haut und dunkle Augen.

Hazel.

Die lebhafte Erinnerung an den Geschmack von Hazels

Blut drängt sich ihr auf. Heiß und warm und feucht in ihrem Mund.

Angela beißt sich auf die Zunge. Der Schmerz überdeckt alles andere, verjagt den Hunger. Für den Moment.

Hazel kommt vor ihr zum Stehen. Sie hat jetzt ein Augenbrauenpiercing, das noch abheilt, ein kleiner Bogen mit Kristallen. Sie trägt eine Lederhose und eine schnittige rote Jacke.

»Du bist es wirklich.« Hazel strahlt sie an. »Hi.«

»Hi, Hazel.« Die Zunge tut ihr immer noch weh, weshalb sie jetzt ein wenig lispelt. Aber das ist allemal besser, als jemanden in aller Öffentlichkeit anzufallen. Überhaupt jemanden anzufallen, korrigiert sie sich schnell.

Sie kann das schaffen. Da ist nur jemand, der ihr Hallo sagen will. Eine kurze Unterhaltung, dann kann sie weitergehen.

An der belebten Straßenecke rauschen die Menschenmassen an ihnen vorbei, und die beiden Frauen werden immer wieder angerempelt. Angela geht aus dem Weg und lotst Hazel zwischen die Säulen vor dem Eingang eines Buchladens.

Hazel nutzt die Gelegenheit, um näher an Angela heranzutreten. »Ich freue mich so, dich zu treffen.«

»Ich freue mich auch, dich zu sehen. Wie geht es dir? Wie läuft es in der Arbeit?«

»Was? Ach so, alles gut.« Hazel wischt das Thema mit einer Geste beiseite. »Aber hör zu. Es tut mir leid, dass ich mich nie bei dir bedankt habe.«

»Bedankt wofür?« Verwundert legt Angela den Kopf schief. Sie weiß nicht, wohin das führen soll, und will vor allem, dass es bald vorbei ist.

»Dass du mich nach Hause gebracht hast natürlich. Nach dem Club.«

»Oh.« Angela wird übel. »Bitte … das war doch nichts. Du musst dich nicht …«

»Das war nicht nichts«, unterbricht Hazel sie. »Das hätten nicht viele Menschen gemacht.«

»Wirklich, das war kein Problem.«

Hazel schüttelt den Kopf. »Ich kann nicht glauben, dass ich mich so betrunken habe. Du musst einen schrecklichen Eindruck von mir haben.«

»Was? Nein, gar nicht.«

»Sag mal …« Hazel kaut schüchtern auf ihrer Unterlippe. »Hast du heute schon was vor? Willst du vielleicht was trinken gehen, oder so? Ich verspreche auch, dass ich diesmal nicht in Ohnmacht falle.«

Hazels Lippenstift ist knallrot. Blutrot. Angela könnte hier und jetzt ihr Blut trinken, hinter einer der Säulen. Keinem würde etwas auffallen und falls doch, sähe es aus wie zwei Gothgirls, die miteinander rummachen. Nichts Ungewöhnliches auf dem Harvard Square. Abgesehen von den Schreien. Nein. Nein, nein, nein. Sie muss mit Hazel woanders hingehen, sie diesmal wirklich abfüllen, denn sie hat keine Schlaftabletten dabei.

»Hey, hast du jetzt Fänge?«

»Was?« Ohne dass sie es bemerkt hat, sind ihre Zähne rausgeschossen. Sie blinzelt, unfähig, eine gute Erklärung zu finden.

»Tatsächlich!«, sagt Hazel. »Wie cool. Ich steige auch immer mehr in die Szene ein.« Sie zeigt auf ihre Klamotten. »Aber das habe ich mich noch nicht getraut. Sind die dauerhaft oder nur vorübergehend?«

»Oh. Sie, äh, sind vorübergehend.«

Hazel nickt. Dann lächelt sie wieder. »Was hältst du also von einem Drink?« Sie legt Angela eine Hand auf den Arm.

Angela zuckt zurück. »Ich weiß nicht, ob das eine gute Idee ist.«

»Oh.« Hazels Lächeln schwindet. Sie klingt verunsichert. »Ich dachte nur, dass wir, du weißt schon. Dass wir, bevor ich … Ich dachte, wir haben uns gut verstanden und …«

»Ich bin auf dem Weg zu meiner Freundin«, sprudelt es aus Angela heraus.

»Du …? Ach so!« Hazel tritt erschrocken einen halben Schritt zurück. »Hast du mir davon schon beim letzten Mal erzählt? Wenn ja, tut es mir sehr leid. Ich kann mich nicht mehr an alles erinnern.«

»Nein«, sagt Angela. »Nein, es ist alles ganz neu. Ich habe sie etwa eine Woche danach kennengelernt.«

»Ha. Das ist ja mal wieder typisch. Schlechtes Timing?«

»Schlechtes Timing«, bestätigt ihr Angela.

Zu Angelas großer Erleichterung ist ihre Unterhaltung kurz darauf beendet. Hazel will Angela unbedingt ihre Telefonnummer geben und versucht vorzugeben, dass »falls du dich von deiner Freundin trennst« nicht der Subtext dieser Geste sein soll. Pflichtbewusst speichert Angela ihre Nummer in ihrem Telefon ein und gibt vor, sich irgendwann einmal zu melden. Dann bleibt ihnen nichts mehr außer einer seltsamen Verabschiedung.

Als Hazel außer Sicht ist, steuert Angela das nächstbeste Café an und geht direkt auf die Damentoilette. Sie setzt sich in der Kabine auf den Boden und presst die Augen auf ihre Knie. Sie weiß nicht, wie lange sie da so sitzt.

Als sie endlich ihren Kopf hebt und auf die Uhr sieht, hat

sie nur noch wenige Minuten Zeit, um vor Vorstellungsbeginn im Kino zu erscheinen. Noch ist sie nicht zu spät zu ihrer Verabredung mit Chloë, aber wenn sie noch länger auf der Toilette bleibt, dann schon. Obwohl sie sich immer noch zittrig fühlt, steht sie auf und macht sich auf den Weg zu ihrem Date. Auf den Weg zu der Frau, die sie nicht gebissen hat.

Noch nicht gebissen hat, fordert sie eine Stimme in ihrem Kopf auf hinzuzufügen.

Sie beeilt sich ins Brattle Theater zu kommen. Brattle Hall ist ein seltsames Gebäude für ein Kino. Es sieht eher aus wie ein großes Wohnhaus, das sich verlaufen hat, aus Versehen im Geschäftsviertel gelandet ist und beschlossen hat zu bleiben. Angela geht die Stufen hinunter zur Kinokasse. Weder drinnen noch draußen sieht sie Chloë. Sie kauft die Karten. Der Kassierer hat einen langen, schwanengleichen Hals. Wenn Angela genau hinsieht, kann sie seine Arterie unterm Ohr sanft pulsieren sehen.

Sie schnappt sich die Tickets und flüchtet so schnell sie kann ins Foyer. Sie versucht, so weit wie möglich von dem Verkäufer hinter dem Tresen entfernt zu bleiben, daher stellt sie sich in die hinterste Ecke und studiert die Flyer und Filmplakate. Immerhin ist abgesehen von ihr und dem Verkäufer sonst niemand hier. Der Film fängt gleich an, alle anderen sitzen wohl schon auf ihren Plätzen.

Ihr Blick fällt auf Ankündigungen für Shows und Vorführungen. Heute geht die Horrorfilm-Woche im Brattle zu Ende. Morgen beginnt die Muppets-Woche. In der Nähe vom Museum District wird *Pippin* gezeigt. Sie nimmt sich vor, Chloë davon zu erzählen. Sowas ist genau ihr Ding.

Bald geht auch der ganze Weihnachtswahnsinn los. Zum

Teil hat er schon begonnen. Der Weihnachtszauber auf dem Harvard Campus trägt dieses Jahr aus unerfindlichen Gründen das Motto Italienische Renaissance. Dann gibt es noch das Boston Pops Feiertagskonzert. Silvester im Stadtzentrum. Das wird dieses Jahr ein großes Fest. Sie muss grinsen, als sie an die lesbische Silvesterparty denkt.

Erst erkennt sie sich auf dem Bild gar nicht. Sie hat nur das unbestimmte Gefühl, dass etwas nicht stimmt. Auf den zweiten Blick wird ihr klar, was sie da auf dem Flyer sieht.

Sie zieht die Ankündigung aus dem Kartenständer und starrt darauf. Da ist sie zu sehen, entspannt auf einem Bett, die Augen halb geschlossen. Blut läuft ihr über den Hals. Tess hat sich nie besonders darum geschert, ihre Spuren zu beseitigen. Das Foto ist ein Ausschnitt, der sie vom Schlüsselbein aufwärts zeigt. Das Originalbild zeigt sie, wie sie sich erinnert, vollkommen nackt.

Sie liest die Ankündigung auf dem Flyer in planlosen Sprüngen, kaum in der Lage, die Worte zu verarbeiten. Ausstellungseröffnung. Fotokunst. Der Name der Galerie in Back Bay. Drei Fotografen. Tess' Name.

Ihre Gedanken rotieren. Sollte sie sich wegen des Fotos einen Anwalt nehmen? Das wird sie sicher nicht tun. Wird Tess dafür anreisen? Wird sie ihr zufällig begegnen? War das vielleicht doch Tess auf dem Fetisch-Markt gewesen?

Wird das jetzt so weitergehen, wird jedes Detail ihrer Vergangenheit, das sie verzweifelt versucht zu verdrängen, sie einfach auf offener Straße ansprechen und für eine kleine Unterhaltung beiseitenehmen?

Ich bin in der Hölle, denkt sich Angela. *Irgendwie bin ich heute Nacht in der Hölle aufgewacht.*

Chloë stürmt völlig außer Atem durch die Tür.

»Entschuldige, dass ich so spät bin. Die Bahn ist bei Porter ungefähr zwanzig Minuten im Tunnel stecken geblieben.«

Angela schiebt den Flyer in ihre Handtasche. »Kein Problem. Ich habe uns die Karten schon besorgt.«

»Hat der Film schon angefangen?«

»Es läuft wahrscheinlich gerade noch Werbung.«

Chloë bietet ihren Arm an, und Angela zögert nur einen kurzen Augenblick, bevor sie sich unterhakt. Erleichtert stellt sie fest, dass es ihren Hunger nicht noch schlimmer macht. Vermutlich ist sie mit zu vielen anderen Dingen beschäftigt.

Während sich ihre Augen an die Dunkelheit gewöhnen, hält sie sich an Chloës Arm fest. Auf der Leinwand unterhält sich Kermit der Frosch gerade mit Michael Caine. Eine Vorschau für nächste Woche. Sie haben also noch nichts verpasst. Schnell suchen die beiden ihre Plätze.

Sobald sie sich hingesetzt haben, lehnt Angela ihren Kopf an Chloës Schulter. Mit Chloë an ihrer Seite fühlt sie sich besser. Ruhiger. Wenn der Rest der Nacht einfach nur so weitergeht, dann wird vielleicht alles gut.

Immerhin bleibt mir das hier, denkt sie sich.

Das hier bleibt mir.

30

Das Gleichnis von der Lady im Turm

Public Garden, Boston
12. Dezember 1999

Habt ihr euch verlaufen? Wie könnt ihr euch verlaufen haben? Ihr seid mitten im Public Garden. Der Boston Common ist gleich da drüben, und wenn ihr da langgeht, kommt ihr an der Newbury Street raus.

Der Public Garden. Das ist … ein öffentlicher Park. Seid ihr Touristen?

Ihr seid alle ganz schön betrunken, nicht wahr?

Na ja, möchtet ihr vielleicht, solange ihr hier seid, ein Gleichnis hören? Ein Gleichnis ist so was wie eine Geschichte. Großartig, das ist super, kommt alle her. Dieses Gleichnis heißt: »Die Lady im Turm«.

Es war einmal ein hoher Turm ohne Türen und mit nur einem Fenster …

Wie bitte? Warum wäre das illegal? Nein, ich kenne mich nicht mit Feuerschutzbestimmungen aus. Wie, bist du etwa Brandschutzinspektor oder was? Oh, tatsächlich.

Tja, vielleicht hat den Turm ja eine böse Baufirma gebaut. Erbarmungslose Übeltäter, die für den richtigen Preis einfach alles bauen würden. Sicher, ich bin überzeugt, wenn du das begutachtet hättest, wäre der Turm sofort abgerissen worden. Aber nehmen wir mal an, dazu bist du nie gekommen, okay?

In Ordnung, warum fangen wir nicht noch einmal an.

Es war einmal eine Lady, die eine skrupellose Baufirma beauftragte, einen Turm ohne Türen und mit nur einem Fenster zu bauen, auf einer Insel, wo ihn nie ein Brandschutzinspektor zu sehen bekommen würde.

Als er fertig war, hielt sie sich in einem Raum ganz oben im Turm auf und sah durch einen magischen Spiegel auf die Welt, traute sich jedoch nie, ihr Gesicht am Fenster zu zeigen. Sie lebte alleine, denn sie wusste, die Welt war voller Monster …

Ich weiß nicht, wie sie da oben an Essen gekommen ist.

Nein, sie hat nicht ihr Haar heruntergelassen, das ist eine andere Geschichte. Außerdem, meinst du nicht, dass es sehr schmerzhaft ist, wenn jemand an deinen Haaren hochklettert? Nicht zu reden von den Mengen an Spülung, die man jede Woche verbraucht. Ich schätze, sie hat mit einem Seil einen Korb runtergelassen oder so. Ist das so in Ordnung für dich? Gut. Dann also weiter.

Eines Tages kam ein Reisender auf die Insel, der erste seit vielen Jahren. Na komm schon, diese Person kam offensichtlich mit einem Boot, okay? Kann ich jetzt bitte weitermachen? Der Reisende kam an den Turm und bat darum, das Gesicht der Lady zu sehen, denn im ganzen Land erzählte man sich von ihrer Schönheit.

Die Lady sah den mutigen Abenteurer durch ihren magischen Spiegel. Obwohl sie sich enorm zu dem tapferen Fremden hingezogen fühlte, war sie vorsichtig. In diesem Land konnten Monster nämlich die Gestalt von Menschen annehmen, und man konnte sie erst voneinander unterschieden, wenn sie nah genug waren, um einen beißen zu können. Aber sie hatte es satt, alleine zu sein und nur die Schatten der Welt zu sehen.

So trat sie schließlich ans Fenster und lud den Fremden trotz der Gefahr zu sich ein …

Nein, ich glaube nicht, dass der Reisende im Korb zu ihr rauf kam. Vermutlich gab es auch eine Leiter. Schließlich muss sie ja auch irgendwie in den Turm gekommen sein. Stimmt, wenn es eine Leiter gibt, braucht sie den Korb nicht. Vielleicht gab es ja auch keinen Korb. Ich weiß, ich habe gesagt, es gibt einen Korb. Vergesst den Korb.

Der Fremde lehnte die Leiter an den Turm und begann hinaufzusteigen.

Ihr hängt da immer noch fest? Wirklich? Vielleicht wurde ihr das Essen geliefert. Auf Booten. Na klar, ihr magischer Spiegel hatte Internetzugang. Oh, stimmt, ich hatte gesagt, der Reisende war der erste Besuch seit Jahren. Aber das ist nicht wirklich …

TIERISCHE HELFER. In Ordnung? Vögelchen. Ihre Freunde, die Vögelchen, brachten ihr jeden Tag Essen. So.

Der Reisende sagte der Lady, sie sei die schönste Maid im ganzen Land. Sie war sehr geschmeichelt und auch sehr einsam. Und ja, auch ziemlich notgeil. Sie war schließlich schon verdammt lange in diesem Turm. Also zog sie ihren Gast zu sich und küsste ihn, obwohl sie wusste, hätte sie versehentlich ein Monster zu sich reingelassen, dies wäre sein Moment …

Ich weiß nicht, was für eine Art Vögel. Nein, ich weiß auch nicht wie viele. Lerchen. Sagen wir einfach Lerchen. Hunderte von ihnen, die ihr Beeren bringen. Ja, nur Beeren, sicher. Ist es wirklich wichtig, woher sie ihr Eiweiß bekommen hat?

Nein, sie hat nicht die Lerchen gegessen …

Wisst ihr was? Vergesst es. Habt ihr Lust auf Pizza? Großartig. Gehen wir.

Ich weiß ohnehin nicht, wie die Geschichte ausgeht.

31

Somerville
12. Dezember 1999

»Ich lasse dich nie wieder den Film aussuchen«, sagt Chloë, als sie die Wohnungstüre öffnet. Sobald sie drinnen ist, blickt sie zum Türrahmen hinauf. Entropie hatte es sowohl am Abend zuvor als auch am Morgen geschafft, sich seines vorübergehenden Arrests zu entziehen. Und ein Angriff von oben wäre sicher nicht die beste Art, jemandem ihr Zuhause vorzustellen.

Hinter ihr sagt Angela: »Ich kann dir gar nicht sagen, wie leid es mir tut. Ich wusste nicht, dass der Film so schlecht sein würde.«

»Oh, das war nicht ernst gemeint«, antwortet Chloë. »Das war zwar der schlechteste Film aller Zeiten, aber ich mache dir keinen Vorwurf. Ich habe mich nur gewundert, dass du nicht *Sleepy Hollow* ausgesucht hast. Ich dachte, du bist sicher ein Tim-Burton-Fan.«

»Ich gehe nicht wirklich oft ins Kino. Du hättest den Film aussuchen sollen.«

»Ist schon in Ordnung. Ich hätte ja Nein sagen können.«

»Was schaust du dir denn sonst gerne an?«

»Alles, was mich eben interessiert.« Nachdem Chloë sich versichert hat, dass vom Türrahmen keine Gefahr ausgeht, scannt sie den Raum nach herumliegenden Tabletten ab. Soweit sie feststellen kann, liegen die Antidepressiva nicht offen herum. »Mir hat zum Beispiel *Mansfield Park* gut gefallen. Ich mag es, wenn der Text hinterfragt wird, und ich bin ein Fan von Happy Ends.«

Es war bisher nicht ihr gelungenstes Date. Der Film, den sie auf Angelas Vorschlag hin angeschaut haben, war grauenhaft. Eine Vampirmagierin entführt ein stummes Mädchen aus Gründen, die den ganzen Film lang nicht wirklich erklärt wurden. Eigentlich war die ganze Nummer nur eine Ausrede dafür, neunzig Minuten lang halb nackte Frauen beim Rumknutschen zu zeigen.

Außerdem waren beide den Abend über sichtlich angespannt. Chloë stand die ganze Zeit kurz vor einer Panikattacke, und Angela war furchtbar nervös. Nach dem Film sind sie dann hierhergekommen.

Ein paarmal hat Chloë versucht herauszufinden, was mit Angela los ist, aber die hat alles abgetan. Das ist in letzter Zeit auch nicht der erste Abend, an dem es so läuft. Chloë hat das ungute Gefühl, das zwischen ihnen beiden irgendetwas nicht passt. Aber sie weiß nicht, was es ist. Hoffentlich erzählt Angela es ihr, wenn sie so weit ist.

Wenn aber nicht, dann wird Chloë die Sache bald ansprechen müssen.

Allerdings hat sie keine große Lust darauf. Konfrontationen mit Alec waren nie gut gelaufen, und sie geht ihnen immer noch lieber aus dem Weg. Aber Angela, erinnert sie sich, ist nicht Alec. Ein Problem anzusprechen muss nicht gleich in einer Katastrophe enden. Chloë hat das Recht zu fragen, was los ist. Auch wenn sich ihr beim Gedanken daran vor Aufregung der Magen umdreht.

Chloë sieht sich noch einmal im Wohnzimmer um. Ihre Tabletten sind zwar außer Sicht, aber es herrscht immer noch ein ganz schönes Chaos. Es ist besser als am Tag zuvor, aber die Zeit hat nicht gereicht. Trotz all ihrer Mühen sieht es hier aus, als wäre ein Flohmarkt explodiert. Chloë findet aber, sie hat das Schlimmste beseitigen können. Es liegen immerhin keine benutzten Taschentücher oder zerfetzten Tampons mehr herum.

»Darf ich reinkommen?«, fragt Angela.

Sie steht noch immer vor der Tür.

»Oh, natürlich! Kein Kater in Sicht, er hat sich irgendwo versteckt. Ich glaube, er ist sauer auf mich, weil ich versucht habe, ihn einzusperren. Komm rein.« Chloë schiebt Angela durch die Tür. »Willkommen in meiner bescheidenen Behausung. Es ist, äh, ein bisschen unaufgeräumt zurzeit.«

»Glaub mir«, sagt Angela und tritt ein. »Ich habe schon viel …« Sie spricht nicht weiter und sieht sich im Raum um. »Okay, wow, ich habe tatsächlich noch nichts gesehen, was an das hier rankommt.«

»Oh Gott.« Chloë spürt, wie Panik in ihr aufsteigt. »Ich habe nicht, ich wollte nicht, wirklich, ich wollte dich wirklich nicht …«

»Hey.« Angela dreht sich zu ihr um. »Mach dir keine Sorgen. Das war nur ein Witz. Alles ist gut.«

»Nichts ist gut!« Chloë bricht der Schweiß aus, kalt und

klamm. Kein Wunder, dass alles so den Bach runtergeht. Nicht einmal mit vierundzwanzig Stunden Vorlauf hat sie es geschafft, ihren Mist auf die Reihe zu bekommen. »Ich hätte mehr machen müssen. Das Mindeste wäre es doch gewesen, für dich aufzuräumen.«

Angela legt ihr eine Hand auf die Schulter, zieht sie aber sofort wieder zurück. »Chloë. Alles ist gut. Ich habe nicht vor, schreiend aus dem Haus rennen.«

Chloë nickt und versucht, sich zusammenzureißen. Sie hätte nicht übel Lust, selbst schreiend aus dem Haus zu rennen. Stattdessen zieht sie ihren Mantel aus. Angela hat wie immer keinen dabei.

»Tja.« Chloë holt tief Luft und bereut es sofort. Die Wohnung riecht auch nicht besonders frisch. »Gib mir Bescheid, wenn du deine Allergien spürst. Wir müssen nicht hierbleiben, wenn es dir nicht gut geht.«

»Ich habe mir die doppelte Dosis Antiallergikum verpasst, bevor ich los bin. Ich bin mir ziemlich sicher, dass nicht einmal dein paranormaler Überkater mir etwas anhaben kann.« Angela lächelt sie zuversichtlich an. Angespannt, aber trotzdem zuversichtlich.

»Na gut.« Langsam senkt sich Chloës Paniklevel wieder ein wenig. Angelas Lächeln hat eine beruhigende Wirkung auf sie.

Es hilft auch, dass Angela heute Abend ganz besonders schön aussieht. Sie hat ein paar gute Gründe, Angela mit nach Hause zu nehmen. Ihr schwarzes Latexkleid fließt wie Wasser an ihrem Körper hinab und schimmert, wenn Licht darauf fällt. Im Kontrast wirkt ihre Haut beinahe durchsichtig weiß, und ihre grauen Augen funkeln silbern. Diese hypnotischen Augen, in denen man sich verlieren kann.

Das ist vielleicht auch der Grund, weshalb Chloë so erschrickt, als sie aus der Küche die Stimme ihrer Tante Esther hört.

»Oh, ihr seid schon zurück? Hallo!«

Angela dreht den Kopf blitzartig in die Richtung, aus der die Stimme kommt, und ihr Lächeln verschwindet. »Ich dachte, es wäre außer uns beiden heute niemand hier?«

»Das dachte ich auch«, raunt Chloë. Sie dreht sich um und ruft in Richtung Küche. »Hi, und ja, wir sind zurück! Du bist noch hier?«

Esther wirbelt ins Wohnzimmer. »Ich bin sofort weg. Tut mir leid, dass ich dein Date störe. Ich habe die Zeit ganz vergessen.«

Esther ist bereits zum Ausgehen gekleidet und trägt eine schicke waldgrüne Jacke. Aber Chloë ist sich sicher, dass »die Zeit vergessen« wohl trefflicher mit »lang genug gewartet, um deine neue Freundin kennenzulernen« formuliert wäre.

»Ist Ari auch hier?«, fragt sie ihre Tante.

»Nein, er ist vor einer Stunde zum Predigen losgezogen. Er kommt sicher erst spät nach Hause.«

»Predigen?«, fragt Angela Chloë leise und zieht eine Augenbraue hoch.

»Ja, das ist sein Ding. Ich erkläre es dir später.«

Esther steht den beiden nun genau gegenüber. Angela tritt einen Schritt zurück. Vielleicht mag sie es nicht, angestarrt zu werden, was Tante Esther nun ganz ungeniert tut. Falls sie vorhat, gleich loszugehen, sieht man es ihr zumindest nicht an. Nichts deutet darauf hin.

»Angela, das ist meine Tante«, stellt Chloë sie resigniert

vor. »Also meine Großtante. Esther. Tante Esther, das hier ist Angela.«

»Freut mich, Sie kennenzulernen«, sagt Angela höflich.

»Papperlapapp. Nenn mich einfach Esther. Und die Freude ist ganz meinerseits«, erwidert sie. »Chloë hat mir so gut wie nichts über dich erzählt.«

Angela zögert, dann grinst sie. »Ich könnte genau dasselbe sagen.«

Esther nickt ernsthaft, als ob sie nichts anderes erwartet hat. »Was machst du denn so beruflich, Angela?«

»Ich promoviere. Und du?«

»Ich bin eine Hexe.«

Chloë fährt zusammen, aber Angela zuckt nicht einmal mit der Wimper. »Eine gute oder eine böse Hexe?«

Esther macht ein verärgertes Geräusch. »Nicht einmal das hat Chloë dir erzählt?«

»Nun ja …« Angela sieht Chloë von der Seite an. »Wir mögen es wohl beide ein bisschen geheimnisvoll in unserer Beziehung.«

»Verstehe«, erwidert Esther vielsagend. »Also möchtest du keine peinlichen Babyfotos von Chloë sehen?«

»Soll das ein Scherz sein? Ich möchte sie alle unbedingt sehen!«

»Ohne dieses faszinierende Gespräch über mich unterbrechen zu wollen«, interveniert Chloë. »Aber warum zum Teufel hast du peinliche Babyfotos von mir? Trägst du die einfach immer so mit dir rum?«

»Wenn du nicht willst, dass ich weiß, wo deine Fotoalben stehen«, erklärt ihr Esther, »dann bitte mich nicht um Hilfe beim Aufräumen.«

Sie schiebt einen Stapel CDs zur Seite und beginnt dahinter zu suchen. Ein paar fallen dabei auf den Boden. Chloë seufzt. Früher oder später hätte Entropie den Stapel ohnehin umgeworfen.

»Wenn du ihr das Bild zeigst, auf dem ich eine Suppenschüssel verkehrt herum auf dem Kopf habe«, warnt Chloë, als Esther triumphierend ein Fotoalbum unter einem Haufen von Zeug hervorzieht, »dann verlasse ich das Zimmer.«

»Das klingt doch süß«, sagt Angela.

»Die Schüssel war noch nicht leer.«

»Das klingt noch süßer.«

»Na, dann.« Esther nimmt auf dem Sofa Platz und pustet den Staub vom Album. Der Buchrücken knarzt leise, als sie es öffnet. »Sollen wir herausfinden, wie rot Chloë werden kann?«

Angela ist auf einmal wie versteinert. Ihr Mund lächelt weiter, doch sie lässt den Blick sinken.

»Vielleicht … wenn ich darüber nachdenke, dann sollten wir das vielleicht ein andermal machen. Du wolltest schließlich gerade gehen, und ich will Chloë heute Abend nicht, äh, unbedingt unnötig an den Rand der Verzweiflung treiben.«

Esther zuckt gleichmütig mit den Schultern und legt das Album beiseite. »Gerne ein andermal. Und du hast recht, ich sollte mich auf den Weg machen. Chloë, kannst du mir dabei helfen, meinen Autoschlüssel zu suchen? Ich habe ihn irgendwo in die Küche gelegt, und jetzt ist er verschwunden.«

Pflichtbewusst folgt Chloë Esther in die Küche. Sie will Esther gerade darauf hinweisen, dass der Schlüssel mitten auf dem Tisch liegt, als diese sie am Arm packt und weiter in die Küche zerrt.

»Oh, mein Gott, sie ist umwerfend!«, flüstert Esther ihr zu.

»Äh, ja? Finde ich auch.«

»Und sie scheint auch charmant zu sein, zumindest, soweit ich das beurteilen kann. Ich finde, du hast einen ausgezeichneten Geschmack, was Frauen angeht.«

»Danke«, sagt Chloë. »Schätze ich. Obwohl ich zugeben muss, es hört sich etwas verstörend an, wenn du das so sagst. Hast du mich deshalb in die Küche geschleppt?«

»Nein.« Esther sieht zur Küchentür, dann wieder zu Chloë. »Geht es Angela gut?«

»Ich ... weiß nicht. Sie kam mir heute etwas abwesend vor. Warum?«

»Ich weiß es nicht. Sie ist sehr blass.«

»Oh. Das ist nichts ... Ich meine, für sie ist das normal. Ich glaube, sie geht nicht viel an die Sonne. Sie arbeitet nachts.«

»Ach was?«, sagt Esther und bekommt einen nachdenklichen Gesichtsausdruck.

Chloë runzelt die Stirn. »Versuchst du hier gerade etwas anzudeuten? Wenn ja, dann habe ich nicht den blassesten Schimmer, worauf du hinauswillst.«

»Nein.« Esther schüttelt den Kopf. »Es ist sicher nichts, wie du gesagt hast. Ich bin eine alte Frau, und manchmal habe ich seltsame Eingebungen. Kümmere dich nicht darum.«

Sie schnappt sich den Schlüssel und verlässt die Küche. Verwirrt folgt Chloë ihr.

Im Wohnzimmer ist Angela gerade dabei, sich das Bücherregal genauer anzusehen. Sie richtet sich auf, als die beiden wiederkommen.

»Ich habe mich sehr gefreut, dich kennenzulernen«, sagt

Esther auf dem Weg zur Haustür. »Vielleicht bist du ja noch da, wenn ich zurück bin.«

»Vermutlich leider nicht«, erwidert Angela. »Ich muss heute Nacht noch arbeiten. Aber gerne wann anders. Ich habe schließlich auch noch eine Suppe gut.«

Esther kichert, verlässt dann die Wohnung und zieht die Türe hinter sich ins Schloss. Es wird still, als sie weg ist. Chloë fragt sich, ob sie wohl gleich wieder gestört werden, zum Beispiel von Ari, der an der Tür klingelt, oder Entropie, der reinplatzt. Aber nichts passiert.

»So«, sagt Chloë und widmet sich wieder Angela. »Wo waren wir, bevor wir unterbrochen wurden?«

»Nun ja, lass mich nachdenken. Wir sind reingekommen, du hast deinen Mantel ausgezogen …«

»Und dann bin ich in blanke Panik verfallen, weil du zum ersten Mal hier bist. Richtig.«

Angela tritt näher an Chloë heran. »Das musst du nicht. So gruselig bin ich nicht, oder?«

»Ich weiß. Ich bin einfach nur angespannt heute Abend. Das ist alles.« Chloë zuckt nervös mit den Achseln und versucht, das Thema zu wechseln. »So. Kann ich dir was zu trinken anbieten?«

Angela schüttelt den Kopf. »Nein, danke. Ich trinke nicht so viel. Außer im Club natürlich«, fügt sie hastig hinzu.

»So habe ich das nicht gemeint. Also Saft oder so …«

Chloë fällt auf, dass sie Angela außer diesem ersten Gin Tonic, den sie kaum berührt hat, noch nie hat trinken sehen. So was hätte ihr doch nach einem ganzen Monat sicher auffallen sollen? Manchmal kann sie wirklich unaufmerksam sein.

»Nein, nichts. Danke«, sagt Angela. »Mach dir keine Gedanken. Ich bin zufrieden.«

Für einen Augenblick stehen sie sich unbeholfen gegenüber und sehen einander an. Chloë legt Angela vorsichtig eine Hand auf den Arm. »Dann … Wow, bist du kalt. Geht es dir gut?«

»Alles okay.« Angelas Stimme klingt gepresst. »Das kommt daher, dass ich ohne Mantel draußen war.«

»Vielleicht sollte ich dich ein bisschen aufwärmen?«, schlägt Chloë vor. Angela antwortet nicht. Chloë versucht es noch einmal. »Denn jetzt, da ich dich endlich allein bei mir zu Hause habe, sollte ich das ausnutzen. Falls du das möchtest.«

Sie zieht zärtlich an Angelas Arm und bugsiert sie langsam Richtung Couch. Nach kurzem Zögern gibt Angela nach. Sie setzen sich, wobei Angelas Kleid bei der Berührung mit den Polstern leise knistert.

Chloë ist froh, dass sie am Morgen das Bettzeug abgezogen hat. Sie kann gut darauf verzichten, andauernd daran erinnert zu werden, dass sie das hier auf dem Bett ihrer Tante tut.

Sie neigt sich vor und küsst Angela zärtlich auf den Mund. Ihre Lippen sind eiskalt, so wie ihr Arm. Sie küsst sie wieder, und diesmal küsst Angela sie zurück. »Das ist doch ein viel besserer Zeitvertreib, findest du nicht?«

Chloë spürt, wie sich Angelas Körper langsam entspannt. Die Nervosität, die sie den ganzen Abend über wahrgenommen hat, lässt nach, während die beiden Zärtlichkeiten austauschen. Chloë hält Angela fest im Arm, dann neigt sie sich zurück, um sie ansehen zu können. Dieses blasse, perfekte Gesicht, das von goldenem Haar umgeben ist. So wunderschön.

»Auf jeden Fall ein besserer Zeitvertreib«, sagt Angela und fährt Chloë mit den Fingern durch die Locken. »Da gebe ich dir vollkommen recht.«

»Das hatte ich gehofft. Oh, und ich trage im Übrigen die Unterwäsche, die du mir geschenkt hast.« Chloë beugt sich vor, um sie wieder zu küssen.

»Gut. Ich kann es kaum erwarten.«

Sie küssen sich ausgiebig. Chloë macht die Kälte nichts aus. Sie ist sich sicher, ihnen beiden wird gleich warm. Sie legt ihre Arme um Angela und ertastet unter dem glatten, leicht klebrigen Material des Kleides Angelas Konturen. Angela lässt ihre Finger sachte über Chloës Bein gleiten.

»Fühlst du dich jetzt weniger zittrig?«, fragt Angela, als sie wieder voneinander ablassen. »Nicht mehr so besorgt wegen deiner Wohnung? Oder nervös, weil ich hier bin?« Sie küsst Chloës Hals, fährt ihr mit der Zunge über die Haut.

»Deutlich weniger zittrig«, murmelt Chloë. »Ich glaube, ich musste mir nur kurz ins Gedächtnis rufen, dass du nicht beißt.«

Angela ist auf einmal wie versteinert. Dann löst sie sich ohne ein Wort aus Chloës Armen und setzt sich ans andere Ende des Sofas. Ihr Gesicht ist abgewendet.

Chloë bleibt sprachlos sitzen.

Da läuft doch was vollkommen falsch, denkt sie sich. *Ich sollte diejenige sein, die ein Problem hat. Sollen Antidepressiva nicht schlecht für die Libido sein?* Sie lässt sich ins Sofa fallen und kämpft damit, sich nicht abgelehnt zu fühlen. Beinahe wünscht sie sich, dass ihre Tabletten diese Wirkung bei ihr hätten. Dann müsste sie sich nicht mit dieser nagenden Frustration herumschlagen. Im Augenblick wäre es ihr lieber, gar keine Libido zu haben.

Das ist nicht das erste Mal, dass etwas in dieser Art passiert und Angela plötzlich so abweisend reagiert. Auch wenn sie noch nie zuvor mitten im Vorspiel die Notbremse gezogen hat. Chloë hatte gehofft, das würde sich ändern, als sie am Tag zuvor die sexy Unterwäsche geschenkt bekommen hat. Anscheinend nicht.

Sie beschließt, dass es jetzt an der Zeit ist, die Frage zu stellen, vor deren Antwort sie sich so fürchtet. Egal, wie sehr der Gedanke daran ihren Herzschlag beschleunigt.

Sie muss einfach wissen, was los ist.

32

Somerville
12. Dezember 1999

Angela wendet sich immer noch ab, daher kann sie Chloës Gesichtsausdruck nicht sehen. Das ist aber auch egal. Denn sie kann die Enttäuschung förmlich spüren.

Geht wieder rein, befiehlt sie ihren Fängen stumm. *Geht weg. Bitte, geht weg.*

Aber das tun sie nicht. Die beiden Zähne bleiben unerbittlich ausgefahren. Sie sind scharf und spitz und nicht zu übersehen. Der Durst kriecht ihr wie ein wildes Raubtier die Kehle hoch. Der Druck ist so stark, sie kann kaum an etwas anderes denken.

Sie hört, wie sich Chloë die Kleidung zurechtrückt. Sich wieder aufsetzt. Und aufgibt.

»Angela. Was ist mit dir los?«, fragt Chloë.

»Nichts!«, sagt Angela und dreht sich immer noch nicht zu ihr um. »Nichts ist los. Alles ist gut.« Sie erwartet, dass ihre Stimme krächzt. Aber zu ihrer Verwunderung klingt sie ganz normal.

»Wirklich?«, entgegnet Chloë ungläubig. »Manchmal kommt es mir nämlich so vor, als würdest du mir sehr unterschiedliche Signale senden.«

Angela möchte schreien. Stattdessen sagt sie ganz leise: »Das wollte ich nicht.«

Das will sie wirklich nicht. Mehr als alles andere möchte sie Chloë die Kleider vom Leib reißen. Sie überall küssen.

Ihr in den Hals beißen.

»Möchtest du darüber reden?«, hakt Chloë nach. »Hat es was mit mir zu tun?«

»Nein! Hör zu, es hat nichts mit dir zu tun. Ich habe ein paar harte Tage hinter mir. Ich …« Angela ringt mit ihren Instinkten, versucht, sie unter Kontrolle zu bringen.

Sie könnte sich jetzt einfach umdrehen. Chloë ihre Fänge zeigen. Im schlimmsten Fall rennt Chloë schreiend aus dem Zimmer.

Nein. Das ist definitiv nicht der schlimmste Fall. Im schlimmsten Fall bleibt Chloë. Hat Verständnis. Ist nachsichtig. Will darüber reden, macht sich darüber Gedanken. Und dann bietet sie ihr noch einmal was zum Trinken an. Aber diesmal von der anderen Sorte.

»Außerdem müsstest du mir einen großen Gefallen tun«, hatte Tess gesagt.

Angela presst die Lippen fest zusammen, als sie sich zu ihrer Freundin umdreht. Anstatt etwas zu sagen, greift sie in ihre Handtasche und drückt der verwirrt dreinblickenden Chloë einen Zettel in die Hand.

Chloë faltet ihn auf. »Ist das … Das ist doch ein Foto von dir, nicht wahr?« Dann betrachtet sie den Flyer genauer. »Warte mal … die Fotografin, ist das *die* Tess? Deine Ex?«

Angela nickt, ihre Lippen immer noch zu einer dünnen Linie zusammengepresst. Sie schluckt trocken. Schließlich ist da nichts zum Schlucken.

Chloë sieht mit großen Augen auf. »Meinst du, sie macht das mit Absicht? Damit du es mitbekommen musst?«

Angela zieht sich noch weiter zurück und blinzelt. Dass es sich um einen gezielten Racheakt handeln könnte, war ihr noch gar nicht in den Sinn gekommen. Oder dass es ihre völlig gestörte Art sein könnte, mit ihr Kontakt aufzunehmen. Angela hat auf keinen Fall vor, in der Galerie vorbeizuschauen, um das herauszufinden.

»Warum hast du mir denn nichts gesagt?«, fährt Chloë fort. »Ich kann mir doch vorstellen, wie dich das fertigmachen muss. Aber ich finde, du hättest es mir erzählen können.«

Es tut nichts zur Sache, was Tess damit beabsichtigt. Bevor sie etwas sagt, wendet Angela das Gesicht wieder ab. »Es ist mir schwergefallen, darüber zu reden.« Zumal sie erst am Nachmittag davon erfahren hat. *Lügnerin*, beschimpft sie sich selbst. *Dreckige Lügnerin*. Sie weiß nicht, warum ihr gerade diese Lüge so zu schaffen macht. Was bedeutet schon eine weitere Unwahrheit, bei all den anderen? »Es fällt mir immer noch schwer.«

»Ich bin froh, dass du endlich etwas gesagt hast.« Chloë klingt jetzt deutlich entspannter. »Du kannst immer mit mir reden, okay?«

»Es tut mir leid, dass ich dir nichts davon gesagt habe.« Was wahr wäre, wenn sie tatsächlich *darüber* reden würden. »Das war nicht fair.«

Sie fragt sich, ob Chloë noch weiterbohrt. Ob dann alles

aus ihr herausplatzen würde, sollte Chloë nach Tess fragen. Egal wonach.

»Hey, es ist alles in Ordnung«, versichert ihr Chloë. »Ich bin nicht sauer auf dich.«

Als Angela nicht antwortet, hakt Chloë nicht weiter nach. Sie lässt es einfach so stehen, keine weiteren Nachfragen. Gefahr gebannt.

Vielleicht, denkt sich Angela, *habe ich die Nummer noch nicht ganz vergeigt.* Vielleicht kann ein Teil des Abends doch noch gerettet werden. Sie könnte vor Erleichterung heulen. Und vor Enttäuschung.

Sie kann sich nicht den ganzen Abend von Chloë abwenden, wenn sie etwas sagen möchte. Das wirkt langsam albern. Also dreht sie sich um und stützt den Arm auf die Sofalehne. Sie hält sich die Hand so unter die Nase, dass sie ihren Mund bedeckt. Als ob sie ihr Kinn auf den Arm stützt, bloß etwas höher.

Das muss jedoch noch seltsamer rüberkommen, als ständig ihren Kopf abzuwenden. Chloë fällt es auch auf. Gleich wird sie etwas dazu sagen, ihre komische Haltung kommentieren. Oder nicht?

Angela sieht auf, als Chloë gerade tief Atem holt und versucht zu lächeln. »Weißt du, ich hatte Angst, dass du sauer auf mich bist. Aber da das nicht der Fall ist, würde ich gerne … Wir haben nie darüber gesprochen, wo das hier hinführt. Ob wir beide eine Zukunft haben.«

»Sind wir denn zusammen?«

Tess legt den Kopf schief und lächelt. »Sind wir das denn nicht?«

»Ich glaube schon.«

Angela ist mucksmäuschenstill. *Frag mich, warum ich mir die*

Hand vor den Mund halte, denkt sie angestrengt und will Chloë in Gedanken dazu bringen, sie zu fragen. *Komm schon. Dir muss doch auffallen, dass das nicht normal ist. Das ist doch offensichtlich. Ich verhalte mich vollkommen absurd.*

»Ich finde dich unglaublich, das weißt du doch, oder?«, gesteht ihr Chloë.

»Das solltest du nicht«, erwidert Angela. »Das bin ich überhaupt nicht.«

»Doch, das bist du.«

»Nein.« Sie rutscht nervös auf und ab. »Ich habe einen furchtbaren Geschmack, was Filme angeht.«

Chloë zögert kurz, bevor sie ihr zustimmt. »Na gut, da hast du recht.«

Sie sieht auf Angelas Hand vor ihrem Mund und zieht irritiert die Augenbrauen zusammen. *Gut*, denkt sich Angela. *Frag mich danach. Frag mich, warum mein Körper eiskalt ist. Frag mich, warum ich gerade einfach das Thema gewechselt habe, obwohl dich das ganz offensichtlich getroffen hat. Bitte, ich bitte dich, frag nach.*

Aber das tut Chloë nicht. Stattdessen steht sie auf. Das alte Sofa knarzt, als sie sich erhebt. »Das hätten wir uns schon beim Filmplakat denken können«, sagt sie und versucht, unbekümmert zu klingen.

Angela braucht einen Augenblick, bis sie kapiert, dass Chloë über den Film spricht. »Das Plakat?«

»Ja, es sah schon so nach lesbischem Vampirfilm aus. Das ist so ein typisches Klischee, wie Gedächtnisverlust bei Telenovelas oder Engel in Glurge. Immer ein schlechtes Zeichen.«

Chloë sieht aus dem Fenster und beobachtet, wie der Wind durch die blätterlosen Bäume pfeift. Angela lässt ihre Hand sinken.

Sieh mich an. Dreh dich um, und sieh mich an, wenn ich rede.

»Ich weiß nicht, was das ist«, sagt Angela. »Glurge.«

»Oh, als Glurge bezeichnet man kleine sentimentale und inspirierende Geschichten, die vom Triumph des menschlichen Geistes zeugen. Oft taucht ein Engel aus dem Nichts auf, um jemanden mit der Hilfe von Glückskeksweisheiten vor der Verzweiflung zu retten. So was eben. Ich lese jedes Jahr Hunderte davon.«

Chloë geht nun im Zimmer auf und ab, von all dem herumliegenden Zeug etwas eingeschränkt. Sie sieht immer noch nicht zu Angela, in der sich eine unkontrollierte Wut aufzustauen beginnt.

»Was hat das mit lesbischen Vampiren zu tun?«

»Das ist eine andere Sorte von Klischee. Obwohl man bestimmt auch Glurge über lesbische Vampire schreiben könnte. Aber meistens geht es dabei um Angst vor dem Sex.«

Dreh dich um, und sieh mich an. »Angst vor Sex?«

Sie öffnet bei allen Worten weit den Mund. Angst. Vor. Sex. Ihre strahlend weißen Fänge sind dabei für jeden gut zu erkennen. Falls jemand zu ihr schauen würde.

»Monster sind die Manifestation menschlicher Ängste«, redet Chloë weiter. »Der Vampirmythos, den heute alle kennen, stammt aus dem viktorianischen Zeitalter, daher dreht sich alles um Furcht einflößenden Sex. Sexuelle Dominanz, sexuelle Perversion. Und wenn es um Frauen geht, dann ist der weibliche Vampir ein lesbisches Raubtier. Die grauenhafte Vampirfrau, die junge unschuldige Mädchen verführen und zu Fall bringen will.«

Es entsteht eine lange Pause, während Angela diese Informationen verdaut.

»Ich verstehe«, sagt sie unterkühlt. »Danke für diese Klarstellung.«

Chloë hält inne und sieht zu ihr rüber. »Ist alles in Ordnung? Ich weiß, dass ich das ständig frage, aber …«

Angela erhebt sich vom Sofa und geht langsam auf die Tür zu. »Vielleicht sollte ich besser gehen.«

Chloë geht ihr nach. »Nein, warte, geh nicht. Was habe ich Falsches gesagt?«

Angela hat die Klinke schon in der Hand. »Wir sollten es für heute gut sein lassen.«

»Ich habe doziert. Das mache ich manchmal. Das tut mir leid.« Chloë legt Angela eine Hand auf den Arm.

Angela bleibt stehen. Sie kann Chloës Puls in ihrer Handfläche spüren. Ein Doppelschlag, eins-zwei, eins-zwei, eins-zwei. »Kannst du mich bitte in Ruhe lassen?«

Chloë hält sie fester. »Nein! Würdest du mir bitte nur ein Mal sagen, was los ist?«

Angela dreht sich um und greift Chloës Arm schneller als menschlich möglich. Sie wirbelt Chloë herum und schubst sie gegen die Wand. Es geht leicht. Es macht absolut nichts aus, dass Chloë größer ist als sie. Es kostet sie die gleiche Kraft, wie eine Wasserflasche aufzuheben und den Deckel aufzudrehen.

Sie hält ihre beiden Handgelenke fest und fixiert sie mit den Armen an der Seite. Chloë scheint viel zu überrumpelt, um etwas zu sagen, oder sie hatte einfach noch keine Zeit, das hier zu verarbeiten.

In einer raschen Bewegung presst Angela ihren Mund auf Chloës Hals.

Dann beißt sie zu.

33

Somerville
12. Dezember 1999

Chloë weiß nicht, wie ihr geschieht.

Als Angela sie gegen die Wand drückt, fragt sie sich, ob das Teil des Vorspiels ist. Als Angela ihren Mund an Chloës Hals presst, ist sie sich sicher. Sie entspannt sich und lässt den Kuss zu, aber dann spürt sie einen scharfen und heftigen Schmerz.

Chloë schreit auf.

Sie versucht, sich loszumachen, aber Angelas Griff ist so fest wie der einer Schraubzwinge. Ihre Hände geben nicht nach, egal, wie sehr sich Chloë anstrengt. Chloë spürt, wie Angela an ihrem Hals saugt. Wie sie schluckt. Weiter schluckt.

Der Schmerz ist einem dumpfen Pochen gewichen, aber langsam wird ihr schwindelig. Ihr Sichtfeld wird an den Rändern trüb, und das Wohnzimmer verschwimmt. Alles läuft in Zeitlupe ab. Sie weiß nicht, wie viel Zeit schon vergangen ist. Ein paar Sekunden? Eine Minute? Mehr?

Das hier ergibt doch keinen Sinn. Nichts davon ergibt einen Sinn.

Wieder versucht sie sich zu wehren. Ohne Erfolg. Angela bemerkt ihre Anstrengung vermutlich nicht einmal.

Es fällt ihr schwer, die Augen offen zu halten. Jedes Mal, wenn sie blinzelt, muss sie sich zwingen, die Lider wieder aufzuschlagen. Bald wird sie die Augen schließen und nicht wieder öffnen.

»Angela«, bringt Chloë mühsam hervor, ihre Stimme kaum lauter als ein Flüstern. »Angela. *Hör auf.*«

Für einen kurzen Augenblick hält Angela einfach nur inne, dann springt sie zurück. Sie starrt Chloë mit weit aufgerissenen Augen an. Ihre Lippen sind feucht.

Chloës Hals pocht, an ihrer Wunde kann sie nun den Luftzug deutlich spüren. Ihr ist so schwindelig, dass sie beinahe umfällt, als Angela von ihr ablässt. Sie muss sich an der Wand abstützen.

»Was …«, fängt Chloë an. Kommt aber nicht weiter. Sie versucht es noch mal. »Was war das?«

Und im nächsten Augenblick kauert Angela in der hintersten Ecke des Wohnzimmers. Soweit wie möglich von Chloë entfernt.

»Es tut mir leid, es tut mir leid, es tut mir leid …« Angela sagt die Worte praktisch gebetsmühlenartig auf, nur diese Worte, immer und immer wieder. Sie hält sich die Hände vors Gesicht. Chloë fragt sich, warum sie sich nicht rechtfertigt. Es muss doch eine Erklärung dafür geben.

Chloë berührt ihre Wunde am Hals und sieht dann, dass an ihren Fingern Blut klebt.

»Du hast mich gebissen.« Sie sollte schreien, brüllen, aber

es klingt mehr wie eine einfache Feststellung. Chloë ist in erster Linie vollkommen überrascht.

Angela sieht zu ihr auf. Ihre Augen sind so feucht wie ihre Lippen. »Es tut mir so leid.«

Chloë steht unter Schock und weiß überhaupt nicht, wie sie mit dieser Situation umgehen soll. »Warum hast du mich gebissen?«

Angela macht ein seltsames Geräusch, irgendwo zwischen husten und lachen. »Hast du es dir denn nicht schon zusammengereimt?«

»Angela, was zur Hölle ist gerade passiert?«

»Ich bin die ganze Nacht wach!« Angela wird lauter. Sie schreit beinahe. »Ich brauche im Dezember keinen Mantel, weil mir nie kalt ist! Und, und« – sie macht eine ausladende Geste und zeigt auf ihr Latexkleid – »und wer zieht sich schon so an? Die ganze Zeit? Dann habe ich diesen Film ausgesucht, aber du hast es trotzdem nicht kapiert und …«

»Was habe ich nicht kapiert? Ich weiß nicht, wovon du redest!«

»Von mir«, sagt Angela. »Ich bin ein Vampir.«

Chloë schüttelt den Kopf. »Was?«

»Ich bin ein Vampir. Ein Ungeheuer. Mit allem, was dazugehört: Blutsaugen und Sonnenlicht vermeiden.«

»Das … das ist unmöglich.«

Das kann nicht wahr sein. Chloës Verstand greift nach allem, was die Welt wieder in logische Bahnen bringen könnte. Sucht nach einer Antwort, durch die alles wieder einen Sinn ergibt. Vielleicht hat eine von ihnen den Verstand verloren. Oder alle beide.

Aber während Chloë sich noch dagegen wehrt, wird ihr

klar, wie viel das, was Angela da sagt, erklären würde. Je länger Chloë darüber nachdenkt, desto mehr Puzzleteile fügen sich zusammen. Sie hat Angela noch nie essen sehen. Nicht ein einziges Mal im ganzen vergangenen Monat. Angela arbeitet nachts und schläft am Tag. Den ganzen Tag. Jeden Tag.

Auf einmal fällt Chloë ein, wie Angela vorhin vor ihrer Tür gezögert und auf eine Aufforderung gewartet hat. Man muss Vampire hereinbitten, erinnert sie sich. Diese Regel kennt sie aus unzähligen Büchern. Man muss Vampiren Einlass gewähren, sonst können sie nicht über die Schwelle treten.

Und sie hatte Angela hereingebeten.

»Ich kann nicht, ich ... Warum hast du ...« Chloë würde lieber in vollständigen Sätzen sprechen. Aber ihre Gedanken rasen und überlagern sich wie Dutzende Stimmen, die alle gleichzeitig auf sie einreden. »Du bist ein Vampir?«, fragt sie schließlich.

»Es tut mir leid«, wiederholt Angela und steht auf.

Als sie aus der Wohnung stürmt, bleibt Chloë mit offenem Mund zurück.

SECHSTER TEIL

Blutleere Leichen
mit Knutschflecken am Hals

34

Scottsdale, Arizona
3. September 1997

Die Ecke im Wohnzimmer ist einer der wenigen Orte im Haus, den sie sich hat erkämpfen können.

Die Dunkelkammer gehört ganz Tess. Angela schläft zwar jeden Tag dort, aber wenn sie und ihre Habseligkeiten morgen verschwänden, sähe alles noch ganz genauso aus wie vorher. Jede Spur von Angela in der Nähe von Tess' wertvollem Equipment wird wie eine feindliche Invasion betrachtet und umgehend entfernt. Und obwohl sie eigentlich mehr Grund hat, das Bad zu benutzen, ist darin doch alles von Tess. Handtücher von Tess, Haarfärbemittel von Tess, die Seife, das Shampoo, die Zahnpasta, die Tess mochte. Angela hat nur eine Zahnbürste dazu beigetragen.

Die Küche gehört allerdings ihr ganz allein. Kochen, Essen und Abspülen interessieren Tess nicht im Geringsten. Sie haben noch nie miteinander gegessen. Natürlich ist Angela dabei, wenn Tess isst. Aber Tess sieht Angela nicht gerne beim Essen zu.

Und der Schreibtisch im Wohnzimmer gehört zweifelsohne ihr. Er ist zwar in die hinterste Ecke des Raums gezwängt, aber ganz ihr eigen. Darauf befinden sich ihre ordentlich gestapelten Unterlagen sowie Tassen mit Teeresten. Der Computer summt, und ihr Ventilator surrt. Dieses Zugeständnis an die moderne Welt versucht sich gegen das antike Mobiliar, das den Rest des Raums bestimmt, zu behaupten.

Das ist ihre Welt. Und Gott weiß, sie verbringt jede freie Minute vor dem Computer.

Angela späht auf den Bildschirm und geht zurück an den Anfang ihres Antrags. Sie wappnet sich für eine weitere Runde an Überarbeitungen. Das Komitee, das für die Zuteilung der Forschungszeiten zuständig ist, wird alles haarklein prüfen, um die Spreu vom Weizen zu trennen. Es muss alles perfekt sein. Sie fängt an, ihren Text von vorne zu überarbeiten.

Theoretischen Modellen zufolge bilden Planeten während ihrer Entstehung in ihren Geburtshüllen komplexe Strukturen, die sich mit Hilfe der Trümmerscheiben bestimmen lassen sollten. Phänomene wie Lücken oder Spiralen könnten auf eine kürzlich vollendete Planetenentstehung hindeuten. Komplexe Strukturen werden jedoch auch ohne die Anwesenheit eines Planeten gebildet. Daher bedarf es sorgfältiger Datenerhebung und Auswertung, um den Ursprung der Darstellung jedweder Scheibe zu erklären …

Sie runzelt die Stirn über einige Formulierungen und nimmt ein paar kleine Änderungen vor. Sie liest den Text heute schon zum fünften Mal. Oder vielleicht schon zum sechsten Mal? Ihre Augen werden müde, und die Wörter verschwimmen.

Sie überlegt gerade, ob »demonstrieren« besser klingt als »erklären«, da wirbelt jemand ihren Stuhl herum.

»Was …« Mehr bringt sie nicht raus, bevor Tess ihr unvermittelt ins Gesicht schlägt.

Die Wucht wirft sie von ihrem Stuhl und schleudert sie auf den Boden. Der Ventilator fällt um und fängt an, ein stotterndes Geräusch von sich zu geben.

Über ihr wedelt Tess mit irgendeinem Papier herum. Ihr Gesicht ist wutverzerrt. Sie schreit irgendetwas, aber Angela muss die Worte erst sortieren, weil ihre Ohren immer noch klingeln.

»Hast du gedacht, ich kriege das nicht mit?«

Angela antwortet nicht, richtet sich nicht einmal vom Teppich auf. Ihre ganze Aufmerksamkeit gilt dem pochenden Schmerz in ihrem Kiefer. Sie versucht, den Mund zu öffnen. Es tut weh, aber sie glaubt, es ist nichts gebrochen.

Tess hat sich also zurückgehalten. Sie hält sich Angela gegenüber immer zurück. Das ist und bleibt so. Daran muss sie sich immer erinnern. Wenn sie sich nicht zurückgehalten hätte, dann wäre ihr Kiefer jetzt zertrümmert. Angela war einmal dabei gewesen, als Tess mit der Faust problemlos eine Ziegelwand durchschlagen hatte.

Tess schlägt sie nicht oft. Nur, wenn sie wirklich sauer ist. Und es gelingt Angela immer, sie zu beruhigen. Das wird sie auch jetzt, sobald sie wieder klar denken kann.

»Ich habe gesagt, meinst du etwa, ich kriege das nicht mit?«, fragt Tess wieder.

»Mitkriegen?«, krächzt Angela immer noch am Boden. Der Teppich ist kratzig. Sie richtet sich aber trotzdem nicht auf. Hier unten ist es sicherer. Tess würde sie nicht treten, solange sie am Boden liegt. »Ich weiß nicht, was habe ich getan …«

Tess lässt das Blatt fallen, mit dem sie vor Angela herumgefuchtelt hat. Es ist kein Blatt Papier. Es ist ein Foto. Dunkle Streifen ziehen sich über das Bild und überlagern das, was das Bild eigentlich zeigen sollte.

Oh, verflucht.

Licht ruiniert ein Foto nur, wenn es noch nicht fixiert worden ist. Tess muss damit wohl noch etwas vorgehabt haben. Angela hatte nicht gewusst, dass Tess mit einem der Fotos noch nicht fertig war. Hatte nicht damit gerechnet, dass sie auffliegen würde.

Tess kauert sich neben sie und kommt Angela ganz nah. »Wie oft«, fragt sie gefährlich leise, »hast du die Tür geöffnet, während ich geschlafen habe?«

»Fast nie! Nur ein paarmal.«

»Fuck.« Tess steht auf und entfernt sich von Angela. »Fuck, fuck, FUCK!« Sie tritt gegen einen der dünnen Holzstühle. Seine Beine brechen, und er klappt zusammen. Der Ventilator, der Stuhl, Angela. Bald wird der ganze Raum in Trümmern auf dem Boden liegen. »Das könnte mich umbringen, Angela. Ich könnte sterben.«

Sie hat recht. Sie hat vollkommen recht. Tränen strömen über Angelas Wangen. »Es tut mir leid! Ich habe die Tür nur einen Spalt geöffnet. Ich war so vorsichtig, ich schwöre es. Kein Sonnenstrahl ist auch nur in deine Nähe gekommen.«

»Es tut dir leid.« Tess sieht sie ungläubig an. »Du bringst mich beinahe im Schlaf um, aber es tut dir leid.«

»Ja! Es tut mir leid!« Mittlerweile schluchzt Angela, die Tränen strömen ihr übers Gesicht, und ihre Nase verstopft langsam. Sie setzt sich auf und versucht, sich zu erklären. »Letzte

Nacht war ich … Ich musste ins Bad. Ich musste einfach. Ich habe versucht durchzuhalten, aber es hat so wehgetan.«

»Du musstest ins Bad.« Tess' Stimme ist ungerührt. »Du hast mein Leben riskiert, weil du pinkeln musstest.«

»Es hat wehgetan!«

»Dann pinkle in einen verdammten Eimer!« Tess steht innerhalb eines Bruchteils einer Sekunde wieder direkt vor ihr und schreit ihr ins Gesicht. »Pinkle verdammt noch mal in die Ecke! Pinkel irgendwohin, aber nicht außerhalb der Kammer!«

Angela hat nie ganz begriffen, was passieren würde, wenn Tess direktem Sonnenlicht ausgesetzt wäre. Tess beantwortet fast nie ihre Fragen. Immer, wenn Angela nachfragt, wird Tess mürrisch und schimpft, dass sie kein Versuchsobjekt ist und auch keine Partytricks macht. Das macht Angela irre, ständige Neugierde, ohne sie befriedigen zu können. Aber sie hat sich abgewöhnt zu fragen.

Nichtsdestotrotz ist von Anfang an klar gewesen, dass Sonnenlicht für ihre Freundin sehr, sehr schlecht wäre. Angela hätte es besser wissen müssen.

»Vielleicht … vielleicht wäre es einfacher, wenn ich nicht mit dir da drinnen schlafen würde«, sagt sie kaum hörbar.

Tess bleibt stehen, presst die Lippen zusammen und unterbricht den Rest ihrer Tirade. Sie öffnet den Mund gerade weit genug, um ein Wort hervorzupressen. »Was?«

»Sicherer für dich.« Angela schnieft und wünscht sich, sie hätte ein Taschentuch. »Ich könnte stattdessen hier draußen auf der Couch schlafen. Das mache ich ja ohnehin schon, wenn ich eine Vorlesung habe oder …«

»Nein. Wirklich nicht.«

»Aber das wäre ungefährlicher. Für dich.«

»Es wäre ja gar nicht gefährlich, wenn du dich nicht wie ein Vollidiot verhalten würdest!«, blafft Tess sie an. »Was zum Teufel hast du dir dabei gedacht?«

»Ich habe mir gar nichts gedacht. Es war dumm von mir.«

»Ganz genau, es war verdammt dumm.« Ihre Stimme wirkt gefasster. »Ich will, dass du bei mir schläfst, weil du meine Freundin bist. Ich möchte mit dir im selben Bett schlafen. Du lässt mich sowieso schon den halben Tag allein. Wenn du dein eigenes Zimmer hast, sind wir auf einmal nur noch Mitbewohner. Und als Nächstes willst du dann deine eigene Wohnung.«

»Das wird sicher nicht passieren.«

»Doch. Wenn man sich einmal auseinanderlebt, driftet man immer weiter auseinander. Erst ziehst du aus dem Zimmer aus, dann aus dem Haus, und eines Tages bekomme ich eine Postkarte mit der Info, dass du jetzt mit jemand anderem zusammen bist.« Tess zieht plötzlich argwöhnisch die Augenbrauen zusammen. »Geht es etwa darum? Willst du dein eigenes Bett, damit du mit anderen Leuten ficken kannst?«

»Nein!« Angela sieht Tess flehend an. »Fang bitte nicht wieder damit an.«

»Darum geht es ja wohl auch hoffentlich nicht.« Tess lässt das so stehen und bohrt nicht weiter nach. »Hey, ich liebe dich. Du bist mein Engel. Ich will, dass du bei mir bist, wenn ich schlafe. Ist das so schwer zu verstehen?«

Angela zögert. Dazu hätte sie einiges zu sagen. Seit sie hier eingezogen ist, hat sie Schlafstörungen. Manchmal bekommt sie gar keinen Schlaf. Öfter als nur manchmal. Meistens. Ständig zwischen einem Tag und Nachtrhythmus hin und herzuwechseln, um früh aufstehen zu können, wenn Vorlesungen sind, hat sie ausgelaugt. Und auch wenn keine Uni ist, hält der Gestank der Chemikalien in der Dunkelkammer sie vom Schlafen ab und macht ihr Kopfschmerzen.

Den ganzen Tag neben dem bewegungslosen, nicht atmenden Körper von Tess zu liegen hat außerdem wenig mit romantischem Kuscheln zu tun. Es kommt einem vor, wie neben einer Leiche einschlafen zu müssen. Unangenehmer wird es noch, wenn Tess lange nicht mehr getrunken hat, dann fühlt sie sich kalt an und wie ein halb aufgetautes Stück Fleisch im Bett.

Aber Angela hat nicht den Eindruck, dass jetzt ein günstiger Moment wäre, das anzusprechen. Tess hätte sterben können. Angela hätte sie umbringen können. Ein klein wenig Komfort einzubüßen scheint im Vergleich dazu ein geringer Preis zu sein.

»In Ordnung«, sagt Angela. »Du hast recht. Wir sind zusammen. Wir sollten in einem Bett schlafen, wann immer es geht. Und ich kann mir einen Eimer oder so ins Zimmer stellen.«

Für eine unerträglich lange Weile antwortet Tess nicht. Dann sagt sie: »Na gut.«

Sie bietet Angela eine Hand an. Angela akzeptiert und wird zuerst auf die Füße und dann in eine Umarmung gezogen. Erleichtert lässt sich Angela in Tess' Arme sinken und die kleinere Frau ihr ganzes Gewicht stützen. Der Knoten in ihrem Magen beginnt sich zu lösen.

Sie muss sich einfach die guten Momente vor Augen führen, wenn so etwas geschieht. Das hilft ihr. Spätnachts tanzen und trinken gehen. Die Kurven ihrer nackten Freundin streicheln, beim Vorspiel, während dem Sex und danach.

Nach fast einem Jahr erscheint ihr das hier immer noch wie ein Wunder. Tess, die ihr extravagante Geschenke macht – Schmuck, Kleider, Süßigkeiten, exotische Blumen. Oder Tess' Fänge hinter ihren geschlossenen Lippen zu spüren, wenn sie sich in der Öffentlichkeit küssen. Ihr süßes, kleines Geheimnis.

Solange sie dafür sorgt, dass Tess gute Laune hat, ist alles gut. Sie überlegt schon, wie sie die blauen Flecken vor ihren Kommilitonen und Professoren rechtfertigen könnte, wenn sie wieder in die Uni muss.

Tess löst sich aus der Umarmung und strahlt Angela an.

»Lass uns ausgehen. Lass uns in einen Club gehen, das wird uns aufheitern. Das haben wir schon seit Wochen nicht mehr gemacht.«

»Oh.« Angela kann sich nicht helfen und sieht zu ihrem Computer, auf dem der Bildschirmschoner abstrakte Bilder zeichnet. »Ich habe wirklich keine Zeit. Nicht heute.« Jetzt versucht sie Tess anzulächeln. »Ich muss weiter an diesem blöden Hubble-Antrag schreiben.«

»Nur für ein paar Stunden. Komm schon, du musst doch auch mal eine Pause machen.«

»Tess.« Angelas Stimme wird wieder flehend. »Ich muss ihn in zwei Tagen abgeben.«

»Ja, aber das ist ja nicht heute, nicht einmal morgen. Du arbeitest dich noch zu Tode. Das ist nicht gut für dich.«

»Ich muss aber. Sobald ich das abgegeben habe, gehöre ich ganz dir.«

Tess hat aufgehört, sie anzustrahlen. Sie macht einen halben Schritt auf Angelas Computer zu. »Weißt du, manchmal habe ich das Gefühl, du liebst dieses Ding hier mehr als mich.«

Angela stellt sich zwischen Tess und ihren Computer, und die Panik keimt wieder auf. Ihre ganze Arbeit befindet sich auf dieser einen Festplatte. »Sei nicht albern. Das ist nur meine Arbeit, sonst nichts.«

Sie weiß, das ist nur Paranoia. Tess würde ihr das niemals antun. Nichtsdestotrotz denkt sie darüber nach, wie lange sie Tess wohl zurückhalten könnte, wenn es sein müsste. Schon der Gedanke daran kommt ihr allerdings wie Verrat vor.

Die Antwort darauf ist natürlich: nicht lange genug. Tess kann sie wie eine Marionette durch den Raum werfen, wenn ihr danach ist.

Tess sieht von Angela zum Computer. Langsam entspannen sich ihre Schultern wieder. »Du fehlst mir«, sagt sie mürrisch. »Du verbringst deine ganze Zeit mit diesem blöden Ding.«

Angela erlaubt sich, kurz aufzuatmen.

»Ich weiß. Es tut mir leid. Und weißt du was? Du hast recht. Ich kann mir ein paar Stunden freinehmen. Lass uns ausgehen.«

»Bist du sicher?«

»Ja, ich sollte dich nicht zu kurz kommen lassen. Besonders nach … du solltest jedenfalls nicht zu kurz kommen. Komm her.« Angela breitet die Arme aus, und nach einer Weile lässt Tess sich von ihr umarmen.

Angela nimmt sich vor, sich eine Kopie des Antrags per Email zu schicken, sobald sie heute Abend Zeit dafür hat. Das ist nur sinnvoll. Man sollte immer eine Sicherheitskopie machen. Sie wird sich den Antrag als Anhang schicken, sobald Tess sich fürs Ausgehen umzieht.

»Ich liebe dich so sehr«, flüstert Tess ihr ins Ohr.

Angela kann sich ruhig ein bisschen Zeit nehmen, um ihrer Freundin eine Freude zu machen. Wenn Tess gereizt ist, kommt sie ohnehin nicht zum Arbeiten. Langfristig hat sie später mehr Zeit zu arbeiten, wenn Tess vorher bessere Laune hat.

In Gedanken versunken bemerkt sie es kaum, dass zwei spitze Zähne in ihren Hals fahren und Tess anfängt, von ihr zu trinken.

35

Davis Square, Somerville
15. Dezember 1999

Esthers Schuhe lassen die dünne Eisschicht auf dem Gehsteig knacksen, als sie mit ihren Einkäufen über den Davis Square läuft. Am Abend zuvor hat es endlich angefangen zu schneien. Und wenn sie das Wetter richtig liest, wird es in den nächsten Tagen so weitergehen. Das hofft sie zumindest. Wenig hebt die Gemüter nach dunklen, langen Winterabenden mehr als eine weiße Sonnwende. Im Augenblick scheint noch die Sonne, aber eine dicke Wolkenschicht im Osten verspricht mehr Schnee.

Die Flocken, die bereits gefallen sind, leuchten unter der Nachmittagssonne. Der Schnee ist noch frisch genug, um vollkommen weiß zu sein. Frisch und sauber sehen die schneebedeckten Gärten und Dächer aus wie weißes Papier, bereit, beschrieben zu werden.

Sie stürzt beinahe, als sie auf einer gefrorenen Pfütze ausrutscht. Aber mit den Einkäufen an sich gepresst, fängt sie sich gerade noch ab. Es wäre ärgerlich, all die Eier zu zerbrechen. Oder, noch schlimmer, ihre Hüfte. Man mag vielleicht so alt sein, wie man sich fühlt. Aber alte Knochen sind eben alte Knochen.

Esther biegt bei der Reinigung in die Seitenstraße ab, in der Chloë wohnt. Gleich danach kommt Chloës Wohnhaus, ein gedrungenes Gebäude mit blätternder brauner Farbe. Mit dem Ersatzschlüssel betritt sie die Wohnung.

Weder Chloë noch Ari sind da, um sie zu begrüßen. Aber jenseits der Küche dringt Musik unter der Tür von Aris Zimmer durch. Er hört schon wieder den Soundtrack von *Stadt der Engel.* Im Moment läuft »What You Don't Know About Women«. Er hört die CD recht häufig. Die Musikwahl hat etwas leicht Selbstverliebtes, findet Esther, aber wer ist sie schon, sich ein Urteil zu erlauben?

Chloë hat sich vermutlich immer noch in ihrem Schlafzimmer verbarrikadiert, zumindest deutet die geschlossene Tür darauf hin. In den letzten Tagen ist sie kaum rausgekommen. Esther klopft vorsichtig an ihrer Zimmertür.

»Chloë? Möchtest du etwas essen? Ich habe eingekauft.«

Sie erhält keine Antwort. Das überrascht sie nicht. Nach Chloës tränenreicher und unzusammenhängender Beschreibung, was am Samstag passiert war, hat sie kaum noch gesprochen. In Anbetracht der Situation eine verständliche Reaktion, aber Esther fragt sich, wie lange das noch so weitergehen soll.

Sie überlegt, ob sie Ari um Hilfe bittet, aber um ehrlich zu sein, sind seine Vorschläge bisher nicht sonderlich hilfreich gewesen. Sein spezieller religiöser Mystizismus dringt nicht zu Chloë durch. Nun ja. Wenn er nicht hier ist, um Chloë zu helfen, dann muss es wohl einen anderen Grund geben. Die

Karten haben schließlich vorhergesagt, dass er jemandem entscheidend Hilfe leisten würde. Esther ist der festen Überzeugung, dass alles und jeder irgendeine Rolle in einem kosmischen Plan erfüllt. Auch wenn Aris Rolle in diesem Plan im Augenblick nicht ganz ersichtlich ist.

Esther geht in die Küche und räumt die Einkäufe auf. Nachdem sie ein bisschen aufgeräumt und einiges entsorgt hat, gibt es jetzt auch genug Platz in den Regalen. Sie hat sich Mühe gegeben, weiter aufzuräumen, alles getan, was helfen könnte. Chloë hat sie schließlich nie gebeten, damit aufzuhören. Sie glaubt nicht, dass Chloë irgendetwas vom dem, das sie entsorgt hat, vermissen wird. Einige »Lebensmittel«, die sie weggeworfen hat, waren bereits vor Chloës Scheidung abgelaufen.

Sie ist beinahe fertig, als das Telefon klingelt. Mit einer Tüte Paprika in der Hand hält Esther auf halbem Weg zum Gemüsefach inne. Vielleicht, denkt sie, kommt Chloë raus, um ranzugehen?

Nach ein paarmal Läuten wird klar, dass das nicht passieren wird. Und sie weiß, Ari geht sicher nicht freiwillig ans Telefon. Aus irgendeinem Grund fürchtet er sich davor. Esther macht den Kühlschrank zu und hebt ab.

»Hallo?«

»Äh, hallo«, sagte eine Stimme am anderen Ende. »Hier ist Shelly … Ich arbeite mit Chloë. Ist sie vielleicht zu Hause?«

»Ja, sie ist zu Hause«, antwortet Esther. »Aber sie ist schon seit einer ganzen Weile nicht mehr aus ihrem Zimmer rausgekommen. Ich kann nachfragen, ob sie ans Telefon kommen möchte, aber ich bezweifle es.«

»Oh. Ja, danke. Das wäre nett.«

Esther hält den Hörer von sich weg und ruft in Richtung Schlafzimmertür: »CHLOË! TELEFON FÜR DICH!«

Wieder keine Antwort. Für eine Weile starrt sie die Tür an und hofft, sie öffnet sich. Aber als nichts geschieht, legt sie den Hörer wieder ans Ohr.

»Nichts?«, fragt Shelly.

»Leider nein. Tut mir leid.«

»Sie kam heute nicht zur Arbeit und war gestern auch nicht zum *Buffy* schauen hier, daher wollte ich mal nachfragen.«

Ja, richtig, heute ist ja Mittwoch. Chloë hätte heute mal wieder einen ihrer ohnehin seltenen Ausflüge ins Büro machen sollen. »Steckt sie in Schwierigkeiten?«

»Nein, nein. Ich habe sie gedeckt«, versichert ihr Shelly. »Ich dachte mir schon, dass es ihr nicht gut geht, weil …«

Immerhin hat Chloë zu allem Überfluss nicht auch noch ihren Job verloren. Esther hat so schon genug zu tun, ohne sich auch noch darum kümmern zu müssen.

»Immerhin kann ich garantieren, dass sie noch am Leben ist«, berichtet sie Shelly. »Manchmal kann man hören, dass sich etwas hinter der Tür bewegt. Und ich weiß, dass das nicht der Kater ist, der ist nämlich viel lauter.«

»Okay.«

»Sie macht nicht den Eindruck, als wollte sie bald wieder unter die Lebenden.«

»Ja, damit hatte ich schon gerechnet. Ich weiß nicht genau, was passiert ist, aber ich glaube, vor ein paar Tagen hatte sie Streit mit ihrer, äh …«, Shelly zögert.

»Ihrer Freundin«, hilft Esther ihr aus. »Ich weiß.«

»Oh, gut. Angela war ziemlich aufgebracht«, Shelly seufzt. »Sie will aber auch nicht darüber reden.«

»Hm«, macht Esther.

»Verzeihen Sie, wenn ich frage, sind Sie Chloës Mutter?«

Esther lacht. »Nein. Ihre Tante. Ich bin nur für eine Weile zu Besuch. Ich hatte hier geschäftlich etwas zu erledigen.«

»Ach so. Ich bin froh, dass Chloë jemanden hat, der nach ihr sieht. Können Sie ihr ausrichten, dass ich angerufen habe?«

»Das mache ich«, verspricht Esther.

Als sie aufgelegt hat, schnappt Esther sich die Sprühflasche mit dem Glasreiniger vom Tisch. Sie hat es geschafft, ein paar Oberflächen freizuräumen, aber die müssen nun gehörig gewischt werden. Sie kommt nicht weit, denn auf einmal öffnet sich Chloës Zimmertür doch.

Chloë steht auf dem Flur und sieht sich verwirrt um. Sie trägt denselben Pyjama wie gestern und den Tag zuvor. Ihre Augen haben tiefe, dunkle Ringe und sind rot unterlaufen. Ihr lockiges Haar, schon immer gerne verknotet, sieht aus wie eine wilde Gartenhecke. Ein unpassend heiteres Hello-Kitty-Pflaster klebt an ihrem Hals.

Wenn man ehrlich sein möchte, sieht Chloë aus wie der aufgewärmte Tod. Vielleicht sogar schlimmer. Der nur kurz getoastete Tod.

»Da sieh einer an«, sagt Esther. »Sie weilt unter den Lebenden.«

»Wer war das am Telefon?« Sogar ihre Stimme klingt rostig.

»Shelly. Du warst heute nicht in der Arbeit.«

»Oh, verdammt. Das habe ich vollkommen vergessen.«

»Das macht wohl nichts. Sie hat sich eher Sorgen um dich gemacht.«

»Shelly …« Sorgenfalten bilden sich zwischen Chloës Augenbrauen. »Meinst du, ich sollte Shelly und Mike warnen?

Ihnen sagen, was Angela ist? Sie wohnt seit Monaten bei ihnen im Keller.«

»Wenn sie seit Monaten ohne Probleme dort wohnt, dann sehe ich da auch keine große Gefahr.«

»Vielleicht. Bist du sicher? Ich habe keine Ahnung, was normal ist bei … du weißt schon. Denen.« Chloë fällt beinahe vornüber, aber rettet sich gerade noch in den Sessel.

Esther legt die Putzsachen beiseite und geht ein paar Schritte auf Chloë zu. Sie kommt ihr nicht zu nahe. Sie weiß, dass sie die unangenehme Angewohnheit hat, Leuten zu nahe zu kommen, denen es schlecht geht. Das hilft aber meistens nicht.

»Das weißt du nicht?«, fragt sie. »Ich dachte, du hättest einer von ›denen‹ für eine Weile sehr nahegestanden.«

Chloë ignoriert sie. »Ich weiß sowieso nicht, wie ich das jemandem beibringen soll. ›Hey Shelly, deine Mitbewohnerin ist ein übernatürliches Wesen. Du musst mir, deiner Kollegin mit der psychischen Störung, unbedingt glauben.‹ Da kann ja nichts schiefgehen. Hat sonst noch jemand angerufen?«

»Nicht, dass ich wüsste.« Esther wartet noch einen Moment, aber es macht nicht den Eindruck, als wollte Chloë noch etwas sagen. Daher redet sie weiter. »Ich mache mir Sorgen um dich, Chloë.«

»Ha! Vielleicht solltest du das auch«, sagt Chloë. »Komme ich dir blasser vor als sonst?«

»Nein.«

»Gut. Und meine Zähne? Kannst du dir mal meine Zähne anschauen? Siehst du Fänge?«

Chloë verzieht ihr Gesicht zu einer Grimasse, damit alle Zähne zu sehen sind, und dreht sich zu ihrer Tante. Esther kontrolliert ihr Gebiss. Alles scheint unverändert. »Alles in Ordnung, Chloë. Darüber mache ich mir auch keine Sorgen. Aber in den letzten drei Tagen hast du dein Zimmer kaum verlassen.«

Chloë weicht zurück und lässt sich wieder nach hinten sinken. »Na und?«, sagt sie mürrisch.

»Nun ja, jüngste Studien haben ergeben, dass man irgendwann stirbt, wenn man gar nichts isst.«

»Das würde doch einige Probleme lösen, oder nicht?«

Esther starrt sie an. »Was ist los mit dir?«

»Was los ist mit mir?« Chloë setzt sich auf. »Was denkst du denn, was mit mir los ist? Was ist seit zwei Jahren mit mir los? Warum sitze ich hier wochenlang rum, ohne ein Wort zu schreiben, nicht in der Lage zu denken, zu nichts im Stande, außer den Scheiß zu lesen, den andere schreiben, und rumzujammern, dass ich nichts wert bin.«

Chloë hievt sich vom Sessel und schlurft zum Fenster.

Esther denkt, sie hätte schon viel früher zu Besuch kommen sollen. Schon vor Jahren. Vor Chloës Scheidung. Idealerweise vor ihrer Ehe.

Sie hat Chloë immer etwas leiten wollen. Schon seit sie früh entdeckt hat, was für ein Potenzial sie hat. Aber irgendwie sind die Jahre verflogen, ohne dass Esther es bemerkt hat. Das passiert ihr in letzter Zeit leider häufiger. Die Zeit huscht an ihr vorbei. Sie hat sich mit anderen Dingen beschäftigt, ist auf Reisen gewesen, war anderweitig involviert.

Man hatte ihr erst im Nachhinein davon erzählt, dass Chloë ins Krankenhaus gekommen war. Eine Überdosis Tabletten. Das war nun schon eine ganze Weile her, aber Esther hatte erst vor einem Monat davon erfahren. Über Dritte, von einer entfernten Cousine, die sie zufällig am Flughafen getroffen hatte. Eine Cousine, die nur davon wusste, weil Chloës Eltern sich über die Krankenhausrechnung beschwert hatten. Manchmal ist es schwer, daran zu glauben, dass alles einem Plan folgt.

Als ob Chloë ihre Gedanken lesen könnte, sagt sie plötzlich: »Mom und Dad würden wenig davon halten, wie mein Leben abläuft. Sie würden garantiert vieles daran ablehnen.«

Esther schnaubt. »Deine Eltern haben die bemerkenswerte Gabe, alles abzulehnen, was nicht in ihr Weltbild passt.«

Chloë sieht zu ihr hinüber. »Und was ist mit dir? Es scheint dich ziemlich kaltzulassen, was deine irre Nichte vor ein paar Tagen von sich gegeben hat.«

»Mal von allem anderen abgesehen, sind die zwei Einstiche an deinem Hals ziemlich überzeugend. Ich zweifle nicht an den Belegen, die ich mit eigenen Augen sehen kann. Ich hoffe, du tust das auch nicht.«

»Nein. Es ergibt alles einen – wenn auch seltsamen – Sinn.« Chloë trommelt mit den Fingern aufs Fensterbrett. »Du glaubst mir also. Ob andere mir auch glauben würden? Meine Eltern würden mich sofort in ein Irrenhaus einweisen, wenn ich versuchen würde, mit ihnen darüber zu reden. Nicht, dass ich ihnen einen Vorwurf machen könnte.«

»Ich würde ihnen einen Vorwurf machen.«

»Ich weiß.« Chloë betrachtet den Abendhimmel und kratzt versonnen am Pflaster an ihrem Hals. »Ist dir auch aufgefallen, dass alles jedes Jahr immer schlimmer wird?«

Esther hat keine Ahnung, was sie mit diesem Kommentar anfangen soll. »Was meinst du damit?«

»Ich weiß nicht. Manchmal kommt es mir so vor, als ob die Party vorbei ist und alle völlig verkatert sind. Vielleicht haben die Spinner ja recht. Vielleicht geht die Welt wirklich in zwei Wochen unter, weil zweitausend so eine große, runde Zahl ist. Um Mitternacht fällt einfach alles in sich zusammen.«

»Das glaube ich nicht.« Esther schüttelt den Kopf. »Nein. Alles bleibt wie immer, das Gute wie das Schlechte.«

»Ganz schön deprimierend.«

Chloë holt das Tablettenfläschchen aus seinem Versteck und nimmt es mit in die Küche. Esther folgt ihr langsam und sieht, wie Chloë ein Glas mit Wasser füllt. Aus Aris Zimmer schallt mittlerweile »With Every Breath I Take«. Esther wäre es lieber, wenn seine Musikwahl nicht ganz so rührselig wäre. Aber es macht wohl auch keinen Unterschied. Chloë scheint das Lied jedenfalls nicht zu beachten.

»Hast du jetzt drei Tage lang deine Medikamente nicht genommen?«, will Esther wissen.

Chloë zuckt mit den Schultern. »Sieht so aus.«

Esther tippt mit dem Fuß aufs Linoleum und sieht Chloë missbilligend an. »Rückfall ist ja so ein scheußliches Wort.«

»Du weißt schon, dass man einen Rückfall in eine psychische Erkrankung nur haben kann, wenn man zwischendurch mal nicht psychisch krank war.«

»Vor ein paar Tagen warst du noch geradezu aufgekratzt«, merkt Esther an. »›Strahlend‹, war glaube ich das Wort, das du benutzt hast.«

»Da hat es ja nicht viel gebraucht, um das zu ändern.« Chloë wirft eine Tablette in den Mund und nimmt ein paar große Schlucke Wasser.

»Nein, du hast vollkommen recht«, sagt Esther. »Die meisten Menschen stecken es völlig gelassen weg, wenn sie herausfinden, dass ihre Freundin eine lebende Tote ist.«

Chloë schnaubt und verschluckt sich beinahe. Dann stellt sie ihr Glas ab. »Entweder, oder. Du kannst mir nicht einerseits vorwerfen, dass ich mich in meinem Zimmer einsperre und meine Medikamente nicht nehme und das andererseits normal finden. Beides gleichzeitig geht nicht.«

»Warum nicht?«, will Esther wissen.

»Ich weiß es auch nicht«, erwidert Chloë genervt. »Okay, das hier ist nicht fair. Ich packe das gerade nicht. Ich habe nicht genug Energie, um dir zu erklären, warum du unrecht hast.« Sie sieht an Esther vorbei ins Wohnzimmer zum Telefon. »Ich wünschte nur …«, fängt sie an und unterbricht sich dann.

»Was?«

»Nichts. Egal. Tut mir leid, dass ich so drauf bin.« Sie steuert an Esther vorbei wieder ihr Schlafzimmer an. »Und ich habe gedacht, ich wäre auf einem guten Weg.«

»Das warst du auch.«

Chloë lacht kurz und rau auf. »Machst du Witze? Schau mich doch an! Ich bin ein absolutes Desaster. Ich habe seit drei Tagen dieselbe Unterhose an. Ich kann doch keine Beziehung führen. Was habe ich mir nur dabei gedacht?«

»Beeindruckend«, stellt Esther trocken fest. »Ich kann kaum glauben, wie schnell du es geschafft hast, dir allein an allem die Schuld zu geben.«

»Es ist ja auch meine verdammte Schuld. Mittlerweile sollte ich gelernt haben, mich für mein Glück nicht auf andere Menschen zu verlassen.«

»Weil sie dich verletzen könnten?«

»Weil es idiotisch ist. Es ist zu viel verlangt.«

Esther geht auf Chloë zu. »Können zwei Menschen denn

nicht damit glücklich sein, dass sie einander einfach lieben?«

»Als ich mir das gedacht habe, wurde ich gebissen.«

»Meinst du, es würde helfen, wenn wir dir die Karten legen?«, fragt Esther.

Chloë kneift bei diesem plötzlichen Themenwechsel verwirrt die Augen zusammen. »Was? Nein. Ich bin keine acht mehr. Wie kommst du denn darauf? Ich dachte, das hätten wir schon im November geklärt.«

»Es könnte dir dabei helfen, die Situation klarer zu sehen.«

»Nein. Komm schon, das ist doch Unfug. Als ob Fantastereien mir jetzt was bringen würden.«

»Das ist ein hartes Urteil von jemandem, der mit einem Vampir zusammen war.«

Chloë verzieht den Mund, aber bevor sie etwas sagen kann, klingelt das Telefon.

Erschrocken macht Chloë einen Satz nach hinten und starrt das Telefon irritiert an, als ob sie nicht wüsste, was es hier verloren hat. Beim fünften Klingeln hebt Esther ab.

»Hallo?«, hört sie eine Stimme aus der Leitung. »Chloë, bist du das? Bitte leg nicht auf.«

Esther erkennt die Stimme. Es ist Angela.

Sie dreht sich zu Chloë. »Sie ist dran.«

»Wirklich? Was … was will sie?«

Esther reicht ihr den Hörer. »Warum fragst du sie nicht selbst?«

Chloë hält mit der Hand schnell die Sprechmuschel zu. »Was, wenn sie mich in ihr Versteck zerren und zu ihrer Sklavin machen möchte?«, flüstert sie Esther zu.

»Durchs Telefon?«

Chloë denkt kurz nach. »Na gut, da hast du recht.«

»Und hast du nicht erzählt, dass ihr ›Versteck‹ in Shellys Keller ist?«

»Sie könnte noch eines irgendwo haben.« Chloë klingt selbst nicht wirklich überzeugt.

»Willst du jetzt mit ihr reden, oder willst du nur den Hörer festhalten?«

»Na gut!« Chloë holt tief Luft und hebt den Hörer ans Ohr. »Angela!«, begrüßt Chloë sie fröhlich. »Hi! Was treibst du so?«

Chloë hört zu, als Angela etwas sagt, das Esther nicht genau ausmachen kann. Chloë bleibt stumm. Dann nach einer Pause, redet Angela weiter.

»Was?«, sagt Chloë plötzlich. »Nein, darum geht es nicht … Ich meine, sicher, wir können uns in der Öffentlichkeit treffen, wenn du das willst, aber ich habe nicht gedacht … ich glaube nicht, dass du …« Sie zögert. »Wie wäre es mit dem Diesel Café? Am Davis Square?« Sie sieht kurz auf die Uhr. »Geht es bei dir in einer Stunde? Super. Also … bis dann.«

Chloë legt auf und dreht sich zu Esther.

»Wenn ich mich von meiner übernatürlichen Freundin versklaven lassen möchte, sollte ich vielleicht vorher duschen.«

»Das ist eine gute Idee, ja. Ist schon ein paar Tage her.«

Chloë macht ein paar Schritte aufs Badezimmer zu, aber hält dann mit der Hand auf der Klinke inne. »War es eine schrecklich schlechte Idee, einem Treffen mit ihr heute Abend zuzustimmen?«

»Das weiß ich wirklich nicht«, sagt Esther. Sie wünschte, sie könnte ihr etwas Sinnvolleres sagen. Wenn Chloë sich zum Kartenlegen bereit erklärt hätte, dann wüsste sie vielleicht mehr zu sagen. Aber jetzt ist wohl nicht mehr genug Zeit dafür. Nicht, wenn Chloë sich noch fertig machen muss. Na, egal. Es lohnt sich nicht, darüber zu grübeln.

Aber es ist ein gutes Zeichen, dass Angela sich in der Öffentlichkeit treffen will. Das zeigt ihre Umsicht. Das macht Esther ein bisschen Hoffnung. Auch wenn sie Chloë nur einmal vor beinahe zwei Jahrzehnten die Karten gelegt hat, erinnert sie sich noch daran, dass diese einen schweren Weg zu einem erstrebenswerten Ziel vorhergesagt haben.

Was aber keine Garantie dafür ist, dass Chloë das Ziel je erreichen wird. Sogar unter den besten Voraussetzungen können die Karten manchmal kryptisch sein.

Chloë riecht unter ihrer Achsel und verzieht das Gesicht. »Wow. Richtig, ich muss mein Leben wirklich wieder auf die Reihe kriegen.« Mit diesen Worten verschwindet sie im Bad.

Egal, wie der heutige Abend läuft, denkt sich Esther, immerhin bringt es Chloë dazu, sich unter die Dusche zu stellen und aus dem Haus zu gehen.

36

Auszug aus Angelas experimentellen Erhebungen

TEST #48A
GEGENSTAND: Wie schnell ist meine Reaktionszeit?
METHODE: Lineal fallen lassen, drei Versuche, und dann habe ich aufgegeben
ERGEBNIS: Nicht beweiskräftig, weniger als 1,5 Millimeter
KOMMENTAR: Das hier war komplette Zeitverschwendung. Es sollte ein einfacher Test sein. Ich habe das Lineal zwischen Daumen und Zeigefinger gehalten, es losgelassen und dann wieder gefangen, um die Distanz zu messen, die es zurückgelegt hat. Das Problem ist aber, das Lineal ist nicht weit genug gefallen, um messbare Ergebnisse zu liefern. Also kann ich zu diesem Thema nicht viel beitragen.

Wieso mache ich das hier eigentlich noch? Was bringt das denn?

Vergiss es. Ich sollte über Sachen schreiben, über die ich etwas weiß. Hier ist also der nächste Vampirmythos aus meiner Arbeit, die es nie geben wird.

ZWEITER MYTHOS: Vampire ernähren sich ausschließlich von Blut

Soweit ich weiß, auch wenn mir zugegebenermaßen nur eine sehr kleine Testgruppe zur Verfügung steht, trinken alle Vampire Blut und müssen das auch tun, um zu überleben. Aber aus eigener Erfahrung kann ich sagen, dass es Vampire gibt, die sich ganz bestimmte Opfer aussuchen und nicht nur deren Blut konsumieren.

Die Art Vampire, die einem zuerst sagen, dass sie einen lieben.

Und wenn sie das tun, dann kann es ziemlich toll sein, zumindest am Anfang. Vielleicht habt ihr ein paar Probleme, aber du bist dir sicher, dass du damit umgehen kannst, schließlich liebt ihr euch doch, oder?

Aber nach einer Weile wird es schlimmer. Sie werden kühl, der Zorn bricht immer öfter aus ihnen heraus. Aber du denkst dir, hey, keine Beziehung ist perfekt, nicht wahr? Also versuchst du, es anzusprechen, alles wiedergutzumachen.

Aber das funktioniert nicht. Sie werden nur wieder wütend auf dich, weil du überhaupt etwas sagst. Also lernst du nach einer Weile, nichts Negatives mehr anzusprechen. Lächle einfach und sei fröhlich, vielleicht wird es nicht besser, aber immerhin wird es auch nicht schlimmer.

Aber irgendwann wird es schlimmer. Du weißt nicht, warum. Alles läuft schief, und aus irgendeinem Grund ist alles deine Schuld. Du machst etwas nicht richtig. Du liebst sie nicht genug. Würdest du sie nur genug lieben, dann wäre sicherlich alles gut. Aber es funktioniert nicht, also liebst du mehr und immer mehr, nur ist es nie genug. Und dann fragst du dich, was stimmt mit mir nicht? Es ist nicht ihre Schuld, sie hat mir ja gesagt, was ich nicht tun soll, aber ich mache es immer wieder falsch.

Und dann eines Tages, schlägt sie dich. Nichts Ungewöhnliches, nicht einmal fest. Aber du fängst an zu schreien und um dich zu treten und zu beißen, und das war es dann. Es ist vorbei, und alles ist deine Schuld, weil du sie nicht genug geliebt hast. Sonst wäre alles gut gewesen, aber du konntest nicht, du hattest es nicht in dir.

Ich konnte sie nicht genug lieben, weil ich eine schlechte und gemeine Person bin und ich niemanden je wirklich lieben kann, ich kann nicht …

Es tut mir leid.

37

Diesel Café, Davis Square
15. Dezember 1999

Chloë spürt einen kalten Luftzug im Rücken. Es muss wieder jemand die Tür aufgemacht haben. Die sanften Flocken vom Vorabend haben sich in dem Moment, als sie das Haus verlassen hat, in einen heftigen Schneesturm verwandelt. Auf dem Weg hierher ist es eisig gewesen, und jedes Mal, wenn jemand das Café verlässt oder betritt, dringen kalte Luft und Schnee nach drinnen.

Sie sieht rüber an den Tisch. Angela sitzt immer noch da und beobachtet das Schneetreiben durchs Fenster. Die Schlange setzt sich wieder in Bewegung, und Chloë bestellt einen Caffè Latte.

Als er fertig ist, setzt sie sich Angela am Tisch gegenüber.

»Hi noch mal.« Chloë deutet auf ihre Tasse. »Bist du dir sicher, dass ich dir nichts holen soll?«

»Ja. Also ich …«

Chloë sieht ihren Fehler ein. »Oh, du kannst wohl gar nicht. Stimmt das? Habe ich das richtig verstanden?«

»Ja.« Angela grinst und versucht sich an einem übertriebenen Bela-Lugosi-Akzent. »Ich trrinke keinen … *Kaffee.*« Chloë lacht nicht. Angela hört auch auf zu grinsen. Sie sieht Chloë ins Gesicht. »Du hast Schneeflocken im Haar.«

Chloë fährt sich mit der Hand durch ihre Locken. Danach ist ihre Hand nass. »Ja, wenn ich sie nicht abtrockne, dann bleibt der Schnee auf meinen Haaren einfach liegen.«

»Ich finde das schön. Sieht aus wie Zuckerguss.«

Chloë wird bleich. Jetzt sieht sie also aus wie eine Nachspeise. Erinnert sie Angela immer an etwas zu essen? Sind alle nur Häppchen in ihren Augen?

Angela bemerkt, dass sich Chloës Haltung versteift hat, und fügt schnell hinzu: »Das habe ich so nicht gemeint, ich wollte nicht …« Angela zögert und beißt sich auf die Unterlippe. Sie versucht es mit einem Themenwechsel. »Wie geht es dir?«

»Schon in Ordnung.«

»In Ordnung?«

»Nun ja, sagen wir mal, was passiert ist, hat mich ganz schön aus der Bahn geworfen.«

Angela lässt den Blick sinken und zupft an ihren Netzstrümpfen herum. »Ich weiß.«

»Ich hatte nicht damit gerechnet, angegriffen zu werden. Vor allem nicht von dir.« Angela sinkt noch tiefer in ihren Stuhl. »So was will ich nicht mehr erleben«, fährt Chloë fort. »Nie wieder. Das habe ich hinter mir.«

»Ich weiß«, wiederholt Angela.

»Das ist nicht in Ordnung. Das ist absolut nicht in Ordnung. Mir fehlen wirklich die Worte … Ich kann nicht fassen, dass du das getan hast.«

Angela starrt auf ihre Schuhe und sagt nichts.

Ein weiterer, dick eingepackter Kunde betritt das Café und bringt einen Schwung kalte Luft und ein paar Schneeflocken mit hinein. Chloë zittert, aber Angela scheint die Kälte nicht wahrzunehmen. Natürlich tut sie das nicht.

Chloë nimmt einen Schluck von ihrem Kaffee, dann noch einen. Zwei Sekunden später hat sie den Geschmack schon wieder vergessen. Sie stellt die Tasse zurück auf den Tisch und seufzt. »Hör zu, was machen wir hier?«

»Ich hatte dich hergebeten, weil ich mich bei dir entschuldigen wollte.« Angela sieht zu Chloë auf, sie hat Tränen in den Augen. »Es tut mir so furchtbar leid, was passiert ist. Ich wollte dir nicht wehtun.«

»Es ist keine ernsthafte Wunde, falls du dir deshalb Sorgen machst«, wirft Chloë schnell ein. »Ich bin nicht in Ohnmacht gefallen oder so.«

»Aber du warst kurz davor. Und ich meine nicht nur die Wunde. Es tut mir leid, dass ich dich verletzt habe. In jeder Hinsicht.«

In der Stille, die folgt, betrachtet Chloë Angelas Gesicht aufmerksam. Sie hat so viele Fragen, ist sich aber nicht sicher, ob sie die Antworten hören will.

Sie entschließt sich, trotzdem zu fragen. »Also. Hast du schon mal, ich meine, jemanden …? Du weißt doch, Vampire bringen Menschen doch üblicherweise um …«

Angela erstarrt, ihr blasser Teint wird noch weißer als sonst. »Oh! Ich, nein, nie. Ich bin sehr vorsichtig und habe noch nie jemanden umgebracht. Noch nie.«

Chloë hat ein schlechtes Gewissen, weil sie gefragt hat. »Das habe ich mir schon gedacht … Ich … Weißt du, das habe ich vermutet, aber ich wollte lieber sichergehen.«

»Selbstverständlich.«

»Und werde ich mich jetzt in einen Vampir verwandeln?« Chloë fummelt gedankenverloren am Pflaster an ihrem Hals rum.

»Nein. Dann wärst du jetzt schon ein Vampir. Es wäre sofort losgegangen, und es wäre dir aufgefallen. Der Prozess ist nicht wirklich subtil.« Eine weitere lange Stille folgt, während Angela ihre nächsten Worte abzuwägen scheint. »Ich bin mir ziemlich sicher, dass es nicht nach nur einem Biss passieren kann.«

Chloë beruhigt das nur in Maßen. »Wie oft muss es dann passieren? Dreimal? Oder öfter?«

»Es dauert eine ganze Weile«, sagt Angela, und ihr Gesichtsausdruck verdüstert sich. »Zumindest war das bei mir so. Ich glaube nicht, dass es da eine feste Zahl gibt. Wenn du oft genug gebissen wurdest, kommt der Tag, an dem du daran stirbst … Vielleicht passiert das aus Versehen, oder vielleicht läuft das immer so ab, wenn man es lange genug mitmacht. Oder es passiert, wenn dich jemand umbringen will, ich weiß es nicht genau. Aber dann wacht man wieder auf, und es ist zu spät.«

Chloë fragt sich, wie sich eine solche Verwandlung wohl anfühlt. Aber Angelas unglücklicher Gesichtsausdruck hält sie davon ab nachzufragen. Vielleicht braucht sie nicht auf alle ihre Fragen sofort Antworten. Sie fährt mit etwas anderem fort. »Wie viele der Mythen sind also wahr? Du weißt schon, Knoblauch, Kreuze?«

»Oh«, sagt Angela. »Sie sind, nun ja …«

Sie sieht sich um, ob jemand in Hörweite sitzt. Auch Chloë lässt den Blick durchs Café schweifen. Trotz des Wetters ist der Laden voll, aber das Pärchen am Tisch neben ihnen scheint zu sehr in sein eigenes Gespräch vertieft zu sein, um andere zu belauschen. Die konstanten Hintergrundgeräusche sorgen eher für eine gewisse Privatsphäre. Bis Gespräche von anderen Tischen zu ihnen dringen, ist ihre Bedeutung bereits im betriebsamen Gemurmel untergegangen.

»Es tut mir leid«, sagt Angela leise. »Aber ich habe noch nie darüber geredet, zumindest nicht außerhalb meines Kopfs oder wenn ich es für mich aufschreibe. Irgendwie ist es mir ein bisschen peinlich. Als ob es ein Ausschlag wäre oder so.«

Chloë beobachtet sie, sagt aber nichts.

»Aber wenn jemand die Wahrheit verdient hat, dann du«, redet Angela weiter. »Also … Knoblauch und Kreuze bereiten mir ziemliches Unbehagen. Ich habe nicht die leiseste Ahnung, warum – es ergibt überhaupt keinen Sinn, und du kannst mir glauben, ich habe ernsthafte Untersuchungen meines, sagen wir mal, Zustands gemacht. Meine Reaktion darauf könnte auch psychosomatisch sein, da bin ich mir nicht sicher. Fließende Gewässer zu kreuzen fühlt sich komisch an, aber ich breche nicht zusammen, wenn ich mit der Bahn über den Charles River fahre oder so. Wolltest du sonst noch etwas wissen?«

»Ich habe mich auch gefragt, wie alt du bist? Also wie alt wirklich.«

»Ah.« Angelas Blick schweift in die Ferne, als ob sie weit zurückgreifen müsste. »Sagen wir es so. In dem Jahr, in dem ich geboren wurde, war Europa nicht mehr als eine unorganisierte Sammlung kleiner Länder und die Aussicht auf eine

Vereinigung noch nicht vorstellbar. Gerald Rudolph Ford war gerade zum Präsidenten dieses Landes gewählt worden, und Mobiltelefone sowie Compact Discs waren weit entfernte Zukunftsträume von Visionären und Spinnern …«

»Hör auf damit«, unterbricht sie Chloë. »Das ist nicht lustig.«

Angela ist sofort ernüchtert. »Tut mir leid. Du hast recht, ist es nicht. Ich bin fünfundzwanzig. Aber ich bin auch noch nicht allzu lange in diesem … Zustand. Ich glaube nicht, dass ich normal altern und einfach sterben kann, aber da bin ich mir nicht ganz sicher. Tess hat zwar Andeutungen gemacht, aber sie hat mir nicht viel erklärt.«

»Tess – sie war diejenige …?«

»Ja«, sagt Angela knapp. »Aber egal. Immerhin weiß ich, dass ein paar Vampirmythen nicht stimmen. Ich bin definitiv nicht immun gegen jede Krankheit. Und ich glaube nicht, dass ich fliegen oder mich in eine Fledermaus verwandeln kann. In den ersten Monaten habe ich das eine Weile versucht, aber ich habe mich nur zum Idioten gemacht.«

»Aber ein paar Mythen treffen schon zu, oder?«, fragt Chloë weiter. »Du kannst nicht unaufgefordert ein Haus betreten, richtig?«

»Das ist dir also aufgefallen.« Angelas Lippen werden zu dünnen Schlitzen. Nicht wirklich ein Lächeln. »Ja, das stimmt. Aber nur, wenn dort jemand wohnt. Hier kann ich ohne Probleme rein. Ach, und ich habe kein Spiegelbild.«

»Wirklich?«

Angela deutet mit dem Kopf auf die große Fensterfront des Cafés. Als Chloë sich umdreht, sieht sie ihr Spiegelbild im Glas, aber Angelas fehlt. In der Spiegelung sieht es so aus, als ob Chloë alleine dasitzt.

Chloë sieht zwischen der Fensterscheibe und der Frau ihr gegenüber hin und her. »Fällt das denn nie jemandem auf?«

»Den Leuten fällt vieles nicht auf.«

»Wie kann das denn sein?«

»Das weiß ich noch nicht«, gesteht ihr Angela. »Ich habe dem noch nicht auf den Grund gehen können. Zumal es ja auch meine Anziehsachen betrifft, aber nur, wenn ich sie anhabe, und das ist doch seltsam. Aber es wird noch seltsamer. Einer Legende zufolge haben wir kein Spiegelbild, weil wir keine Seele haben.«

»Das glaube ich nicht«, entgegnet Chloë sofort. »Keine Sekunde.«

»Danke.« Diesmal lächelt Angela aufrichtig, wenn auch schüchtern. »Beantwortet das deine Fragen?«

»Nun ja ...« Es gibt noch etwas, das Chloë neugierig macht. »Wie kommt es, dass mir deine ...«

»Meine was?«

»Deine Fänge nie aufgefallen sind? Es ist ja ganz offensichtlich, dass du welche hast – ich habe Einstiche davon an meinem Hals.« Chloë tippt sich an das Pflaster. »Aber ich verstehe nicht, wieso ich sie nicht sehen kann, wenn du sprichst.«

»Oh. Man sieht sie nicht, weil ich sie einziehen kann.«

»Wie bitte?«

»Wie bei einer Viper«, erklärt Angela.

»Einer was?«

»Oder anderen Schlangen, Klapperschlangen und Puffottern – es gibt einige Arten. Ihre Fänge ziehen sich in den Kiefer zurück, wenn sie sie gerade nicht brauchen.« Angela wirkt jetzt belebter, als sie anfängt, über wissenschaftliche

Fakten zu reden. »Ich habe viel darüber gelesen, als ich versucht habe, mehr über mich herauszufinden. Das ist eine der wenigen Erkenntnisse, die meiner Meinung nach wirklich Sinn ergeben. Und Schlangen sind faszinierende Lebewesen. Ihre Zähne sind in der Mitte hohl, und so verspritzen sie ihr Gift, wie bei einer Kanüle.«

»Gift?«, wiederholt Chloë nervös.

Angela hält inne. »Ich glaube nicht, dass in meinen Zähnen Gift ist. So etwas habe ich zumindest noch nie festgestellt. Aber ich glaube, dass in meiner Spucke eine Art Blutgerinnungsmittel ist, das hilft, die Bisswunde zu schließen. Und …« Sie lehnt sich vor. Konzentriert versucht sie, Chloës Blick zu ergründen. Chloë weiß nicht, wonach sie sucht. »Ich habe mich schon oft gefragt, ob der Biss irgendeine Art Verbindung herstellt. Ist dir da irgendwas aufgefallen? Fühlst du dich mir gegenüber anders? Also ich weiß, wie du dich fühlen musst … Ich meine eher, sonderbar und unerklärlicherweise anders?«

»Ich glaube nicht«, antwortet Chloë. Ihre Gefühle sind ein einziges Chaos, aber sie erkennt jedes einzelne davon als ihr eigenes. »Es kann aber sein, dass ich körperlich darauf reagiere«, fügt sie hinzu. »Die Stiche jucken. Nicht arg, aber ein bisschen.«

»Du bist also allergisch auf mich? Das ist ja großartig!« Angela lässt sich in die Lehne ihres Stuhls fallen. Sie macht ein Geräusch, das nicht wirklich als Lachen eingestuft werden kann. »Vampire haben jedenfalls ähnliche Fänge wie Vipern, zumindest ich. Sie kommen raus, wenn ich Hunger habe oder wenn ich erregt bin oder beides gleichzeitig. Ich vermeide es möglichst, zur gleichen Zeit zu hungrig oder zu erregt zu sein.«

»Oh.« Plötzlich leuchtet Chloë etwas ein. »Oh!«

»Ja«, sagt Angela und sieht wieder auf ihre Schuhe. »Wenn ich lange nicht getrunken habe und ich erregt werde, dann fühle ich mich besonders bissig. Ich mache mir dann Sorgen, dass ich mich nicht unter Kontrolle habe. Im Eifer des Gefechts.«

»Das erklärt ja zumindest ein paar Dinge. Wie lange hältst du es aus, ohne – ich weiß nicht, wie ich es nennen soll –, ohne zu trinken, bevor es problematisch wird?«

»Wenn ich etwa alle zwei Wochen etwas dagegen unternehme, dann geht es.«

»Zwei Wochen.« Chloë rührt in ihrem Kaffee, nur um ihre Hände zu beschäftigen. »Wie viele Menschen hast du also gebissen, seitdem wir zusammen sind?«

»Keinen. Wenn man von dir absieht.«

»Keinen?«

Angela zuckt mit den Achseln. »Ich wollte nicht. Es macht mir nicht gerade viel Freude.«

»Als du mich gebissen hast, war das letzte Mal also vor …«

»Vor etwa einem Monat. Ein bisschen länger.«

»Du hast gehungert?«

Angela sieht sie argwöhnisch an. »Entschuldigst du gerade mein Verhalten? Lass das.«

»Das tue ich nicht«, verteidigt sich Chloë. »Ich versuche, dich zu verstehen.«

»Weißt du, was ich vorhatte, an unserem ersten Abend im Club?«, fragt Angela sie so leise, dass Chloë sie auf der anderen Seite des Tischs beinahe nicht hören kann. »Ich habe dir Drogen in den Drink getan. Ich habe nur nicht weitergemacht, weil ich herausgefunden habe, wer du bist. Das ist es nämlich, was ich mache. Ich verabreiche Frauen Drogen, schleife sie mit auf die Toilette und trinke ihr Blut.«

»Oh.« Mehr bekommt Chloë im Augenblick nicht heraus.

»Ich bin ein Raubtier«, fährt Angela fort. »Genau, wie du gesagt hast. Die grauenhafte Vampirfrau, die es darauf abgesehen hat, unschuldige Mädchen zu verführen. Und ich habe dich seit dem Abend, an dem wir uns kennengelernt haben, belogen.«

Chloë ist schwindelig. »Du setzt Frauen unter Drogen.«

»Mit Schlaftabletten.« Angela klingt kalt, beinahe gefühllos. »Ich bin ein Monster. Rede dir nur nichts anderes ein.«

Chloë steht auf, schiebt den Stuhl zurück und balanciert auf wackligen Beinen. Der Boden unter ihr bewegt sich. »Ich bin gleich wieder da. Tut mir leid. Ich muss …« Sie macht eine vage Geste in Richtung des hinteren Teils des Cafés. »Bin gleich wieder da«, wiederholt sie. Angela sagt nichts, als Chloë vom Tisch flüchtet.

Chloë bahnt sich einen Weg auf die andere Seite des überfüllten Cafés, schiebt sich zwischen Tischen und Tresen vorbei. Überall werden Stühle dazugestellt, wird auf Bänken zusammengerutscht. Es scheint kein Ende von Leuten zu geben, die ihr den Weg versperren. Als sie es auf die Damentoilette geschafft hat, stellt sie erleichtert fest, dass sie nicht besetzt ist. Sie geht hinein und schließt die Tür hinter sich.

Die Toilette ist vergleichsweise sauber. Schwarze Kacheln und rot gestrichene Wände, abgesehen von schlammigen Schuhabdrücken ist auch der Boden sauber. Hier ist es ruhig. Sie verriegelt die Tür und atmet erst einmal langsam durch, bis ihre Übelkeit langsam vergeht.

Dann vermisst sie sie geradezu. Denn sobald ihr nicht

mehr so übel ist, hat sie Gelegenheit nachzudenken. Sich an Angelas Geständnis zu erinnern. *Ich bin ein Raubtier.* Wie viele Frauen hat sie schon auf eine Toilette wie diese gelockt, um sie mit ihren scharfen Zähnen zu überraschen? Beinahe wäre ihr das passiert. Mit einer langen Verzögerung war ihr das passiert. Sie zuckt bei der Erinnerung zusammen.

Aber, fällt ihr augenblicklich ein, sie ist nicht daran gestorben. Angela tötet niemanden. Zumindest nicht, wenn sie die Wahrheit gesagt hat. Chloë glaubt aber nicht, dass sie lügt. Außer ihrem Instinkt gibt es zwar keinen Grund, ihr zu glauben, aber sie tut es trotzdem. Auch nach allem, was Angela ihr erzählt hat, und obwohl das alles viel, viel zu spät kam. Vielleicht glaubt sie ihr auch, weil sie sich an noch mehr erinnern kann als nur an den Biss. An Angela, die sich in die Ecke kauert und das Gesicht hinter den Händen verbirgt. Wie sie aus der Tür gerannt ist.

Chloë denkt nicht, dass Angela eine Mörderin ist. Das ist zwar ein schwacher Trost. Aber unter diesen Umständen sicherlich nicht außer Acht zu lassen.

Sie geht ans Waschbecken und spritzt sich Wasser ins Gesicht. Es ist eisig kalt. Sie lässt es laufen und hofft, dass es irgendwann wärmer wird.

Während sie wartet, betrachtet sie sich im Spiegel. Sie versucht sich vorzustellen, wie es wäre, dort nichts zu sehen. Versucht sich auszumalen, was sie an Angelas Stelle getan hätte. Ob sie vielleicht den Winter auch lieber hätte, wenn ihr nicht immer kalt wäre? Ihre Gedanken ergeben keinen Sinn mehr. Sie versucht, sie in irgendeine Ordnung zu zwingen, aber ohne Erfolg.

Mittlerweile ist das Wasser beinahe heiß, daher spritzt sie

sich schnell noch etwas davon ins Gesicht und dreht den Hahn dann zu. Dampf steigt vom Waschbecken auf. Sie zieht ein Papierhandtuch aus dem Spender und trocknet sich ab.

Sind Angelas Taten unverzeihlich?

Vielleicht. Aber vielleicht auch nicht. Die Antwort müsste Ja lauten, es sollte nicht mal eine Frage sein. Aber Chloë stellt fest, sie ist nicht bereit, das wie früher einfach hinzunehmen. Nichts an der Sache ist schließlich normal.

Oder versucht sie nur, Ausreden zu finden, wie sie es jahrelang für Alec gemacht hat?

Sie muss mehr wissen. Sie muss wissen, warum. Denn sie ist nicht einmal ansatzweise überzeugt, dass sie die Sache besser gehandhabt hätte als Angela. Sie ist schließlich auch nicht ganz unschuldig. Ganz und gar nicht. Obwohl sie nicht weiß, was das jetzt noch für einen Unterschied macht, aber sie hat Angela einiges verheimlicht, was sie ihr hätte sagen sollen. Ihr hätte sagen müssen. Was sie aber nicht getan hat.

Schon vor einem Monat hätte sie dieses Gespräch mit Angela führen sollen, aber sie hat es vermieden. Hat sich stattdessen an sicherere Themen gehalten. Sich still verhalten, Ausflüchte gesucht und gehofft, dass sich das Problem von alleine löst.

Sie öffnet die Tür und verlässt die Damentoilette. Sie kann sich nicht für immer hier einschließen. Es gibt Dinge, die ans Licht müssen.

38

Diesel Café, Davis Square
15. Dezember 1999

Angela trommelt gedankenverloren auf der Oberfläche des Tischs herum. Sie bemerkt erst, dass Chloë wiederkommt, als sie nur noch ein paar Tische von ihr entfernt ist. Sie hat es vor fünf Minuten aufgegeben, nach ihr Ausschau zu halten. Angela beobachtet, wie Chloë sich an den Stühlen vorbeischlängelt.

»Ich habe mir schon Sorgen gemacht, dass du durch die Hintertür abgehauen bist«, sagt Angela und meint es ernst.

Der Knoten in ihrem Hals ist mit Chloës Rückkehr nicht weggegangen. Zumal Chloë sich nicht wieder setzt. Und der Ausdruck auf ihrem Gesicht kann nur als düster bezeichnet werden.

»Nein«, antwortet Chloë. »Ich … ich glaube, hier gibt es nicht einmal eine Hintertür.«

»Oh.«

Chloë bleibt stehen. Angela hebt die Augenbrauen als

wortlose Aufforderung. Mittlerweile will sie es lieber hinter sich bringen.

»Hör zu«, fängt Chloë schließlich an, »ich glaube, du solltest wissen, also, ich will dir sagen, dass ich … äh … manchmal Suizidgedanken habe.«

»Was?«

Damit hat sie nun wirklich nicht gerechnet.

»Nicht mehr so oft wie früher«, fährt Chloë fort, »aber ich bin nicht so gefestigt, nicht so gesund, wie ich glaube, dass du denkst. Ich nehme Antidepressiva. Sie helfen aber nicht immer.«

»Oh.« Angela verarbeitet das Gehörte. »Willst du damit sagen – habe ich es schlimmer gemacht?«

»Nein!« Chloë schüttelt den Kopf. »Nein. Ich will dir sagen, dass es Dinge gibt, von denen ich dir hätte erzählen sollen, okay?« Endlich setzt sich Chloë wieder an den Tisch. Sie sieht aus dem Fenster, den Blick starr auf die Schneeflocken gerichtet. »Deshalb erzähle ich sie dir jetzt. Manchmal kann ich tagelang mein Zimmer nicht verlassen oder mich überhaupt bewegen. Nichts interessiert mich, niemand, nicht einmal Essen. Ich will nur, dass du weißt, dass du nicht die Einzige bist, die nicht die ganze Wahrheit erzählt hat.«

Angela ist immer noch damit beschäftigt, das alles zu verdauen. »Moment mal, du willst doch nicht behaupten, dass das vergleichbar ist?«

»Ich stelle keinen Vergleich auf. Aber es ist trotzdem wichtig, okay? Du hast mir gesagt, du möchtest mit niemandem zusammen sein, der psychisch krank ist, und ich habe dir verschwiegen, dass ich eine psychische Erkrankung habe.«

»Das wusste ich schon. Shelly hat da was angedeutet.«

Chloë fährt zusammen und sieht Angela aufgebracht an. »Sie hat was?«

»Nicht, wie du denkst!«, fügt Angela schnell hinzu. Sie möchte sich auf die Zunge beißen. Das Letzte, was sie will, ist böses Blut zwischen Shelly und Chloë. »Sie hat nur allgemein von dir erzählt – sie hat nicht über dich hergezogen.«

»Was hat sie gesagt?«

»Nicht viel. Sie hat keine große Sache daraus gemacht oder so.«

Angela merkt, dass ihre Erklärungsversuche scheitern, aber sie findet einfach nicht die richtigen Worte. Es war am Abend nach ihrem Date auf dem Berg. Sie hatte Shelly aufgekratzt davon erzählt, war einen Tag später noch aufgeregt von ihrem Kuss mit Chloë. Shelly hatte sie auf den Arm genommen und war dann ernst geworden. Hatte ihr erzählt, wie sehr sie Chloë schätzt, hatte erwähnt, dass Chloë in Behandlung ist und eine harte Zeit hinter sich hat.

»Vielleicht hätte Shelly eine große Sache daraus machen sollen«, sagt Chloë. »Wenn du mit jemandem zusammen gewesen wärst, der nicht so sehr mit seinen eigenen Problemen zu kämpfen hat, dann wären deine vielleicht früher ans Licht gekommen.«

»Das ist für mich egal. Für uns. Solange es noch ein *Uns* gibt.« Irgendwie hat Angela es geschafft zum denkbar schlechtesten Zeitpunkt, das loszuwerden, was sie schon den ganzen Abend über fragen wollte. Aber nun ist es raus, sie kann es nicht wieder zurücknehmen. Also macht sie weiter. »Also, ich sollte besser fragen, ob es das noch gibt? Ein *Uns*?«

Irgendwo zu ihrer Linken bricht lautes Gelächter aus, und

eine Gruppe von Leuten verlässt, sich laut unterhaltend, das Café. Als die Tür wieder zufällt, legt Chloë ihre Finger um die Tasse. Angela fragt sich, ob sie überhaupt noch warm sein kann. Sie wünschte, sie könnte ihre Hand auf Chloës legen und sie wärmen. Sie hat erst vor ein paar Tagen getrunken, also könnte es sogar möglich sein. Aber sie bezweifelt, dass Chloë es begrüßen würde. Außerdem ist es beinahe grotesk, Chloë mit dem von ihr gestohlenen Blut zu wärmen.

»Ich bin mir nicht sicher«, gesteht Chloë. »Wegen uns. Du hast mir Angst gemacht. Als du so ausgerastet bist. Ich weiß, dass ich etwas begriffsstutzig war …«

»Nein«, unterbricht sie Angela. »Gib niemals dir die Schuld. Niemals.«

»Das hat ein paar schlechte Erinnerungen wieder hochgeholt.«

Angela nickt vorsichtig. »Und du willst den gleichen Fehler nicht zweimal machen.«

»Würde ich das denn?«

So. Da war es also. Hübsch in vier Worte verpackt.

Leise antwortet Angela. »Vielleicht würdest du das.«

Chloë starrt in ihre Kaffeetasse.

»Ich habe dich vermisst«, flüstert Angela. »Schon die wenigen Tage. Ich vermisse es, mit dir zu reden. Ich vermisse deine grünen Augen und deine Locken und … Ich denke, du bist das Beste, was mir seit langer Zeit passiert ist.« Tränen laufen ihr über die Wangen. »Und ich habe es versaut. Ich hasse es, untot zu sein.«

Angela sieht, wie Chloë langsam den Arm hebt, über den Tisch greift und ihn ihr auf die Schulter legt. »Hey, es ist alles in Ordnung«, sagt sie. »Nicht, du musst nicht …«

»Nein, es ist nicht in Ordnung. Was ich getan habe, ist unverzeihlich.«

»Wenn es ums Überleben ging …«

Angela schüttelt Chloës Hand ab. »Na und? Wie kann ich von dir verlangen, das zu akzeptieren? Und dich zur Komplizin machen?«

Chloë lässt sich zurück auf ihren Stuhl sinken.

»Wieso machst du es auf diese Art?«, fragt sie. »Mit den Drogen und den Drinks, auf der Toilette und so weiter?«

»Weil das der beste Plan ist, den ich habe«, antwortet Angela düster. »Ich habe andere Dinge ausprobiert. Tiere, Blutkonserven. Das funktioniert alles nicht. Es ist, als ob man immer nur Cola Light trinkt – man hungert langsam aus. Ich muss frisches, menschliches Blut trinken, heimlich und alle paar Wochen. Ich habe keine Wahl.«

»Warum … Du hast gesagt Frauen. Warum nur Frauen?«

Um Chloë nicht ins Gesicht sehen zu müssen, fährt Angela mit dem Finger die Metallkante des Tischs entlang. »Weil«, sagt sie dann, »es sehr viel schwieriger ist, mit einem Typen unauffällig auf der Toilette zu verschwinden.«

»Oh. Ich dachte vielleicht …« Chloë spricht nicht weiter und schüttelt den Kopf. »Vergiss es.«

Keine von beiden spricht. Die Stille zwischen ihnen verstärkt die Hintergrundgeräusche. Das Klappern von Löffeln, gedämpfte Gesprächsfetzen, Namen, die der Kellner aufruft, wenn der Kaffee fertig ist.

»Was, wenn …« Chloë holt tief Luft. »Hast du schon einmal überlegt, einen Freiwilligen zu suchen?«

»Nein«, antwortet Angela knapp.

»Aber …«

»Das werde ich nicht tun.«

»Aber du wirst doch sicher nicht …« Chloë ist laut geworden. Angela sieht sie flehend an, dann spricht Chloë leiser weiter. »Du wirst doch nicht weiter Leute unter Drogen setzen wollen.«

»Natürlich nicht«, erwidert Angela. »Aber Freiwillige? Mich beißen zu lassen hat mich zu dem gemacht, was ich jetzt bin. Und es war vielleicht nur Glück, dass ich es überhaupt überlebt habe. Ich weiß nicht, ob das zwangsläufig passiert. Meinst du, das will ich jemand anderem antun? Nein. Das wäre noch schlimmer als das, was ich jetzt tue. Viel, viel schlimmer. Glaub mir, ich kann das beurteilen. Dabei kannst du mir nicht helfen.«

Wieder verfallen sie in langes Schweigen.

»Vielleicht ist es ohnehin besser, wenn wir nicht …«, sagt Chloë schließlich. »Ich meine, vielleicht sind wir nicht gut füreinander.«

Und da ist es, denkt sich Angela. So schnell und einfach, wie einen Faden zu zerschneiden. Und es ist ganz offensichtlich die richtige Entscheidung. An Chloës Stelle würde Angela die gleiche Entscheidung treffen.

Das hätte sie auch längst machen sollen. Schon vor Wochen, lange bevor es hierzu kommen musste. Sie hätte mutig genug sein sollen, selbst Schluss zu machen. Oder entschlossen genug, um gar nicht erst eine Beziehung anzufangen.

Genauso hätte sie früher mit Tess Schluss machen sollen, schon vor Jahren, als sie die Gelegenheit dazu hatte. Aber das hatte sie nicht getan, und nun muss sie eben mit den Konsequenzen leben. Mit dem, was aus ihr geworden ist.

Was, wenn sie an jenem Abend noch mehr die Kontrolle verloren hätte? Was wäre geschehen, wenn Chloë nicht mit ihrem *»Hör auf«* zu ihr durchgedrungen wäre? Wie lange hätte sie sonst weitergemacht? Wie sehr hätte sie sie noch verletzt?

Was, wenn sie sie getötet hätte?

Diese Gefahr ist auch noch nicht gebannt. Sie hat die Instinkte eines Raubtiers. Vielleicht ist es reines Glück, dass es nicht zum Äußersten gekommen ist. Vielleicht ist es unumgänglich. Selbst wenn sie die Grenze, die sie gezogen hat, nie überschreitet und kein Opfer mehr als einmal beißt, damit es nicht zum Monster wird oder stirbt.

Sie muss sich der Tatsache stellen, was sie ist.

»Du hast recht«, sagt sie schließlich. »Du hast vollkommen recht. Ich glaube nicht, dass es sicher für dich wäre.«

Chloë runzelt die Stirn. »Das hatte ich … Das hat nicht nur mit dir zu tun. Ich bin auch nicht so toll, wie du denkst.«

»Hör auf«, sagt Angela und steht auf. »Lass das einfach.«

Sie dreht sich um und stürmt los, wobei sie sich nicht bei den Leuten entschuldigt, die sie dabei anrempelt. Sie schubst einen Mann, der ein Glas Limonade hält, und ein großer Schluck landet auf dem Boden. Er sieht jedoch ihren Gesichtsausdruck und beschließt, keinen Aufstand zu machen und sie ziehen zu lassen.

»Es tut mir leid«, ruft Chloë ihr nach.

Sie stürmt weiter Richtung Ausgang. Als sie die Türe öffnet, wirft sie einen letzten Blick zurück ins Café. Chloë sieht ihr nach und klammert sich an ihrer Tasse fest. Im überfüllten Café sieht sie einsam und verlassen aus.

Angela dreht sich um und eilt aus dem Laden hinaus ins Schneetreiben.

SIEBTER TEIL

Du bist umgeben von Werwölfen

39

Scottsdale, Arizona
26. August 1998

»Wer zum Teufel ist das?«

Als sie vor Tess den dicken Stapel Fotos auf den Tisch wirft, kann Angela die Wut in ihrer Stimme nicht unterdrücken. Einige der Bilder landen auf dem Boden.

Tess sieht weiterhin konzentriert durch die Lupe, scheinbar vom Foto vor sich im Leuchtkasten ganz enorm gefesselt. Sie hat ihr dunkelrotes Haar zu einem Zopf geflochten, damit es ihr nicht im Weg ist. Dadurch sehen ihre Züge im scharfen weißen Licht der Leuchte markant und hart aus.

Als sie sich aufrichtet und auf ihrem Stuhl herumdreht, sind ihre Augen starr. Das sind sie immer kurz nach der Arbeit. Ihr Blick wird langsam schärfer, als sie ihn auf die überall verteilten Bilder richtet.

»Wo kommen die denn her?« Tess runzelt die Stirn. »Hast du etwa herumgeschnüffelt?«

Angela lacht auf. Ihr Lachen klingt schrill und dünn. »Nein, ich habe aufgeräumt. Dein Haus aufgeräumt und rate mal, was ich hinterm Bücherregal gefunden habe.«

»Na und?«

»Das ist alles, was du zu sagen hast? ›Na und‹?«

»Ich verstehe nicht, warum du so tust, als ob das so eine Überraschung ist.« Tess spricht ruhig und geduldig. Wie ein Erwachsener, der mit einem Kleinkind redet. »Ich bin also keine Jungfrau mehr. Na und? Hast du gedacht, du wärst meine Erste?«

Angela hat im Augenblick keinen Nerv für diese Art Logik. Sie ist wütend und unglücklich, und ihr ist viel zu warm. Obwohl es in der Küche mittlerweile eine Klimaanlage gibt, ist es in der Dunkelkammer so heiß wie in einem Backofen. Temperatur beeinflusst den Entwicklungsprozess, und Tess bevorzugt es eben warm. Aber dieses Jahr ist es heißer als sonst. Nachts ist es dort drinnen unangenehm, aber am Tag ist es unerträglich. Im August ist es immer am Schlimmsten. Die Regenschauer kühlen das Haus nicht im Geringsten ab, sie machen alles nur schwüler. Heute Nacht regnet es, viel und heftig. Trotz der Hitze mischt sich sogar ein bisschen Hagel darunter. Angela findet das Prasseln auf dem Dach klingt wie eine Meute Ratten, die versuchen, sich einen Weg nach drinnen zu graben. Das Wetter an diesem Ort ist unberechenbar. Seit zwei Jahren ist sie nun hier, und sie versteht immer noch nicht, wie man auf die Idee gekommen war, hier eine Stadt hinzubauen.

Schweiß sammelt sich unter dem lächerlich unpraktischen Korsett, dass ihr Tess für heute ausgesucht hat. Ihr ganzer Körper ist feucht und juckt, sie schwitzt überall, im Nacken, zwischen den Schenkeln. Ihre Finger haben feuchte Abdrücke auf den Fotos hinterlassen.

Tess ist wie immer von der Hitze ungerührt. Es kümmert sie nicht. Sie trägt schwarze Wolle, ist der mörderischen Hitze gegenüber provokant gleichgültig. Die Klimaanlage ist eines der wenigen Zugeständnisse, die sie gemacht hat, und auch das erst, nachdem Angela im Juli tatsächlich in Ohnmacht gefallen war. Halb aus Erschöpfung und halb aufgrund der Hitze.

Selbst da war Tess nur bereit, die Hitze als Grund zuzulassen. Noch immer weigert sie sich stur, Angela zu erlauben, in einem anderen Raum zu schlafen. Sie trifft aber auch keine Vorkehrungen, um sich selbst zu schützen. Die beiden hatten einen ihrer schlimmsten Streits, als Angela vorgeschlagen hat, Verdunkelungsvorhänge in der Dunkelkammer aufzuhängen, damit sie die Kammer verlassen kann, ohne Tess in Gefahr zu bringen. Irgendwann hat Angela schließlich aufgegeben, Schlafstörungen vorgetäuscht und sich von einem Arzt Schlaftabletten verschreiben lassen. Tess mag sie zwar den ganzen Tag dort in den chemischen Dünsten und der unerträglichen Hitze gefangen halten, aber immerhin kann sie jetzt durchschlafen.

Eine zweite Klimaanlage im Wohnzimmer könnte das ganze Haus erträglich machen, aber sie weiß, dass das nur zu einem weiteren Streit führen würde. Und Angela hat noch keinen einzigen Streit mit Tess gewonnen.

Jetzt gerade zettelt sie trotzdem einen an.

»Behaupte doch nicht, dass es normal ist, einen Stapel Nacktfotos deiner Ehemaligen …«

»Ich bin Fotografin, du Idiot.«

»… im Haus zu verstecken!« Angela ignoriert Tess' Unterbrechung. Sie hat nicht vor, sich ablenken zu lassen. Diesmal nicht. »Und du findest nicht, dass man das seiner Freundin erzählt?«

»Vielleicht habe ich das nicht, weil ich wusste, dass du ausrastest?«

»Dutzende davon!«

»Nicht jeder wurde von religiösen Spinnern erzogen, Angela. Manche von uns haben auch was erlebt.«

»Hör auf, das Thema zu wechseln.«

»Das einzige ›Thema‹ hier ist dein lächerlicher Tobsuchtsanfall.«

Angela hält inne, um Luft zu holen. Das hier führt zu nichts. Tess wird sich wie immer herauswinden und alles zu ihrem Fehler machen. Angela muss sich konzentrieren und die richtigen Fragen stellen.

»Wie alt sind diese Fotos?«

Tess schnaubt. Sie zieht eine Zigarette aus der Packung und zündet sie an. Der Nelkengeruch verbindet sich mit den sauren Dünsten von Entwickler und Fixiermittel.

Angela beißt die Zähne zusammen. Tess beantwortet nie Fragen zu ihrem Alter.

Die Bilder sind auch keine große Hilfe, obwohl Angela, nachdem sie sie gefunden hatte, stundenlang darüber gebrütet hat. Alle sind in Tess' typischem, körnigen Schwarz-Weiß gehalten. Männer und Frauen, die meisten etwa Anfang zwanzig. Einige mit einer kleinen Blutspur am Hals.

Keine Klamotten, um auf ein Jahrzehnt schließen zu können. Angela hat versucht, sich an den Frisuren zu orientieren, aber das hat nicht viel geholfen – die Achtziger sind noch nicht lange genug her. Waren da Frisuren aus den Sechzigern und Siebzigern dabei? Oder waren sie nur retro? Oder täuscht sie sich einfach?

Sie sind jetzt fast seit zwei Jahren zusammen, und Angela weiß nicht, ob Tess 1969 oder 1869 zur Welt gekommen ist. Sie weiß nicht, ob es überhaupt möglich wäre, dass Tess 1869 geboren wurde.

Konzentriere dich auf die relevanten Fragen.

»Triffst du sie noch? Die Leute auf den Fotos?

Tess starrt sie an. »Was zum Teufel soll die Frage?«

»Kann ich mit einem von ihnen reden?«

»Ich werde sicher meine Freundin nicht in Kontakt mit meinen Ex-Beziehungen bringen«, erklärt Tess. Sie nimmt einen langen Zug und bläst den Rauch durch ihre Nasenlöcher. »Du spinnst. Ich weiß wirklich nicht, was in letzter Zeit mit dir los ist, aber es gefällt mir nicht.«

Mit mir ist los, dass ich dich verlasse, denkt sich Angela. Aber sie spricht es nicht laut aus.

Zum ersten Mal ernsthaft darüber nachgedacht hat Angela, als Tess sie vor einigen Wochen zuletzt geschlagen hat. Sie kann sich nicht mehr daran erinnern, worüber sie gestritten haben. Sie weiß nur noch, dass der Gedanke, Tess' Körper aus der Dunkelkammer ins Sonnenlicht zu zerren, sie seither nicht mehr losgelassen hat. Nur um zu sehen, was passiert.

Sie macht sich Sorgen, dass sie Tess umbringt, wenn sie noch länger mit ihr zusammenbleibt.

Wenn der Gedanke daran, Tess zu verlassen, keine blanke Panik auslösen würde, hätte sie es schon längst getan. Sie weiß nicht, warum sie sich so fürchtet. Es gibt genug Gründe, um zu gehen. Wochenlang hat sie darüber nachgedacht, ob Vampirbisse eine Art Verbindung zum Opfer erzeugen, wie eine Abhängigkeit, die sie immer wieder zu Tess zurücktreibt.

Vielleicht ist sie aber auch einfach immer noch in Tess verliebt. Das könnte sein. Trotz allem wünscht sie sich, dass es so ist. Alles andere würde sich wie eine Niederlage anfühlen. Aber die letzten Wochen mit Tess haben sie an den Rand des Erträglichen gebracht.

»Du hast nicht eine meiner Fragen beantwortet«, merkt Angela an. »Schon wieder.«

Tess seufzt. Angela hasst es, wenn sie das tut. Da sie nicht atmen muss, ist es reines Theater.

»Deine Fragen sind dumm. Hör auf, dich wie eine Verrückte zu benehmen.« Tess presst sich, die Zigarette zwischen zwei Fingern, die Daumen gegen die Schläfen. Nach ein paar Sekunden stopft sie die Zigarette plötzlich in den Aschenbecher. »Engel, ich kann mich damit gerade nicht beschäftigen.«

Keine Antworten also. Mehr Geheimnisse. Tess' ganzes Leben ist ein großes Geheimnis. Sie hat hier und da Andeutungen gemacht, was ein unbedachtes Wort alles anrichten kann. Angela fragt sich, ob das etwas mit pöbelnden Mobs, Vampirjägern, Vivisezierern oder gegnerischen Monstern zu tun hat. Vielleicht hat das aber auch viel simplere Gründe, wie die Angst vor der Psychiatrie oder dem Gefängnis. Beides würde für Tess den sicheren Tod bedeuten – eingesperrt in einem Raum mit einem Fenster. Für ein so starkes Wesen ist Tess seltsam verwundbar.

Auf einmal kommt Angela der Gedanke, dass Tess möglicherweise ihr ganzes Leben in Angst verbringt. Falls das so ist, kommt diese Erkenntnis zu spät für Angela. Es interessiert sie nicht mehr.

Tess steigt von ihrem Hocker und tritt näher.

»Weißt du, ich wäre viel gesprächiger, wenn ich nicht so abgelenkt wäre.« Sie fängt an, am Spitzenbesatz von Angelas Kleid herumzuspielen.

»Meinst du das ernst?« Angela weicht zurück. »Jetzt?«

Tess schmollt. »Es ist Wochen her.«

»Das stimmt nicht.«

»Und ob! Du hast in letzter Zeit nie Lust. Komm schon, ich kann dir nicht widerstehen. Du siehst so verdammt verführerisch aus.«

Angela verdreht die Augen. »Du denkst doch hoffentlich nicht, dass das funktioniert, oder?«

»Bitte?«

»Oh Gott, hör auf zu jammern.«

»Ganz lieb bitte, bitte?«

Es ist sinnlos, mit Tess zu streiten, wenn sie so drauf ist. Sie macht einfach weiter, bis Angela nachgibt. Und es ist tatsächlich schon eine Weile her. Sie ist in letzter Zeit nicht sonderlich willig gewesen.

»Na gut. In Ordnung.« Angela öffnet die obersten Knöpfe ihres Kleids und schiebt es sich über die Schultern. »Da, bitte. Aber sobald du fertig bist, reden wir weiter.«

Tess legt ihre Arme um Angela. Ihre Fänge hat sie schon ausgefahren.

Angela zuckt beim ersten Schmerz kurz zusammen. Nach einer Weile tut es weniger weh, ein dumpfer Schmerz und ein unangenehmes Gefühl, wenn Tess saugt. Sie macht sich bereit zu warten.

Nach einer Weile wird ihr schwindelig. Sie wird sich nachher hinlegen müssen. Aber vorher noch ein Keks und Saft, das hilft meistens.

Das ist das letzte Mal, denkt sich Angela. *So oder so, ich erlaube ihr nie wieder, mir das anzutun.*

Das Schwindelgefühl wird stärker. Der Raum fängt an sich zu drehen. Sie sieht helle Lichtpunkte, und ihre Sicht verdunkelt sich an den Rändern. Das ist nicht normal. Irgendwas stimmt nicht.

»Tess? Hast du es bald?«

Ihr Herz pocht, immer wieder flammt der Schmerz auf. Sie kann sich nicht erinnern, dass es sich je so angefühlt hat. Braucht Tess länger als sonst? Angela ist sich nicht sicher. Plötzlich fragt sie sich, ob die Leute auf den Fotos noch am Leben sind. Wie weit würde Tess gehen, um ihre Geheimnisse zu schützen?

»Hör auf.« Angela möchte schreien, aber ihre Worte sind nur ein Flüstern. »Hör auf, hör auf …«

Tess trinkt immer noch. Angela versucht, sie von sich zu stoßen. Aber das bringt nichts. Schon bei einer normalen Person wären ihre Mühen umsonst gewesen, aber Tess hätte genauso gut eine Betonwand sein können. Angela schlägt Tess mit der Hand ins Gesicht.

Schließlich zieht Tess endlich ihre Fänge aus Angelas Hals und tritt einen Schritt zurück. Ihre Augen sind aufgerissen. Blut läuft ihr aus dem Mundwinkel.

»Angela? Was … Geht es dir gut?«

»Nein.« Das ist das Letzte, was sie herausbringt, bevor alles um sie herum schwarz wird. Sie schwankt, dann geben ihre Knie nach.

»Oh, verdammt«, ist das Letzte, was sie hört, bevor ihr Kopf auf dem Boden aufschlägt.

Bis sie ihre Augen wieder aufschlägt, ist da nichts außer

Dunkelheit. Keine Träume. Und als sie wieder aufwacht, ist sie durstig. Schrecklich, schrecklich durstig. Sie versucht, ihren Kopf zu bewegen. Aber es fühlt sich an, als ob er in einem Schraubstock sitzt.

Ihr Blick fällt auf ein paar Schuhe. Über ihr steht Tess und beobachtet sie aufmerksam.

»Nun ja«, teilt Tess ihr mit, »ich schätze, jetzt wirst du mich wohl doch nicht verlassen.« Sie legt sich ihr eigenes Handgelenk an den Mund und beißt hinein. »Hier.« Sie bietet Angela ihren Arm an. »Trink schnell, bevor die Wunde heilt.«

Kaum in der Lage zu begreifen, was vor sich geht, legt Angela ihre Lippen an die offene Wunde. Das Blut ist lauwarm und schmeckt schal. Unangenehm. Sie denkt, warm wäre es besser. Sie trinkt es trotzdem in großen Schlucken.

Tess zieht ihre Hand zurück, bevor Angela auch nur annähernd genug hat. Sie versucht, Tess' Arm zu greifen, aber sie zieht ihn weg.

»Das dürfte eine Weile reichen, aber nicht ewig. Wir müssen uns etwas anderes einfallen lassen und zwar schnell. Schließlich können wir ganz offensichtlich so nicht weitermachen wie bisher.«

»Oh.« Angela fällt auf, dass Tess ein anderes Kleid trägt. Und ihre eigenen Sachen sind steif vor Schweiß. Sie fragt sich, wie lange sie wohl bewusstlos war.

Tess setzt sich zu ihr und streicht ihr übers Haar. Die Wunde an ihrem Arm verheilt bereits, Angela kann dabei zusehen.

»Das ist mir noch nie passiert«, sagt Tess beinahe zärtlich. »Ich war nie mit jemandem lange genug zusammen. Eigentlich dauert das Jahre. Aber du hast es geschafft, und so ist es jetzt eben. Wir werden gemeinsam eine Lösung finden, stimmt's?«

Tess sieht sie nicht an. Sie starrt irgendwo in die Ferne.

Angela antwortet nicht. Sie schließt die Augen wieder. Das hilft aber auch nicht. All das hier passiert immer noch, auch wenn sie es nicht sehen kann.

Ihr ist nicht mehr warm. Ihr ist auch nicht kalt. Um genau zu sein, fühlt sie gar nichts mehr.

40

Somerville
16. Dezember 1999

Als Entropie ihr Zwerchfell als Startrampe benutzt, ist Chloë mit einem Schlag wach. Einen Augenblick später hebt jemand das Manuskript von ihrem Gesicht. Sie blinzelt Esther an, die im ersten Moment nach dem Aufwachen noch vollkommen verschwommen ist.

»Du hast die Katze erschreckt«, sagt Chloë. Sie wischt sich ungelenk ein bisschen Spucke vom Mundwinkel. Sie ist vollständig bekleidet und fühlt sich steif und verschwitzt. So fühlt sie sich aber immer, wenn sie in ihren Jeans schläft.

»Tut mir leid«, erwidert Esther. »Ich wollte dich nicht aufwecken. Aber die Tür stand offen, und es sah so ungemütlich aus, wie du da lagst.«

Chloë fällt jetzt auch auf, dass sie in einer sehr unbequemen Position geschlafen hat. Sie liegt auf dem Rücken, und ihr rechter Arm und ihr Bein hängen über der Bettkante. Sie muss sich im Schlaf irgendwie um den Kater herumorganisiert haben. Das ist schon öfter vorgekommen. Sie versucht aufzustehen, muss aber feststellen, dass ein Bein eingeschlafen ist und sie im anderen einen Krampf hat. Außerdem hat Entropies Kickstart dafür gesorgt, dass sie sich fühlt, als hätte sie einen Schlag in die Magengrube bekommen. Sie gibt auf und lässt sich wieder in die Kissen fallen.

Chloë überlegt, ob sie etwas dagegen haben sollte, dass Esther einfach so in ihr Schlafzimmer läuft. Aber sie kann sich beim besten Willen nicht dazu aufraffen. Schließlich tut sie ja nichts, wobei sie nicht gestört werden will. Wie zum Beispiel schreiben. Oder mit ihrer Freundin im Bett liegen. Ex-Freundin. Für beides stehen die Chancen schlecht. Auch die Unterwäsche auf dem Boden macht ihr nichts mehr aus, schließlich hat Esther beim Aufräumen schon genug davon zu sehen bekommen.

Chloës Blick fällt auf den roten BH, der an ihrer Kommode hängt. Der passende Slip dazu liegt auf dem Boden. Die Reizwäsche sticht heraus wie ein Leuchtsignal. Alles andere ist schwarz oder weiß oder beige. Praktisch eben.

Sie sollte die rote Unterwäsche wegräumen. Sie kann sie im Augenblick nicht mehr ansehen.

Licht fällt durchs Fenster. Sie kneift die Augen zusammen. War es nicht dunkel, als sie angefangen hat zu lesen? »Wie spät ist es?«

»Ungefähr zwei Uhr nachmittags.« Esther blättert durch das Manuskript. Die Nachbarn über ihr starten wieder eine ihrer Lärmattacken. Was auch immer sie tun, bringt die Decke zum Quietschen, lautes, schrilles Quietschen. Chloë hat keine Ahnung, was da oben vor sich geht. Außer vielleicht Sex, aber sie kann sich nicht vorstellen, was für Sex metallisches Quietschen erzeugen könnte. Egal, was es ist, bei dem Lärm wird Chloë jedenfalls nicht wieder einschlafen können.

»Kann ich das wiederhaben?« Sie macht einen halbherzigen Versuch, an das Manuskript in Esthers Händen zu kommen. »Ich sollte das fertig lesen.«

»Hmm … ein Märchenbuch. War es so gut, dass du direkt eingeschlafen bist?«

»Es ist gruselig. Und das noch nicht einmal mit Absicht.« Mit einiger Mühe gelingt es Chloë, sich aufzurichten. »In einem Märchen streiten sich die fünf Sinne miteinander, verbrüdern sich dann aber, um gemeinsam den großen Zeh zu verprügeln. Weil er sich noch mehr von ihnen unterscheidet als sie voneinander. Eine wirklich faschistische Kindergeschichte. Damit Kinder gleich die richtigen Werte lernen.«

»Das klingt fürchterlich«, sagt Esther und wirft das Manuskript auf das ungemachte Bett. »So. Wie war dein Date?«

Chloë schnaubt kurz und verbittert. »Date? Du meinst, unser ausführliches Gespräch darüber, warum es grauenhafte Folgen hätte, wenn wir zusammenblieben?«

»Ach, Liebes. Dabei hat sie einen so netten Eindruck gemacht, als ich sie kennengelernt habe.«

»Tja, ich glaube, der Eindruck war richtig. Im Großen und Ganzen. Aber da sind tieferliegende Probleme, die Situation ist wirklich nicht ideal. Es ist eben kompliziert.«

Esther runzelt die Stirn. »Kompliziert? Wenn ihr zwei nicht füreinander bestimmt seid, hatte ich erwartet, dass es einen ziemlich einfachen Grund dafür gibt.«

»Nein. Sie will nicht … Also sie hat ein paar ganz schön abgefuckte Sachen gemacht, wenn es das ist, was du wissen möchtest.«

Esther setzt sich neben Chloë aufs Bett. Dabei protestieren die Federn der uralten Matratze lautstark. »Habt ihr euch also deshalb getrennt? Wegen der ›abgefuckten Sachen‹?«

»Ich schätze, ja? Vielleicht? Das ist alles Teil davon, aber ich habe keine Lust …« Chloë schüttelt den Kopf. »Ich weiß es auch nicht. Ich glaube, das hier ist auf lange Sicht die beste Entscheidung.«

»Verstehe.« Esther zieht die Augenbrauen noch näher zusammen.

Chloë fängt an, sich zu strecken, bis ein scharfer Schmerz in ihrem Bein sie zum Aufgeben zwingt. »Ich will in nächster Zeit lieber keine Beziehung haben.«

»Du hast seit zwei Jahren keine Beziehung gehabt«, merkt Esther an.

»Und es spricht auch nichts dagegen! Ich sollte in der Lage sein, mich um mich selbst zu kümmern.«

Nach einer langen und unangenehmen Pause, in der nur das Quietschen von oben zu hören ist, redet Esther endlich weiter. »Nun ja … das ist wahr.«

»Hey! Es *ist* wahr!«

»Habe ich dir nicht gerade zugestimmt?«

»Nein, das hast du nicht«, erwidert Chloë verärgert. »Sei nicht unehrlich. Das war ein ›Nun ja … das ist wahr‹, mit dem du eigentlich ›Oh mein Gott, du hast wohl Crack geraucht‹ sagen wolltest. Ich habe einen Entschluss gefasst, und das ist gut so, in Ordnung?«

»Bist du dir da sicher?«

»Ja, verdammt noch mal!«, brüllt Chloë.

»Na gut«, erwidert Esther und klingt nur noch weniger überzeugt als vorher. »Wenn du das sagst.«

Chloë verdreht die Augen. »Im Ernst, hör auf damit.«

»Womit?«

»Hör auf, so zu tun, als würdest du mir zustimmen, wenn du eindeutig der Meinung bist, dass ich mich wie ein Idiot benehme«, erklärt ihr Chloë. »Das macht mich wahnsinnig.«

Bevor Esther antworten kann, klopft Ari an der Tür. »Darf ich reinkommen?«

»Sicher, warum nicht?«, sagt Chloë. »Party in meinem Schlafzimmer. Möchtest du mir auch erzählen, dass ich mir meine Leben versaue?«

»Äh, nein danke«, erwidert Ari verwirrt. »Ich wollte dich nur wissen lassen, dass ich die Stadt verlasse. Und mich verabschieden, bevor ich gehe.«

»Oh.« Chloë dreht sich zu ihm um und sieht, dass er gepackt hat. Ein vollgestopfter Koffer steht hinter ihm im Wohnzimmer. »Wie lange wirst du unterwegs sein?«

»Für immer. Also ich werde vermutlich nicht für immer die Stadt verlassen, wahrscheinlich komme ich irgendwann wieder, aber ich ziehe aus.«

»Wie schade«, sagt Esther. »Ich werde unsere Kartenspiele vermissen.«

»Was, wie bitte?« Chloë hat den Eindruck, sie kann dem Gespräch nicht ganz folgen. Andererseits hat sie auch kein Problem damit, das vorherige Gespräch zu beenden. »Na gut, aber … du hast den Rest des Monats schon bezahlt.«

»Behalte es. Ich habe ohnehin zwei Wochen Kündigungsfrist, nicht wahr?«

»Ich glaube, das gilt für das Kündigen eines Arbeitsplatzes.« Chloë versucht, sich an das Kleingedruckte zu erinnern, aber sie hat sich nie die Mühe gemacht, es nachzulesen.

Allerdings gibt es auch keinen Grund, sich jetzt darüber Gedanken zu machen. Die ganze Geschichte ist nie ganz legal gewesen. »Kein Ding, das geht in Ordnung. Danke wegen der Restmiete, ich kann das Geld gut gebrauchen.«

»Na klar«, sagt Ari. »Ich muss heute los, da ist das nur fair.«

»Schade, dass du gehst. Du warst ein netter Mitbewohner.« Überrascht stellt Chloë fest, dass sie die Wahrheit sagt. »Warum musst du weg?«

»Weil die Iden des Dezembers vergangen sind«, antwortet er und wirft Esther einen vielsagenden Blick zu. »Ich habe offensichtlich alles getan, was ich in dieser Stadt leisten konnte. Ich werde weggerufen. Es gibt noch andere auf der Welt, die meine Hilfe brauchen, und ich muss zu ihnen eilen, egal, wie weit ich dafür reisen muss.«

»Verstehe.« *Netter Mitbewohner*, denkt sich Chloë, *aber trotzdem ein absoluter Spinner.*

»Um ehrlich zu sein, habe ich den Eindruck, meine Chance hier verpasst zu haben, was immer sie war«, fügt er hinzu. »Es könnte etwas mit der Anruferin zu tun gehabt haben, die sich verwählt hat.«

Mit diesem unergründlichen Kommentar dreht Ari sich um und verlässt den Raum, nur um von Entropie, der sich auf seinen Kopf stürzt, aufgehalten zu werden.

Der Kater nagt einen Moment fröhlich an seinen Haaren, während Ari versucht, das Gleichgewicht zu halten. Gerade als er sich wieder gefangen hat, springt Entropie ab, und Ari taumelt unsanft gegen den Türrahmen.

Chloë zuckt mitleidig zusammen. »Tut mir leid.«

»Ach, ich denke, er wollte sich auch verabschieden.« Ari

streicht sich durch das zerzauste Haar, und die Katze verschwindet in der Küche. »Ich werde ihn vermissen.«

»Er dich sicher auch«, versichert ihm Esther.

Ari sucht seine Sachen zusammen und macht sich dann auf den Weg zur Haustür, gefolgt von Esther.

Und auch Chloë steht auf und humpelt ihnen auf ihren eingeschlafenen Beinen hinterher. Es ist jetzt wieder leiser, irgendwann war der Lärm oben mit einem finalen Quietschen beendet. An der Tür umarmt Esther Ari herzlich.

»Leb wohl, mein Lieber«, sagt sie. »Pass auf dich auf.«

»Und hab eine gute Reise«, fügt Chloë hinzu.

»Danke!«, erwidert Ari. »Und ich hoffe, es läuft alles gut mit dir und deiner Freundin. Ich glaube, dass du mit ihr einen echten Glücksgriff getan hast.«

Chloë zuckt zusammen, aber es gelingt ihr zu lächeln. »Danke.«

Sie reicht ihm die Hand, aber er breitet die Arme aus. Chloë fühlt sich sofort schlecht und will ihn auch umarmen, aber da hat er ihr schon seine Hand angeboten. Schließlich schaffen sie es, sich umständlich zu umarmen, und mit einem letzten Winken verlässt Ari die Wohnung.

»Ein weiterer Abschied«, sagt Chloë, noch bevor die Tür wieder ins Schloss gefallen ist. »Davon scheine ich in letzter Zeit einige zu erleben. Es wird schwer, wieder jemanden zu finden, der sich hiermit abfindet.«

»Immerhin läuft jetzt kein Himmelsbote mehr in deiner Wohnung herum«, entgegnet Esther. »Ich weiß ja nicht, wie es dir geht, aber mich hat das immer etwas verunsichert.«

Chloë schleppt sich zurück ins Schlafzimmer. »Ich muss zugeben, seine wirre Religion hat mich schon gar nicht mehr gestört. Es war mehr die unheilbare Angewohnheit, in jedes Fettnäpfchen zu steigen. Ich höre es immer gerne, wie wunderbar meine Beziehung ist, kurz nachdem mich meine Freundin gebissen hat und wir uns getrennt haben, weißt du?«

»Tja«, antwortet Esther. »Ich weiß nicht, ob er so unrecht hat.«

Chloë bleibt in der Tür stehen. Sie atmet langsam und konzentriert ein und aus, und ihre Stimme klingt ruhig. »Ich dachte, wir hätten das Thema abgeschlossen.«

»Nein. Wir wurden unterbrochen.«

»Egal, lass es«, sagt Chloë scharf. »Ich will nicht mehr darüber reden. Ich will das alles nur vergessen.«

»Das klingt gesund.«

»Es ist mir egal, wie es klingt.«

»Ich komme nicht umhin«, redet Esther weiter, »an die Geschichte der Ragnelle zu denken.«

Chloë wirbelt herum. »Hörst du denn nie damit auf?« Sie kann die Wut in ihrer Stimme jetzt nicht mehr unterdrücken. »Wovon redest du bitte? Ragnelle?« Sie braucht einen Moment, um den Namen zuzuordnen. »Du meinst aus der Artuslegende? Warum? Erzählst du mir jetzt, dass du damals im Mittelalter auch mit ihr Sex gehabt hast?«

»Natürlich nicht. Sie ist eine Sagenfigur.« Esther sieht sie missbilligend an. »Ich habe ihre Geschichte zum ersten Mal vor dreihundert Jahren gehört, also lange nach dem Mittelalter.«

Chloë hebt eine Hand, um sie vom Weiterreden abzuhalten. Sie zittert leicht. »Oh, mein Gott. Nein. Nicht jetzt. Ich kann gerade mit deinem bizarren Unsinn nicht umgehen. Ich weiß nicht, was du vorhast oder warum du unbedingt meine Beziehung zu Angela auseinandernehmen möchtest …«

»Ich tue das«, unterbricht Esther sie, »weil ich sehe, dass du unglücklich bist.«

»Weißt du, was?«, brüllt Chloë sie an. »Das ist egal! Es ist vorbei! Deine Geschichten werden das nicht ändern!« Tränen steigen ihr in die Augen. »Nichts kann das ändern.«

Esther tritt einen Schritt zurück. »Ich wollte nicht …«

»Wir haben es besprochen, beschlossen, dass es nicht funktioniert, und uns verabschiedet. Es gibt keinen Grund, auf etwas anderes zu hoffen. Deshalb will ich einfach nicht mehr an sie denken, in Ordnung? Ich will vergessen, dass ich sie je kennengelernt habe. Ich bin mal wieder großartig gescheitert. Fantastisch.«

»Es tut mir leid«, sagt Esther leise. »Ich wollte dich nicht aufregen.«

»Ich weiß«, sagt Chloë. »Aber könntest du mich bitte für eine Weile in Ruhe lassen? Ich möchte allein sein.«

Esther nickt. »Na gut.«

Sonst sagt sie nichts mehr.

Chloë fehlt der Lärm von vorhin, die Aufregung über Aris Auszug, die Nachbarn von oben, sogar der Streit mit Esther. Alles, um die Stille zu füllen. Ihre Gedanken sind zu laut. Sie will sich nur leer fühlen.

Sie geht in ihr Schlafzimmer und macht die Tür zu.

41

Die Hochzeit von Sir Gawain und Lady Ragnelle

Das Piquet-Deck birgt viele Geheimnisse. Die meisten verriet mir meine geliebte Julie, La Maupin, vor dreihundert Jahren.

Sie brachte mir die Bedeutung der Karten auf der Flucht bei, nachdem sie mich aus einem Kloster befreit hatte. Damals galten Klöster als ideale Orte, um widerspenstige Frauen loszuwerden, und nach einer Reihe unglücklicher Verkettungen fand ich mich in einer besonders ungastlichen Einrichtung wieder. Glücklicherweise stellte La Maupin fest, dass sie mich an ihrer Seite vermisste, also eskamotierte sie mich. Dann, um unsere Flucht zu vertuschen, stahl sie die Leiche einer Nonne, legte sie in mein Bett und steckte den Raum in Brand. Diese Frau machte keine halben Sachen.

Die Obrigkeiten missbilligten jedoch ihr Tun und verurteilten sie wegen Leichenschändung, Brandstiftung und Entführung in ihrer Abwesenheit zum Tode. Ich fand den letzten Punkt immer etwas ungerecht, schließlich war ich äußerst freiwillig mit ihr gegangen. Ganze drei Monate hielten wir uns versteckt, bis es ihr zu langweilig wurde und sie nach Paris ging, um Opernsängerin zu werden. Bis dahin hatten wir tagsüber allerdings nicht viel zu tun, außer Karten zu spielen.

Der König begnadigte sie übrigens kurze Zeit darauf. Sie war nämlich eine ausgezeichnete Opernsängerin.

Während wir spielten, erklärte sie mir, dass die Karten die Namen großer Männer und Frauen aus vergangenen Zeiten und Legenden trugen. Le Roi du Coeur, der Herzkönig, war Karl der Große, Gründer des Heiligen Römischen Reiches. Holger, der Däne, Bezwinger des Riesen Brehus, war im Deck als Le Valet du Pique, Pikbube, verewigt. Es gab Karten für Hektor und Caesar, Judith und Athena. Und für eine Frau, von der ich noch nie gehört hatte – Lady Ragnelle, das fürchterliche Weib, deren Karte La Dame de Carreau, die Karodame, war. Ich fragte La Maupin nach ihrer Geschichte, und hier ist sie, Wort für Wort, so wie sie sie mir geschildert hat:

Eines Tages war König Artus in einem wilden Wald namens Inglewood Forest, in dem das Elfenvolk herrschte, auf der Jagd. Um einem Hirsch tiefer in den Wald folgen zu können, ließ er seine Jagdgesellschaft hinter sich zurück. Er war also allein und beinahe unbewaffnet, als er von Sir Gromer Somer Joure, einem Ritter, dem er Unrecht getan hatte, überrascht wurde.

»Ihr habt meine Ländereien an Sir Gawain übertragen«, klagte der Ritter König Artus an. »Was soll mich davon abhalten, Euch hier und jetzt zu töten?«

»Ihr wärt geächtet, solltet Ihr mich in einem unfairen Kampf niederstrecken«, antwortete der König. »Aber vielleicht gibt es einen anderen Weg. Kann ich Euch in irgendeiner Weise dienlich sein?«

Daraufhin breitete sich ein argwöhnisches Grinsen auf Sir Gromers Gesicht aus. »Tatsächlich, da gibt es etwas. Kehrt in einem Jahr mit der Antwort auf meine Frage wieder oder büßt das Leben ein, welches ich Euch heute hätte nehmen können.«

Sir Gromer war, wie man sich denken kann, ein ziemliches Arschloch. Vermutlich hatte der König ihm auch deshalb seine Ländereien weggenommen, aber das tut hier nichts zur Sache.

Jedenfalls schwor König Artus, dass er dazu bereit war, und erkundigte sich nach dem Auftrag. »Auf welche Frage sucht Ihr eine Antwort?«

Darauf entgegnete Sir Gromer: »Wonach sehnen sich Frauen am meisten?«

Sir Gromer verschwand in den Wald, und Artus kehrte zu seiner Jagdgesellschaft zurück und dann nach Camelot.

Einige Tage später bemerkte Sir Gawain, dass sein Onkel abwesend war, und er fragte den König, was es damit auf sich habe. Sir Gawain war, wie es der Zufall wollte, auf gewisse Weise ein Fachmann auf diesem Gebiet, da er erst vor Kurzem von einem unbezwingbaren, grünen Ritter mit einem ähnlichen Dilemma konfrontiert worden war. Kurzum, er war die Ansprechperson, wenn es darum ging, sich mit feindlichen Spinnern auseinanderzusetzen. Als ihm Artus also von seinem Problem erzählte, hatte er sogleich einen Vorschlag.

»Lasst uns dieses eine Jahr nutzen«, sagte Sir Gawain. »Wir werden durchs ganze Land ziehen und jedermann befragen, wie die Antwort lauten könne. Sicher weiß man unter Euren Untertanen eine Antwort.«

So zogen sie aus, um eine Lösung zu finden. Von den Hunderten von Menschen, die sie befragten, behaupteten alle, die Antwort zu kennen, doch nicht eine glich der anderen. Einer erzählte ihnen, Frauen sehnten sich vor allem danach, gut eingekleidet zu werden, ein anderer, sie sehnten sich danach, gut umworben zu werden. Ein dritter behauptete, sie sehnten sich vor allem danach, im Bett auf ihre Kosten zu kommen. Nie erhielten sie eine Antwort, die ihnen die Gewissheit brachte, die Lösung gefunden zu haben. Nur zu schnell neigte sich das Jahr seinem Ende zu, und Artus' Leben schien bereits verwirkt. Schweren Herzens machten sie sich auf zum Inglewood Forest.

Bevor sie den Ort erreichten, an dem Artus seinen Schwur geleistet hatte, erschien ihnen jedoch ein scheußliches Ungetüm. Es war ein fürchterliches Weib. Sie hatte spitze schwarze Zähne, eine lange Nase, Eselsohren und eitrige Pusteln am Hals. Ihre blutroten Augen hatten schon so manchen Ritter in die Flucht geschlagen, ihre ungesund grüne Haut verursachte bei Kindern Albträume, und ihre Füße rochen wirklich furchtbar.

»Ich bin Lady Ragnelle«, schrie sie ihnen entgegen. »Und Euer Leben liegt in meinen Händen, König Artus. Denn ich weiß um Euer Dilemma und kenne die Lösung.«

Daraufhin ließ Artus wieder von seinem Schwert ab, dass er schon zu ziehen bereit gewesen war. »Und welchen Preis fordert Ihr für Euer Wissen?«

»Gebt mir Euren eleganten Ritter hier zum Ehemann«, Ragnelle deutete mit einem krummen Finger auf Sir Gawain, »und ich werde Euch die Antwort geben, die Ihr sucht.«

»Nie würde ich einem Mann solch einen Befehl erteilen«, sprach der König. »Nicht einmal, um mein Leben zu retten.«

»Aber ich kann mich aus freien Stücken dazu entscheiden«, mischte sich Sir Gawain ein. »Das Jahr neigt sich schnell dem Ende. Ich akzeptiere Eure Bedingungen, Lady Ragnelle.«

»So soll es sein!«, sagte sie und lehnte sich vor, um in Artus' Ohr zu flüstern.

Bewaffnet mit der Antwort und nur noch Augenblicke vor Ende der Frist eilte König Artus in den Wald zu Sir Gromer.

»Ich hatte bereits vermutet, Ihr würdet nicht kommen«, bellte Sir Gromer, »und dass ich Euch aufspüren müsste, um Euch zu morden.«

»Wie ich es geschworen habe, bin ich hier«, erwiderte König Artus.

»Euer Leben ist Euch jedoch noch nicht gewiss. Habt Ihr eine Antwort für mich?«

»Ja, die habe ich«, sagte der König und wiederholte die Worte, die ihm Lady Ragnelle zugeflüstert hatte. »Frauen sehnen sich vor allem danach, ihre eigenen freien Entscheidungen treffen zu können.«

Sir Gromer stampfte mit den Füßen auf, raufte sich sein Haar, fletschte die Zähne und benahm sich wie der verzogene Rotzlöffel, der er nun einmal war. »Meine Schwester Ragnelle hat Euch das verraten!«, brüllte er. »Das fiese Miststück hat mich hintergangen!«

Trotz seines Zorns musste Sir Gromer die Richtigkeit der Antwort anerkennen und ließ König Artus ziehen.

Die Hochzeit von Gawain und Ragnelle wurde mit dem gebührenden Zeremoniell begangen. Doch in der Hochzeitsnacht stellte Gawain mit Verwunderung fest, dass sich Ragnelle in eine Maid verwandelt hatte, so wunderschön wie Sonnenschein auf klarem Wasser.

»Nun, da wir vermählt sind«, erklärte sie dem Ritter, »ist mein Fluch halb gebrochen, und ich muss nur noch die Hälfte der Zeit als Monster leben. Was bevorzugt Ihr – soll ich ein Monster bei Tag sein, wenn andere uns zusammen sehen, oder bei Nacht, wenn wir einander alleine in den Armen liegen?«

Sir Gawain nahm sich Zeit für seine Antwort. Nach einer Weile sagte er zu ihr: »Diese Entscheidung, Ragnelle, ist nicht meine, sondern deine. Ich habe kein Recht dazu, so über dich zu bestimmen.«

Da lächelte sie und sagte: »Nun ist der Fluch ganz gebrochen.« Von da an war sie zu jeder Zeit die schöne Maid, die ihr wahres Selbst zeigte. Und Gawain und Ragnelle lebten glücklich, bis dass der Tod sie schied.

Eine nette Geschichte, nicht wahr? Ich erinnere mich noch gut an die Melodie von Julies Stimme, als sie sie mir erzählte, und an den Klang des Regens, der auf das Dach der Scheune prasselte, in der wir uns versteckt hielten.

Ich gebe zu, die Geschichte ist aus moderner Sicht nicht ganz unproblematisch. Aber bei Texten aus dem fünfzehnten Jahrhundert sollte man nicht allzu wählerisch sein. Außerdem gefällt mir die Moral dahinter.

Vermutlich ist das auch der Grund, weshalb ich als Nonne vollkommen ungeeignet war.

42

Brookline
21. Dezember 1999

Angela hält sich ein Messer an die weiche Haut ihres Unterarms. Sie probiert nur aus, wie es sich anfühlt, versichert sie sich. Schließlich muss sie es nicht durchziehen. Sie kann jederzeit aufhören.

Es ist ein Schneidemesser für Gemüse, aus der Küche. Es ist ziemlich scharf. Mike besteht darauf, dass alle Messer im Haus so scharf wie möglich sind. Gerne behauptet er, dass man sich eher mit einem stumpfen Messer schneiden kann als mit einem scharfen. Vermutlich wahr. Außer man verwendet es so wie sie jetzt.

Es ist beinahe überraschend, dass sie darauf nicht schon früher gekommen ist. Aber bis letzte Woche wäre sie einfach nie auf die Idee gekommen. Nicht, als sie mit Tess zusammen gewesen war, nicht einmal zu ihren schlimmsten Zeiten mit ihr. Aber andererseits, wieso hätte sie auch. Schließlich kann man sich zwar von seiner katholischen Erziehung lösen, aber ein Teil von ihr wird es immer als Todsünde betrachten. Es tötet ihre Seele.

Allerdings ist sie sich mittlerweile gar nicht mehr sicher, ob man überhaupt eine Seele hat. Und falls ja, dann bezweifelt sie jedenfalls stark, dass sie eine hat. Vielleicht reflektiert der Spiegel nichts, weil da schlicht nichts ist. Nur eine leere Hülle, die sich auf Kosten der Lebenden Zeit leiht.

Leiht? Als ob sie je etwas zurückgeben würde.

Sie stiehlt.

Angela drückt fester zu, will nur einen kleinen Schnitt machen, nur einen Kratzer. Sie bereitet sich auf den Schmerz vor.

Er kommt aber nicht.

Sie wartet, ist sicher, dass sie gleich etwas spüren wird. Aber die Sekunden vergehen, und nichts passiert. Verwundert nimmt sie das Messer weg und sieht auf ihren Arm.

Kein Blut, kein Schnitt, kein Anzeichen einer Verletzung.

Was zum Teufel?

Spontan hackt sie mit dem Messer wie verrückt auf ihren Arm ein, immer härter, immer fester. Es prallt einfach ab. Tiefe Schnitte sollten sich über ihren Arm ziehen, aber da ist absolut nichts. Sie runzelt die Stirn und legt sich das Messer ans Handgelenk. Schnell sägt sie vor und zurück. Sie drückt mit ganzer Kraft zu.

Nichts. Nichts, nichts, nichts.

»Willst du mich verarschen?«, fragt Angela in ihr leeres Schlafzimmer hinein. Sie wirft das Messer auf den Boden. Es landet klappernd auf den Kellerfliesen und rutscht bis zur Wand.

Idiotisch. Sie hätte von vornherein wissen sollen, dass das

nicht klappt. Tess hat es ihr gezeigt, aber sie hat nicht aufgepasst. Hat es ihr vor einem guten Jahr vorgeführt. Nur Vampirzähne konnten die Haut eines Vampirs verletzen.

Wie beim Nemeischen Löwen, fällt ihr dabei auf. Ein weiteres Monster, dem man den Gnadenschuss gegeben hatte. Allerdings würde man ihr kein Sternenbild widmen. Die waren schon alle vergeben. Außerdem ist sie auch nicht wichtig genug. Keiner interessiert sich für die kleinen Ungeheuer.

Könnte es so klappen? Wenn sie ihre eigenen Zähne zu Hilfe nimmt, sich so lange ins Handgelenk beißt, bis sie verblutet? Wahrscheinlich nicht. Wenn sie darüber nachdenkt, fällt ihr auch wieder ein, dass Tess' Wunde sich innerhalb weniger Augenblicke von alleine geschlossen hat. Sie weiß nicht einmal, ob sie überhaupt verbluten kann. Es ist ja schließlich nicht ihr Blut, also sollte sie von Blutverlust nur wieder hungrig werden. Blut kann bei ihr ohnehin nicht wie bei Lebenden funktionieren. Ganz offensichtlich pumpt es keinen Sauerstoff durch ihre Gefäße, da ihr Herz stillsteht, wenn sie nicht darauf achtet und ihr Herzschlag nur noch optional ist. Denn sie muss ja auch nicht mehr atmen.

Sie kann immer noch die Vorhänge aufziehen und die Folie von den Fenstern nehmen. Dann müsste sie nur die nächsten zehn Stunden in ihrem Zimmer sitzen und aus dem Fenster starren. Wie soll man sich da bitte die Zeit vertreiben? Ein Buch lesen? Es muss doch eine Möglichkeit geben, die nicht so quälend lange dauert. Enthauptung sollte funktionieren.

Aber Angela kommt auf keine umsetzbare Herangehensweise, sich den eigenen Kopf abzunagen.

»Verflucht!« Ein letztes Mal kickt sie gegen das Messer, woraufhin es unter dem Schreibtisch liegen bleibt.

Na gut, denkt sie sich, verlässt ihr Zimmer und geht die Treppen hoch.

Irgendetwas hier im Haus wird sich doch zu einem Holzpflock umfunktionieren lassen.

43

Quincy
22. Dezember 1999

Chloë sieht auf die Uhr und stellt zu ihrer Überraschung fest, dass es schon fast halb fünf ist. Draußen hinter dem kleinen Fenster im Büro wird es bereits dunkel. Heute ist mit nur neun Stunden Tageslicht der kürzeste Tag des Jahres. Fünfzehn volle Stunden absoluter Dunkelheit stehen bevor.

Chloë sinniert darüber, ob reiche Vampire ihre Winter wohl in Alaska und die Sommer in … Ja, wo eigentlich verbringen? Feuerland? Am Tag ein paar Stunden schlafen und nachts um die Häuser ziehen. Oder wäre das auf Dauer ungesund, als ob man sich jeden Tag die ganze Zeit mit Koffein wach hält?

Wie nur hat sie es nicht bemerkt, dass die Sonne untergegangen ist? Wohin ist all die Zeit verschwunden? Sie muss abgedriftet sein. Ihre Gedanken sind in der Stille des Raums umhergewandert. Sie war den ganzen Tag alleine hier. Mike hat ihr gesagt, dass es Shelly nicht so gut geht.

Vielleicht sieht sie Shelly dann erst in ein paar Wochen wieder. Es ist nämlich Chloës letzter Arbeitstag vor den Weihnachtsfeiertagen. Außer sie geht auf die Weihnachtsfeier, aber Angela wird sicher auch da sein und dann könnte es komisch werden.

In nächster Zeit werden einige Partys stattfinden, eine nach der anderen. Erst Weihnachten, dann Silvester. Das Ende des Jahres 1999 ist gleichbedeutend mit dem Ende der Welt. Das erzählen einem zumindest die Nachrichten dieser Tage ständig. Fachleute, die spekulieren, was mit den Computern geschehen wird, Spinner, die Erdbeben, Tornados und Frösche, die vom Himmel fallen, vorhersagen. Plötzlich muss Chloë daran denken, wie sie mit Angela im Bett lag und die Sterne an der Decke betrachtet hat. Wie sie über Orion, Lieder von Prince und darüber geredet haben, ob wohl zum Jahreswechsel alles in Flammen aufgehen würde.

Um in die Arbeit zu fahren, hat sie heute das erste Mal seit Tagen ihr Apartment verlassen. Hier draußen in der Welt fühlt sie sich einsamer als eingeschlossen in ihrem Schlafzimmer. Sie hat erwartet, dass ihr das kleine Büro alleine geräumiger vorkommt, aber es ist noch beklemmender. Als ob eine weitere Person im Raum sonst dabei half, die Wände zurückzudrängen. Natürlich sind viele Leute im Verlag, aber Chloë hat keinen guten Grund, mit einem von ihnen ein Gespräch anzuzetteln. Mike ist sicher beschäftigt, und sie hat nicht vor, einen armen Buchhalter oder Werbetexter zu nerven, weil sie niedergeschlagen ist. Sie kennt ihre Kollegen außerdem kaum, dafür ist sie nicht oft genug da.

Abgesehen von einer kurzen Unterhaltung mit Mike am Morgen hat sie mit nur einer weiteren Person gesprochen.

Ein wütender Autor hatte angerufen. Er hatte Chloë wissen lassen, dass, wer auch immer seine brillante Arbeit abgelehnt hatte, offensichtlich keinen Geschmack, keine Fachkenntnis und auch kein Talent besitzt. Nachdem es Chloë gewesen ist, die seine Arbeit abgelehnt hat, trägt das Gespräch nicht zur Verbesserung ihrer Laune bei.

Es wird niemandem auffallen, wenn sie heute früher heimgeht. Sie schiebt eine letzte Absage in einen Umschlag und wirft ihn auf den Postausgangs-Stapel. Gerade als sie nach ihrem Mantel greifen will, klingelt das Telefon.

Kurz ringt sie mit sich und lässt es ein paarmal klingeln, dann rollt sie den Stuhl wieder an den Schreibtisch. Es sind immer noch Geschäftszeiten, und da Shelly nicht da ist, um den Anruf entgegenzunehmen, kann sie es nur schwer rechtfertigen, den Anrufbeantworter rangehen zu lassen. Bevor sie abhebt, holt sie tief Luft und versucht, sich so gelassen wie möglich zu geben.

»Compass Rose Books, wie kann ich Ihnen helfen?«

»Was zum Teufel«, fragt Shelly aus dem Hörer, »hast du mit Angela angerichtet?« Chloë ist zu verwundert, um zu antworten. Shelly wartet aber auch nicht wirklich auf eine Antwort. »Im Ernst, was hast du mit ihr gemacht?«

»Ich … Nichts! Ich habe gar nichts gemacht. Ich habe seit Tagen nicht mit ihr geredet.«

»Ich meine, als du mit ihr Schluss gemacht hast!« Shelly ist ungeduldig und gereizt. »Was ist passiert?«

»Nicht ich habe Schluss gemacht. Wir haben Schluss gemacht. Es war im gegenseitigen …«

»Weiß sie davon? Weil Angela verhält sich nicht, als sei das einvernehmlich gewesen.«

Chloë versucht verzweifelt, ihre Gedanken zu sammeln. »Shelly, kannst du mir bitte sagen, was los ist? Ich habe nämlich keine Ahnung, warum du so wütend auf mich bist.«

Sie muss eine ganze Weile warten, bis Shelly antwortet. Als sie es tut, gibt sie sich offensichtlich Mühe, ruhiger zu klingen. »Tut mir leid. Ich bin etwas angespannt, und das sollte ich nicht an dir auslassen. Hör zu, als Angela letzte Woche nach eurem Treffen oder was auch immer das war, nach Hause gekommen ist, sah sie aus, als hätte jemand ihren Welpen überfahren. Seitdem verhält sie sich seltsam …«

»Ich glaube, keine von uns beiden war wirklich begeistert davon.«

»Lass mich ausreden. Ich meine nicht seltsam, wie man nach einer Trennung eben ist, sondern besorgniserregend seltsam.«

»Besorgniserregend?«, fragt Chloë nach. »Was meinst du damit?«

»Ich mache mir Sorgen um sie. Was soll ich sonst damit gemeint haben?«

»Also hat sie nichts getan, wovor du dich fürchtest?«

»Was? Nein, natürlich nicht«, entgegnet Shelly. »Wie kommst du da drauf?«

»Ich weiß auch nicht«, murmelt Chloë. »Vergiss es.«

»Normalerweise stellt man solche Fragen nicht grundlos.«

»Hör zu, vergiss, was ich gesagt habe.«

»Chloë, ich mache mir wirklich Sorgen um Angela. Wenn also zwischen euch irgendwas vorgefallen ist …«

»Sie hat mich gebissen!«, sprudelt es aus Chloë heraus.

»Sie hat … was?«

»Sie hat mich gebissen. In den Hals. Mit den Zähnen.« Chloë

fummelt nervös am Telefonkabel herum, wickelt es auf und wieder ein, während sie überlegt, was sie sagen kann, ohne dass sie verrückt klingt. Ihr fällt nichts ein. »Angela ist ein Vampir.«

»Oh«, sagt Shelly. »Das hatte ich mir schon gedacht.«

Chloë ist so vor den Kopf gestoßen, dass sie beinahe das Telefon fallen lässt und es gerade noch wieder fangen und zurück ans Ohr heben kann, bevor es auf dem Boden gelandet wäre.

»Du, äh, du klingst nicht besonders schockiert.«

»Nun ja, sie lebt schließlich schon seit Monaten bei uns im Haus«, antwortet Shelly ein bisschen zu schnell. »Ich bin doch kein Idiot. Nach einer Weile fallen einem diese Eigenheiten eben auf. Kein Essen im Kühlschrank, nie vor Sonnenuntergang unterwegs ...«

»Was verheimlichst du mir?« Chloë weiß genau, wie sich Shelly anhört, wenn sie versucht, etwas für sich zu behalten. »Wobei hast du sie beobachtet?«

»Nichts! Es war Mike. Er hat es herausgefunden.« Shelly klingt, als wäre ihr das alles sehr unangenehm. »Er hat in letzter Zeit ein paar offensichtliche Andeutungen gemacht, da war es keine große Überraschung mehr.«

»Woher wusste es Mike?«, will Chloë wissen. *Bin ich die einzige*, fragt sich Chloë, *die keine Ahnung hat? Ich habe einen Monat lang mit ihr geschlafen und nichts davon mitbekommen. Wie blöd kann man eigentlich sein?* »Ich hätte mir wirklich gewünscht, dass einer von euch etwas zu mir sagt.«

»Was? Hätte ich dir etwa jede kleine Sonderbarkeit über die Frau, mit der du ausgehst, erzählen sollen? Über meine Mitbewohnerin? Komm schon, wer macht das schon?«

Chloë zieht die Augenbrauen zusammen, auch wenn Shelly

das nicht sehen kann. »Du hast ihr aber von meinen psychischen Problemen erzählt.«

»Oh, ich wollte nicht … Ich meine, so habe ich das nicht gesagt, ich habe nicht …« Shelly hüstelt. »Ich bin gerade von meinem hohen Ross gefallen, oder?«

»Ja.«

»Ich lade dich bei nächster Gelegenheit auf einen Drink ein?«

»Ich bitte darum.«

»Bist du böse auf mich?«

»Ich komm drüber hinweg.« Oder zumindest, beschließt Chloë, lohnt es sich nicht, darüber zu streiten, nach allem, was in letzter Zeit passiert ist. Es hat sicher nicht viele Vorteile, dass jemand sie gebissen und ihr Blut getrunken hat, aber vielleicht rückt es alles andere in ein neues Licht.

»Geht es dir denn gut?«, will Shelly wissen. »Ich meine mit dem Beißen und allem?«

»Passt schon«, sagt Chloë. »Es war nicht … Es geht mir gut.«

»Habt ihr euch deshalb getrennt?«

»Kann sein. Vielleicht.« Aber das ist nur die halbe Wahrheit, denkt sich Chloë. Zumindest ist es keine faire Antwort. Da sie Angela beinahe angeboten hat, sie noch einmal zu beißen, bevor die Idee unwiderruflich begraben wurde. »Nein. Nicht wirklich. Vergiss, dass ich gesagt habe, sie könnte dir gefährlich werden. Das war gemein von mir. Ich glaube nicht, dass du dir Sorgen machen musst.«

»Falls dir das irgendwie hilft«, sagt Shelly, »ich glaube, sie hat ein sehr, sehr schlechtes Gewissen, weil sie dich gebissen hat. Zumindest habe ich den Eindruck.«

»Ja, ich weiß.«

»Tja. Kannst du mir Bescheid geben, falls du sie siehst?«

Das ist eine seltsame Bitte. Chloë setzt sich im Stuhl auf. »Was meinst du damit? Du wohnst doch mit ihr zusammen.«

»Genau, deshalb habe ich dich ja auch eigentlich angerufen.« Eine Spur der Nervosität ist in Shellys Stimme gekrochen. »Sie war sehr aufgebracht, als sie letzte Nacht aus ihrem Zimmer kam, irgendwie aufgewühlt. Ich habe die ganze Nacht mit ihr geredet, ich bin erst um sieben in der Früh ins Bett gegangen. Und als ich gerade aufgestanden bin, bin ich runter, um nach ihr zu sehen, aber sie ist nicht da. Nicht in ihrem Zimmer, nicht im Haus, nirgends. Sie hat keine Nachricht hinterlassen und geht nicht ans Telefon.«

Langsam fängt Chloë auch an, sich Sorgen zu machen. »Ich halte die Augen offen. Aber ich glaube nicht, dass ich jemand bin, dem sie gerade gerne begegnen möchte. Ich bezweifle, dass sie bei mir vorbeischaut oder so.«

»Falls du sie doch siehst, gib mir Bescheid.«

»Das mache ich.«

Nach dem Gespräch schließt Chloë für einen Augenblick die Augen. Dann schnappt sie sich ihre Handtasche und ihren Mantel. Eine bedrohliche Vorahnung macht sich in ihrem Magen breit, aber sie kann nicht viel dagegen ausrichten.

Als sie zur Tür geht, steht jemand im Rahmen. Sie weicht erschrocken zurück und haut sich den Kopf an einem Regal an.

»Aua!«

»Hey, alles in Ordnung? Ich wollte dich nicht erschrecken.« Es ist nur Mike. Er kommt mit besorgtem Blick in ihr Büro und streckt eine Hand nach ihr aus.

»Alles in Ordnung.« Chloë winkt ab und reibt sich den Hinterkopf. »Was gibt es?«

»Ich wollte dich fragen, ob ich dich nach Hause fahren soll.

Ich habe gewartet, bis du aufgelegt hast.« Sein Gesichtsausdruck ist ausgewählt nichtssagend, aber er verlagert das Gewicht nervös von einem Bein aufs andere.

»Was hast du alles mitgehört?«, will Chloë wissen.

»Nichts, was ich nicht schon wusste.«

»Stimmt«, erwidert Chloë verbittert. »Schließlich wussten alle über Angela Bescheid, aber keiner hat es in Erwägung gezogen, mich zu informieren.«

Mike zuckt ein klein wenig zusammen. »Das tut mir leid.«

»Es tut dir leid. Super. Danke.«

»Ich habe wirklich nicht gedacht, dass du in Gefahr bist, sonst hätte ich es dir gesagt.«

»Wunderbar.« Chloë wird lauter. Sie versucht, sich zu beruhigen. »Vergiss es. Es ist nicht deine Schuld.«

»Sie hat fast das ganze Jahr mit mir und Shelly zusammengewohnt, ohne dass ...«

»Richtig.« Chloë bereut es jetzt schon, dass sie etwas gesagt hat.

»Wir hatten nicht die geringsten Probleme«, fährt er ungerührt fort.

»Ich verstehe«, sagt sie angespannt. »Wirklich.«

»Ich habe sicher nicht damit gerechnet, sie könnte dich ...«

»Tja, da hast du dich wohl getäuscht!«, blafft Chloë ihn an. »Ein Monat ohne Nahrung macht sie wohl etwas bissig!« Jetzt schreit Chloë. Aber sie weiß nicht einmal, wen sie eigentlich anschreien will. Mike, Shelly, Angela. Sich selbst. »Aber es muss dir nicht leidtun, du kannst ja nichts dafür, dass ich ein Idiot bin!«

»Du bist kein ...«

»Oh, doch. Das bin ich!« Das hier ist alles zu viel. Die ganze letzte Woche. Der Biss, die Trennung, Angelas Verschwinden. Shelly, die sie am Telefon anfährt. Was auch immer ihre Gefühle während der Arbeit zurückgehalten hat, bricht jetzt hervor, und sie kann die Worte, die aus ihr heraussprudeln, nicht mehr aufhalten. »Ich bin ein Vollidiot! Ich bin die einzige Vollpfeife, der das Offensichtliche nicht auffällt! Habt ihr euch alle über mich totgelacht?«

»Was? Nein! Wie kommst du darauf?«

»Und jetzt ist sie verschwunden! Warum hat Shelly den Vollidioten gebeten, sie zu finden? Der Idiot, der für all das hier verantwortlich ist, warum sollte jemand … Gott, ich bin zu nichts zu gebrauchen, ich bin …«

Mike nimmt sie in den Arm, und sie schnieft an seiner Brust, versucht, nicht zu weinen. Nicht schon wieder. Wann wird das endlich vorbei sein?

»Du bist kein Idiot, Chloë«, sagt er zärtlich. »Das hier ist nicht deine Schuld. Da bin ich mir sicher. Und auch Angela glaubt das nicht, egal, was sie gerade durchmacht.«

»Ich hätte es besser wissen sollen«, bringt sie mühsam hervor. »Ich hätte es wissen sollen. Du hast es schließlich auch herausgefunden.«

Mike betrachtet die Decke, als ob es da oben etwas besonders Aufregendes zu studieren gäbe. »Nun ja. Ich hatte einen gewaltigen Vorteil. Sie riecht einfach anders.«

Chloë zieht noch einmal die Nase hoch und sieht dann zu ihm auf. »Mir ist ihr Geruch nie aufgefallen.«

»Natürlich nicht. Aber mir. Ich bin ja auch ein Werwolf.«

Chloë blinzelt und weicht zurück. Beinahe wäre sie wieder gegen das Regal gestolpert, aber ihr schmerzender Kopf erinnert sie gerade noch daran.

»Ich dachte mir, du solltest das jetzt auch wissen«, fügt Mike noch hinzu.

»Du machst Witze, oder?«

»Warum sollte ich das?« Er lehnt sich an den Türrahmen. »Wenn es Vampire gibt, warum sollte es dann keine Werwölfe geben? Und andersherum. Daher bin ich Angela so schnell auf die Schliche gekommen. Da es mich gibt, hat es mich nicht besonders überrascht, dass es noch andere Wesen gibt.«

»Aber das kann nicht sein … du bekommst eine Glatze!«, entgegnet Chloë und starrt auf sein dünner werdendes Haupthaar. »Wölfe haben keine Glatzen!«

Mike atmet durch die Nase aus, seufzt beinahe, und seine Mundwinkel wandern nach unten. »Ich habe Follikuläre Dysplasie«, erklärt er ihr. »Schablonenkrankheit. Liegt bei uns in der Familie. Wenn ich mich in einen Wolf verwandle, sehe ich aus, als hätte ich die Räude.«

»Du nimmst mich doch auf den Arm.«

»Wenn du es genau wissen möchtest, könntest du mich nach Hause fahren?« Er sieht aus dem Fenster. »Heute ist Vollmond, und ich bin schon länger geblieben, als ich vorhatte. Es dauert nicht mehr lange, bis der Mond aufgeht. Ich kriege es auch alleine hin, aber der Berufsverkehr in Boston macht mich auch so schon wirklich zum Wolf.«

»Deine Spieleabende«, sagt Chloë abwesend. »Da gehst du früher aus der Arbeit. Ist das der Grund?«

»Ja. Ein kleiner Witz. Ich gehe dann Nagetiere jagen im Fells Reservat.« Er lässt den Autoschlüssel vor ihrem Gesicht baumeln. »Ich muss wirklich los. Kommst du mit?«

Sie zögert. Fast hätte sie sich an die Bisswunde am Hals gelangt. Aber, denkt sie dann, das ist schließlich Mike. Sie hätte ihn immer als »normal« und »verlässlich« beschrieben. Nur wenige Augenblicke zuvor hat er sie im Arm gehalten, und sie hat ihre Nase an seinem Hemd abgewischt.

Sie kann ihr Leben nicht in ständigem Misstrauen verbringen.

»Sicher, warum nicht?«, sagt sie. »Fahren wir.«

Er wirft ihr den Schlüssel zu, dreht sich um, noch während er fliegt, und geht den Gang hinunter. Sie fängt den Schlüssel und holt Mike ein, als er den Aufzug holt. »Shelly weiß aber über dich Bescheid, oder?«

»Natürlich.«

»Sicher wissen alle Bescheid«, murmelt Chloë mehr zu sich selbst. »Heute ist wirklich ein großartiger Tag für mein Selbstwertgefühl.« Aber sie fühlt sich nicht mehr ganz so verbittert. Immerhin weiß sie jetzt, warum Shelly so gelassen auf die Existenz von Vampiren reagiert hat. Wenn man mit einem Werwolf zusammen ist, ist das wohl, wie Mike es formuliert hat, keine große Überraschung.

»Sie ist aber nicht von alleine draufgekommen«, sagt er. »Ich musste es ihr sagen. Du würdest dich wundern, was Leute alles nicht bemerken.«

»Nicht mehr. Hör zu, ich will nicht unhöflich sein, nur sichergehen«, sagt Chloë. »Ich muss nicht befürchten, dass du mich beißt, oder?«

»Solange du nicht versuchst, Leckerlis auf meiner Nase zu balancieren«, antwortet Mike, als der Aufzug ankommt, »sollten wir keine Probleme miteinander haben.«

44

I-90 Turnpike, Massachusetts
22. Dezember 1999

Angela fährt viel zu schnell.

Ungerührt beobachtet sie, wie der Tacho die neunzig Meilen pro Stunde erreicht und dann weiterwandert. Als sie vor einer Weile die siebzig überschritten hat, hat das Auto angefangen zu wackeln und zu klappern, als ob es gleich auseinanderfallen würde. Jetzt hat es aber damit aufgehört. Es rollt gleichmäßig über die Fahrbahn. Sie fährt ganz links und überholt immer mal wieder einen anderen Wagen. Aber nicht oft. Es herrscht wenig Verkehr, vor allem in ihrer Richtung. Es wollen mehr Leute in die Stadt als raus.

Sie hätte das schon längst machen sollen. Sie hätte vieles schon längst ausprobieren sollen. Sie hat übernatürliche Reflexe und einen unzerstörbaren Körper. Warum hat sie sich das noch nie zum Vorteil gemacht? So viele Möglichkeiten, so viele verpasste Gelegenheiten. Sie könnte von einem Hochhaus springen. Auf dem Meeresgrund spazieren gehen. In einen Zoo einbrechen und Tiger streicheln. Obwohl sie auf Tiger vermutlich auch allergisch reagiert. Trotzdem. Warum hat sie so etwas noch nie ausprobiert?

Natürlich hilft es, dass ihr heute alles egal ist. Wen interessiert es, wenn sie geblitzt wird?

Die eintönige Landschaft fliegt im Scheinwerferlicht an ihr vorbei. Schnee. Bäume. Straße. Weiß und grau und schwarz. Die gelbe Linie am linken Fahrbahnrand ist die einzige erkennbare Farbe. Alle hundert Meter stehen weiße Straßenpfosten mit leuchtenden Reflektoren. Ihr regelmäßiges Auftauchen wirkt unter diesen Bedingungen fast schon hypnotisch. Angelas Blick folgt ihnen jedes Mal.

Es gibt viel, was sie bereut. Zum Beispiel ihre Doktorarbeit nicht fertig geschrieben zu haben. Das hatte sie wirklich vorgehabt. Einen Job in ihrem Fachgebiet zu finden. Aber das ist ein Wunschtraum. Seit ihrer Verwandlung ist das unmöglich geworden. Zu promovieren ist das eine, aber es gibt nicht viele Habilitationsstellen oder Professuren, die gerade auf jemanden warten, der nur nachts arbeiten kann. Wie sollte ihr Arbeitsalltag ablaufen? Wie würde sie Vorlesungen halten? An Besprechungen teilnehmen? Sie hat es in der Hoffnung, dass sich irgendeine Lösung finden würde, herausgezögert, sich diesen Fragen zu stellen. Aber ihre Karriere wird nach ihrer Promotion ins Leere laufen.

Vor ihr taucht ein Pick-up auf. Er ist grau, zumindest sieht er in der Dunkelheit so aus. Sie rauscht an ihm vorbei, als würde er sich gar nicht fortbewegen. Seine Scheinwerfer sind noch eine Weile im Rückspiegel zu sehen, bis sie immer kleiner werden und endlich verschwinden.

Sie bereut, Tess nicht früher verlassen zu haben.

Sie bereut, Chloë nichts von ihren wahren Gefühlen gesagt zu haben. Oder zumindest nicht genug und nicht so, wie sie es eigentlich gemeint hatte. Sie hätte so viel mehr sagen sollen, hätte Chloë sagen sollen, wie gerne sie ihre Geschichten las, wie sehr sie es genoss, sie von ihrer Arbeit und ihrem Kater erzählen zu hören. Sie hätte ihr sagen sollen, wie überrascht sie davon war, dass sie sich jeden Abend aufs Aufstehen gefreut hat. Wie überrascht sie war, glücklich zu sein.

Tja, das ist ja nun vorbei. Das hat sie klargemacht. Chloë denkt das absolut Schlimmste von ihr, und Angela nimmt ihr das nicht übel. Es ist besser, wenn Chloë sich von ihr fernhält. In Sicherheit bleibt.

Sie bereut, Chloë verletzt zu haben. Irgendjemanden verletzt zu haben. Das bereut sie am meisten. Sie hätte niemals jemanden beißen dürfen, nicht ein einziges Mal, schon nicht ein erstes Mal. Sie hätte sich verhungern lassen sollen. Sie hätte damals schon tun sollen, was sie heute Nacht vorhat.

Der Tacho geht auf die fünfundneunzig zu, als das Auto ins Schleudern gerät.

Angela steigt auf die Bremse und dreht das Lenkrad. Das ist ein Fehler. Das Heck bricht aus, und sie rutscht seitlich über den nassen Asphalt. Das Einzige, was sie fühlt, fällt ihr auf seltsam distanzierte Art auf, ist eisige Gelassenheit. Keine Spur von Angst.

Sie reißt das Steuer herum, und der Wagen kommt endgültig von der Fahrbahn ab und rutscht von einer Schneewolke umgeben auf den Mittelstreifen. Der Corolla hüpft und schlingert, als er über die unebene Piste rollt.

Sie berührt die Pedale nicht, reagiert auf jede Unebenheit

mit einer Bewegung des Lenkrads, bis sie den Dreh raushat. Sie kriegt das hin. Sie konzentriert sich, und ihre Hände reagieren schnell, so schnell, dass sie unmittelbar handeln kann. Sie schafft es, die Situation unter Kontrolle zu bringen.

Als das Auto langsamer wird, bremst sie noch einmal. Langsam kommt sie zum Stehen. Der Motor läuft noch. Nicht einmal die Windschutzscheibe hat einen Riss, und sie hat keinen einzigen blauen Fleck.

Vampirreflexe. Unverwundbarer Körper.

Sie hat die Hände locker auf dem Lenkrad abgelegt. Sie sind so ruhig wie die Erde unter ihr, sie zittern kein bisschen. Wie seltsam. Liegt es vielleicht daran, dass sie nicht atmen muss? Daran, dass ein Herz, das nicht schlagen muss, nicht zu schnell schlagen kann? Das kann nicht sein, sie hat seit ihrer Verwandlung viele Gefühle gehabt – Aufregung, Angst, Wut, Liebe. Vielleicht liegt es auch daran, dass sie im tiefsten Herzen weiß, wie schnell sie sich bewegen kann.

Sie steigt aus und sieht sich die Reifen an, dann betrachtet sie die Schneise, die ihr Auto durch den Schnee gezogen hat. Sie ist erleichtert, dass sie keinen anderen Wagen erwischt hat.

Die Reifen sehen in Ordnung aus. Ein SUV rauscht an ihr vorbei in Richtung Boston. Dann noch einer. Keiner der beiden hält an.

Angela steigt wieder in den Corolla und schließt die Fahrertür. Dann schnallt sie sich an.

Sie macht sich Sorgen, dass sie womöglich im Schnee stecken bleibt, aber sie schaltet in den ersten Gang und gibt ein wenig Gas. Und das Auto ruckelt ohne Probleme los. Gut. Wäre sie hier gestrandet, hätte das ihre Pläne nicht geändert.

Aber sie hat ein Ziel vor Augen. Auch wenn es egal ist und absolut keinen Unterschied macht.

Sie fährt langsam über das schneebedeckte Gras zurück auf die Straße und setzt ihre Reise vorsichtiger fort.

45

Green Line bis Park Street Station
22. Dezember 1999

Nachdem sie Mike zu Hause abgesetzt hat, nimmt Chloë die Bahn und versucht, ihr Leben zu verstehen.

Na gut, es gibt also Werwölfe, denkt sie und zupft Hundehaare von ihrem Mantel. *Und die können eine Glatze kriegen. Und sie können Berufsverkehr auf der Morton Street wirklich nicht ausstehen.* Eigentlich sollte sie nichts davon überraschen. Sie fängt an, sich Gedanken über den Hundekorb im Wohnzimmer von Shelly und Mike zu machen, aber beschließt dann, besser nie wieder darüber nachzudenken. Das Privatleben der beiden geht sie nichts an.

Wie, fragt sie sich, *habe ich mich so schnell an die Existenz des Übernatürlichen in meinem Leben gewöhnt?* Als Kind hatte sie sich immer erhofft, dass es Magie und Zauberei wirklich gibt. Man sollte wohl vorsichtig sein, was man sich wünscht.

Als sie an der Park Street umsteigen will, schmatzt ihr Turnschuh laut auf dem nassen Bahnsteig. Die Pflastersteine sind getränkt vom geschmolzenen Schnee Tausender Stiefel. Während sie hinunter zur Red Line eilt, saugen sich ihre Schuhe und Socken voll. Sobald sie sich nicht mehr bewegt, fängt sie in der kalten feuchten Luft an zu zittern.

Als die Bahn kommt, steigt sie nicht ein.

Ein Ort fällt Chloë ein, wo Angela hätte hingehen können. Falls Angela sich ruchlos oder neugierig fühlt. Falls der für sie ausgelegte Köder Erfolg hat. Seit sie den Flyer gesehen hat, ist Chloë jedenfalls neugierig. Neugierig auf Angelas Vergangenheit und auf das, was Tess ihr angetan hat.

Sie sieht den Mengen, die sich in die Bahnwaggons zwängen, kurz zu, dreht sich dann um und eilt die Stufen wieder hoch. Hinauf zu den Gleisen der Green Line, damit sie ein paar Stationen zurückfahren kann.

Ich sollte mich nicht einmischen, denkt sie sich, als die Bahn mit einem Quietschen vor ihr hält. *Warum tue ich das?*

Falls Angela dort hingegangen ist, könnte sie in Schwierigkeiten stecken. Und auch wenn sie nicht dort ist, vielleicht kann Chloë die Sache doch noch nicht ganz ruhen lassen. Die Frau mit den blonden Haaren und den grauen Augen noch nicht vergessen.

Eine von Chloës gelegentlichen Eingebungen drängt sich ihr auf, warnt sie, nicht dorthin zu fahren. Ihr Unterbewusstsein versucht sie davon zu überzeugen, in die nächste Red Line zu steigen und nach Hause zu fahren. Jeder weiß doch, wozu Neugierde führt, flüstert es ihr zu.

Sie ignoriert es. Als die Bahn ihre Türen öffnet, steigt sie ein.

Auf der Newbury Street bläst Chloë ein schneidend kalter Wind Eiskristalle ins Gesicht. Die Gehsteige sind beinahe leer. Vor einer Weile haben hier trotz des Wetters vermutlich noch Menschen Weihnachtseinkäufe erledigt, aber nun sind die Läden dabei zu schließen.

In dieser Straße gibt es zwei Sorten von Kunstgalerien. Am westlichen Ende der Newbury Street sind sie ein bisschen unkonventioneller und weniger kostspielig. Sie richten sich an Studenten, die sonst bei Tower Records rumhängen. Am östlichen Ende sind die Galerien nobel und exklusiv, umgeben von teuren Restaurants und Boutiquen. Ein ziemlich schicker Stadtteil, wenn man bedenkt, dass er auf einer Müllkippe gebaut wurde und langsam absackt.

Sie wundert sich nicht, dass die Galerie, die sie sucht, am östlichen Ende der Straße liegt. Die Tür öffnet sich mit einem sachten Klingeln, und Chloë tritt ins Warme.

Sie fühlt sich in ihren Jeans und ihrem billigen Anorak wie ein Eindringling, Schmelzwasser tropft von ihr hinunter auf den Teppichboden. Es sind nur wenige Leute da. Laut einem Schild an der Tür schließt die Galerie in fünfzehn Minuten. Ein untersetzter Mann steht hinter einer Art Theke und ignoriert Chloë gekonnt, während er durch einen Katalog blättert. Zwei weitere Besucher schlendern an den Ausstellungsstücken entlang. Beide haben gefärbte Haare, dunkelrot und helles Violett. Sie schweben durch die Exponate wie exotische Vögel. Aber keine Spur von Angela.

Es war wohl absurd zu glauben, sie hier zu treffen. Warum sollte Angela sich einen Teil ihrer Vergangenheit ansehen wollen, vor dem sie so weit wie möglich geflohen ist? Was hat Chloë erwartet? Dass Angela in irgendeine teuflische Falle getappt ist und ihre böse Ex-Freundin sie attackiert und verschleppt hat? In aller Öffentlichkeit? Und was genau, will Chloë dagegen unternehmen, wenn es so ist? Die ganze Idee ist idiotisch.

Sie sucht nach den Bildern von Tess. Sie sind nicht schwer zu finden. Ihre Fotografien sind prominent platziert; sie machen eine ganze Wand aus und sind kunstvoll ausgeleuchtet. Dort hängen Dutzende unscharfer Schwarz-Weiß-Portraits und Stadtansichten. Chloë muss sich widerwillig eingestehen, dass sie eindrucksvoll sind.

Eine ganze Serie ist Angela gewidmet. Angela, die unter einer Straßenlaterne auf einer Bank sitzt. Ihr Haar wird vom sanften Schein der Laterne erleuchtet. Angela, die in einem Nachtclub tanzt, lachend und verschwitzt. Die Kamera erwischt sie mitten in einer Drehung, und ihr Rock bauscht sich. Angela mit einem blauen Auge.

Und das Foto auf dem Flyer. Diesmal nicht nur ein Ausschnitt und enorm vergrößert. Angela nackt. Vollkommen entspannt und verletzlich. Ihre Nippel wirken blass auf ihrem kleinen Busen. Ihre Schamlippen sind vom Sex leicht geschwollen. Eine dunkle Blutspur zieht sich von ihrem Hals bis zum Schlüsselbein.

»Du hast einen guten Geschmack«, sagt eine Stimme neben ihr. Chloë dreht sich überrascht um. Sie hat nicht mitbekommen, dass sich die Frau mit den dunkelrot gefärbten Haaren neben sie gestellt hat. »Das ist das beste aus der Serie ›Gefallener Engel‹. Für zweitausend Dollar gehört es dir. Sonderangebot.«

»Leider habe ich gerade keine zweitausend Dollar übrig.«

»Ja, das dachte ich mir schon.« Die Frau sieht Chloës

Mantel an, dann ihre Schuhe, dann wieder in ihr Gesicht. Ein kleines, seltsames Lächeln umspielt ihre Mundwinkel, aber nur der linke ist nach oben geneigt und erzeugt ein Grübchen auf ihrer Wange. »Du hast allerdings eine Bisswunde am Hals. Vielleicht eine Woche alt. Schwer zu übersehen, zumal, wer auch immer sie verursacht hat, sich nicht die Mühe gemacht, hat, sie zu schließen. Willst du raten, woher ich das weiß?«

Chloë will sich panisch nach Notausgängen umsehen, sich im erstbesten Schrank verstecken. Sie behält aber stattdessen das schiefe Grinsen der Frau im Auge. Sie hat das unbestimmte Gefühl, wegzurennen wäre der größte Fehler, den sie machen könnte.

»Du musst Tess sein.«

»Höchstpersönlich.«

Alles an Tess ist klein, außer ihren klaren braunen Augen, die beinahe zu groß für ihr Gesicht wirken. Ihre Nase ist klein, ihr Kinn ist spitz, sie reicht Chloë gerade bis zum Schlüsselbein. Chloë muss den Kopf nach unten neigen, um sie direkt anzusehen. Ihr gegenüber fühlt sie sich plump und unbeholfen.

Chloë hatte nicht daran gedacht, dass man den Vampirbiss an ihrem Hals als solchen erkennen könnte. Dass er Tess, falls sie in der Galerie wäre, auffallen könnte.

»Ich dachte mir schon, dass Angela sich nach Boston verpisst hat. Schließlich hat sie ja sonst auch nirgendwo Freunde.« Tess' Lächeln wird etwas lebendiger und schließt nun auch ihren anderen Mundwinkel mit ein. »Und du bist also ihre aktuelle Blutbank, richtig? So viel zu all ihrem selbstgerechten Bullshit. Wo ist sie? Draußen?«

»Nein.«

»Sie ist nicht hier?« Das Lächeln auf Tess' Gesicht verschwindet. »Sie hat nicht einmal den Schneid, selbst herzukommen?«

»Soll das heißen, sie … Du hast sie nicht gesehen?«

»Ich? Ich habe sie nicht ein einziges Mal gesehen, seit ich in der Stadt bin. Nicht hier, nicht in den Clubs, nirgends.« Tess sieht Chloë mürrisch an. »Schätze mal, sie hat die ganze Zeit zu Hause beim Kuscheln verbracht. Wie reizend.«

»Du warst in den Clubs unterwegs? Hast du nach ihr gesucht?«

»Nein«, blafft Tess sie an. »Hey, was zum Teufel geht hier eigentlich vor? Warum bist du hier? Hat sie dich geschickt, um mich auszuspionieren? Sollst du für sie spitzeln?«

»So ist das nicht«, protestiert Chloë. »Sie weiß nicht einmal, dass ich hier bin. Wir sind kein … Wir sind nicht mehr zusammen.«

»Oh.« Die Wut weicht aus Tess' Augen. »So lange kann das ja noch nicht her sein, wenn du immer noch Bissspuren hast. Hat sie dir auch das Herz gebrochen?«

Chloë antwortet nicht.

»Aber es stellt sich immer noch die Frage«, sagt Tess. »Was bringt dich in die Galerie, Blutbank? Wenn du kein Spion bist und dir kein Erinnerungsstück leisten kannst.«

Es wäre wohl eine blöde Idee zuzugeben, dass sie gehofft hat, Angela hier zu treffen. Besonders wenn sie Tess davon überzeugen möchte, dass sie kein Spitzel ist. Nicht solange ihr Unterbewusstsein brüllt, dass ein falsches Wort sehr, sehr gefährlich werden könnte. »Ich war wohl nur neugierig«, sagt sie. Und das ist schließlich auch die Wahrheit.

»Neugierig. Bist du dir da sicher?« Tess tritt näher und hebt den Kopf, um Chloë weiter in die Augen sehen zu können. Sie kommt ihr so nah, dass Chloë eigentlich ihre Körperwärme spüren müsste. Aber das tut sie nicht.

»Was für einen Grund könnte ich sonst haben?« Chloës Hals ist trocken.

Tess legt Chloë eine Hand auf den Arm. »Manche Leute stehen drauf, gebissen zu werden. Kriegen nicht genug davon. Vielleicht wollen sie auch Vampire werden.« Ihre Finger schließen sich sanft um Chloës Handgelenk. »Oder vielleicht macht sie das scharf. Was meinst du? Trifft da was auf dich zu?«

»Nein«, bringt Chloë irgendwie raus. »Eigentlich nicht.«

»Bist du da sicher?«, fragt Tess mit tiefer verführerischer Stimme. »Wenn doch, dann könnte ich dir nämlich aushelfen.«

»Ich bin mir ganz sicher«, erwidert Chloë.

»Das ist bedauerlich. Denn dann muss ich dich jetzt vermutlich umbringen.«

»Was?«

Tess' Griff um ihr Handgelenk wird fester, und sie stellt sicher, dass Chloë sich nicht rührt. Auf einmal fällt Chloë wieder Angelas ungeahnte Kraft ein. Sie ist sich ziemlich sicher, dass sie dem Griff der kleineren Frau nicht entkommen wird, egal, wie sehr sie sich wehrt.

»Ich spiele ernsthaft mit dem Gedanken«, sagt Tess. »Hast du einen guten Grund, warum ich das nicht tun sollte?«

Chloë sieht sich vorsichtig um, versucht dabei, abrupte Bewegungen zu vermeiden, bis ihr Blick auf die anderen Galeriebesucher fällt. Der Typ mit den violetten Haaren – eher noch ein Junge, kaum Anfang zwanzig – starrt zu ihnen herüber und runzelt die Stirn. Er macht einen zögerlichen Schritt auf die beiden zu. Der Galeriemitarbeiter bleibt weiter hinter seiner Theke, immer noch mit der Broschüre beschäftigt. Chloë sieht wieder zu Tess und hebt die Augenbrauen.

Tess spitzt die Lippen. »Weißt du was, du hast recht. Russell ist gut genug erzogen, dass er die Klappe hält, aber Speckbauch da hinten am Tresen könnte Probleme machen.« Sie neigt den Kopf und denkt nach. »Na gut, komm mit. Wenn du schreist, muss ich den Dicken eben auch umbringen.«

Tess geht in den hinteren Teil der Galerie und schleift Chloë hinter sich her. Chloë verkneift sich ein Jaulen und sieht zu den beiden Männern. Der violette Junge – Russell? – beobachtet sie immer noch. Der Mitarbeiter sieht nicht einmal auf.

Chloë stolpert hinter Tess her. An ihrem Arm wird so schmerzhaft gezerrt, dass sie Angst hat, er rutscht aus dem Gelenk, wenn sie anhält. »Hör mir zu«, flüstert sie, während sie an den Bildern eines anderen Fotografen vorbeirauschen, die verschwommen Fotos zeigen Felder und Wälder. »Wenn du, wenn du das tust … Du kannst unmöglich …« Sie klammert sich an jeden Grund, der gegen ihre Ermordung spricht. Ihr Hirn ist aber taub, kaum ansprechbar. »Aber die Leiche? Was machst du mit einer Leiche mitten in der Galerie, wo die Bilder ausgestellt sind, und irgendjemanden wird das doch auffallen …«

»Halt die Klappe«, sagt Tess und bleibt stehen.

Chloë stolpert fast, aber kann es vermeiden zu fallen. Sie versucht, ihr Gleichgewicht so schnell wie möglich wiederzufinden. Sie stehen jetzt am hinteren Ende des Raums, ein Stück weg von den Bildern, vor einer Tür.

Tess reißt sie auf, schiebt Chloë hindurch und zieht die Tür hinter ihnen zu.

ACHTER TEIL

Der fürchterliche Blutrausch

46

Deviance, Phoenix, Arizona
29. August 1998

»Was machen wir hier?«, nörgelt Angela.

Tess' Gesichtsausdruck bleibt unverändert: überheblich, das Kinn erhoben und der Mund eine dünne gerade Linie. Die meisten anderen Clubgänger haben den gleichen Gesichtsausdruck. Nur Tess' Augen sind anders. Sie flitzen umher wie kleine Fische, inspizieren jeden, der an ihnen vorbeigeht.

»Halt dich einfach an mich«, sagt Tess. »Ich mache das schon eine ganze Weile.«

Angela kann sie über ein verzerrtes, jaulendes Gitarrensolo kaum hören. Die Musik läuft auf voller Lautstärke. Sogar »Lullaby« dröhnt ohrenbetäubend, obwohl der halbe Song geflüstert ist. Sie hält nicht viel vom DJ.

»Machst was? Was machst du schon eine ganze Weile?«

»Du wirst schon sehen.« Tess hat den Blick auf eine Frau mit Zylinder und Frack gerichtet. Sie versucht wohl, mondän auszusehen, aber es gelingt ihr nicht ganz. Sie ist zu stark geschminkt, ihre Haare sind zu lang und zu spröde. Angela sieht, wie Tess zu der Kamera um ihren Hals greift.

Aber gerade als Tess die Kamera hebt, winkt die Frau ein paar Freunden zur Begrüßung. Tess wendet sich von ihr ab und wieder Angela zu. Die Kamera fällt zurück auf ihre Brust, als sie sie wieder loslässt.

Tess' Hand zuckt immer mal wieder zu ihrer kleinen Handtasche, wo sich ihre Zigaretten befinden, aber sie öffnet sie nicht. Sie hat, seit sie hier sind, noch keine geraucht. Angela fragt sich, warum, schließlich haben die meisten Leute um sie herum eine Kippe im Mund. Die Decke ist vor lauter blauem Qualm kaum zu erkennen, und noch vor Kurzem hätte sie davon sicherlich husten müssen. Versucht Tess, ihre Hände für die Kamera freizuhalten? Warum ist das so wichtig?

»Komm mit.« Tess packt Angela am Arm und zerrt sie weiter hinein ins Getümmel.

Normalerweise kommen sie nicht hierher – Tess mag den Club nicht besonders, also geht Angela hier auch nie hin. Goth Partys finden überall verstreut in Phoenix statt, diese hier ist nicht weit weg von der Stelle, an der die State Route 51 den Grand Canal kreuzt. Jeden letzten Samstag im Monat verwandeln sich die Räume und düsteren Gänge dank Totenkopfmasken, Ketten und Schwarzlicht in einen Goth Club. Alles sieht billig und improvisiert aus, schnell aufgebaut und später schnell wieder heruntergerissen.

Wenn das also heute der Fall ist, muss folglich Samstag sein. Tess hat sie an einem Mittwoch gebissen. Sie hat drei Tage bewusstlos oder viel mehr leblos auf dem Boden der Dunkelkammer gelegen. Leblos scheint die bessere Beschreibung zu sein, schließlich hat sie aufgehört zu atmen, und ihr

Herz hat aufgehört zu schlagen. Sie ist gestorben. Sie ist nur danach wieder aufgestanden.

Tess hat darauf bestanden, dass sie hierherkommen, sobald Angela wieder gerade stehen konnte. Sie war immer noch desorientiert gewesen, als Tess sie in ihr freizügigstes Outfit gesteckt und sie dann in einen Stuhl gesetzt hatte, um sie aufwändig zu schminken. Während Tess sie mit dem Eyeliner traktierte, gab sie ihr Unmengen an Anweisungen. Wie man es vermeidet, jemandem beim Händeschütteln die Finger zu brechen. Wie man die Fänge verbergen kann. Als Angela sie fragte, ob sie denn die Mascara selbst auftragen könne, hat Tess gelacht und ihr gesagt, sie solle doch mal in den Spiegel schauen.

Obwohl sie wusste, was sie erwartete, war es dennoch ein Schock, sich nicht zu sehen.

Angela bleibt nun stehen und hält Tess am Arm zurück. Die hält ruckartig inne und sieht sie irritiert an.

»Wenn du mir nicht sagst, was los ist, gehe ich keinen Schritt weiter«, teilt Angela ihr mit. »Ich bin müde und durstig und wirklich nicht in Stimmung. Warum sind wir tanzen?«

Tess legt Angela die Hände auf die Schultern und streckt sich, damit sie ihr näher kommen kann. »Wir sind nicht tanzen«, flüstert sie Angela ins Ohr. »Wir sind jagen. Du bist müde und durstig? Deshalb sind wir hier. Also komm besser in Stimmung, alles klar?«

»Oh«, erwidert Angela. »Was … was jagen wir?«

»Wen, nicht was«, korrigiert Tess sie. »Also, danach halten wir Ausschau: jemand, der alleine unterwegs ist, ohne Freunde. Einsam, vielleicht gelangweilt. Jemand, der sich von der Aufmerksamkeit geschmeichelt fühlt. Je jünger, desto besser. Idealerweise etwas angetrunken, aber nicht vollkommen besoffen.«

Angela betrachtet das Menschenmeer. Ein waberndes Gewirr unterschiedlicher Gestalten, die tanzen, reden, lachen, trinken. Sie bilden eine undifferenzierte Masse, einen einzigen schwarz gekleideten Organismus. Woher soll sie wissen, was ein einzelner Mensch darin fühlt? Wie erkennt man den Unterschied zwischen jemandem, der alleine hier ist, und jemandem, dessen Freunde gerade auf der Toilette sind?

»Ich weiß nicht, wo ich anfangen soll.«

»Überlass mir das. Wie gesagt, ich mache das schon eine ganze Weile.« Tess grinst und gibt Angela überraschenderweise einen Kuss auf die Wange. »Vielleicht finden wir nicht auf Anhieb jemanden. Selbst wenn, kann es immer noch schiefgehen. Manchmal klappt es nicht. Aber ich brauche nie länger als ein paar Wochen. Ich lasse uns schon nicht verhungern, mach dir keine Sorgen. Wir stecken da jetzt auf lange Sicht gemeinsam drin, du und ich.«

Tess lässt sich wieder auf die Fersen sinken und steuert zurück in die Menge, schlängelt sich geübt an den tanzenden Körpern vorbei. Der Saum ihres bodenlangen Kleids weicht den stampfenden Stiefeln aus, als hätte er ein Eigenleben. Angela folgt ihr und denkt über Tess' Worte nach. Sie stecken da *jetzt* auf lange Sicht gemeinsam drin? Was waren dann die letzten zwei Jahre? Auf kurze Sicht? Warum kann es Wochen dauern, bis man ein geeignetes Opfer findet? Wonach hält Tess Ausschau?

Und wenn sie jemanden finden, was haben sie dann mit der Person vor?

»Da«, sagt Tess. »In der Ecke. Nein, schau ihn nicht direkt an, sieh weiter zu mir. Beobachte ihn aus dem Augenwinkel.«

Angela hält den Blick auf Tess gerichtet und konzentriert sich auf ihr peripheres Sehen. Sie macht einen Mopp hellvioletter Haare aus und ein mürrisches Gesicht, das die Tänzer beobachtet.

»Komm nicht dazu, bevor ich bei ihm bin«, weist Tess sie an. »Dann stellst du dich auf seine linke und ich mich auf seine rechte Seite. Sei sexy, und sag nicht zu viel.«

Tess schlendert auf Umwegen und scheinbar mit den Gedanken ganz woanders auf ihn zu. Sie schlängelt über die Tanzfläche wie bei einem Slalom, vorbei an zuckenden Leibern. Genau durch das Sichtfeld ihrer Zielperson. Sie wirft Angela, die sich noch nicht gerührt hat, einen kurzen ungeduldigen Blick zu. Angela kommt auf sie zu und gibt sich Mühe, sexy auszusehen.

Auf einmal fühlt sie sich in ihrem Outfit extrem unwohl. Ihr Oberteil ist nicht mehr als ein verzierter BH, und ihr Rock bedeckt kaum ihren Hintern. Sie trägt Kniestrümpfe, aber eigentlich heben diese nur die nackte weiße Haut darüber hervor. Natürlich hat sie all das auch schon vorher getragen, aber nicht so. Nicht zu diesem Zweck. Nie, um als Köder zu fungieren.

Tess hat ihre Runde beinahe abgeschlossen, und Angela trottet ihr immer noch hinterher. Sie ist jetzt aber nah genug dran, um sich Tess' Auswahl genauer ansehen zu können. Seine Züge scheinen ein wenig zu groß für sein Gesicht – breiter Mund, auffällige Nase. Weder gutaussehend noch hässlich, vielleicht bemerkenswert, wenn man ihm ein Kompliment machen wollte. Er trägt die obligatorischen schweren Stiefel und eine schwarze Hose, dazu eine Jacke voller Riemen und Schnallen. Die Jacke steht ihm nicht besonders. Sie macht den Eindruck, als wäre er Teil einer Marschkapelle. Sergeant Pepper's Lonely Goth Club Band.

Aber sein Haar sieht fantastisch aus. Die gleiche Farbe wie Veilchen, strahlend und hell, als ob es ganz natürlich so wachsen würde. Angela fragt sich, ob er es heute Abend vor dem Ausgehen frisch gefärbt hat.

Sie kommt noch näher und sieht, dass er ein wenig Akne am Kinn hat. Er sieht jung aus. Sehr jung. Er musste doch aber mindestens einundzwanzig sein, um hier reinzukommen, oder?

»Hey!«, ruft Tess über die laute Musik und hebt ihre Kamera. »Halt still!«

Der junge Mann wirbelt herum und blinzelt sie verwirrt an.

»Im Ernst«, redet Tess weiter. »Kannst du vielleicht für eine halbe Sekunde stillhalten, oder so? Ich möchte ein Foto von dir schießen!«

Bereitwillig hält er still, während Tess ein Foto macht. Er posiert sogar ein wenig, hebt sein Kinn, aber er lächelt nicht.

Angela kommt es vor, als hätte man ihr einen Schlag in die Magengrube versetzt.

Eine zierliche Frau in einem schwarzen Kleid mit einer rechteckigen Tasche über der einen Schulter.

»Das hier wird eine lange Belichtungszeit brauchen«, erklärte sie Angela. »Wenn du dich bewegst, verwackelt es.«

Sie war eine Zielperson gewesen. Vor zwei Jahren auf der Parkbank. Jemand, der einsam ist, vielleicht gelangweilt, geschmeichelt von der Aufmerksamkeit. Das war alles, was sie war. Sie fragt sich, ob sie für Tess je mehr war.

»Perfekt, danke dir.« Tess verstaut die Kamera und stellt sich zu ihm, auf seine rechte Seite. Ihre Augenbrauen zucken leicht, als sie sieht, dass Angela immer noch nicht näher gekommen ist. Sie deutet mit dem Kopf auf seine linke Seite.

Langsam geht Angela auf die beiden zu und nimmt ihren Platz ein. Jetzt sitzt er zwischen den beiden fest.

»Ich bin Tess.« Direkt neben ihm muss sie nicht mehr so brüllen. Sie sieht absolut harmlos aus, denkt Angela. So eine kleine Person, verkleidet wie ein viktorianisches Püppchen. »Das ist Angela. Schön, dich kennenzulernen.«

Als Tess sie vorstellt, sieht er auf Angelas Dekolleté, dann schnell wieder weg. Er richtet seinen Blick irgendwohin in die Ferne. »Ich heiße Russell«, sagt er. »Also das Foto, ist das für irgendeine Art Werbung?«

Tess schüttelt den Kopf. »Nein, ich bin Fotografin. Ich schieße immer gerne ein Foto, wenn mir etwas Bemerkenswertes auffällt. Wie deine Haare eben.«

Angela ist versucht, darauf hinzuweisen, dass seine Haarfarbe auf einem Schwarz-Weiß-Film nicht sonderlich zur Geltung kommen wird.

»Meine Haare werden immer viel zu schnell rosa«, sagt Tess. »Was benutzt du? Manic Panic? Special Effects? Sieht großartig aus.«

Russell errötet. »Ich lasse es im Salon machen.«

»Cool. Verrätst du mir, wo?«

Russells rote Wangen lösen bei Angela unangenehme Bedürfnisse aus. Hunger. Sie spürt, wie sich in ihrem Mund etwas bewegt. Angestrengt bemüht sie sich, sich daran zu erinnern, was Tess über das Verbergen ihrer Fänge gesagt hat. Sie versucht, fokussiert zu bleiben. Sich zu konzentrieren. Sie darf sich davon nicht beherrschen lassen.

»Ich sag dir was«, fährt Tess fort. »Wir laden dich auf einen Drink ein. Als Dankeschön für das Bild. Und dann kannst du mir alles über deinen Friseur erzählen.«

»Das müsst ihr aber nicht …«

»Das wollen wir aber«, unterbricht ihn Tess. »Komm Angela, wir nehmen diesen Gentleman mit an die Bar.« Sie wartet kurz und bedeutet Angela dann, seinen anderen Arm zu nehmen.

»Entschuldigt mich«, sagt Angela. Dann dreht sie sich um und geht weg.

Tess ruft ihr etwas hinterher, aber sie schenkt ihr keine Beachtung. Sie macht sich nicht die Mühe, den Leuten auf der Tanzfläche auszuweichen, stattdessen rauscht sie einfach mitten durch die Menge. Jemand stolpert und fällt. Sie hört Geschrei hinter sich, aber sie geht weiter, bis sie den Ausgang erreicht hat.

Am Türsteher vorbei, an den Wartenden, an die frische Luft. Ein paar Leute stehen auf dem Gehsteig, vermutlich um dem Lärm kurz zu entkommen. Die meisten haben rote Gesichter vom Tanzen und schwitzen jetzt außerhalb des klimatisierten Clubs. Sie sind für die Wüste absolut unpassend gekleidet. Einer trägt eine Lederjacke. Sogar Angelas Outfit ist passender, zumindest nachts. Jemand mit ihrer blassen Haut, der so leicht bekleidet ist, bekäme vermutlich innerhalb eines Monats Hautkrebs.

Aber dieses Problem hat sie ja nun nicht mehr. Nie wieder. Sie wird die Sonne nie wieder zu Gesicht bekommen.

Als die Türen hinter ihr schließen, ist es noch stiller hier draußen. Die Unterhaltungen auf dem Gehsteig sind gedämpft, und nur der Bass dringt durch die Wände nach draußen. Sie kann ihre eigenen Gedanken wieder hören – bis sich die Türen wieder öffnen, um jemanden herauszulassen, und eine Geräuschwelle wieder alles überlagert.

Sie geht weiter weg vom Eingang, in Richtung einer schmalen Straße zwischen zwei hohen Gebäuden. Ein paar Pfützen sind noch vom letzten Regen übrig, sie verdampfen schnell auf dem warmen Untergrund. Die Ziegelwände sehen schmierig aus, und der Gestank der überfüllten Mülltonnen hängt schwer in der Luft. Sie findet einen einigermaßen trockenen Bordstein und setzt sich.

Sie versucht, zu Atem zu kommen, und merkt, wie es sich anfühlt, wenn man keinen hat. Seltsam. Sehr seltsam.

Angela rechnet fast damit, dass ihr der Engel in der Pfütze erscheint. Aber als sie sich traut nachzusehen, stellt sie fest, dass die Oberfläche nur ein leerer Spiegel voller Dreck und Müll ist. Er ist nicht zu sehen, sie ist nicht zu sehen. Niemand sieht zu ihr auf. Sie weiß nicht, warum sie heute Nacht mit ihm gerechnet hat. Es ist beinahe zwei Jahre her, dass sie ihm mitgeteilt hat, dass sie mit ihrer Vergangenheit abgeschlossen hat.

»Was sollte das denn, Angela?« Tess kommt die Seitenstraße entlang auf sie zu.

»Lass mich in Ruhe.«

»Äh, nein? Kannst du mir stattdessen erklären, was das da drinnen war?«

»Was denkst du denn?«

»Ich habe keine Ahnung. Du stehst drauf, alles zu versauen?« Jetzt steht Tess direkt neben ihr. Mit einer Hand hält sie ihr Kleid hoch, damit es nicht in den Pfützen schleift, in der anderen hat sie eine Zigarette. Jetzt gibt es wohl keinen Grund mehr, nicht zu rauchen. »Der Typ war genau der Richtige. Warum bist du abgehauen und hast alles ruiniert?«

»Der Richtige wofür?«, will Angela wissen und starrt immer noch auf die Muster, die sich im dreckigen Regenwasser bilden. »Als Abendessen? Oder zum Ficken?«

Angela kann immer noch den dröhnenden Bass durch die Wände bis auf die Seitenstraße spüren. Sie zählt dreißig Schläge, bevor Tess etwas sagt.

»Ich muss dir beibringen, wie das geht. Das ist wichtig.«

»Weißt du eigentlich, dass du mir die Antwort immer verrätst, wenn du einer Frage so ausweichst?«, fordert Angela sie heraus. »Ich weiß gar nicht, wo ich anfangen soll. Zum Beispiel, und das ist nicht einmal das Irrste am heutigen Abend, ist dir aufgefallen, dass ich lesbisch bin?«

»Ja, ich bin ja kein Vollidiot. Ich dachte mir schon, dass du damit ein Problem haben könntest. Daher hätte ich den Teil auch alleine erledigt.«

»Soll mich das etwa beruhigen?«

»Hör zu, wir haben hier zwei Möglichkeiten«, blafft Tess sie an. »Wir können sie ficken, oder wir können sie killen.«

Angela reißt den Kopf herum und sieht Tess schockiert in die Augen. Soweit sie das einschätzen kann, meint Tess das vollkommen ernst.

»Wovon zum Teufel redest du? Das ist doch Wahnsinn.«

Tess macht ein genervtes Geräusch irgendwo weit hinten in ihrer Kehle. »Denk doch ein Mal in deinem Leben nach. Man kann nicht einfach von jemandem trinken und ihn dann weiterziehen lassen. Die reden doch. Das kommt einem Todesurteil gleich. Also muss man eine Beziehung zu ihnen aufbauen. Sie an die Idee gewöhnen. Ihr Vertrauen gewinnen.«

»Sie gefügig machen.«

»Wenn du es so formulieren willst.«

Angela sieht weg und legt die Hände vor den Mund, um ihr Lachen zu unterdrücken.

»Was?«, will Tess wissen.

»Zwei Wochen«, bringt Angela mühsam hervor. »Du hattest mich zwei Wochen, nachdem wir uns kennengelernt haben, vollkommen unter Kontrolle. Ich bin so ein Vollidiot.«

»Oh, mein Engel. Nein.« Tess kauert sich vorsichtig neben sie, bedacht, ihr Kleid nicht schmutzig zu machen. Sie lässt ihre Kippe in eine Pfütze fallen, wo sie mit einem leisen Zischen erlischt. Dann greift sie Angela unters Kinn. Mit sanftem Druck zwingt sie Angela, zu ihr aufzusehen. »Du bist etwas anderes. Du warst schon immer etwas anderes. Du hättest dich nicht verwandelt, wenn das nicht der Fall wäre. Das weiß ich mit Sicherheit. Wenn du nicht besonders wärst. Niemand sonst hat das bisher geschafft, nur du. Das muss doch etwas bedeuten, oder nicht?«

»Was ist dann mit all den anderen passiert?«

Tess sieht sie verwundert an. »Was meinst du?«

»Wie läuft eine Trennung in deinem Szenario ab? Wie stellst du sicher, dass sie dich nicht verlassen? Überleben sie es üblicherweise?«

»Sei nicht albern.«

Tess lässt sich nicht aus der Ruhe bringen, sie blinzelt nicht einmal. Egal, wie sehr Angela versucht, ihren Gesichtsausdruck zu lesen, es gelingt ihr nicht.

Obwohl Angela aufgefallen ist, dass sie sich wieder um eine Antwort gedrückt hat.

»So ist es nun mal«, redet Tess dann weiter. »Wenn du ein Problem mit Typen hast, dann können wir uns nach einer Frau umsehen. Das wird zwar schwieriger, Typen aufzureißen wird für uns beide immer leichter sein, aber das kriegen wir hin.«

»Darum geht es nicht.«

»Du hast recht, darum geht es nicht. Es geht ums Essen.

Es ist überlebensnotwendig. Es muss nichts mit unserer Beziehung zu tun haben.«

»Es ist also nicht von Bedeutung für dich?«

»Nein. Nicht wirklich.« Tess sieht sie aufrichtig an. Dann legt sie Angela eine Hand auf die Schulter. »Nicht, wenn wir uns genug lieben.«

»Dann liebe ich dich wohl nicht genug«, sagt Angela. »Fick dich.«

Tess haut ihr eine runter.

Angela spürt die Ohrfeige kaum, reagiert aber sofort. Sie wirft sich schnaubend auf Tess und reißt sie mit sich um. Tess landet platschend in einer Pfütze. Angela zerkratzt ihr das Gesicht, ohne genau zu wissen, was sie da tut. Tess tritt ihr in den Bauch, feste. Davon wird sie nach hinten geworfen, aber sonst passiert nicht viel. Hat man keinen Atem, kann er einem auch nicht stocken.

Angelas Fänge sind jetzt ausgefahren, und sie macht ein seltsames Geräusch tief in ihrer Kehle. Vielleicht ein Knurren? Tess ist fast wieder auf den Beinen, aber Angela stürzt sich schon wieder auf sie. Sie treibt ihre Zähne in Tess Schulter. Der Geschmack ihres lauwarmen Bluts breitet sich in ihrem Mund aus. Tess versucht zurückzubeißen, verfehlt Angelas Gesicht jedoch um Haaresbreite.

Beide sind am Boden, schlagen mit Fäusten, Füßen und Ellbogen aufeinander ein. Tess greift in Angelas Gesicht und versucht, ihr die Augen auszukratzen. Angela packt Tess' Arm und beißt wieder zu. Tess hat Mühe sich loszureißen, landet dann einen Treffer mit dem Knie in Angelas Brust und kämpft sich frei. Haut und Fleisch reißen, als sie ihr Handgelenk von Angelas Fängen zerrt.

Beide stehen unter Anstrengung auf, behalten sich dabei im Auge. Tess' Kleid ist nass und schmutzig, an mehreren Stellen gerissen. Von ihrer Schulter und ihrem Arm tropft dunkelrotes Blut. Einer der Träger von Angelas Oberteil ist gerissen und hängt lose herunter. Nun ist sie wirklich beinahe nackt. Sie sieht nicht nach unten, sie weiß trotzdem, dass ihre Strümpfe zerrissen sind. Aber ihr tut nichts weh. Sie hat nicht einmal irgendwelche Kratzer.

»Konntest du dich jetzt abreagieren?«, fragt Tess.

»Es ist vorbei.«

»Das will ich auch hoffen.«

»Nein, nicht das hier«, sagt Angela. »Ich meine wir, du und ich. Wir sind fertig miteinander. Es ist aus.«

»Nein. Lass uns nach Hause gehen und uns etwas erholen.« Tess streckt ihr die Hand, von der kein Blut tropft, entgegen. Angela nimmt sie nicht.

»Du kannst hier nicht einfach Nein sagen, Tess. Dazu hast du kein Recht. Ich komme nicht mehr mit zurück in dein Haus.«

Tess sieht sie ungeduldig an. Ihre Hand hält sie immer noch ausgestreckt. Ihre Wunden sind schon dabei zu heilen, der Blutstrom ist nur noch ein schmales Rinnsal. »Das ist doch absurd. Du kannst vor Sonnenaufgang nirgendwo anders hin, und du hast keine Ahnung, was du tust.«

»Ich komme in ein paar Tagen vorbei und hole meine Sachen ab. Mach dir nicht die Mühe, meinen Computer zu zertrümmern, ich habe von allem Sicherheitskopien gemacht.« Angela geht an Tess vorbei die Seitenstraße hinunter. Sie schafft den halben Weg, bevor Tess antwortet.

»Du wirst nicht mehr als ein paar Tage da draußen überstehen, nicht auf dich alleine gestellt«, verkündet Tess. »Du wirst die Nacht vermutlich nicht überleben.«

Angela bleibt nicht stehen.

»Hast du gekriegt, was du von mir wolltest?«, ruft Tess ihr hinterher.

»Geht es darum? Hast du auf diesen Moment gewartet, und jetzt haust du ab?«

»Das hier ist kein Geschenk, Tess«, sagt Angela, ohne sich umzudrehen. »Du hast mich nur genauso verarscht, wie du verarscht worden bist. Das ist alles.«

Angela wünscht sich, dass das die letzten Worte zwischen ihnen beiden waren, aber so ist es natürlich nicht. Tess verfolgt sie die Seitenstraße hinunter. Ihr Gesicht ist wutverzerrt, sie schreit ihr nach, nennt sie eine undankbare Schlampe. Die Goths, die vor dem Club rumhängen, starren die beiden an. Tess verfolgt sie mehrere Blocks weit, vorbei an geschlossenen Geschäften und dunklen Hauseingängen. Immer wieder ruft sie ihr nach, sie solle zurückkommen, dass sie keine andere Wahl hätte, dass sie es bereuen würde, dass sie einander doch liebten. Weiter entfernt vom Nachtclub sind die Straßen beinahe leer, und die wenigen Leute, denen sie begegnen, schauen schnell weg oder wechseln die Straßenseite.

Als Angela den trüben Grand Canal erreicht, der zäh unter der Autobahnbrücke hindurchfließt, springt sie hinein.

Das fließende Wasser fühlt sich komisch an, als ob es sie loswerden wollte, aber Angela ignoriert diese Wahrnehmung und bleibt unter Wasser. Sie schwimmt los. Immerhin folgt Tess ihr nicht mehr.

Sie taucht nicht auf, bis sie an der Indian Hill Road angelangt ist. Vielleicht eine Meile? Sie ist sich nicht sicher. Sie kriecht auf den Spazierweg entlang des Kanals. Wassergetränkt, vollkommen verschmutzt und halb nackt mitten in der Nacht.

Sie geht die Straße entlang und hält nach einem Münztelefon Ausschau. Erst mal muss sie ein Taxi kriegen, dann muss sie einen Schlafplatz finden. Sie überlegt, ob sie nach Tempe fahren soll. Theoretisch hat sie an der Uni ein Büro, obwohl sie sich in letzter Zeit kaum dort hat blicken lassen. Aber sie teilt es sich mit zwei anderen Doktoranden. Zu gefährlich also, die Chancen sind zu hoch, dass jemand kommt, auch am Wochenende.

Sie wird ein Motel finden müssen. Das sollte klappen. Das Bitte-nicht-stören-Schild an die Tür hängen und den Tag im Badezimmer, weit entfernt von irgendwelchen Fenstern verbringen. Sie kann sich später Gedanken machen, wo sie auf lange Sicht hinziehen will. Irgendwo weit, weit weg.

Vorher muss sie aber einen Weg finden, wie sie überleben kann. Ohne jemanden umzubringen. Und ohne so zu werden wie Tess.

47

Das Gleichnis vom schönen Mädchen und dem grässlichen Blutrausch

Die Appalachen, West-Massachusetts
22. Dezember 1999

Hey, Mann, danke fürs Mitnehmen. Also, will sagen, du kannst dir nicht vorstellen, wie schwierig es heutzutage ist, per Anhalter zu fahren. Alle tun so, als wäre ich ein Serienkiller, der sie grausam umbringen will. Der die zerstückelten Körper im Graben liegen lässt, so was in der Art. Buh! Haha, ja, es gibt kein Vertrauen mehr in der Welt, oder was meinst du?

Wo ich hinmöchte? Tja, da bin ich mir nicht ganz sicher. Ich folge einer Vorahnung und werde von einer Prophezeiung geleitet, aber das ist eine lange Geschichte. Ich weiß nur, dass ich nach Westen muss. Und hey, so habe ich die Gelegenheit, mehr von diesem wunderschönen Land zu sehen, stimmt's? Ich bin vor ungefähr einer Woche in Boston los. Bin am ersten Tag bis Worcester gekommen. Und da auch den zweiten Tag geblieben. Um ehrlich zu sein, war ich eigentlich die ganze Woche in Worcester. Wie ich schon gesagt habe, es ist nicht leicht, eine Mitfahrgelegenheit zu finden. Aber ein nettes

Städtchen. Geburtsort der massenproduzierten Valentinstags-Karte, wusstest du das? Ja, ich denke, vor Worcester wurden sie wohl irgendwann mal alle handgemacht. Na ja, das ist doch was, oder?

Ich verbringe die meiste Zeit mit Predigen. Ja, das ist richtig, ich bin Straßenprediger. Ganz genau, harte Jahreszeit für einen Job draußen. Es stört mich nicht, im Schnee und in der Kälte zu sein, aber kaum einer bleibt stehen und hört zu, sobald das Wetter schlechter wird. Man sollte meinen, die Leute wären offener so kurz vor Weihnachten, aber alle rennen an einem vorbei.

Hey, soll ich dir ein Gleichnis erzählen, solange wir zusammen im Auto festsitzen? Zum Zeitvertreib? Na gut, wie wäre es dann nur mit einem kurzen Gleichnis? So wird es nicht langweilig, wenn ich die ganze Zeit quatsche.

Super, super. Ich arbeite nämlich an einem neuen. Es heißt ›Das schöne Mädchen und der grässliche Blutrausch‹:

Es war einmal ein schönes Mädchen.

Sein ganzes Leben lang hatte man dem schönen Mädchen gesagt, es müsse zu allen immer nett sein. Zu allen auf der ganzen Welt. Es hörte es zu Hause von seinen Eltern. Es hörte es in der Schule von seinen Lehrern. Sei nett. Sei höflich. Sprich nur, wenn man dich fragt. Mach dich nicht wichtig. Mach alle anderen glücklich, nur so wirst du ein guter Mensch.

Eines Tages traf das schöne Mädchen ein Monster. Ehrlich gesagt, habe ich diesen Teil in einem anderen Gleichnis schon mal verwendet und die Geschichte wird um einiges länger, wenn ich ihn wiederhole. Kann ich dir die Kurzfassung geben? Okay, also – Tanzen, Vögeln, Beziehung, Streit, Biss. Das erklärt eigentlich alles.

Jedenfalls war das Mädchen mit diesem Monster zusammen, und eines Tages fing das Monster an, es zu beißen, immer und immer wieder. Und das schöne Mädchen ließ es einfach über sich ergehen. Denn man erwartete schließlich von ihm, dass es *nett* zu allen ist. Gott bewahre, irgendjemand hätte wegen der Bisse ein schlechtes Gewissen gehabt! Und so ließ das Mädchen es weiter über sich ergehen und immer weiter und immer weiter, bis es eines Tages endlich beschloss, nicht mehr so verdammt nett zu sein. Und das ist das Ende.

Das Problem war nur, dass die ganze Wut, die schon sein ganzes Leben in ihm loderte, auf einmal an die Oberfläche gekommen war. Alles, was es unter seiner Nettigkeit verborgen hatte. Und weil es nicht mehr zu allen nett war, hasste sich das Mädchen nun selbst. Tja, vielleicht brauchte es einfach nur eine Mütze Schlaf und eine gute Therapie. Aber das bekam es nie. Willst du wissen, warum? Es war zu wütend.

Nein, nein, warte noch kurz. Ich hab's gleich. Ungefähr ein Jahr später hat das schöne Mädchen ein anderes schönes Mädchen getroffen. Dieses Mädchen war lustig und schlau und hübsch und cool, und die beiden verstanden sich großartig. Bis das zweite Mädchen eines Tages den falschen Punkt erwischte und haps! So viel also zu dieser Beziehung.

Und das erste schöne Mädchen dachte sich, wenn sowieso alles zur Hölle fährt, egal, was es macht, dann sollte es vielleicht einfach alles akzeptieren. Vielleicht sollte es einfach völlig durchdrehen und seine verdammte Ex umbringen. Vielleicht sollte es einfach jeden umbringen, der sich ihm in den verdammten Weg stellte.

Oder vielleicht wäre es besser, es würde sich die Pulsadern aufschlitzen oder sein Auto gegen eine Wand setzen oder sich eine Knarre nehmen und sich in den Kopf schießen oder was es auch immer brauchte, um allen anderen die Mühe zu ersparen! Wie wäre es damit?

Ja, dachte es sich. Wie wäre es damit?

Was meinst du? Hör zu, so viel kommt nicht mehr und … Oh, du willst, dass ich hier aussteige? Auch wenn das Gleichnis noch nicht vorbei ist? Nein, absolut, das ist dein Auto, du hast das Sagen.

Es ist nur, wir sind hier irgendwie mitten im Nirgendwo, oder? Könntest du mich vielleicht noch bis zur nächsten Stadt – nein? Okay, geht klar. Danke fürs Mitnehmen, äh, wo auch immer das hier ist. Einen schönen Abend noch.

Tschüss!

48

Newbury Street, Back Bay, Boston
22. Dezember 1999

»So«, sagt Tess, als die Tür hinter ihr ins Schloss fällt. »Was sagtest du?«

Chloë sieht sich hektisch nach einem Ausgang um. Aber der würde ihr gar nichts bringen, weil Tess ihr Handgelenk immer noch festhält. Die Tür, durch die sie gekommen sind, liegt hinter Tess. Es gibt noch eine Tür auf der anderen Seite, sie ist größer und sieht aus, als könnte sie ins Freie führen.

Sie befinden sich in einem kleinen Lager hinter den Ausstellungsräumen. Chloë entdeckt gerahmte Bilder, die ordentlich an eine der Wände gelehnt sind, ein Schreibtisch und ein Kopierer stehen in einer anderen Ecke. Sie nimmt sich nicht die Zeit, sich genauer umzusehen.

»Alle haben dich mit mir gesehen …«, fängt sie an, aber bricht diese Argumentationskette gleich wieder ab, als ihr klar wird, dass sie so vielleicht das Todesurteil für den Galeriemitarbeiter fällt. »Was machst du dann mit der Leiche?« *Der Leiche*, denkt sie sich. *Meine Leiche*. Chloë versucht, ruhig weiterzureden. Wenn sie sich je zusammenreißen musste, dann jetzt. »Die Leute werden sich doch wundern, meinst du nicht?«

»Na, ich lasse dich ja schließlich nicht hier liegen. Ich sage einfach, dass ich dich hierher mitgenommen habe, um dir alles zu zeigen, und du dann durch die Hintertür rausgegangen bist.« Tess deutet mit der Hand, die sie nicht um Chloës Handgelenk gelegt hat, auf den Ausgang. »Das ist nicht einmal gelogen.«

Das hier wäre ein besonders einfacher Weg, um zu sterben, denkt sich Chloë. Nicht einmal ihre Schuld. Einfach etwas, das ihr zugestoßen ist. Aber sie will nicht sterben. Nicht hier, nicht jetzt.

Die Erkenntnis fühlt sich gut an, auch wenn sie vielleicht etwas zu spät kommt.

»Es gibt Leute, die wissen, dass ich hier bin. Meine Tante, meine Kollegen. Ich habe es ihnen erzählt.«

»Also wenn du mir das von vornherein gesagt hättest, dann hätte ich dir vielleicht geglaubt«, erwidert Tess.

»Ich sage die Wahrheit.« Chloë weiß, dass das nun erst recht nach einer Lüge klingt. Warum nicht gleich sagen, ihre Geschichte ist *absolut denkbar*? Das klingt ungefähr genauso glaubwürdig.

Tess runzelt die Stirn. Jetzt sieht sie aus wie ein wütender Zwerg. »Weißt du, ich finde es ein bisschen seltsam, dass du mich, anstatt zu bitten und zu betteln, davon überzeugen willst, wie lästig das alles für mich wäre. Mag sie dich deshalb? Weil du mutig und stoisch und all so was bist?«

Chloë ist sich ziemlich sicher, dass sie aus purem Schock

so reagiert, nicht aus Mut. »Würde bitten und betteln denn helfen?«

»Nein, nicht wirklich. Und du hast recht, das alles hier ist verdammt lästig. Du machst es mir echt schwierig, einfach einen netten ruhigen Abend zu haben. Danke dafür.«

»Warum willst du mich umbringen?« Ihr bleibt sonst nichts mehr zu sagen. »Warum dir die Umstände machen?«

»Was denkst du denn? Ich räume hinter Angela auf. Sie wird mir vermutlich eines Tages sogar dankbar dafür sein.«

»Ich ... Das glaube ich nicht.« Chloë kann das Beben in ihrer Stimme nicht mehr unterdrücken. So viel zu ihrem Mut und ihrer Gelassenheit.

»Na gut.« Tess hält inne und betrachtet Chloë zweifelnd, als ob sie ein fragwürdiges Stück Fleisch inspizieren würde. »Wie geht es ihr eigentlich so?«

Tess klingt beinahe beiläufig. Was unter diesen Umständen vollkommen bizarr ist.

»Was?«

»Das ist doch eine einfache Frage«, sagt Tess ungeduldig.

»Sie, äh ...« Chloë weiß nicht, wie sie antworten soll. Wie geht es Angela? Alle machen sich Sorgen um sie? Sie genießt ihr Vampirleben nicht besonders? Das könnte beleidigend rüberkommen.

»Komm schon, du kannst es mir genauso gut einfach erzählen. Was kümmert es dich?«

»Sie hat mir einmal gesagt, dass sie dich nicht dafür hasst, was du ihr angetan hast«, sprudelt es aus Chloë heraus.

Tess wird sehr still und meint dann: »Oh, das ist ja reizend. Sie hasst mich nicht dafür. Wie nett von ihr.« Ihre Stimme ätzt wie Säure. »Wie sieht es mit dir aus? Liebt sie dich?«

»Was?«

»Ist ›was‹ das einzige Wort in deinem Repertoire? Komm schon, sag es mir. Liebt sie dich?«

Chloë weiß nicht, was die richtige Antwort darauf ist. Oder ob es die überhaupt gibt. Tess könnte aber auch einfach nur neugierig sein.

Sie spürt, wie ihr Herz schlägt. Sie zählt die Schläge. Eins. Zwei. Drei. Vier. Sie fragt sich, ob Tess ihren Puls im Handgelenk spüren kann. Oder die Schläge selbst hört. Sie scheinen ihr jedenfalls laut genug.

»Vielleicht«, sagt Chloë. »Also ich denke schon. Ja.«

Tess kneift die Augen zusammen und lehnt sich leicht nach vorne, um ihr Gesicht besser betrachten zu können. »Du denkst schon.«

Chloë nickt.

Tess wirft einen letzten Blick auf Chloë. Sie ist sich nicht sicher, wonach sie sucht.

»Nun ja.« Tess richtet sich auf. »Es hätte ohnehin keinen Unterschied gemacht.«

»Falls du das hier machst, um mich ihr wegzunehmen, dann lohnt es sich nicht«, stammelt Chloë. »Wir haben uns schon getrennt. Es ist aus.«

Tess sieht sie für einen Augenblick vollkommen irritiert an. Als sie sich wieder gefangen hat, ist ihr Gesicht wutverzerrt.

»Das hier hat … Heilige Scheiße. Ich mache das doch nicht *ihretwegen*.« Sie spuckt die Worte förmlich aus. »Das hier hat damit gar nichts zu tun! Wir reden hier von der Sicherheit meiner Spezies. Es hat nichts mit ihr zu tun. Hast du das verstanden?«

Chloë nickt stumm.

Aber wenn das wahr ist, fragt sich Chloë, *warum wolltest du dann wissen, ob sie mich liebt?*

Das wird jedoch in ein paar Momenten völlig egal sein. Chloë kann Tess' Fänge sehen. Wenn sie redet, sie glänzen vor Spucke. Wie sie weiß, passiert das bei Hunger oder Erregung.

Etwas an Tess' kaltem, hartem Blick kommt ihr bekannt vor. Es erinnert sie an Alecs Gesichtsausdruck. Seine Augen sahen auch oft so aus. Immer kurz vor einem Streit. Dieser Blick deutet nicht unbedingt auf Freude hin, aber auf Erwartung. Vorbereitung. Gleich passiert etwas Schlimmes. Dabei fällt ihr auf, dass sie diesen Blick noch nie bei Angela wahrgenommen hat.

»Lass mich los.« Chloë weiß nicht genau, warum sie sich überhaupt wehrt. Hauptsächlich wohl aus dem Bewusstsein heraus, dass sie das hier nicht einfach nur untätig geschehen lassen sollte. Das hat sie zu viele Jahre über sich ergehen lassen. Eine weitere Erkenntnis ereilt sie also, kurz bevor es zu spät ist.

Die Knochen in ihrem Handgelenk protestieren, als Tess noch fester zupackt, und sie kann sehen, wie sich Tess' Muskeln anspannen wie bei einer Katze, die sich zum Sprung bereit macht. Tess reißt ihren Mund auf und bleckt die Zähne.

»Lass mich los!«, wiederholt Chloë vor Verzweiflung noch heftiger als zuvor.

Tess lässt sie sofort los, ihre Hand schreckt zurück, als stünde Chloës Handgelenk plötzlich in Flammen. Beide sehen sich verwundert an.

Tess macht den Mund zu und verzieht ihn zu einem

schiefen Grinsen. »Ha, netter Trick«, knurrt sie. »Funktioniert das auch, wenn du es nicht laut aussprechen kannst?«

Chloë weiß nicht, wovon sie redet, aber sie hat auch keine Zeit. Schon fliegt eine geballte Faust auf ihr Kinn zu. Chloë zuckt zur Seite, versucht, die Arme hochzureißen, um sich zu schützen, aber sie ist zu langsam. »Geh weg!«, schreit sie.

Tess macht genau in dem Moment, als hinter ihr die Tür aufgeht und der Typ mit den violetten Haaren reinkommt, einen Schritt zurück. Die beiden prallen gegeneinander, und der Junge ächzt überrascht. Tess' Faust schießt nach vorn, während sie stolpert. Sie zischt so nahe an Chloës Gesicht vorbei, dass sie den Luftzug spüren kann.

Russell geht mit einem dumpfen Schlag zu Boden. Tess starrt ihn böse an, aber ihr Gesichtsausdruck wandelt sich von wütend zu genervt, als sie ihn erkennt.

In dem Augenblick, als Tess wegsieht, rennt Chloë los.

Sie weiß nicht genau, was gerade passiert ist, aber sie hat nicht vor zu bleiben, um es herauszufinden. Sie stürzt durch den Raum auf die Hintertüre zu und drückt die Klinke herunter. Es ärgert sie, wie lange sie braucht, um die schwere Tür zu öffnen. Aber immerhin ist sie nicht abgesperrt. Dann stürmt sie nach draußen.

Als sie auf einer dunklen Seitenstraße herauskommt, steht sie vor tristen Klinkerfassaden mit unbeleuchteten Fenstern. Sie stolpert über die Gitter auf den Ladebuchten und rutscht dann fast auf dem Schnee aus. Aber sie schafft es irgendwie, das Gleichgewicht zu halten. Dann läuft sie einfach los. So schnell und so weit sie kann. Sie biegt an der ersten Ecke ab und an der nächsten auch.

Sie rennt immer noch, völlig außer Atem und mit Seitenstechen, als sie endlich eine belebte Straße erreicht, auf der Autos fahren und Menschen herumlaufen. Boylston Street ist fast zu jeder Zeit gut besucht. Sie ändert ihre Laufrichtung, rennt weiter, vorbei an einer Frau mit einem Kinderwagen, einem Mann, der sich seinen Schal ums Gesicht gewickelt hat. Alle gehen langsam, zu langsam. Sie muss an ihnen vorbei, muss hier weg.

Sie sieht nicht zurück. Falls ihr jemand folgt, will sie es nicht wissen.

49

Die Appalachen, West-Massachusetts
22. Dezember 1999

Vor ein paar Stunden hat Angela einen Schneeengel gemacht. Sie lag auf dem Rücken und hat die Sterne beobachtet, als sie unvermittelt das Bedürfnis überkam. Seitdem hat sie sich aber nicht mehr gerührt. Sie liegt bewegungslos in dem Abdruck, den ihr Körper im Schnee hinterlassen hat. Der Mond steht hoch am Himmel, rund und voll. Er sieht klein und entrückt aus, wie eine weit entfernte Boje über den nackten Ästen der Eichen.

Sie bewegt sich auch nicht, als sie ein Motorengeräusch in der Ferne hört. Obwohl die Gegend hier sehr einsam ist, kommt doch alle paar Stunden mal ein Auto vorbei, selbst mitten in der Nacht.

Als sie aber Schritte im Schnee hinter sich hört, richtet sie sich auf, um zu sehen, wer da den Weg entlangkommt.

Es ist ein großer Mann mit schulterlangen Haaren. Er trägt zu seinen Jeans ein Paar Stiefel und eine abgetragene Jacke.

Ein paar Meter von ihr entfernt lässt er seinen schweren Koffer fallen und setzt sich drauf.

Natürlich erkennt sie ihn sofort. Er mag zwar keine Flügel und keinen Heiligenschein haben wie die Abbildungen auf bemalten Kirchenfenstern, aber sie hat ihn in zu vielen Badezimmerspiegeln gesehen, um ihn zu verwechseln. Es überrascht sie nicht, ihn zu sehen, auch wenn es schon lange her ist, dass sie ihm zuletzt begegnet ist. Allerdings hatte er schon immer die Angewohnheit, in den denkbar ungünstigsten Momenten zu erschienen.

»Hallo!«, begrüßt der Engel sie fröhlich.

Angela setzt sich ganz auf. »Hey.«

»Wie geht es dir?«

Sie sieht ihn finster an. »Nicht so gut. Und dir?«

»Nicht schlecht, nicht schlecht.«

Als das Gespräch hier beendet scheint, betrachtet er die Landschaft.

Dann richtet er seine Aufmerksamkeit wieder auf Angela. »Was für eine schöne Überraschung, dich hier zu treffen.«

»Eine Überraschung«, erwidert Angela trocken. »Willst du damit etwa behaupten, dass du zufällig hier hochgestiegen bist? Nur so? Und das hat nichts mit mir zu tun?«

»Ganz genau.« Er klingt irgendwie verlegen. »Meine Mitfahrgelegenheit hat mich hier rausgeworfen.«

Sie sieht ihn argwöhnisch an. »Das ist deine Ausrede, hier aufzutauchen? Warum? Weil es keine Spiegel in der Gegend gibt?« Als er nicht antwortet, sieht sie wieder zu den Sternen. »Na gut, wie du willst.«

»Und was machst du hier draußen?«, fragt der Engel.

Sie deutet zum Himmel. »Sterne beobachten.«

»Ach, ja?«

»Ich versuche, mir eine Vorstellung von der Welt zu machen. Wie ich da hineingehöre. Ob ich da überhaupt hineingehöre.« Sie geht die Sternenbilder durch, bis sie bei Canis Major, dem Großen Hund, ankommt, der tief am Osthimmel steht. »Der ganz helle Stern da heißt Sirius«, sagt sie und zeigt auf ihn. »Er ist nur achteinhalb Lichtjahre entfernt, das ist quasi nebenan, wenn man die ganze Galaxie betrachtet. Da ist der Große Wagen, der Kleine Wagen und Draco, der Drache, dazwischen. Und die Sterne da am Rand genau über dem Horizont, die gehören zu Leo, dem Löwen. Jeder einzelne dieser Sterne könnte Planeten um sich herum haben. Und jeder dieser Planeten könnte intelligentes Leben beheimaten.«

»Das ganze Universum könnte also voller Leute sein?«, fragt er. »Zivilisationen um jeden Stern?«

»Nun ja«, gibt Angela zu. »Vermutlich nicht um Sirius. Das ist ein Stern der Klasse A. Er kann nicht älter als dreihundert Millionen Jahre sein. Ein Planet wäre daher noch nicht mehr als ein zusammengeschmolzener Klumpen. Aber bei vielen anderen schon.«

Eine Weile sehen beide in den Winterhimmel.

»Ich glaube nicht mehr an dich«, sagt sie schließlich.

»Das ist in Ordnung«, antwortet der Engel gelassen.

»Ich glaube schon seit einer ganzen Weile nicht mehr an dich oder an den ganzen Rest. Ganz egal, was sie mich an meiner Firmung haben aufsagen lassen. Und ich gehe nicht in die Kirche, nie, und ich empfinde brennende Lust für andere Frauen, und … und ich nehme die Pille!«

Der Engel sieht sie verwundert an. »Warum?«

»Warum was?«

»Wenn du auf Frauen stehst, warum nimmst du dann die Pille?«

»Oh!« Angela wird leicht rosa. »Das ist eine gesundheitliche Sache. Ich habe wirklich schlimme Krämpfe, wenn ich sie nicht nehme. Und eines kann ich dir sagen, die Tatsache, dass ich auch als Vampir meine Tage noch kriege, ist ja wohl die größte Gemeinheit überhaupt. Vielleicht muss ich ja überschüssiges Blut loswerden oder so, aber ...«

Ihm wird das Thema sichtlich unangenehm. »Ist es dir ein großes Anliegen, darüber zu sprechen?«

»Vergiss es«, sagt Angela. »Der Punkt ist doch, du bist eine Märchenfigur. Du und die Zahnfee und der Weihnachtsmann – ihr habt alle etwas gemeinsam. Es gibt euch nicht.«

»Wenn du willst, kannst du das so sehen. Mich stört das nicht. Religion sollte für die Menschen da sein, nicht andersherum. Wenn es dir nicht geholfen hat, an mich zu glauben, hoffe ich, dass du etwas Besseres gefunden hast.«

Sie sieht ihn wieder argwöhnisch an. »Das ist absolut nicht das, was man mir als Kind beigebracht hat. Und du hast früher auch ganz anders geredet.«

»Bist du dir sicher, dass du mir zugehört hast? Man kann mich manchmal bei all den anderen Stimmen nicht gut verstehen, besonders wenn ich weit weg bin. Deshalb bin ich ja hier runtergekommen. Und um meine radikale Heilsbotschaft zu predigen.« Er sinnt über seine Worte nach. »Religionen sind Geschichten, die wir uns erzählen, um der Welt Sinn zu geben. Diese Geschichten haben aber nur Bedeutung, wenn sie dir etwas bedeuten. Ich erfinde meine eigenen Geschichten. Warum solltest du das nicht auch können?«

Angela denkt einen Moment darüber nach. »Du erfindest

deinen eigenen Glauben? Willst du etwa behaupten, du bist ein rebellischer Engel?«

»Nein. Zumindest glaube ich das nicht.« Er grinst sie an, wird dann aber wieder ernst, als sie nicht zurücklächelt. »Ich will damit sagen, dass Religionen sich verändern. Interpretationen verändern sich. Und es geht nicht darum, was Glaube ist, sondern was er vollbringen kann. Also glaube an was auch immer dir wichtig ist, alles was dir hilft, um glücklicher sein zu können. Aber ich möchte darauf hinweisen«, fügt er hinzu, »dass ich tatsächlich gerade hier neben dir sitze und dass es dafür ja vielleicht einen guten Grund gibt.«

Sie schüttelt den Kopf und wendet sich ab. »Eine Weile hat das ja Sinn ergeben, aber darauf musste es ja hinauslaufen.«

Angela macht einen Schneeball, drückt ihn sorgsam zusammen, bis er rund und fest ist. Der Schnee eignet sich ausgezeichnet für Schneebälle, fest genug, um zusammenzuhalten, aber nicht zu nass und matschig. Sie wirft ihn von einer Hand in die andere und überlegt, ihn nach dem Engel zu werfen. Aber sie stellt irritiert fest, dass sie sich nicht dazu bringen kann. Es kommt ihr wie ein Frevel vor, obwohl seine Religion ihr nichts mehr bedeutet. Selbst wenn er gar nicht wirklich hier ist.

»Warum bist du überhaupt hier draußen? Willst du wirklich nur die Sterne beobachten?«, fragt er. »Dafür ist es doch ein bisschen kalt, oder?«

»Mir wird nie kalt«, antwortet sie und lässt sich wieder in den Schnee fallen. »Ich hatte Lust, hierherzukommen. Ich bin müde.«

»Mir fallen da aber bessere Orte ein, um ein Nickerchen zu machen.«

»Nicht so müde. Ich bin alles so leid. Ich bin es leid, dass ich nicht weiterkomme. Ich bin es leid, dass mir alles immer von Dingen, die vor Jahren passiert sind, verdorben wird. Und ich bin es wirklich, wirklich leid, mir ununterbrochen Sorgen machen zu müssen, dass ich eines Tages meiner Freundin die Halsschlagader mit den Zähnen rausreiße und das Blut aus ihrer noch warmen Leiche trinke.«

Der Engel reißt die Augen auf. »Kommt das … häufiger bei dir vor oder …?«

»Nein«, sagt Angela schnell. »Ich habe das noch nie getan. Aber was, wenn ich eines Tages durchdrehe und die Beherrschung verliere?«

»Teilen viele Menschen diese Sorge? Ich kann mir vorstellen, dass das eher selten der Fall ist, nicht?«

»Ich glaube, bei mir ist die Wahrscheinlichkeit höher als bei anderen«, erklärt sie finster. »Einmal bin ich der Sache schon viel zu nah gekommen. Es wäre nur der nächste Schritt. Nur eine Grenze, die ich bisher noch nicht überschritten habe.« Sie malt mit der Fingerspitze Muster in den Schnee. Karos, Kreise, Sterne. »Ich bin eine wandelnde Sammlung tierischer Instinkte. Eine Weile habe ich mir eingebildet, dass ich sie kontrollieren könnte. Ich hatte gehofft, mich wie eine normale Person verhalten zu können, aber das geht ganz offensichtlich nicht.«

»Ich glaube nicht, dass irgendjemand wirklich normal ist. Ich bin auch nicht normal. Ich bin ein religiöser Fanatiker, und ich werde aus Autos geworfen, weil ich seltsame Geschichten erzähle. Wir haben alle unsere Eigenheiten.«

Angela steht auf und klopft sich den Schnee vom Hintern. Ihre Kleidung ist komplett durchnässt, und ihr Kleid hat sicherlich Flecken, es ist aus Samt. Aber das macht wohl nichts mehr, denkt sie.

Sie blickt über die Klippe. Der Himmel sieht nicht anders aus als noch vor ein paar Minuten. Die Sterne bewegen sich zu langsam, als dass man einen Unterschied wahrnehmen könnte. Ein paar Wolkenfetzen ziehen am Mond vorbei.

»Ich habe mir gedacht, es ist wahrscheinlich für alle besser, wenn es mich nicht gibt«, sagt Angela. »Und deshalb bin ich hier draußen. Ich warte auf den Sonnenaufgang.«

»Was passiert bei Sonnenaufgang?«

»Du weißt schon …«, antwortet sie abwehrend. »Ich bin mir aber auch nicht ganz sicher. Der Typ in *Nosferatu* verschwindet einfach, aber bei *Buffy – Im Bann der Dämonen* geht man in Flammen auf und zerfällt dann zu Asche.«

Der Engel sieht besorgt aus. »Was hältst du davon – wir finden es einfach gar nicht heraus.«

»Ich habe aber leider keine andere Wahl. Hast du eine Vorstellung davon, wie schwer es ist, einen Holzpflock aufzutreiben?«

»So habe ich das nicht gemeint.«

»Ich weiß.«

»Du musst von hier weg. Dich in Sicherheit bringen.«

Angela sieht nach unten, nicht zu ihm. Sie versucht, die Landschaft unter sich auszumachen. »Nein.«

»Das solltest du aber.«

»Warum?«

Die schneebedeckten Bäume unten im Tal schimmern im Mondlicht sanft weiß. Der Fluss in der Ferne gleicht einer silbernen Schlange. Sie wirft den Schneeball und beobachtet seinen Flug, bis sie ihn nicht mehr sehen kann.

Kurz fragt sie sich, was passieren würde, wenn sie springt. Vermutlich nichts, wenn man den Versuch mit dem Küchenmesser und den Autounfall bedenkt. Sie würde dasselbe tun wie jetzt, nur woanders, dort unten am Fuß der Felswand. Tess hat sich keinen einzigen Knochen gebrochen, als sie mit der Faust durch die Betonwand geschlagen hat. Also sollte ein Sturz nicht arg wehtun.

»Ich glaube nicht, dass die Dinge, vor denen du dich fürchtest, eintreten werden«, sagt der Engel. »Ich glaube nicht, dass du das zulassen wirst. Da du einmal zu weit gegangen bist, erwarte ich nicht, dass dir das noch einmal passieren wird.«

Angela runzelt die Stirn, mit zusammengezogenen Augenbrauen starrt sie in den Abgrund. »Du hast nicht die leiseste Ahnung, womit ich es zu tun habe.«

»Du meinst, ich kenne mich mit Leuten, die Blut trinken, nicht aus?«, fragt er beiläufig. »Wenn man sich mit dem Christentum beschäftigt, begegnet man dem Thema. Häufig sogar.«

»Das ist … Das hat doch damit nichts zu tun.«

»Hat es nicht? Denn es hat ganz eindeutig den Anschein, als ob du dich für die Sünden anderer opferst. Und das ist eine beschissene Aufgabe, bei der man nicht gewinnen kann.«

»Du weißt rein gar nichts über mein Leben, und du weißt nicht, wovon du redest.«

»Du solltest dich jetzt auf den Weg machen.«

Genervt beißt sie die Zähne zusammen. Warum musste er hier auftauchen? »Nein. Du bist nicht mehr mein Chef. Hör auf, mich herumzukommandieren. Sag mir nicht, was ich zu tun habe.«

»Ich will dich nicht herumkommandieren.«

»Dann lass mich verdammt noch mal in Ruhe!«

Ohne groß darüber nachzudenken, wirft sie sich über die Kante der Felswand.

Sie fällt gerade nach unten, die Zeit dehnt sich aus und gibt jedem Augenblick seinen eigenen Raum, grenzt ihn vom nächsten ab. Zuerst fühlt es sich an, als würde sie fliegen. So hatte sie es sich vorgestellt, wenn man sich in eine Fledermaus verwandelt. Frei in der Luft, weit über dem Boden. Der Wind schlägt ihr ins Gesicht und rauscht ihr in den Ohren. Ihr Kleid flattert um sie herum wie eine Flagge im Sturm.

Aber der anfängliche Rausch lässt schnell nach und wird von einer kalten Beklemmung ersetzt.

Sie fällt zu tief, zu weit. Die Erde kommt auf sie zugerast. Als sie den Boden so unglaublich schnell auf sich zukommen sieht, wird ihr klar, dass sie einen Fehler gemacht hat. Das hier ist anders als ein Autounfall. Ihre Reflexe können ihr hier nicht helfen. Nichts kann ihr helfen. Unverwundbare Haut hin oder her, sie kann sich nicht vorstellen, dass irgendetwas diesen Sturz überleben kann.

Sie wollte doch nur weg, irgendwo anders hin. Aber beim Aufprall wird sie wie eine Porzellanvase zerspringen. Oder vielleicht täuscht sie sich da auch, vielleicht überlebt sie es auch aufgrund ihrer Fähigkeiten und liegt dann da blutend und mit gebrochenen Knochen, bis die Sonne aufgeht, ohne eine Chance, sich dann noch in Sicherheit zu bringen. Nicht die geringste.

Ach, du Scheiße.

Ach, du Scheiße, ich werde sie nie wiedersehen, ich …

Sie landet auf der Seite, in einer Schneeverwehung. Ungebremst rauscht sie bis auf den Grund. Sie spürt den Einschlag überall im Körper. Ihr Aufprall klingt wie ein gedämpfter Paukenschlag.

Sie braucht ein paar Sekunden, um zu kapieren, dass sie keine Schmerzen hat.

Sie wackelt mit den Fingern und Zehen. Es scheint auch nichts gebrochen zu sein.

Sie möchte in hysterisches Gelächter ausbrechen, aufgekratzt vor Erleichterung. Sie ist also tatsächlich unverwundbar.

»Pass auf«, sagt der Engel. »Du willst dir doch nicht den Fuß an einem Stein stoßen.«

Das bremst ihre fröhliche Stimmung aus, und zurück bleibt nur noch die Erinnerung an den Schreck während des Sturzes, die in ihrem Magen flattert wie ein Schwarm panischer Spatzen.

Sie setzt sich in dem Krater, der vage an ihre Körperform erinnert, auf und spuckt Schnee.

»Das …«, fängt sie an und versucht, wieder Haltung anzunehmen. »Das ist Satans Satz. Das mit dem Fuß und dem Stein. Aus dem Evangelium.«

Sie kann nicht viel von ihrer Umgebung erkennen. Hier im Schatten der Felswand ist es dunkler, der Mond ist hinter der hohen Klippe verschwunden. Zu ihrer Linken stehen ein paar Bäume, sie kann sie aber nur dank des Schnees darauf überhaupt sehen. Der Engel steht ein wenig entfernt, sie sieht ihn nur verschwommen.

Daher kann sie auch sein Achselzucken nur undeutlich wahrnehmen. »Wenn der Teufel die Heilige Schrift zitieren darf, dann kann ich auch den ein oder anderen Spruch entlehnen.«

Angela kommt langsam über ihren Schock hinweg und fängt wieder an, klar zu denken. *Hier sind wir also wieder*, denkt sie sich. Sie hätte wissen sollen, dass sie ihm nicht auskommt. Schließlich kommen diese Worte von ihr.

»Du kannst es so schnell nicht hier runter geschafft haben.«

»Du musst reden. Und wenn wir gerade dabei sind, du brauchst etwa eine Stunde zurück zu deinem Auto. Es steht da oben.«

»Was ich damit sagen will, ist, jetzt kann ich nicht einmal mehr so tun, als ob ich glaube, dass du wirklich hier bist.«

»Sicher kannst du das«, erwidert er. »Unerklärliche Phänomene und Wunder? Genau mein Ding. Hör zu, der Sonnenaufgang wird dir keine zweite Chance geben. Daher solltest du dich beeilen. Finde den wahren Kern deiner Probleme. Verwirkliche dich selbst.«

»Der einzige Kern meiner Probleme bin ich selbst.«

»Hast du dich etwa selbst in einen Vampir verwandelt?«

Angela steht auf und schüttelt den letzten Schreck von sich ab. Als ihre Beine aufgehört haben zu zittern, geht sie auf ihn zu. Ihre Sohlen knirschen auf dem Schnee.

»Ich muss mir das nicht anhören«, sagt sie und kommt näher, »weil es dich nämlich gar nicht gibt.«

Er seufzt ungeduldig. »Na gut. Nehmen wir mal an, das stimmt. Was dann?«

»Du bist nicht echt. Eine Erinnerung. Nur in meinem Kopf. Die Ausgeburt meiner Fantasie.«

Angela sieht ihn herausfordernd an. Sie kann ihn jetzt, da sie neben ihm steht, besser erkennen. Die beiden sind sich so nah, dass sein Atem ihr Haar streift.

»Wenn ich nur deine Einbildung bin«, will der Engel wissen, »wer sagt dir dann, dass du dich in Sicherheit bringen sollst.«

Darauf hat sie keine Antwort.

Er kommt ihr sehr groß vor, so wie er über ihr aufragt, und sie kommt sich klein vor, wie ein Kind, das sich mit einem imaginären Freund unterhält. Früher hat sie ihm einmal vertraut, bevor Dogmen und blinder religiöser Eifer alles zersetzt hatten. Bevor sie erwachsen geworden war. *Engel Gottes, der du mein Beschützer bist.*

Selbst wenn er nie echt gewesen war, hatte es eine Zeit gegeben, in der sie der Glaube daran, dass jemand zuhörte, beruhigt hatte.

»Mir bleibt keine andere Wahl«, flüstert sie kaum hörbar. »Jedenfalls bin ich nicht bereit, eine andere zu treffen.«

»Bist du dir da sicher? Ich glaube nämlich nicht, dass ich sonst hier wäre.«

»Aber welche Wahl habe ich denn?« Angela will ihn am Kragen packen und die Antwort aus ihm rausschütteln. Aber das würde nichts bringen. »Wie soll ich denn leben? Was soll ich denn tun?«

»Wenn du hierbleibst«, entgegnet er, »wirst du das nie herausfinden.«

Eine Weile starrt sie ihn wortlos an und lässt sich seine Worte durch den Kopf gehen. Dann dreht sie sich um und geht los.

Nachdem sie eine halbe Meile durch den Schnee gestapft ist, findet sie schließlich einen Weg und macht sich an den Aufstieg zu ihrem Auto.

50

Public Garden
22. Dezember 1999

Chloë hört nicht auf zu rennen, bis sie den Public Garden erreicht. Da erst lässt sie sich auf eine schneebedeckte Bank fallen und schnappt nach Luft.

Sie nimmt sich ein paar Minuten, um sich zu erholen. Dann nimmt sie sich noch ein paar weitere, um sicherzugehen, dass niemand aus dem Gebüsch hinter ihr springt und sie umbringt. Das ist allerdings nutzlos, wie sie weiß. Sie hat mit eigenen Augen gesehen, wie schnell sich Angela bewegen kann. Wenn Tess sie verfolgt hätte, wäre sie längst tot.

Chloë überlegt, ob sie sich um die beiden Männer in der Galerie Sorgen machen sollte. Sie hofft nicht. Tess hat von Russell gesprochen, als sei er ihr … Komplize? Ihr Scherge? Und der Typ am Eingang hat letztendlich nichts mitbekommen. Also gibt es keinen Grund für Tess, ihren netten, ruhigen Abend ein zweites Mal zu unterbrechen. Falls ihr an sowas tatsächlich gelegen ist.

Sie hat jedenfalls nicht vor zurückzugehen, um es herauszufinden. Sie hätte von vornherein nicht hingehen sollen. Sich Nacktfotos von Angela ansehen. Äußerst fragwürdig. Was hat sie sich dabei nur gedacht?

Der Park ist verlassen. Um diese Jahreszeit blüht dort nichts, und die Weiden lassen ihre nackten Äste in den Teich hängen. Die Statue des barmherzigen Samariters trägt eine Haube aus Schnee.

Der Adrenalinrausch, den ihre Flucht verursacht hat, klingt langsam ab. Ermattet steht sie von der Bank auf und macht sich auf den Weg zur nächsten Haltestelle. Weiter weg von der Galerie in der Newbury Street, nach Hause.

Als sie dort ankommt, ist es im Apartment still und dunkel. Esther muss unterwegs sein. Sie zieht ihre Turnschuhe aus. Entropie liegt auf ihrem Bett, und sie legt sich voll bekleidet zu ihm. Der Kater streckt sich schläfrig, als sie ihn streichelt. Er kuschelt sich an sie, schnurrt und tritt mit den Pfoten sanft gegen ihre Brust.

»Ich will von meiner Freundin in den Arm genommen werden«, flüstert sie Entropie ins Ohr. »Ich will, dass sie mir sagt, dass es Happy Ends geben kann und dass alles gut wird.« Aber Angela und sie sind nicht mehr zusammen. Und sie weiß nicht einmal, wo Angela ist.

Obwohl sie unglaublich erschöpft ist, bleiben Chloës Augen stur geöffnet. Sie starrt an die Decke, ihre Gefühle sind zu verworren, als dass sie einschlafen könnte.

NEUNTER TEIL

Gib einmal in deinem Leben Vollgas und hau rein, verdammt

51

Club Congress, Tucson, Arizona
18. September 1998

Entweder macht sie es so, oder sie wird wie Tess, oder sie verhungert.

Das sind ihre Optionen, und es bleibt ihr nur noch Zeit, bis die Barkeeperin die Drinks fertig gemacht hat, um eine Entscheidung zu treffen. Andererseits hat sie auch schon einen ordentlichen Vorsprung, was Option Nummer drei angeht. Wenn sie nicht bald etwas Blut in die Kehle bekommt, dreht sie durch.

Die junge Frau neben ihr plappert munter vor sich hin, erzählt ihr eine Geschichte, lacht. Layla. Sie ist heute Abend alleine hier und schon lange nicht mehr nüchtern. Und sie ist eine Studentin, die einmal Modedesignerin werden möchte. Sie hat gesagt, ihr gefällt Angelas Hose. Sie ist aus Leder und hat an den Seiten karoförmige Ausschnitte, sodass ihre weiße Haut durch die Löcher scheint. Sie hatte nicht vorgehabt, einen Köder zu verwenden, um etwas zu fangen. Jemanden.

»Also ich habe ein Foto von dem Haarschnitt, den ich wollte, mitgebracht, zwei sogar, eins von vorne und eins von hinten«, sagt Layla. »Und ich habe gesagt: ›Ich will einen Bob, so wie auf den Bildern, kannst du das machen?‹ und sie sagt: ›Sicher‹, und ich hätte es vorher wissen sollen, weil ihre eigene Frisur quadratisch war, also wirklich quadratisch, verstehst du?«

»Nie ein gutes Zeichen«, bestätigt ihr Angela.

»Ich sah danach aus wie eine Pusteblume, ich kann es gar nicht beschreiben.« Layla fährt sich mit einer Hand durchs Haar, das im Augenblick beinahe militärisch kurz geschnitten ist. »Es war unglaublich. Ich habe geweint, wirklich geweint, und eine Stunde später bin ich zu einem anderen Friseur und habe mir alles runterschneiden lassen. So habe ich schließlich nicht rumlaufen können.«

Das hier ist nicht wirklich Angelas Szene. Das alte Hotel, das man in eine Konzertlocation umgebaut hat, ist deutlich besser beleuchtet und hübscher eingerichtet als die Läden, in die sie sonst geht. Die Wände im Foyer sind blassgelb gestrichen, mit Verzierungen unter der Decke. Der Raum hat breite Fenster, einen orangenen Boden und bunt bemalte Holzsäulen. Sie hat noch nie von den Bands gehört, die heute Abend hier spielen. Last of the Juanitas haben ihr Set beendet. The Pork Torta bauen gerade noch auf. Sie hat Layla in der Pause dazwischen kennengelernt.

Angela kommt sich auffällig vor. Selbst in ihrem dezentesten Make-up, mehr traut sie sich im Moment noch nicht zu, stechen ihre Kleider hervor. Die meisten anderen tragen bunte Farben. Sie ist die schwarz-weiße Ausnahme. Sie fühlt sich wie ein Stinktier im Pfauengehege. Layla trägt ein Kleid mit Rüschen an den Schultern, im selben Zitronengelb wie die Wände. Es leuchtet beinahe im Kontrast zu ihrer braunen Haut. Ihr Hals ist komplett unbedeckt. Direkt unter ihrer Haut fließt warmes, nährendes Blut. Angela kann es förmlich riechen.

»Und abgesehen vom Verkehr«, redet Layla weiter, »hat beim letzten Footballspiel jemand die Bank aus unserem Garten geklaut. Direkt aus dem Hinterhof raus! Jedes Mal, wenn sie zu Hause spielen, verwandelt sich die ganze Stadt in ein Arschloch.«

Angela versucht, ihre Gedanken von Blut und Beißen loszureißen. Bleib ruhig, erinnert sie sich. Du musst ruhig bleiben.

Die beiden stehen dicht an der Bar, von anderen Körpern dagegen gepresst. Sie warten auf den Long Island Ice Tea, den Angela für Layla bestellt hat. Es dauert nun schon eine ganze Weile, denn es ist viel los an der Bar.

Angela fragt sich, ob sie das hinkriegt mit so vielen Leuten um sie herum. Falls sie sich überhaupt dazu entscheidet, es durchzuziehen. Aber sie ist schnell, schneller als jeder normale Mensch. Und nachdem sie jahrelang beobachtet hat, wie jemand, wie sie es jetzt war, vorgab, menschlich zu sein, weiß sie, dass die meisten Leute ihr keine Beachtung schenken.

Aber sie ist unzufrieden, weil sie so auffällig gekleidet ist. Wie gut man sich an sie erinnern können wird. Aber hierherzukommen – und Hunderte von Kilometer nach Tucson zu fahren – bedeutet immerhin, dass die Chancen sehr gering stehen, hier jemandem aus der Clubszene aus Phoenix zu begegnen. Und die Gefahr, Tess in die Arme zu laufen, ist verschwindend gering.

»Hau ab!« Layla blafft einen Typen an, der versucht, sich mit dem Ellbogen Zugang zum Tresen zu verschaffen. »Warte gefälligst, bis du dran bist. Ich sag es dir, die Leute. Hast du The Pork Torta schon mal live gesehen?«

Angela braucht einen Moment, bis sie kapiert, dass Layla wieder mit ihr redet. »Nein.«

»Ich glaube, sie könnten dir gefallen. Sie sind verrückt. Nicht Goth-verrückt, aber auf eine andere Art verrückt. Sie sind so eine Kombination aus Trash Rock und hoher Kunst.«

Angela ist unangenehm gegen die Bar geklemmt, die Kante bohrt sich ihr in die Rippen. Sie möchte sich Platz verschaffen zwischen all den Leuten, aber sie traut sich nicht. Sie könnte aus Versehen die Hälfte der Gäste umhauen. Wenn man unauffällig sein will, ist Stärke nicht immer von Vorteil. Sie darf das hier nicht versauen. Zu viel hängt davon ab, was heute Abend passiert.

Wenn sie das hier durchzieht, sich dazu entscheidet, dann muss sie Tess nur noch für ein paar Monate aus dem Weg gehen. Sobald der aktuelle Mitbewohner von Shelly und Mike ausgezogen ist, wird sie ihrem Betreuer mitteilen, dass sie einen Notfall in der Familie hat und deshalb die Stadt verlassen muss, irgendeine fürchterliche Krankheit. Das ist ja auch beinahe die Wahrheit. Sie ist schließlich Teil ihrer Familie, und sie hat ein fürchterliches Leiden.

Sie hat die ganze Reise schon geplant. Sie fährt, wenn es dunkel ist, und bleibt tagsüber in einem Motel. Motels sind ein Segen. Das Empfangspersonal war bisher erstaunlich entspannt geblieben, wenn sie um eine Meinung zu ihrem Make-up gebeten hat. Hoffentlich dauert es nicht mehr lange, bis sie sich ohne hinzusehen schminken kann. Und Badezimmer und

Bitte-nicht-stören-Schilder haben ihr das Leben gerettet. Ein gutes Motel konnte ganz allein die meisten ihrer Bedürfnisse befriedigen.

Natürlich nicht alle ihrer Bedürfnisse. Sie ist fürchterlich durstig. Sie wusste gar nicht, dass ihr Mund, ihre Lippen, ihre Kehle so trocken werden können. Ihre Zunge fühlt sich an ihrem Gaumen wie ein Bimsstein an. Es ist die reinste Qual.

Nach Boston zu ziehen ist zwar nur eine der Möglichkeiten, die sie hat, aber es ist zweifellos die beste. Schließlich hat sie sonst niemanden, an den sie sich wenden könnte. Ihre Familie hält sie schon für eine Schande, weil sie lesbisch ist. Seit sie sich geoutet hat, haben sie kaum noch mit ihr geredet. Sie will nicht wissen, was passiert, wenn sie herausfinden, dass sie jetzt auch noch ein Vampir ist.

Aber sie kann nur nach Boston, wenn sie hier und jetzt diese Sache durchzieht. Und das hat sie bisher nicht. Noch nicht. Noch hat sie die Wahl.

Die Barkeeperin braucht eine Ewigkeit.

Layla hat sie gerade etwas gefragt, aber sie hat es nicht verstanden. Angela antwortet automatisch auf die halb gehörte Frage, stammelt irgendeine zweideutige Antwort und hofft, dass sie nichts Falsches sagt. Layla nickt und redet weiter, als ob nichts wäre.

»Ich wollte den Film eigentlich gar nicht sehen, aber meine Freundin hat mich mitgenommen, weil sie von Wesley Snipes besessen ist, und zwar vollkommen besessen. Und ich habe die ganze Zeit nicht kapiert, was los ist, aber er hatte diesen Bumerang mit Messern dran, mit dem er Leuten die Köpfe abgeschnitten hat, und dann ist er zu ihm zurückgekommen. Das war cool.«

Angela gibt sich Mühe, besser zuzuhören. Es klappt aber nicht richtig. Sie schafft es nur gelegentlich, in Laylas Wortfluss reinzuhören, wie ein Stein, der übers Wasser hüpft.

Sie muss aufhören, sich ablenken zu lassen. Sie muss eine Entscheidung treffen. Sie kann entweder das hier machen, wie Tess werden oder verhungern.

Sie will nicht wie Tess werden. Damit ist schon einmal eine Option vom Tisch. Sie will niemals wie Tess werden. Sie wird nie eine Frau mit nach Hause nehmen und sie im Arm halten und sie dann beißen und mit ihr schlafen und sie schlagen, wenn sie versucht, den Mund aufzumachen. Niemals. Lieber ein Biss, schnell und einmalig und gewalttätig, als jemanden in dieses abgeriegelte Halbleben zu zwingen. Oder jemandem Jahre später das Leben ganz zu nehmen.

Sie weiß immer noch nicht, ob dieser letzte Biss ein Unfall war oder nicht. Und sie hat keine Ahnung, ob Tess sich sicher war, dass sie wieder aufwachen würde.

Hat Tess Menschen getötet? Obwohl sie es nie zugegeben hat, hat sie es auch nie geleugnet.

Das wird Angela jedenfalls nicht tun. Sie wird das niemals tun. Sie wird niemanden töten, egal, was passiert. Sie mag zwar noch nicht genau herausgefunden haben, wo sie die Grenze zieht, aber egal, wo die Grenze ist, jemandem das Leben zu nehmen muss weit jenseits liegen. Davon gibt es kein Zurück mehr.

Ihr Leben findet jetzt im Verborgenen statt. Da hat Tess recht gehabt. Jeder könnte sie ganz einfach töten, indem er sie ins Sonnenlicht zerrt. Jeder, der sie für ein Monster hält. Und damit läge er vermutlich nicht einmal falsch.

Wenn sie jemanden beißt, muss sie sicherstellen, dass derjenige sich nicht daran erinnern kann.

Aus dem Augenwinkel sieht Angela, wie die überarbeitete Barkeeperin die Zutaten für einen Long Island Ice Tea zusammenmischt. Mit scheinbar leichten und gut einstudierten Bewegungen. Eis in den Shaker, dann Wodka, Gin und Rum.

Anfangs hatte sie sich überlegt, jemanden zu finden, der so auf Drogen war, dass der Filmriss ohnehin unvermeidbar ist. Aber sie hat keine Ahnung, wo sie so jemanden auftreiben könnte. Außerdem wäre das auch nicht besser. Nur einfacher. Es wäre immer noch ein Überfall. Es ist aufrichtiger, wenn sie die Leute selbst unter Drogen setzt.

Überfall. Gewalt. Sie muss der Wahrheit ins Gesicht sehen, wenn sie das hier durchziehen will. Sie wird Menschen angreifen, sie beißen und ihr Blut trinken. Laylas Blut trinken. Die fröhliche, redselige Layla. Angela hat damals ihr Blut freiwillig hergegeben. Das hier ist etwas anderes. Es ist etwas ganz anderes, wegen seines Bluts überfallen zu werden.

»Und die Busse fahren nur bis neun Uhr abends«, sagt Layla. »Also man kann halt ins Kino fahren, kommt dann aber nicht mehr nach Hause. Man kann nicht mal nach Hause laufen! Es gibt keine Gehsteige!«

»Wirklich?«, fragt Angela.

»Wirklich, sobald man das Zentrum verlässt, kommt es einem vor, als hätte irgendwas alle Gehsteige in Tucson aufgefressen.«

Als Nächstes kommt Tequila in den Shaker. Triple sec. Limettensaft. Zuckersirup.

Sie könnte sich natürlich auch zu Tode hungern. Das ist die letzte verbleibende Option. Aber sie fragt sich, ob sie davon wirklich sterben würde oder ob sie einfach so weiterexistiert und immer nur hungriger und hungriger wird. Für immer.

Sie hat es schon so lange herausgezögert, wie sie konnte. Hatte so viel Zeit damit verschwendet, nach Alternativen zu suchen. Nichts hat funktioniert. Der Hunger heult ununterbrochen in ihrem Bauch. Breitet sich in ihrem Verstand aus und treibt sie in den Wahnsinn. Das Bedürfnis, ihn zu stillen, übernimmt langsam ihr ganzes Bewusstsein, blendet alle anderen Gedanken aus. Es kann nicht mehr lange dauern, bis nicht mehr als ein rasendes Ungeheuer, ein blutrünstiges Monster von ihr übrig ist. Sie kann es spüren, so wie sie es auch bemerkt hat, als ihr Geist vom andauernden Schlafmangel brüchig geworden ist. Diese Ahnung, dass etwas Furchtbares passieren wird.

Sie schaudert. Da ist der Tod noch besser. Der Tod beendet zwar alles, aber dann ist es immerhin vorbei. Außer, ihre Familie behält recht und sie kommt doch in die Hölle.

»Was ist los?«, will Layla besorgt wissen. Sie legt Angela zwei Finger auf das Handgelenk.

»Nichts«, sagt Angela. »Mir ist nur ein wenig übel.«

»Hast du mexikanisch gegessen? Ich liebe mexikanisches Essen, aber es kann einen fertigmachen. Ich mag allerdings Tex-Mex nicht. Das beste Essen gab es übrigens in New Mexiko. Warst du da schon mal? Da werfen sie in alles grüne Chilis rein, einfach großartig.«

Der Drink ist schon vom Shaker in ein Cocktailglas umgefüllt worden. Die Barkeeperin gibt noch einen Schuss Cola dazu und dekoriert das Glas mit einer Zitronenscheibe. Endlich stellt sie den Drink vor Angela ab und wendet sich, ohne Zeit zu verschwenden, ihrer nächsten Aufgabe zu.

Angela muss eine Entscheidung treffen. Und zwar jetzt.

Sie kann das hier machen, wie Tess werden oder verhungern.

Vergib mir nicht, denkt Angela. *Vergib mir nicht, denn ich werde gleich sündigen.* Eine Beichte, die ihr niemand abnimmt.

»Sollen wir aus dem Gedränge raus?«, fragt Angela.

»Oh mein Gott, ja«, antwortet Layla. »Nur zu, ich bekomme hier kaum Luft.« Beschwipst greift sie mit einer fahrigen Hand nach ihrem Glas.

»Lass mich das nehmen.«

Angela behält Layla fest im Blick und lässt, als sie den Drink in die Hand nimmt, die zerstampften Tabletten ins Glas rieseln.

52

Somerville
23. Dezember 1999

Es ist weit nach Mitternacht, ein neuer Tag hat begonnen. Chloë läuft seit einer halben Stunde rastlos im Wohnzimmer auf und ab. Die stumpfe, schockierte Taubheit von vorhin ist von zittriger Unruhe abgelöst worden. Sie stapft auf und ab, auf und ab, tritt gegen alles, was ihr im Weg ist. Eine Unterhose fliegt und landet halb auf dem Bücherregal. Als sie hier aufgeräumt haben, müssen sie wohl ein paar Unterhosen, die Entropie verschleppt hat, übersehen haben. Oder er hat schon wieder damit angefangen, sie überall in der Wohnung zu verteilen. Sie sollte ihre Klamotten wirklich besser aufräumen.

Chloë nimmt das Geräusch des Schlüssels im Schloss kaum wahr. Erst als die Temperatur merklich sinkt, die Wärme durch die offene Tür in den Hausflur entweicht, sieht sie sich um und stellt fest, dass Esther nach Hause gekommen ist.

»Du warst aber lang unterwegs«, sagt Chloë.

»Ich habe mir die Weihnachtslichter angesehen«, antwortet Esther, während sie durch das Zimmer wirbelt und Handtasche und Mantel ablegt. »Reizende neue Tradition. Vor dem achtzehnten Jahrhundert haben wir nur ein Holzscheit angezündet. Dann haben die Deutschen angefangen, Kerzen am Baum zu befestigen, was ja vollkommen absurd ist – fürchterliches Brandrisiko. Aber ich bin froh, dass es sich durchgesetzt hat. Du hättest doch nicht wegen mir aufbleiben müssen.«

Chloë macht sich nicht einmal die Mühe, die Augen über den Blödsinn ihrer Tante zu verdrehen. »Das bin ich auch nicht. Ich kann nicht schlafen. Ich hatte einen fürchterlichen Tag.« Chloë lässt sich mit einem hörbaren Knarzen in den morschen Sessel fallen, und ihre Beine kippen kraftlos zur Seite. Als sie aufgehört hat sich zu bewegen, hat sie auf einmal auch alle Kraft verlassen. »Angelas Ex-Freundin ist eine Psychopathin, die versucht hat, mich umzubringen. Angela geht es dreckig, und sie ist verschwunden – nicht wegen des Mordanschlags, davon weiß sie nämlich nichts –, und Shelly ist der Meinung, dass alles meine Schuld ist. Ach, und ein Freund von mir ist ein Werwolf. Es ist der blanke Wahnsinn.«

»Wie bitte?«, fragt Esther. »Hast du gerade gesagt, jemand hat versucht, dich umzubringen?« Zum ersten Mal sieht Chloë Esther wirklich fassungslos.

»Ja, ein Vampir hat mich angegriffen. *Ein weiterer* Vampir!« Chloë redet jetzt lauter und schneller. »Und sie war nicht gerade am Verhungern! Sie hat es mit Absicht gemacht!«

»Ach, herrje!« Esther durchquert den Raum und setzt sich auf die Armlehne des Sessels. »Bist du verletzt?«

»Nein, also ich meine, ich … nicht körperlich. Was absolut

keinen Sinn ergibt!« Es fällt ihr immer schwerer, ruhig zu atmen, und die Angst, die sie in der Galerie hatte, kriecht ihr wieder den Rücken hoch. »Ich sollte eigentlich tot sein!«

»Meine arme Kleine!«

Esther nimmt Chloë in den Arm und hält sie fest. Chloë lehnt sich an sie und ist dankbar für die Umarmung. »Ich habe keine Ahnung, wie ich davongekommen bin. Ich habe ›Lass mich los!‹ gesagt, und das hat sie getan.«

Esther wird sehr still. »Ah.« Sie löst die Umarmung und macht einen Schritt zurück, um ihre Nichte genauer zu betrachten. »Gut.«

»Was?«, Chloë ist vom abrupten Stimmungswechsel ihrer Tante überrumpelt. »Was soll das heißen, ›gut‹.«

»Ich habe schon immer geahnt, dass du es auch hast.«

»Dass ich was habe?« Sie sieht ihre Tante skeptisch an, ihre Panik ist vorübergehend vergessen. »Warum lässt dich das so kalt? Was weißt du darüber?«

»Ich versichere dir, ich bin äußerst bestürzt. Über den Vampirangriff auf dich und darüber, dass Angela verschwunden ist. Nicht so sehr über den Werwolf.«

»Natürlich nicht«, erwidert Chloë sarkastisch. »Warum sollte dich auch ein gewöhnlicher Werwolf aus dem Konzept bringen?«

»Wir haben größere Sorgen. Solltest du nicht nach Angela suchen?«

»Was?« Chloë wiederholt sich. Sie kann den Haarnadelkurven, die diese Unterhaltung nimmt, immer weniger folgen. »Nein! Sie hasst mich vermutlich. Können wir wieder zur Vampirattacke zurückkommen?«

»Bist du noch in Gefahr?«

»Ich … glaube nicht, nein.« Chloë hat Tess nie ihren Namen gesagt, geschweige denn, wo sie wohnt.

»Dann sollten wir uns damit nicht aufhalten.«

»Doch, das sollten wir!«, widerspricht Chloë. Sie wünschte, Esther würde sie wieder in den Arm nehmen. »Ich kann nicht … Ich wüsste auch nicht, wo ich nach Angela suchen sollte. Selbst, wenn ich sie finde, mache ich die Sache damit nur schlimmer.«

Esther schnaubt. »Genau, und sie ist in die Nacht entschwunden, weil sie so froh war, dich endlich los zu sein?«

»Ich kann es nicht glauben, dass du *jetzt* wieder damit anfängst!«

»Wir haben das Thema ja nie beendet«, erwidert Esther.

»Weißt du was? Ich habe die Schnauze voll!« Chloë springt auf. Aus dem Augenwinkel sieht sie, wie die Unterhose vom Bücherregal rutscht und auf dem Boden landet. Das nimmt dem Moment bedauerlicherweise einen Teil der Dramatik. »Danke für die halbe Sekunde Mitgefühl für meine Nahtoderfahrung.« Chloë stapft auf ihr Schlafzimmer zu. »Ich gehe jetzt schlafen. Es ist spät.«

»Seitdem ihr euch getrennt habt, fühlst du dich elend, Chloë«, ruft Esther ihr nach. »So wie es sich anhört, geht es ihr nicht anders.«

»Wir sind nicht gut füreinander, okay? Ich bin depressiv, sie beißt.«

»Na und, dann beißt sie halt. Warum stellst du dich so stur? Glaubst du wirklich, dass sie eines Nachts neben dir aufwacht und deinen leckeren Hals frei zugänglich im Mondlicht leuchten sieht und …«

»Nein! So ist sie nicht. Ich weiß, dass sie Dinge getan hat, die … aber sie gibt ihr Bestes in dieser beschissenen Situation.«

Esther tippt mit dem Fuß auf den Teppich. »Was ist dann das Problem?«

»Das Problem bin ich, in Ordnung?«, schreit Chloë. »Ist es das, was du hören willst? Ich bin total gestört. Sie hat schon genug Schwierigkeiten in ihrem Leben, da braucht sie nicht auch noch so jemanden wie mich …«

Mitten im Satz bricht sie ab, unfähig weiterzureden.

»Chloë …« Esther seufzt und geht auf sie zu. »Ich glaube nicht, dass du es nicht verdient hast, geliebt zu werden. Ich sehe hier jemanden vor mir, der lieber gleich alles Gute zerstört, um sich das Trauma zu ersparen, es später zu verlieren.«

»Das tue ich nicht … Also ich … das habe ich nicht vor …« Chloë zögert. »Moment mal. Das habe ich doch schon einmal gehört, oder nicht?« Sie zieht die Augenbrauen zusammen und denkt nach. Plötzlich fällt es ihr wieder ein. »Oh mein Gott. Ich kann es nicht fassen, dass du mir Beziehungstipps aus *Dem Geschöpf der Nacht verfallen* gibst. Und ich fasse es nicht, dass du *Dem Geschöpf der Nacht verfallen* tatsächlich gelesen hast.«

»Es lag auf dem Boden und sah spannend aus. Aber das ist irrelevant. Wenn das der einzige Grund ist, der dich davon abhält, solltest du mit ihr reden.«

»Es ist nicht nur das … Sie hatte auch gute Gründe, um mit mir Schluss zu machen.« Chloë blickt aus dem Fenster, aber da sind nur Eiskristalle und ihr eigenes müdes Spiegelbild zu sehen. Das Glas könnte genauso gut verdunkelt sein.

Wenn sie ehrlich ist, dann hat alles, was Esther gesagt hat, einen wahren Kern. Chloë hat seit ihrer Trennung nicht aufgehört, an Angela zu denken. Nicht einmal kurz nachdem

Tess sie angegriffen hatte. Und Chloë verspürt nicht ansatzweise dieselbe Erleichterung wie nach ihrer Trennung von Alec. Nur stechenden Schmerz.

»Es wäre sicher eine gute Idee, mit ihr zu reden«, gibt Chloë zu. »Aber das ist ja jetzt egal, oder? Sie ist verschwunden, und Shelly sagt, sie geht nicht an ihr Telefon. Und wenn du dich erinnerst, dann habe ich immer noch keine Ahnung, wo sie sein könnte.«

»Natürlich erinnere ich mich«, antwortet Esther. »Aber du bist fähiger, als du meinst. Schließlich hast du einen Vampirangriff abgewehrt.«

»Was hat das denn damit zu tun …?« Chloë schüttelt verwundert den Kopf. »Und außerdem weiß ich nicht, wie ich das geschafft habe.«

»Du hast es aber geschafft. Oder nicht?«

Sie zögert, bevor sie antwortet. »Ich schätze schon.«

Sie kann nicht leugnen, dass, was auch immer sie in der Galerie getan hat, funktioniert hat. Irgendwie hat sie es geschafft, sich zu wehren. Aber sie weiß nicht, wie ihr das dabei helfen kann, Angela zu finden.

»Du solltest die Karten befragen«, schlägt Esther vor.

Chloë wirbelt herum und sieht ihre Tante misstrauisch an. »Meinst du das ernst?«

»Du weißt nicht, wo sie ist. Du weißt nicht, ob sie dich sehen will. Lass uns die Karten legen.« Esther zuckt mit den Achseln. »Vielleicht erhältst du ein paar Antworten.«

Es gibt Dutzende Gründe abzulehnen. Aber die fußen alle auf einem Universum, das Sinn ergibt, und davon ist Chloë nicht mehr überzeugt.

»Weißt du was, warum nicht?« Sie lässt sich wieder in den

Sessel fallen und zieht den Couchtisch näher ran. »Bitte schön, fang an.«

Esther setzt sich ihr gegenüber und zieht das vergilbte Kartendeck aus ihrer Handtasche. Sie räumt den Tisch leer. Kleinzeug und Brösel fallen auf den Teppich.

Dann reicht Esther Chloë die Karten.

»Leg du sie.«

»Ich? Ich dachte, die Idee wäre … Also ich habe keine Ahnung, was ich hier mache.«

»Du wirst es schon herausfinden«, sagt Esther zuversichtlich.

»Welche Sequenz soll ich nehmen?«

»Wie du möchtest.«

Chloë zögert noch einmal, aber dann legt sie die Karten in der einfachsten Sequenz aus, an die sie sich erinnern kann. Die aus ihrer Kindheit. Drei gekreuzte Paare.

»Wäre schön, wenn wir ein passenderes Ambiente hätten«, sagt Chloë und muss an das letzte Kartenlegen denken, im Haus ihrer Eltern, als diese nicht da waren. Das gedämpfte Licht der Kerzen. In ihrer Erinnerung gibt es Wandteppiche aus Damast, aber sie weiß, dass das unwahrscheinlich ist.

»Das macht nichts«, ermutigt sie Esther.

»Na gut. Man kann ja nicht alles haben.«

Chloë dreht die ersten beiden Karten um.

53

Newbury Street
23. Dezember 1999

Tess ist nicht schwer zu finden. Angela hat gedacht, sie müsste länger nach ihr suchen, vielleicht mehrere Male hingehen. Aber sobald sie um die Ecke geht, sieht sie Tess am Ende der Straße unter einer Laterne vor der geschlossenen Galerie rauchen. Sonst ist niemand auf den schneebedeckten Gehsteigen zu sehen, und es sind kaum Autos unterwegs. So spät an einem Mittwochabend ist die Newbury Street einsam und verlassen.

Angela ist vom Berg direkt hierhergekommen, ist an der Ausfahrt, die sie nach Hause nach Brookline gebracht hätte, vorbeigefahren und solange zwischen Copley Place und der Bibliothek hin und hergefahren, bis sie einen Parkplatz gefunden hat. Finde den wahren Kern deiner Probleme, hatte der Engel gesagt. Tja, und da steht Tess nun und wartet ganz allein, als hätte sie nichts Besseres zu tun.

Angela beobachtet sie für einen Moment, dann nähert sie

sich ihr. Tess sieht auf, als sie bei ihr ankommt, und bläst eine Rauchwolke aus.

»Hatte mir schon gedacht, dass du heute auftauchst«, sagt Tess. »Hat sich da etwa ein kleines Vögelchen bei dir ausgeheult?«

Angela runzelt verwirrt die Stirn. »Wovon redest du?«

»Nichts.« Tess schnippt ihre Zigarette in einen Schneehaufen, wo schon ein ganzer Haufen feuchter Kippen liegt. »Was machst du also hier?«

»Ich? Was ist mit dir? Was bringt dich nach Boston?«

Tess deutet mit dem Daumen hinter sich auf die Galerie. »Ich habe eine Ausstellung. Es geht nicht immer um dich, Angela.«

»Ja, richtig. Ich kann mich nicht erinnern, dir die Rechte an meinem Bild übertragen zu haben.«

»Verklag mich doch.«

»Vielleicht tue ich das.«

»Viel Erfolg damit.« Tess verzieht den Mund zu einem schiefen Lächeln. »Vielleicht solltest du dich aber vorher noch mal mit der Rechtslage auseinandersetzen. Insbesondere damit, was passiert, wenn das Model dem Foto zustimmt.«

»Du hast mir versprochen, dass sie nur für dich sind!«

»Als das noch Bilder von meiner Freundin waren, sind sie das auch gewesen.«

Angela verkneift sich die nächsten Worte. Es lohnt sich nicht, mit ihr zu streiten. Tess wird sie nur wieder einwickeln, sich selbst widersprechen, wann immer es ihr passt, und lügen, wann immer sie will.

»Du bist also rein zufällig hier?«, fragt Angela. »Hattest keine Ahnung, dass ich vielleicht hier sein könnte. Oder dass mir eventuell ein Flyer, auf dem ich nackt zu sehen bin, auffallen könnte. Du hast auch auf dem Fetisch-Markt nicht nach mir gesucht.«

»Du musst wirklich über deine Selbstüberschätzung hinwegkommen. Ich habe mir dort Schuhe gekauft.« Tess schnaubt. »Du hast mich gesehen und nicht mal Hallo gesagt? Wie unhöflich.«

»Du hast also eine fünftausend Meilen weite Reise auf dich genommen, um auf eine Vernissage zu gehen, wo es Wein gibt, den du nicht trinken, und Käse, den du nicht essen kannst. Und jetzt? Hängst du in der Galerie rum?«

»Das ist eine große Sache!«, protestiert Tess.

»Du hast die ganze Nacht hier draußen gestanden!«, schreit Angela sie an. »Du hast alleine geraucht und darauf gewartet, dass ich vorbeikomme! Warum kannst du das nicht einfach zugeben?«

»In Ordnung!«, brüllt Tess zurück. »Okay, ich habe gehofft, dass du vorbeikommst, na und? Das ist nicht der einzige Grund, weshalb ich hier bin. Aber ja, ich habe gedacht, der Flyer könnte deine Aufmerksamkeit wecken. Ich bin auch in allen Clubs gewesen, aber du hast mich offensichtlich gemieden, also war das reine Zeitverschwendung.«

»Du beschwerst dich, weil es dir schwergefallen ist, mir nachzustellen?«

»Ich habe dir nicht nachgestellt. Was hätte ich denn tun sollen? Schließlich habe ich keine Telefonnummer von dir.«

»Jetzt bin ich ja hier«, sagt Angela. »Also, was willst du? Mir noch mehr wehtun? Was?«

Ein Auto fährt vorbei und wirft scharfe Schatten auf Tess' Gesicht. Angela geht einen Schritt zur Seite, um nicht nass gespritzt zu werden. Tess bleibt stehen. Sie sieht zu Boden und kickt den Schneematsch von ihrem Schuh. Sie murmelt etwas, das Angela über den Motorenlärm nicht ausmachen kann.

»Was hast du gesagt?«

»Ich habe gesagt, komm zurück mit mir nach Phoenix.«

Angela starrt sie an. »Meinst du das ernst?«

»Ja.«

»Warum willst du …« Angela drückt sich mit zwei Fingern auf den Nasenrücken und lässt die Hand dann sinken. Es lohnt sich nicht, den Gedanken zu Ende zu führen. Das hier ist ein für Tess typisches Verhalten. Sie fängt mit Beleidigungen an und endet mit einer emotionalen Bitte. Es ist eigentlich nur überraschend, wie schnell sie ihre Feindseligkeit abgelegt hat.

»Ich fahre morgen wieder«, sagt Tess sanft. »Komm mit mir. Du bist die einzige … Du bist wieder aufgewacht. Wir sind füreinander bestimmt. Du hättest nicht gehen dürfen.«

»Tess. Du hast mich wie den letzten Dreck behandelt.« Es scheint keine wirklich passende Beschreibung zu sein, nach zwei Jahren der Qual mit ihr und einem Jahr, in dem sie mit den Konsequenzen zu kämpfen hatte. Nur der Monat mit Chloë war ein Lichtblick gewesen.

»Diesmal wird es anders sein«, sagt Tess.

»Immer wenn du schlechte Laune hattest, hast du so getan, als sei es meine Schuld. Und das war die ganze Zeit so.«

»Du übertreibst.«

»Ich übertreibe?« Angelas Stimme klingt gepresst. »Du hast mich angeschrien und geschlagen und so lange von mir getrunken, bis ich *gestorben* bin.«

Tess sieht an Angela vorbei in die Ferne.

»Was, wenn ich nicht wieder aufgewacht wäre?«, will Angela wissen. »Was dann?«

»Aber das bist du.«

Eine deutlichere Bestätigung dafür, dass Angela nicht hätte wieder aufwachen müssen, wird sie wohl nie bekommen. »Du hast mich wie Dreck behandelt«, wiederholt sie. »Warum sollte ich dir glauben, dass du dich geändert hast?«

»Ich habe mich nicht geändert, du schon.« Tess hebt den Blick, und endlich sieht sie Angela in die Augen. »Ich musste all das tun, als du noch ein Mensch warst.«

»Musstest?« Angela möchte hysterisch auflachen. »Keiner hat dich gezwungen, mich zu schlagen.«

»Tu nicht so, als wüsstest du nicht, wovon ich rede.«

»Was? Du musstest deine Vampirgeheimnisse schützen?« Ihre Stimme wird immer schriller. »Das ist eine armselige Ausrede, Tess. Das ist Müll.«

»Aber es ist die Wahrheit. Du wirst dasselbe tun müssen. Und je früher dir das klar wird, umso besser. Du solltest mit mir kommen.« Tess' Ton ist beinahe flehend. Die Dringlichkeit ihrer Bitte ist unschwer herauszuhören. »Wir werden für eine ganze lange Weile existieren, und das kann einsam werden.«

»Ich kann Menschen nicht so in Gefahr bringen wie du.«

»Wir haben keine andere Wahl, mein Engel.«

»Oh mein Gott.« Angela schüttelt ungläubig den Kopf. »Hörst du dir eigentlich selber zu? Es hört sich an, als ob du aus dem Handbuch für Missbrauchstäter vorliest.«

Tess wirft den Kopf zurück, als ob sie eine Ohrfeige kassiert hätte. »Nenn mich nicht so.«

»Ach, gefällt dir das nicht? Jedes einzelne Wort, das du heute gesagt hast, ist nämlich ein Warnsignal. ›Ich musste es tun, ich habe keine andere Wahl, jeder hätte das getan, diesmal wird es anders!‹ Weißt du, was als Nächstes kommt? Dass eigentlich ich dich missbraucht habe. Das sagen Leute wie du als Nächstes.«

»Fick dich«, knurrt Tess sie an, jede Zärtlichkeit ist aus ihrer Stimme gewichen. »Du auf deinem hohen Ross. Als ob du nur ein zartes Blümchen wärst. Weißt du, was? Du hast doch Lust auf eine zweite Runde. Das sehe ich dir an. Deine Fänge sind ja schon draußen.«

Tess hat recht. Angela fährt sich mit der Zunge über die Zähne und spürt die scharfen Spitzen.

»Was hast du denn das ganze Jahr gemacht?«, provoziert Tess sie weiter. »Hast du von süßen Träumen und Mondlicht gelebt? Willst du etwa behaupten, dass du dir nie eine Freundin gesucht und sie ausgesaugt hast? Dann lügst du.«

Angela unterdrückt ein Zucken. »Das habe ich nicht … Ich mache das nicht mehr.«

»Sicher nicht. Weil du der *liebe* Vampir bist. Der liebe Vampir tut natürlich niemandem weh, stimmt's?«

»Hör auf damit. Ich wollte nie …«

»Ach, du wolltest es nie?«, unterbricht sie Angela unnachgiebig. »Schön für dich. Trinkt der liebe Vampir denn kein Blut? Läuft das bei dir so?«

»Hör auf.«

»Der liebe Vampir kann mir an allem die Schuld geben.«

»Halt den Mund!«, schreit Angela.

»Komm her, und bring mich dazu.«

Angelas Muskeln sind zum Zerreißen gespannt. Denn

zumindest in einem Punkt hat Tess recht. Sie würde Tess die Fänge nur zu gerne ins Fleisch treiben. Ein Ventil für all die Jahre der Folter und gegen den tatsächlichen Kern allen Übels gerichtet. Es hätte etwas enorm Befriedigendes, denkt sich Angela, Tess an den Haaren zu packen und ihr Gesicht auf den Gehsteig zu schlagen. Immer und immer wieder. Angela malt es sich bildlich aus, kann den Asphalt förmlich brechen hören, wenn sie Tess' Kopf darauf donnert.

Tess wartet, ihre Hand bereits zur Faust geballt, bereit zuzuschlagen.

Sie will das, wird Angela in dem Moment klar. *Sie will, dass ich das mache. Wenn sie mich nicht küssen kann, dann will sie mir wenigstens ins Gesicht schlagen.*

Angela zwingt sich, sich zu beruhigen. »Ich spiele dieses Spielchen nicht mehr mit, Tess.«

»Was für ein Spielchen?« Tess steht immer noch kampfbereit da.

»Das hier«, antwortet Angela. »Dein Spielchen.« Sie zwingt ihre Fänge zurück in ihren Kiefer. »Du willst mir eine reinhauen? Dann komm her. Du kannst mir nichts mehr anhaben.«

Für einen Augenblick zögert Tess, dann knurrt sie irgendetwas Unverständliches und donnert ihre Faust gegen den Laternenmast.

Er tönt wie ein Gong und kippt seitlich um. Der Asphalt am Fuß der Laterne bricht auf, wo es sie aus dem Boden hebt. Die Birne flackert und geht aus. Um sie herum wird es dunkel.

Angela sieht zu dem verbogenen Metall, dann zurück zu Tess. »Diesmal wird es ganz klar anders.«

»Was auch immer du denkst, damit bewiesen zu haben …«

»Wenn du die Stadt verlässt«, sagt Angela, »dann komm nicht wieder.«

Tess sieht zu ihr auf. »Du kannst mir nicht sagen, was …«

»Komm nicht wieder«, wiederholt Angela ruhig und nachdrücklich. Tess blinzelt und sieht zum ersten Mal verunsichert aus.

Angela wendet sich ab und geht. Diesmal verfolgt Tess sie nicht, und sie ruft ihr auch keine Drohungen und Beleidigungen hinterher. Angela dreht sich einmal zu ihr um und sieht sie immer noch regungslos am anderen Ende der Straße stehen. Eine kleine bedeutungslose Figur, die aus Angelas Sicht verschwindet, als sie um die Ecke biegt.

Sie zittert noch vor Schreck darüber, was beinahe passiert wäre. Was sie fast ein zweites Mal getan hätte. Aber sie muss zugeben, dass sie auch einen gewissen Stolz verspürt. Sie hat sich immerhin von Tess nicht noch einmal in einen Zweikampf locken lassen. Die Versuchung war groß, aber sie hat nicht nachgegeben.

Und sie hat Tess ins Gesicht gesagt, was sie ist.

Das wird sicherlich nichts ändern. Tess ist vermutlich schon längst dabei, sich in ihrem Kopf als das Opfer zu inszenieren. Trotzdem hat es gutgetan, es laut auszusprechen, wie Luftholen, nachdem man lange den Atem angehalten hat.

Vermutlich wird sie den Auswirkungen, die Tess auf ihr Leben hat, nie ganz entkommen können. Nicht, solange sie ein Problem mit Sonnenlicht hat. Nicht, solange sie auf Blut angewiesen ist. Aber vielleicht kann sie jetzt nach vorne sehen. Der Zukunft offener entgegenblicken. Ein Kapitel ihres Lebens beenden, damit ein neues anfangen kann.

Dann biegt sie in die Boylston Street ein, die auch um diese

Zeit noch hell erleuchtet ist. In den dunklen Schaufenstern spiegelt sich ihre Umgebung. Nur sie natürlich nicht. Aber in einem sieht sie den Engel. Er nickt ihr zufrieden zu. Sie nickt zurück.

Sie beschließt, soweit es geht, ihren Frieden mit ihm zu machen. Er hat sie immerhin dazu gebracht, ein paar wichtige Erkenntnisse zu gewinnen.

Als sie ihr Auto erreicht, steigt sie ein und sieht dann minutenlang durch die Windschutzscheibe ins Nichts, bevor sie den Schlüssel in die Zündung schiebt. Jetzt muss sie nur noch herausfinden, wie es weitergeht.

54

Auszug aus Angelas experimentellen Erhebungen

TEST #49A
GEGENSTAND: Wie tief kann ich fallen, ohne zu sterben?
METHODE: Von einer Klippe springen
ERGEBNIS: Verdammt tief
KOMMENTAR: Ich habe dem Sprung von der Klippe nicht viel hinzuzufügen. Er hat nicht unter idealen Laborbedingungen stattgefunden, daher konnten nur wenige Daten erhoben werden.

Aber solange wir noch dabei sind, gibt es einen weiteren Vampirmythos, über den ich gerne schreiben möchte.

Es ist bestimmt nicht der letzte. Es gibt noch Dutzende da draußen. Ich habe gehört, dass Vampire Menschen hypnotisieren können. Dass sie sich Tiere gefügig machen können. Sich in Nebel auflösen können.

Um ehrlich zu sein, habe ich nicht den blassesten Schimmer, ob das wahr ist oder nicht. Ich glaube nicht, aber es wird mittlerweile klar geworden sein, dass ich mir bei vielem nicht sicher bin. So wie alle anderen auch. Ich werde es nach und nach herausfinden.

Also halte ich mich an einen Mythos, über den ich etwas weiß. Nicht viel, aber ein bisschen.

DRITTER MYTHOS: Vampire sind ewig und unveränderlich.

Werden Vampire älter? Ich weiß es nicht. Es ist ganz offensichtlich nicht leicht, sie umzubringen. Aber sie sind nicht ewig und unveränderlich. Das können sie nicht sein, denn nichts ist ewig und unveränderlich.

Das Universum ist ständig in Bewegung. Andere Galaxien streben von der Milchstraße weg. Sie waren mal näher. Wenn man weit genug zurückgeht, kommt man an einen einzigen Ursprungsort. Das Universum wurde geboren, und nun wächst es. Und es ist sehr wahrscheinlich, dass es eines Tages sterben wird.

Es gibt unterschiedliche Meinungen darüber, wie genau es stirbt. Momentan deutet, soweit ich weiß, alles auf den Big Freeze hin. Nach Trillionen von Jahren werden sich neue Sterne bilden. Den alten wird der Treibstoff ausgehen, und sie werden ausbrennen – all die Lichter am Himmel gehen dann aus. Die Temperaturen werden sinken. Sogar Schwarze Löcher werden zerfallen. Wenn es wirklich so weit kommen sollte, dass Protonen zerfallen, dann wird es irgendwann kein intaktes Atom mehr geben. Alles, was bleibt, ist eine dünne Suppe aus Partikeln, ein paar Photonen und Leptonen, die in einem beinahe leeren Universum herumfliegen.

Das gibt mir Zuversicht.

Es beruhigt mich nicht, zu wissen, dass das Universum sich irgendwann auflöst. Nicht wirklich. Aber da wir noch Trillionen von Jahren bis dahin haben, muss man sich darum auch noch keine großen Sorgen machen.

Aber das ist der Grund, weshalb es so weit kommen wird: Im Augenblick und noch für eine ganze lange Zeit wächst und expandiert alles. Galaxien bewegen sich. Sterne werden geboren und breiten sich aus und zerfallen und explodieren. Nichts bleibt gleich, und nichts steht still.

Also werde ich auch nicht für immer die Gleiche bleiben. Das kann ich gar nicht. Ich werde womöglich nicht altern, aber irgendwie werde ich mich verändern.

Jemand Wichtiges hat mir mal gesagt: »Irgendwann hört jede Wunde auf zu bluten.« Und das stimmt. Entweder du stirbst daran, oder die Wunde heilt.

55

Somerville
23. Dezember 1999

»Die Vergangenheit«, kommentiert Esther, als Chloë das erste Paar Karten aufdeckt.

Der Kreuzkönig gekreuzt von der Pikneun. Beide Abbildungen sind nicht gespiegelt, sondern in eine Richtung ausgerichtet, genauso wie Chloë sie von vor zwanzig Jahren in Erinnerung hat.

Die Neun sieht fast modern aus. Sie fragt sich, ob die Karten wirklich dreihundert Jahre alt sind. Der König, Le Roi de … irgendwas. Ein bärtiger Mann in einer roten Robe, in der einen Hand ein Zepter, die andere ruht auf einem Tier zu seinen Füßen. Richtig, ein Löwe. Der König hat einen finsteren Gesichtsausdruck und starrt sie aus düsteren Augen an. Da ist er ja. Hallo, Alec. Ihre Vergangenheit greift immer wieder nach ihrer Gegenwart.

Sie versucht, sich daran zu erinnern, wann sie ihn zuletzt gesehen hat. Es war der Tag, an dem sie ihre Scheidungspapiere unterschrieben haben. Davor waren sie noch Mittagessen und hatten sich Mühe gegeben, sich umgänglich und höflich zu verhalten. Keiner hatte dem anderen viel zu sagen. Man hatte sie nach dem Grund ihrer Scheidung gefragt, und da sprudelte eine ganze Liste an Vorwürfen aus ihm heraus: Sie hört mir nicht zu. Wir streiten uns ständig. Sie hat keinen anständigen Job. Wir haben keinen Sex. Die Standesbeamtin erklärte ihnen trocken, dass ein einfaches »unüberbrückbare Differenzen« für das Formular ausreichen würde. Na gut, sagten sie ihr, schreiben Sie das rein.

Differenzen, die nicht überbrückt werden konnten. Der Blick, den er vor jedem Streit hatte. Das war der wahre Grund. Das konnte sie nie überbrücken.

Aber das lag in der Vergangenheit. Er konnte ihr von dort nichts mehr anhaben.

»Die Gegenwart«, sagt Esther, als Chloë sich dem nächsten Stapel zuwendet.

Die Herz-Zehn und das Pik-Ass. Das Ass hat ein filigranes Design um ein einzelnes Pik in der Mitte, dazu einen Hahn, der auf einem Kranz aus Blättern und Blumen, Münzen und Kronen sitzt. Schriftzüge mit verblassten französischen Worten, die sie nicht entziffern kann, laufen über und unter der Abbildung. Die Karte bedeutet Veränderung, eine Wegscheide; Zeit, eine Entscheidung zu treffen. Und in Kombination mit der Zehn heißt das, es stehen Herzen auf dem Spiel.

Natürlich sagen ihr die Karten nicht, welche die richtige Entscheidung ist. Nur, dass es eine wichtige Entscheidung ist. Die Karten sind nutzlos. Das hatte sie vorher auch schon gewusst. Das war doch typisch für ihr Leben.

Man meint immer, wenn man herausgefunden hat, was für Probleme man hat, dann kann man sie auch lösen. Aber wie sich herausstellt, ist das nicht der Fall. Sie bleiben einfach da, schwer und bedrohlich, während man weiter durch sein Leben stolpert. Man macht langsame Fortschritte, Fehler und Rückschläge, und trotzdem hofft man darauf, eines Morgens aufzuwachen und festzustellen, dass es schon eine Weile her ist, dass man sich zuletzt von einer Brücke stürzen wollte.

»Die Zukunft«, sagte Esther.

Die Karodame und die Kreuzdame. Die blonde Königin mit ihrem melancholischen Blick trägt ein diamantenbesetztes Kleid und hält eine weiße Blume. Die dunklere Königin blickt nach rechts zu einem Fächer in ihrer ausgestreckten Hand. Sie sieht aus, als ob sie tanzt.

Chloë betrachtet die Karten eine Weile.

»Ich weiß, wo Angela ist«, sagt sie. »Oder zumindest weiß ich, wo sie sein wird.«

»Gut. Du solltest zu ihr gehen.«

»Sollte ich das wirklich?« Chloë rutscht vor auf die Kante des Sessels und legt ihre Finger vorsichtig auf die beiden mittleren Karten. Die Gegenwart. »Wir haben beide … Es gibt ein paar ernstzunehmende Schwierigkeiten.«

Esther streckt die Hand aus und legt sie auf Chloës. »Lass mich dir etwas sagen. Damals, als ich im siebten Jahrhundert vor Christus noch auf der Insel Lesbos auf der Highschool war, da hat mich Sappho einmal beiseite genommen und zu mir gesagt: ›Esther, Liebe kann man nicht mit Regeln erklären, aber man kann sie mit Selbstzweifeln ersticken. Also, mach es mit Schmackes, nutze den Tag, gib einmal in deinem Leben

Vollgas und hau rein, verdammt. Denn bei all den Göttern, ein paar Probleme zu haben, macht dich nicht automatisch zu einem Monster!«

Chloës Mundwinkel wandern unwillkürlich nach oben. »Wirklich? Sie hat das wortwörtlich so gesagt?«

»Oh nein. Sie hat das in daktylischen Hexametern gesagt, aber daran werde ich mich nicht versuchen.«

»Eine nette Geschichte«, sagt Chloë. »Sie ist allerdings vollkommen lächerlich.«

»Geschichten haben Bedeutung, wenn sie dir etwas bedeuten. Auch die lächerlichen. Fehlt sie dir?«

Chloë seufzt. »Ja, sehr sogar. Mir fehlt alles an ihr. Ich will … Ich will sie lachen hören. Und neben ihr im Bett liegen und mir von ihr von den Sternen erzählen lassen. Oder einfach nur ihr Gesicht sehen. Ja, sie fehlt mir.«

»Ich würde wetten, ihr geht es genauso.«

»Woher willst du das wissen?«

»Ich bin alt«, erwidert Esther. »Ich weiß solche Sachen.«

Chloë sieht noch einmal auf die Karodame. Die kleine, blasse Fremde. Ragnelle, fällt ihr wieder ein, heißt die Karte. Mit acht Jahren kannte sie die Geschichte noch nicht. Sie hat sie erst später zum ersten Mal gelesen. Eine alte Sage mit Rittern und Maiden und Magie. Das fürchterliche Weib mit seinen spitzen Zähnen.

»Die Karten besagen, dass ich gebissen werde, wenn wir wieder zusammenkommen«, sagt sie. »Früher oder später.«

»Wird das etwas sein, dass über dich kommt oder eine Wahl, die du triffst?«, fragt sie Esther.

Die Karodame hat einen sanfteren Blick als der Kreuzkönig. Die Karodame weiß, was Frauen am meisten begehren.

Und sie mochte vielleicht die Zähne eines Monsters haben, aber sie hatte trotzdem eine menschliche Seele.

Chloë nickt und steht auf. »Na gut. Dann mache ich mich wohl besser auf den Weg, wenn ich das wirklich vorhabe.« Sie lächelt Esther an. »Bis später.«

»Ich denke, ich werde morgen früh abreisen«, sagt Esther. »Dir nicht weiter auf die Nerven gehen. Ich will deine Gastfreundschaft nicht überstrapazieren.«

»Du gehst?« Chloë kann sich ein Leben ohne Esther im Haus kaum noch vorstellen. »Das musst du aber nicht. Es ist schön, dich hier zu haben.«

»Danke dir, meine Liebe. Du wirst mir auch fehlen. Aber ich sollte mich wieder auf den Weg machen. Behalte die Karten, ich besorge mir ein neues Deck.«

Chloë blickt überrascht auf das viel genutzte Deck, das noch auf dem Tisch ausgebreitet ist. »Willst du sie mir wirklich überlassen? Wenn sie so alt sind, wie du behauptest … Ich meine, dann sind sie doch bestimmt etwas wert.«

»Ich bin mir ganz sicher, dass du sie haben sollst. Und dabei fällt mir ein, eine romantische Beziehung mit jemandem, der sehr, sehr lange lebt, ist möglicherweise genau das richtige für dich.«

»Wie bitte?« Chloë reißt den Kopf herum. »Was?«

»Nur so ein Gedanke.«

»Bist du dir da sicher?«

Esther nickt. »Das liegt scheinbar in der Familie.«

»… ha.« Sobald Chloë ihren initialen Schock überwunden hat, denkt sie über Esthers Worte nach.

Sie ergeben erstaunlich viel Sinn. Das würde alles Mögliche erklären, vom Zwischenfall in der Galerie bis hin zum

Kartenlegen selbst. Das könnte auch andere Zwischenfälle erklären. Zwischenfälle, die Chloë stets beunruhigt haben.

Die unterbewussten Impulse, die sie manchmal hat. Die Art, wie Leute manchmal auf ihre Worte reagieren.

Tess, die von ihr abgelassen hat. Vielleicht sogar Alec, als er zugestimmt hatte, auszuziehen.

Sie stellt fest, dass Esthers Kommentar ihr eine seltsame Form der Selbsterkenntnis bringt. Wenn es Vampire und Werwölfe gibt, warum dann nicht auch Hexen?

Was wiederum bedeuten könnte, dass jede Geschichte, die Esther im Laufe der Zeit erzählt hat, nichts als die reine Wahrheit war. Aber das geht ihr im Augenblick noch zu weit. Chloë ist seit den Geschehnissen der letzten Tage für vieles offen, aber die Vorstellung, dass ihre Tante tatsächlich Sappho gekannt haben könnte, muss sie sich für einen anderen Zeitpunkt aufheben.

»Brauche ich dafür irgendwas, außer den Karten?«, fragt sie. »Sollte ich mir einen Hut und einen Besen besorgen?«

Esther grinst. »Das ist vollkommen dir überlassen, Liebes. Aber natürlich jederzeit gerne gesehen.«

»Was ist mit allem anderen? Ich habe keine Ahnung, was ich tue. Wie wende ich das an? Gibt es irgendwas, das ich können sollte?«

»Leider kann ich dir dabei nicht helfen«, erklärt ihr Esther. »Ich hatte so eine Ahnung, dass dir das Piquet-Deck zusagen könnte, aber abgesehen davon, weiß ich es nicht. Es zeigt sich bei jedem anders. Ist mehr eine Kunst als eine Wissenschaft, daher habe ich dir wirklich alles gesagt, was ich dazu weiß. Den Rest wirst du selbst herausfinden müssen.«

»Ach so.« Chloë sieht wieder zu den Karten und hofft

insgeheim, dass sie ihr noch mehr preisgeben. Das tun sie aber nicht. »Das ist ärgerlich.«

»Du bist ein cleveres Mädchen, du wirst es schnell lernen. Ich musste ja nur ein paar Monate hier rumhängen, bis du die ersten Schritte in die richtige Richtung gemacht hast. Die nächsten Schritte werden einfacher, hab Geduld. Und jetzt raus mit dir, bevor die Nacht noch kälter wird.«

Chloë greift nach ihrem Mantel.

»Weißt du«, sagt sie und zieht sich an. »Die Karten waren nicht besonders eindeutig. Darüber, was heute Abend passieren wird.«

»Das sind sie leider nur selten.«

»Das bedeutet aber, dass ich vielleicht überhaupt nichts damit erreiche, wenn ich jetzt das Haus verlasse.« Chloë schnappt sich ihre Handtasche und hängt sie sich über die Schulter. »Vielleicht finde ich sie nicht. Vielleicht weist sie mich ab. Oder wir könnten beide doch zu kaputt sein, um je zusammen sein zu können. Vielleicht klappt es auch ganz einfach nicht mit uns beiden.«

»Nun ja«, erwidert Esther. »Dieses Risiko geht man immer ein.«

56

ManRay
23. Dezember 1999

Angela schiebt ihren Gin Tonic ein paar Zentimeter über den Tisch. Als er im Schwarzlicht steht, fängt er an zu leuchten. Vierhundertfünfzig Nanometer. Indigo.

Sie ist sich nicht ganz sicher, warum sie ihn bestellt hat, schließlich kann sie ihn nicht trinken. Und sie hat nicht vor, das Experiment zu wiederholen, als sie versucht hat herauszufinden, ob sie irgendwas anderes als Blut zu sich nehmen kann. Alles, was größer ist als eine Erbse, hat endloses Erbrechen zur Folge.

Falls sie den Drink bestellt hat, um nicht so sehr aufzufallen, war die Mühe umsonst. Niemand beachtet sie. Es sind nicht viele Leute im Club. Es ist noch weniger los als bei ihrem letzten Besuch. Sie hat den niedrigen Tisch hinten in der Ecke ganz für sich allein.

Alle sind zu Hause und bereiten sich auf die Feiertage vor. Die Bar ist mit Szenen aus *The Nightmare Before Christmas* geschmückt. Jack Skellington und Sally halten Händchen. Sie kann nicht beurteilen, ob die Deko ironisch gemeint ist oder einfach nur kitschig oder ein ehrlicher Versuch, Feiertagsstimmung bei Goths zu erzeugen.

Die anderen Gäste hängen auch nicht bei der Bar rum, sondern sind auf den Tanzflächen und wollen die letzten Lieder nicht verpassen. Die frühen Morgenstunden vergehen eine nach der anderen, und bald wird der Club schließen. Unterschiedliche Musik dringt aus den anderen Räumen zu ihr, wird mal lauter und mal leiser, wenn die Verbindungstüren auf- und zugehen, vermischt sich und dröhnt ihr in den Ohren. Sie versucht, die Melodien auseinanderzudividieren und die einzelnen Lieder zu erkennen. »Bela Lugosi's Dead« kommt aus der einen Richtung. »Another World« aus der anderen. Die besten Stücke hat man sich fürs Finale aufgehoben.

Angela war nach ihrer Begegnung mit Tess ohne einen besonderen Grund hierhergekommen. Sie ist nicht zum Jagen da. Nicht heute Nacht, nie wieder. Sie kann das nicht mehr machen. Aber sie hat auch keine Ahnung, was sie sonst tun soll.

Vielleicht sollte sie endlich nach Hause gehen. Den Rest der Nacht in ihre Arbeit investieren. Wieso nicht, selbst wenn das sinnlos ist. Vielleicht findet sich ja doch eine Lösung, die ihr eine Karriere nach ihrer Promotion ermöglicht. Sie kann immerhin darauf hoffen.

Oder vielleicht sollte sie etwas von dem ausprobieren, was sie sich auf der Fahrt in die Berge vorgestellt hat. Unter Wasser spazieren gehen, in den Zoo einbrechen und einen Tiger tätscheln. Endlich ausnutzen, was sie ist.

Ihr wird auf einmal klar, dass sie sich kein weiteres Piercing mehr machen lassen kann. Und kein Tattoo. Das dürfte die irrste Erkenntnis zum Thema Unverwundbarkeit sein.

»Hi«, sagt plötzlich jemand hinter ihr.

Angela sieht, wie Chloë einen Stuhl heranzieht und sich neben sie setzt.

Ein elektrischer Stoß geht durch sie hindurch, als sie Chloës schlanken Körper, ihre zerzausten Haare und ihre tiefgrünen Augen sieht. Sie hatte nicht damit gerechnet, ihr hier zu begegnen. Überhaupt nicht. Chloë ist nicht passend gekleidet. Sie trägt nicht einmal obligatorisches Schwarz, sondern Jeans und ein T-Shirt unter einem Mantel, den sie gerade auszieht. Um diese Zeit lassen sie wohl jeden rein.

Angela möchte gerne elegant und clever antworten. Aber das Beste, was sie zustande bringt, ist: »Äh ... hi?«

»Hier läuft eine Frau rum, die trägt nichts außer einem String und ein paar angeklebten Zierdecken«, sagt Chloë. »Hast du sie schon gesehen?«

Angela lächelt vorsichtig. »Ja, das habe ich. Ich glaube, es ist dieselbe wie letztes Mal.«

»Sie ist eine ganz schöne Angeberin.« Chloë rutscht auf dem roten Samtpolster nach vorne und kommt näher. Sie hat die Hände auf ihre Knie gelegt. Den Blick auf Angela gerichtet. »Wie geht es dir?«

»Ehrlich? Mir ist es die letzte Woche nicht wirklich gut gegangen. Und dir?«

»Das war bei mir ähnlich. Shelly macht sich übrigens Sorgen um dich. Du solltest sie anrufen.«

»Oh. Ich dachte nicht ... Keine Ahnung. Ich habe keine Ahnung, was ich denke.«

»Bist du in Ordnung?« Chloë klingt freundlich, aber besorgt.

»Ja«, antwortet Angela zögerlich. »Oder vielmehr geht es mir jetzt besser als vorher. Ich glaube, ich musste ein paar Dinge klären.« Sie sieht auf den Tisch und malt mit dem Finger den Ring aus kondensiertem Wasser nach, den ihr Glas hinterlassen hat. »Ich musste ein Gespräch mit dem imaginären Engel meiner Kindheit führen. Anscheinend ist mein Unterbewusstsein der Meinung, dass ich von einem Kerl gerettet werden muss. Wie scheiße ist das denn?«

»Ich denke, wenn es Dinge gibt, die du klären kannst, hast du dich selber gerettet. Egal, ob die Hilfe eingebildet ist oder nicht.«

»Vielleicht hast du recht.«

»Und?«, fragt Chloë. »Konntest du sie klären?«

»Das weiß ich noch nicht.« Angela sieht zu Chloë auf. »Zum Teil vielleicht?«

»Hey, zum Teil ist doch nicht schlecht. Das ist ein Anfang. Und weißt du, ich habe mir auch Sorgen um dich gemacht.«

»Hast du?«

»Ja.«

Die beiden sehen einander für einen Moment in die Augen. Angelas Lächeln wird ein wenig zuversichtlicher.

»Und, hast du in letzter Zeit mal wieder etwas besonders Schlechtes gelesen?«, fragt sie.

»Oh, einiges.« Chloë grinst und lehnt sich zurück. Sie legt einen Arm auf die Stuhllehne.

»Zum Beispiel?«

»Ich habe vor ein paar Tagen einen Erotikroman gelesen. *Die Sieben Bettsünden.*«

»Oje! Ich traue mich kaum zu fragen.«

»Es war ziemlich verstörend. Der Autor hat auf Biegen und Brechen alle fünf Seiten irgendeine haarsträubende Sexszene unterbringen müssen. Ganz genau alle fünf Seiten, ich habe das überprüft. Und einmal, bei einer seltsamen Sexszene im Kofferraum eines Autos, für die er mehr als fünf Seiten gebraucht hat, macht er einen Rückblick zu einer anderen Sexszene in einem Aquarium.« Sie untermalt ihre Beschreibung mit passenden Gesten. »Es hatte mehrere Ebenen von Obszönität.«

Angela lacht. »Das ist doch beeindruckend.«

»Es war außerdem eine Einsendung für die Kategorie ›inspirative Literatur‹.«

Angela lacht noch lauter, kann nicht mehr aufhören, beugt sich vornüber. Zur Abwechslung freut sie sich mal darüber, nicht atmen zu müssen. Chloë rutscht wieder nach vorne, und ihr Gesicht ist nah an Angelas.

»Hör zu«, sagt Chloë. »Ich glaube, wir haben unser letztes Gespräch im Café etwas zu abrupt beendet.«

Angela hört auf zu lachen.

Sie kann sich die Hoffnung, die sich wie ein Streichholz in ihrer Brust entzündet, nicht leisten. Sie versucht, alles zu ignorieren, was ihr gerade in den Sinn kommt, um die Flamme zu ersticken.

»Es wäre schön, das zu glauben, aber es hat sich nichts geändert.« Angela schüttelt den Kopf. »Meine einzigen Optionen sind … Ich habe keine Optionen.«

»Weil du nicht länger Leute verletzen willst.«

»Weil ich nicht länger Leute verletzen werde. Das mache ich nie wieder.«

Chloë runzelt die Stirn. »Wie willst du dann …?«

»Ich weiß es nicht.« Angela schnippt gegen ihr Glas. Es kippt und wackelt, etwas Gin Tonic schwappt auf den Tisch. »Da werde ich mir etwas einfallen lassen müssen.«

»Lass mich dir dabei helfen«, sagt Chloë.

»Nein.«

»Angela …«

»Nein!« Angela zwingt sich dazu aufzustehen. Chloë legt ihre Hand auf Angelas, bittet sie wortlos zu bleiben. Angela könnte sich problemlos losmachen. Chloë kann sie nicht aufhalten, nicht einmal mit ganzem Körpereinsatz. Angela hält trotzdem inne, steht immer noch, weder dabei zu gehen noch zu bleiben. »Chloë, ich werde dein Blut nicht trinken.«

»Hör mir zu. Wie lange hat es gedauert? Bis du dich verwandelt hast?«

»Das ist doch egal.«

»Antworte mir einfach«, fordert Chloë. »Wie lange?«

Angela presst ihre Lippen zu einer schmalen Linie. »Zwei Jahre«, antwortet sie. »Mehr oder weniger.«

»Dann hätten wir zwei Jahre Zeit, um uns etwas einfallen zu lassen, bevor es mir genauso ergeht.«

Sie schüttelt den Kopf. »Da können wir nicht sicher sein. Es soll eigentlich Jahre dauern, aber was, wenn es nur ein Jahr und neun Monate sind. Ich habe keine Ahnung, was es verursacht. Und ich bin mir nicht hundertprozentig sicher, dass alle wieder aufwachen nach einem letzten Biss. Ich bin eher überzeugt, dass es die wenigsten schaffen.«

»Dann werden wir es nicht so weit kommen lassen. Um sicherzugehen, lass uns ein Jahr sagen. Nur bis 2001.«

»Das ist aber nicht die einzige Gefahr!«, protestiert Angela, ihre Stimme wird lauter. »Es gibt noch andere Probleme, du wärst nicht sicher, du …«

»Du wirst mich nicht so behandeln, wie Tess dich behandelt hat«, unterbricht sie Chloë.

Sie klingt so überzeugt, dass sie Angelas aufkommende Panik ausbremst. »Woher willst du das wissen?«

»Glaub mir, ich erkenne die Zeichen. Du bist nicht gemein. Auch wenn du das denkst, du bist es nicht.«

Angela starrt Chloë an. »Wie kannst du das sagen? Ich habe dich angegriffen.«

»Du hast einmal Scheiße gebaut. Ich verzeihe dir. Einmal. In Ordnung?«

»Das ist allerdings ganz gehörige Scheiße gewesen«, stellt Angela sachlich fest.

»Ja, das war es«, stimmt Chloë ihr zu. »Aber du willst mir nicht wehtun. Das weiß ich. Das will was heißen.«

Als Chloë das sagt, kann Angela es beinahe glauben. Aber es macht keinen Unterschied. Es geht einfach nicht.

Angela steht so weit auf, wie ihr Arm es zulässt, ohne loszulassen. Chloës Finger liegen immer noch sanft und unbewegt auf ihren.

»Also«, sagt Angela. »Selbst, wenn …«

»Ich vertraue dir.«

Drei simple Worte, die durch und durch aufrichtig klingen. Aber Angela kann sie nicht glauben, so sehr sie sich das auch wünscht.

»Ich aber nicht. Ich vertraue mir nicht. Nicht genug.« Sie muss es laut sagen. Sie kann es nicht unausgesprochen lassen. Auch wenn das alles zunichtemacht. »Was, wenn ich noch einmal Scheiße baue und beim nächsten Mal die Beherrschung verliere und dich umbringe?«

Chloë denkt eine Weile darüber nach. Angela sieht dabei auf ihre Schuhe.

Schwarze offene Pumps. Was für eine unpraktische Schuhwahl. Ihre Füße müssten nach all der Lauferei durch den Schnee heute Abend längst abgefroren sein. Aber sie sind nur nass. Sie ist nun mal, was sie ist.

»Ich glaube, du wirst dir nicht noch einmal erlauben, in so einen Zustand zu geraten wie beim letzten Mal«, sagt Chloë, ihre Worte so leise, dass man sie kaum über die laute Musik aus den anderen Räumen vernehmen kann.

»Ich kann es aber nicht riskieren«, zwingt Angela sich zu sagen. »Es tut mir leid, aber nein. Nicht, wenn es um dich geht.«

Da ist es. Alle Karten liegen auf dem Tisch. Die größte Gefahr, die zu ihrer größten Angst geworden ist. Die es unmöglich macht, auch nur für eine kurze Weile mit ihr zusammen zu sein.

»Weißt du …«, Chloë holt tief Luft. Angela sieht, wie sie sich nervös auf der Unterlippe herumkaut. »Es könnte sein, dass …«

»Was?«

»Falls es dazu kommen sollte, kann ich mich wehren.«

»Nein, das kannst du nicht.« Angela zuckt bei der Erinnerung an Zähne und Fäuste zusammen. Erinnerungen, die sie unbedingt loswerden möchte. »Glaub mir, gegen einen Vampir hat ein normaler Mensch keine Chance. Davon kann ich ein Lied singen.«

»Ja, aber …« Chloë hüstelt. »Anscheinend bin ich kein normaler Mensch. Ich bin eine Hexe.«

Angela war gerade dabei, ihre Hand unter Chloës hervorzuziehen, aber stoppt nun mitten in der Bewegung. Nur ihre Fingerspitzen berühren sich. »Du bist was?«

»Möglicherweise eine unsterbliche Hexe.« Chloë starrt auf ihre Hände, beobachtet ihre zarte Verbindung. »Und ich bin wohl wirklich talentiert darin, Leute davon abzuhalten, mich anzugreifen. Tess hat es heute Abend versucht …«

»Sie hat *was*? Wann hast du Tess gesehen? Bist du in Ordnung?«

»Mir geht es gut. Ich bin zur Galerie gefahren, was vollkommen idiotisch war, und sie hat herausgefunden, dass wir …« Chloë zuckt mit den Achseln. »Sie hat sich nicht gefreut, mich kennenzulernen.«

»›Ein Vögelchen.‹« Angelas Lippen werden dünn. »Daher wusste sie es also … Ich war auch dumm genug, um zu ihr zu fahren. Sie hat mir aber nicht gesagt, dass sie dich angegriffen hat. Ich hätte …« Angela schüttelt den Kopf. Immerhin reist Tess bald ab, und Angela glaubt nicht, dass sie wiederkommt. »Bist du dir ganz sicher, dass alles in Ordnung ist? Sie hat dir nicht wehgetan?« Angela sieht Chloë aufmerksam an, obwohl sie es längst bemerkt hätte, wenn etwas nicht stimmte. Eine Verletzung von Tess wäre unübersehbar.

»Ich habe sie abgewehrt. Das will ich dir doch gerade erzählen. Sie konnte mir nichts anhaben.«

»Wie?« Sie sieht kein Blut, keine gebrochenen Knochen. Und keinen Grund, weshalb Chloë ihr etwas vormachen sollte. »Wie hast du sie abwehren können?«

»Ich glaube, ich habe das Gleiche gemacht, als du mich gebissen hast. Du hast aufgehört, als ich es dir gesagt habe.«

Angela runzelt ungläubig die Stirn. Sie erinnert sich daran, dass Chloë »Hör auf!« zu ihr gesagt hatte. Erinnert sich daran, dass sie aufgehört hatte, ihre Kiefer sich gelöst hatten und sie zurückgewichen war …

»Ich habe das schon ein paarmal getan«, fährt Chloë fort. »Es könnte sein, dass ich noch viel mehr kann. Ich habe heute Abend so etwas wie eine Weissagung gemacht, und so habe ich gewusst, dass du hier bist. Die Kreuzdame, die ›Queen of Clubs‹. Hier also. So habe ich dich gefunden. Ich glaube, das Piquet-Deck hat einen seltsamen Sinn für Humor.« Sie sieht Angela wieder in die Augen. »Ich könnte mir vorstellen, dass ich diese Hexensache dazu nutzen kann, um mich gegen Vampirismus immun zu machen. Und ich bin mir sicher, dass ich mich damit verteidigen kann … sollte ich das je nötig haben.«

»Wie sicher bist du dir da?«

»Sehr sicher.« Chloës Stimme lässt nicht den geringsten Zweifel zu. Sie sieht vielsagend auf den Platz neben sich. »Möchtest du dann, äh, vielleicht bleiben und noch ein wenig darüber reden?«

Angela denkt immer noch mit zusammengezogenen Augenbrauen nach, versucht, sich den exakten Augenblick ins Gedächtnis zu rufen.

Chloë hat ihr gesagt, sie soll aufhören. Und sie hat aufgehört.

»Na gut.« Ein wenig verwundert, dass sie es zulässt, sich überreden zu lassen, setzt Angela sich auf den Stuhl neben Chloë.

Chloës Arm entspannt sich, das T-Shirt fällt in Falten, als sie ihre Schultern erleichtert sinken lässt. Sie atmet durch die Nase aus.

»Gut, dass wir das geklärt haben.«

»Es ist noch nicht alles geklärt«, sagt Angela. »Das ist nur eine unserer Sorgen. Was, wenn wir es nicht schaffen, dich zu immunisieren? Nicht einmal in einem Jahr?«

»Immerhin haben wir bis dahin etwas Zeit. Innerhalb von einem Jahr kann viel passieren.«

»Möglich«, gesteht Angela zu. »Ich meine … vielleicht. Wie funktioniert das Ganze eigentlich? Die Sache mit der Hexerei?«

»Ich weiß noch nicht viel darüber. Ich schätze, es gibt ein paar Dinge, die mir liegen, aber Tante Esther hat gesagt, den Rest muss ich alleine herausfinden.« Gedankenverloren trommelt sie rhythmisch weder zum einen noch zum anderen Lied passend, das gerade durch die Türen schallt, auf dem Tisch herum. »Vielleicht sollte ich so viele Geschichten über Hexen wie möglich lesen. Um mich inspirieren zu lassen.«

»Wir könnten ein paar Immunisierungsversuche machen, sobald wir genug Daten haben«, schlägt Angela vor. »Experimente machen.«

Chloë lächelt. »Zum Glück kenne ich eine Wissenschaftlerin, die mir dabei helfen kann. Das könnte praktisch sein.«

»Mhm.« Angelas Gedanken drehen sich schon um mögliche Versuche. Sie müssen einen Zeitplan erstellen, alles aufzeichnen. Es wird nicht einfach werden. Wie soll man feststellen, dass jemand nicht von Vampirbissen infiziert wird? Wenn ein bestimmter Biss keine Konsequenzen hat, dann heißt das noch lange nicht, dass das auch für den nächsten gilt. Sie haben ja schließlich keine Kontrollgruppe …

»Also«, unterbricht Chloë ihre Überlegungen. »Heißt das, dass wir, du und ich, wieder zusammen sind?«

Angela erstarrt. »Ja.«

»Bist du dir sicher?«, will Chloë wissen.

»Ja.«

Sie lässt das Streichholz in Flammen aufgehen, es strahlt hell wie ein Feuerball am Nachthimmel. Jetzt könnte sie es nicht mehr löschen, selbst wenn sie es wollte.

Und das will sie nicht.

»Gut«, sagt Chloë. »Weil ich, ich …«

Bevor sie weiterreden kann, ist Angela wieder aufgestanden. Aber diesmal stürzt sie sich in Chloës Arme und küsst sie gierig und leidenschaftlich.

»Wir werden einen Weg finden«, sagt Chloë zwischen zwei Küssen. »Vampirzeug, Hexenzeug, ganz egal. Alles. Wir schaffen das …«

Wieder unterbricht sie Angela mit einem hingebungsvollen Kuss. Dann spricht für eine Weile keine von beiden mehr.

Als sie sich schließlich wieder voneinander lösen, fragt Angela: »Möchtest du tanzen?«

»Ja«, antwortet Chloë.

Angela steht auf und hält Chloë ihre Hand hin. Chloë nimmt sie, und Angela zieht sie in ihre Arme.

Dann führt sie sie aus der Bar, durch eine der Türen auf eine der Tanzflächen. Nine Inch Nails läuft gerade. »Closer.« Nicht das romantischste Lied der Welt, denkt Angela. Aber das macht nichts.

Viele ihrer Probleme sind nicht wirklich gelöst, ermahnt sie sich selbst. Und es sieht auch nicht so aus, als ob sie sich innerhalb eines Tages oder einer Woche oder eines Monats lösen würden. Aber das ist in Ordnung. Innerhalb eines Jahres könnten sie es vielleicht schaffen. Chloë könnte recht haben. Vielleicht könnten sie es ja doch haben. Ein Leben, ein wirkliches. Und das zusammen.

57

ManRay
23. Dezember 1999

Die beiden halten einander im Arm, tanzen langsam übers Parkett, die Münder nah an den Ohren, damit sie sich trotz der Musik unterhalten können.

Ein paar Gäste lächeln sie an, als sie vorbeigehen, auch die Frau mit den Aufklebe-Häkeldeckchen.

»Also«, sagt Angela nach einer Weile, »ist Hexesein erblich? Überspringt es Generationen?«

»Du hast dich schon vollkommen damit abgefunden, oder?«, grummelt Chloë. »Warum bin ich die Einzige, die von so was überrascht ist?«

Angela grinst und deutet auf sich. »Hey, ich bin schließlich ein mythisches Ungeheuer. Da musst du dir schon mehr Mühe geben, um mich zu überraschen. Und außerdem, wann ist das überhaupt alles passiert?«

»Ich habe es gerade erst herausgefunden. Es war ein wirklich langer Tag. Ich muss dir noch einiges erzählen. Das wiederum erinnert mich daran, dass du und ich und Shelly und Mike auch einiges zu besprechen haben.«

»Was meinst du?«

»Das lass ich besser Mike erklären. Aber es ist nichts Schlechtes. Nichts, was nicht bis morgen warten kann.«

»Na gut.« Angela sieht verwundert aus, aber fragt nicht weiter.

Mittlerweile bewegen sie nicht einmal mehr ihre Füße, wiegen sich nur hin und her. Weniger ein Tanz als eine Umarmung. Angela dreht den Kopf, um ihre Wange an Chloës Schlüsselbein zu legen. Selbst auf Absätzen ist Angela deutlich kleiner als Chloë.

»Hey«, sagt Chloë, als ihr ein Gedanke kommt. »Wenn wir wieder zusammen sind, heißt das dann, dass ich wieder auf die lesbische Silvesterparty eingeladen bin?«

»Ich wusste doch, dass du Hintergedanken hattest. Willst wohl die große Fete nicht verpassen? Die Tombola, das Feuerwerk, Lichter aus für die Zivilisation. Sollte eine ganz schöne Show werden.«

»Du hast nie etwas von einer Tombola gesagt! Das dürfen wir auf keinen Fall verpassen. Einer von uns könnte kurz vor dem Weltuntergang noch das große Los ziehen.«

»Das habe ich schon«, sagt Angela und zieht Chloë näher zu sich heran. »Willst du heute Nacht mit zu mir kommen?«

»Auf jeden Fall.«

Angela passt perfekt in Chloës Arme. Wenn sie den Rest der Nacht damit verbringen könnte, Angela im Arm zu halten, dann würde sie das tun. Und sie kann es, stellt sie fest. Nichts hält sie mehr davon ab.

Vielleicht sind sie nur für ein Jahr zusammen oder vielleicht für eine lange Zeit. Aber das gilt schließlich für alle. Nicht nur für Vampire und Hexen.

Aber wenn Chloë wetten müsste, dann darauf, dass sie eine lange gemeinsame Zeit vor sich haben. Sie werden es irgendwie schaffen. Irgendwie werden sie alles schaffen.

Angela hebt den Kopf und sieht in Chloës sanfte Augen. Sie lächelt immer noch. Chloë wird beim Anblick dieses Lächelns warm ums Herz.

»Wir können vielleicht abwechseln«, schlägt Angela vor. »Eine Nacht bei dir, eine Nacht bei mir.«

»Was machen wir dann mit dem Kater? Das wird doch sicher jedes Mal ein Problem für dich sein, wenn du zu mir kommst.«

Angela zuckt mit den Schultern. »Ich lass mich immunisieren oder so.«

»Das würdest du tun?«

»Ach, komm schon«, sagt Angela. »Das ist doch das Mindeste.« Auf einmal sieht sie nachdenklich aus. »Aber ich kann vermutlich keine Spritzen kriegen. Tabletten könnten gehen. Egal, ich lese mich ein. Du gibst mir dein Blut, da werde ich sicher mit der Behandlung meiner Allergien klarkommen.«

»Dagegen kann ich nichts einwenden.«

»Das wird schön. Wir verbringen die Nächte zusammen. Ich arbeite an meiner Promotion, du schreibst. Und in den Pausen knutschen wir rum.«

»Das würde mir gefallen«, sagt Chloë. »Das würde mir sogar sehr gut gefallen.«

Die Musik geht aus, und der Raum wird auf einmal mit einem hörbaren Klick des Schalters hell erleuchtet. Der Club schließt, und die letzten Besucher stehen blinzelnd auf der Tanzfläche. Einige machen sich auf den Weg zum Ausgang.

»Komm«, sagt Angela und nimmt Chloës Hand. »Lass uns verschwinden.« Chloë folgt ihr Richtung Tür.

»Äh, nur damit du Bescheid weißt, ich ziehe meine Inspiration üblicherweise aus meinem Leben. Würde es dich stören, irgendwo als Figur aufzutauchen? Hättest du was dagegen?«

Angela sieht ungemein geschmeichelt aus. »Nein, überhaupt nicht. Das wäre doch großartig. Wenn du nichts dagegen hast, das ganze lesbische Vampirklischee in dein Buch zu packen.«

»Du meinst, du bist ein Klischee?« Chloë schnaubt. »Was, wenn ich auch drin vorkomme? Weißt du eigentlich, wie viele Schriftsteller übers Schreiben schreiben?«

»Du hast recht«, erwidert Angela. »Du bist das viel größere Klischee als ich.«

»Liebst du mich auch noch, wenn ich total abgedroschen klinge?«

Angela legt ihre Hände an Chloës Wangen und zieht sie sanft zu sich, sodass ihre Nasen sich berühren. »Niemand ist vollkommen«, flüstert Angela und küsst Chloë.